Inhalt

Die Beerdigung der Lauga in Gvendarkot 7

Die Geschichte von den Leuten in Kalfakot 11

Der Dichter und sein Hund 25

Heidbaes 37

Mein heiliger Stein 51

Ein Weihnachtsgedicht 55

Asa 63

Kämpfernaturen 65

Sünde 67

Ein trauriges Bild 69

Die schönste Geschichte im Buch 71

Judit Lvoff 73

Das gute Fräulein und das herrschaftliche Haus 84

»Und die Lotosblume duftet . . . « 147

Mein Freund 166

Zwei Mädchen 168

Eine Geschichte vom Hering 175

Neu-Island 187

Lilja. Die Geschichte vom Leben und vom Tod des
   Nebukadnezar Nebukadnezarsson 196

Wie Indien gefunden wurde 208

Napoleon Bonaparte 211

Der hinkende alte Thordur 232

Die Niederlage der italienischen Luftflotte 1933
    in Reykjavik 241

Die Völuspa auf hebräisch 251

Ein Spiegelbild im Wasser 264

Der Pfeifer 273

Temudschin kehrt um 289

Nachwort 308

Die Beerdigung der Lauga in Gvendarkot

An einem Frühlingstag, einem herrlich warmen und hellen Frühlingstag mit Seewind und Vogelgezwitscher, da wurde Lauga beerdigt, Lauga in Gvendarkot.

Einige Nachbarn versammelten sich im Innern des halbverfallenen kleinen Gehöfts, und der Hausherr und die Hausherrin, ein alter Mann und eine alte Frau, wichen von einer Ecke in die andere aus und husteten, denn sie hatten es auf der Lunge; die Töchter des Gemeindevorstehers boten Kaffee und Gebäck an auf Rechnung der Gemeinde.

Obwohl es keine große Feier war, so hatte sich doch noch nie zuvor so viel Geschäftigkeit, so viel Aufregung und Interesse auf Lauga konzentriert, nicht einmal, als sie das Kind bekam. Ich war im Konfirmandenalter, als dies geschah, und selbst bei ihrer Beerdigung dabei. Weil ich aber mit keinem der Trauergäste etwas gemeinsam hatte, saß ich abseits und kaute auf einem Streichholz, das einzige Kind. Ich war oft mit einem Leckerbissen von meiner Großmutter zu Lauga geschickt worden. Und stets, wenn Lauga mir schon auf Wiedersehen gesagt und Gott um seinen Segen für meine Großmutter gebeten hatte, sprach sie diese unmotivierte Prophezeiung aus, die einzige Andeutung von Witz, über die sie verfügte: Ob der Wind jetzt nicht bald von Südosten weht! Doch nun war der Winkel leer, in der die alte Lauga gesessen hatte, ja, man hatte sogar den weißen Schimmel abgewaschen: Lauga war jetzt beim lieben Gott und prophezeite keinen Südostwind mehr. Und meine Großmutter hatte mich ein letztes Mal zu ihr geschickt, diesmal, um sie zu Grabe zu tragen.

Die Bäuerinnen saßen eng beieinander in der Mitte des Raumes und sprachen über Herbstwolle und Frühjahrswolle. Die Bau-

7

ern sprachen über Gemeindeangelegenheiten, froh, daß Lauga tatsächlich tot war. Jetzt gehörte es der Vergangenheit an, daß einer der Gemeinderäte einen Witz machen konnte über Lauga, indem er sagte, solche Leute seien ihr Leben lang nichts als Leichengeruch. Ja, noch in diesem Frühjahr hatten sie sich auf der Gemeindeversammlung wegen Lauga gestritten, darüber, wieviel sie esse, wie schmutzig sie sei, wie nutzlos sie sei, was sie allerdings schon immer gewesen war, zu absolut nichts nütze, verdammt unnütz, keiner hatte sie für weniger bei sich aufnehmen wollen. Gott sei Dank, jetzt war sie tot, man brauchte sich nicht mehr wegen Lauga zu streiten; und die Leute mußten etwas anderes finden, um darüber Witze zu machen.

Der Kaffee war gut und die Kuchen süß und weich wie Honig. Daß Lauga der Anlaß dafür sein sollte! Alle ließen sich noch einmal einschenken.

Ein junger Bursche in der Nähe des Eingangs zog seine Pfeife heraus und rauchte; er war nach Reykjavik gereist, um dort etwas zu lernen, und deshalb rauchte er die ganze Zeit und machte sich die Nägel sauber.

Der Sarg wurde hereingetragen: ein stabiles Behältnis, sauber geschreinert, unbenutzt. Einen Augenblick lang erfüllte der Duft des rohen Kiefernholzes den stickigen Raum, doch bald war er im Tabaksqualm des jungen Burschen untergegangen.

Dort lag jetzt Lauga, die Bedürftige, in einem sauberen Nachthemd vom Gemeinderat, denn sie war tot. Sie war von Geburt an blind und konnte nicht einmal einen Stall ausmisten; als Gemeindearme geboren; mit Hunger, zerlumpten Kleidern, Schlägen groß geworden; ihr ganzes Leben lang zum Gotterbarmen; als Gemeindearme gestorben. Nie ein freundliches Wort, nie einen Freund außer dem Hund und der Katze, denn so wenig sie auch zu essen bekam, immer gab sie ihnen etwas davon ab. Trotzdem hat der Hund Strutur nicht viel verloren. Wahrscheinlich versteht er nicht einmal, daß Lauga tot ist, und hat schon vergessen, daß es sie gegeben hat.

Die Spaßvögel waren die anderen Lebewesen, für die Lauga einen Gewinn darstellte: Sie vertrieben sich so manches Mal die Zeit damit, sie zu verspotten.

Nie kam Lauga auf die besseren Höfe, sie wurde immer bei den Kleinbauern untergebracht; sechzig Jahre lang atmete sie Küchendunst, Stallgeruch und anderen Gestank ein. Während sie in Bjarnarkot war, ließ man sie in einer leeren Box im Stall schlafen, und dort zwischen den Kühen geschahen Abenteuer, ja, dort bekam Lauga ein Kind. Doch das Kind bekam nie einen Vater. Der Bauer leistete einen Eid. Es hatte sich so manch einer an Lauga heranmachen können in der Dunkelheit. Am schlimmsten war, daß man ihr das Wurm wegnahm und an einen anderen Ort der Qualen brachte, wo es zu seinen Vätern versammelt wurde. Ja, am schlimmsten, denn kurz darauf bekam Lauga die Fallsucht und begann, Blut zu speien, und wurde völlig invalide. Ich kann mich daran erinnern, wie sie meine Hand nahm, wenn ich ihr eine Kleinigkeit von meiner Großmutter brachte, wie sie meine Handfläche abtastete, vom Handgelenk bis zu den Fingerspitzen, was für ein Händedruck, zitternd, jammernd, rufend. Es tut mir in der Seele leid, wenn ich daran denke, wie arm sie war, wie wenig gut der Herrgott zu ihr war.

Da keine Leichenpredigt gehalten werden sollte, hatte die Frau des Gemeindevorstehers eine Art Andacht im Haus der Verstorbenen haben wollen: Lauga war schließlich keine Heidin gewesen. Und der Pfarrer sprach nun über die Kümmernisse und Nöte des menschlichen Lebens. Über Gott sprach er, wie unergründlich sein Ratschluß sei, wie unerforschlich seine Wege. Und er sprach über die himmlische Seligkeit, über das Licht in den göttlichen Hallen, über die Engelsstimmen, über das Blut des Lamms, das von Sünde reinwäscht.

Die Leute warteten voller Ungeduld darauf, in den Sonnenschein und den Seewind hinausgehen zu können. Der alte Mann und die alte Frau husteten weiter draußen auf dem Flur. Die Bauern nahmen Schnupftabak und schneuzten sich, rülpsten und spuckten aus. Und die Bäuerinnen verschränkten die Arme vor der Brust und setzten eine feierliche Miene auf, um das Gähnen zu unterdrücken. Der junge Bursche stand am Eingang und rauchte unentwegt seine Pfeife und machte sich die Nägel sauber. Ich hatte das Zündholz schon völlig zerkaut und starrte geistesabwesend auf den Pfarrer.

Als ich nach Hause kam, und seitdem immer wieder, standen mir die Tränen in den Augen wegen Lauga. Nicht, weil ich um sie trauerte, sondern beim Gedanken an die unendliche Armut, die ihr im Leben zuteil wurde. Daß ihr nicht das Glück vergönnt war, irgend jemandem etwas zu geben, das mit einer Träne entgolten würde, an dem Tag, an dem sie begraben wurde!

Der Hund Strutur stand auf der Mauer des Gemüsegartens und schnupperte mit der Schnauze dem Trauerzug nach, als dieser vom Hofplatz ritt. Wahrscheinlich hat ihm der Seewind den Leichengeruch vor die Nase getragen.

1920

Die Geschichte von den Leuten in Kalfakot

Man sagt, die Frau des Thordur in Kalfakot sei eine wahre Kindermaschine. Die Eheleute in Kalfakot haben jetzt schon neun Kinder.

Selbstverständlich wissen die Eheleute nie, wie sie diese ganze Schar kleiden sollen. Am meisten drückt der Schuh jedoch im Winter, wenn es kalt ist, im Sommer macht es weniger aus. Bei gutem Wetter können die Kinder draußen wie drinnen halbnackt herumlaufen. In der winterlichen Kälte sitzen die Kinder von Kalfakot hinten in der Küche um die offene Feuerstelle herum, in Asche, Ruß und Rauch, unleidlich und kränkelnd. Die Frau kocht. Meistens gibt es Brei.

Es lohnt sich nicht für Kleinbauern, viel Fleisch zu essen. Alles wird im Herbst zum Schlachten verkauft, und man nimmt dafür Hafermehl und Seehasen. Rosinenbrei sieht man nicht einmal an Festtagen, es gibt ja auch nur wenige Feiertage, und bei Kleinbauern ist jeder Tag dem andern gleich.

Bei starkem Frost und Schneesturm reicht die Wärme des Herdfeuers nicht aus für die Kinder; dann müssen sie den lieben langen Tag im Bett bleiben und sich zwischen den Mahlzeiten vor Langeweile hin und her wälzen. Zur einen Mahlzeit gibt es Seehasen, zur anderen Brei.

Doch wenn der Frühling kommt, gehen die Söhne und Töchter des Thordur hinaus in das gute Wetter. Dann hüten sie mit ihrem Vater droben am Berg das Vieh und laufen den ganzen Tag und kommen erst gegen Abend nach Hause, mit wunden Füßen,

todmüde und ausgehungert. Sie bekommen einen Klacks Brei vorgesetzt, oder überhaupt nichts, denn im Frühjahr gibt es oft wenig zu essen in Kalfakot, nicht einmal etwas Schlechtes, das man den Kindern vorsetzen kann.

Zwar gibt es zwei Kühe auf dem Hof, aber sie werden im Frühjahr immer klapperdürr aus dem Stall gezogen und fangen erst an, sich wieder zu erholen, wenn es auf die Heuernte zugeht, geschweige denn, daß sie ordentlich Milch geben. Aber dessen ungeachtet werden sie morgens und abends gemolken, und während die Frau melkt, stehen die Kinder daneben und kraulen die Kühe. Nach dem Melken trinken sie gierig jeden Tropfen; dann schlecken sie den Boden des Melkeimers aus. Und da steht der Eimer sauber und glänzend, als sei nie Milch in ihm gewesen.

Am Abend trotten die Kühe in den Stall, jede in ihre Box, sie stöhnen und rülpsen und legen sich dann hin, das Maul voller Vorverdautem zum Wiederkäuen.

Es ist ein Jammer, daß die Kinder des Thordur in Kalfakot kein Gras fressen können, sagen die Leute.

Eines Frühlingsabends kam der älteste Sohn von Kalfakot durch das Moor gewatet und wollte zum Pfarrhof; er sollte dem Verwalter etwas ausrichten. Er war zerlumpt und schmutzig, die Hosen zerrissen, die Jacke konnte aus den Tagen Thjalar-Jons stammen, Flicken über Flicken, ein gestrickter Flicken auf einem Tuchflicken und ein Tuchflicken auf einem Lodenflicken, und der ursprüngliche Stoff der Jacke war fast völlig verdeckt von Geflicktem und Gestopftem. Sicher besaß kein Mensch auf der Welt außer ihm eine so häßliche Jacke! Eine dicke Lehmschicht bedeckte die immer wieder gestopften Strümpfe bis hinauf zu den Knien, denn der Junge war durch Morastlöcher gewatet. Die Schuhe waren zerschlissen, und die Flicken hingen hinten lose herab, bei jedem Schritt quoll das Wasser über die oberen Ränder heraus. Doch dies war nun einmal der Sohn des Thordur von Kalfakot, und man mußte es diesen Leuten nachsehen, daß sie nicht fein angezogen waren. Zum Beispiel dieser Snorri: Er hätte im letzten Jahr eingesegnet werden sollen, doch da konnte man es sich nicht leisten, »den Jungen auszustaffieren«, wie Thordur sagte, und er mußte deshalb noch ein Jahr uneingesegnet blei-

ben. Ein neues Geschwisterchen bekam er aber im selben Frühjahr.

Daran hapert es nicht in Kalfakot, sagten die Leute. Man verübelte den Eheleuten dieses Benehmen; Thordur wurden von allen Seiten Vorhaltungen gemacht. Dagegen läßt sich eben nichts tun, sagte Thordur in Kalfakot.

Dieses Frühjahr war es dann mit Müh und Not gelungen, den Jungen einzusegnen, auch wenn er keineswegs anständig angezogen war. Jetzt war er fünfzehn und spazierte hier herum.

Vier Rotschenkel hatten ihn vom Moor draußen bis weit die Anhöhe hinauf begleitet. Sie schrien ununterbrochen um die Wette, aber so gern er es auch gewußt hätte, er verstand nicht, was sie von ihm wollten, ob sie ihn tadelten oder segneten. Schließlich kehrten zwei von ihnen um und flogen wieder hinunter ins Moor, die anderen begleiteten ihn noch ein Stück weit. Es waren wohl zwei Pärchen, die im Moor daheim waren.

Plötzlich war er wieder allein, und die Rotschenkel waren davongeflogen; man hörte auf der Ostseite des Tales eine Kuh muhen, und dann wurde als Antwort fünfmal hintereinander auf der Westseite gebrüllt. Es ist ein Zeichen dafür, daß trockenes Wetter kommt, wenn sich die Kühe abends bei Windstille etwas zurufen.

Der Tag neigte sich seinem Ende zu, und die Schatten wurden länger. Kein Lufthauch bewegte ein Blatt, doch gegen Abend wurde es ein klein wenig kühler. Dort flußaufwärts tummelten sich Fohlen auf den Wiesengründen. Man sah kaum ein Schaf auf der Weide, denn das Vieh war nach dem Sortieren den Berg hinaufgetrieben worden. Überall bellten Hunde, doch man sagte ihnen, sie sollten das Maul halten, die Mutterschafe mit ihren Lämmern am Pferch durften nicht verängstigt werden. Heute nacht sollten die Lämmer von den Mutterschafen getrennt werden. Wahrscheinlich würde niemand vor Mitternacht schlafen gehen können.

Dort stand der Pfarrhof, ein großes Holzhaus mit zwei Reihen von Fenstern übereinander, und hob sich von den Berggipfeln in der Ferne ab. Dieses Haus hatte dem Jungen stets einen Schrecken eingejagt.

Schüchternheit überkam ihn, noch bevor er durch die Umzäunung auf die Hofwiese gelangt war. Dann fiel ihm ein, daß er eigentlich das Gras auf der Hofwiese des Pfarrers nicht zertreten durfte. Aber er hatte nicht rechtzeitig daran gedacht, und jetzt war es zu spät, um auf den Weg hinunterzugehen. Er versuchte, leicht aufzutreten und sich zu beeilen, bevor ihn jemand sah, und gelangte mit heiler Haut auf den Hofplatz. Die Vorderseite des Hauses ragte senkrecht und furchteinflößend vor dem Jungen auf. Dort war die Vordertür, der Eingang für bessere Leute, und er beeilte sich, unauffällig daran vorbei hinter das Haus zu gehen, zum Kücheneingang. Er klopfte dreimal, einmal für jedes göttliche Wesen der Heiligen Dreieinigkeit; denn so soll man anklopfen, nicht mit mehr und nicht mit weniger Schlägen.

Kurz darauf stand der Verwalter in der Tür, und da hatte der Junge keine Angst mehr, denn er wußte, daß der Verwalter freundlich mit den Leuten sprach und weder lachte noch einem die Worte im Mund verdrehte, und deshalb mochte er den Verwalter.

Der Junge trug sein Anliegen in wenigen Worten vor und verabschiedete sich. Er hatte sich schon wieder auf den Weg gemacht, und die Flicken schlappten aufs neue, und das Wasser quoll wieder über die Ränder der Schuhe heraus, als gerufen wurde:

Snorri!

Er schaute zurück, Snjolfur stand immer noch in der Tür. Er war es, der gerufen hatte.

Hör mal! Komm her, Junge. Die kleine Aslaug, meine Tochter, will dir einen Schluck Milch zu trinken geben.

Der Junge ging zum Kücheneingang zurück.

Ihr wart doch zusammen in der Konfirmandenstunde, nicht wahr?

Ja, das stimmte. Im letzten Jahr. Sie war damals eingesegnet worden.

Das Mädchen brachte einen großen, blaugeblümten Krug. Sie trug eine rote Bluse und einen kurzen Rock, war hochgewachsen und ziemlich gut entwickelt, hatte helle Haut, rote Wangen und hochgewölbte Augenbrauen, ihre Wimpern waren ziemlich dunkel, die Augen blau und die Nase schmal und gerade und ein klein wenig sommersprossig.

Sie betrachtete Snorri, zunächst ein bißchen scheu, doch die Scheu wurde bald vom Mitleid verdrängt, sie sagte bitte schön und reichte ihm den Krug. Er setzte den Krug an den Mund und leerte ihn und mußte husten. Dieses Lebenselixier erquickte jede Faser seines Körpers; er stand da wie ein neuer Mensch und bedankte sich.

Ade, sagte das Mädchen; sie reichte ihm ihre saubere Hand und verschwand darauf im Innern des Hauses; sie hatte einen dicken, goldgelben Haarzopf im Nacken. Er spürte, daß es seltsam angenehm war, zu sehen, wie sie sich bewegte; er hatte noch nie zuvor ein solches Gefühl verspürt; wahrscheinlich war er bis jetzt immer ein Narr gewesen. Er stand eine Weile still und sah ihr nach; und das war der wunderbarste Augenblick, den er je erlebt hatte, voller Wonne; es fehlten ihm die Worte, um das zu erklären.

Dann machte er sich wieder auf den Weg. Als sein Blick aber auf seine Füße hinabfiel, und auf seine Hosen und seine Jacke, da sah er, daß er sicher der schmutzigste und zerlumpteste Mensch auf der Welt war! Und wahrscheinlich der häßlichste. Er legte sich in einer Senke auf die Erde, und die Tränen standen ihm in den Augen.

Und als er aufs Moor hinauskam, da schien es ihm, als könne er die Sprache der Rotschenkel viel besser verstehen!

Alle wußten, daß Thordur in Kalfakot einer von den Männern war, die man lieber nicht zu nahe an sich herankommen ließ, denn er stammte von Schafsdieben ab, soweit sich seine Familie zurückverfolgen ließ, und es hatte schon oft geheißen, er mache krumme Finger. Alle wissen, daß die Veranlagung zum Stehlen genauso im Blut liegen kann wie eine göttliche Begabung.

Einmal im Spätsommer, als es elf Kinder geworden waren, geschah es, daß es am Essen fehlte, denn die Kuh, die im Sommer kalbte, bekam das Kalbefieber und gab überhaupt keine Milch. Seit dem Frühjahr hatten sich die Kinder darauf gefreut, daß die Kuh kalbte, und die Frau hatte ihnen frische Butter, Quark und sogar Molkenkäse versprochen. Endlich kalbte die Kuh, und dann ging es so.

In Kalfakot gab es keine anderen Nahrungsmittel als das, was die im Herbst kalbende Kuh und die wenigen Milchschafe gaben,

und ein bißchen gesalzenen Seehasen und Brei, doch es waren viele Münder zu stopfen, und die Kinder klagten unablässig über Hunger. Das ging Tag für Tag so, nie hatten die Eltern eine ruhige Minute vor der Essensquengelei der Kinder: Von früh bis spät wollten die Kinder etwas zu essen haben, kaum war das Mittagessen vorbei, wollten sie mehr haben.

Es ist unglaublich, wie lang eure Gedärme sind! sagte Thordur in Kalfakot.

Ein fremdes Mutterschaf war seit der Zeit um den Johannistag immer wieder auf die Hofwiese in Kalfakot gekommen. Es säugte ein prächtiges Lamm, einen dicken und schönen Widder. Die Kinder hatten das Mutterschaf mehr als tausendmal von der Hofwiese gejagt, doch es kam stets zurück. Selbst wenn man es weit den Berg hinaufgetrieben hatte, war es, als ob es sogleich wieder samt seinem Lamm auf der Hofwiese aus dem Boden wüchse; die Kinder konnten dieses Schaf nicht begreifen und glaubten schließlich, daß es ein Elfenschaf sei. Eines Abends in der sechzehnten Woche des Sommers fing einer der Söhne des Thordur an, nach Fleisch zu verlangen. Bis nach dem Zubettgehen quengelte er und wollte Fleisch haben. Der ganzen Familie war das Wasser im Mund zusammengelaufen, ehe er aufhörte. Tags darauf machte er weiter, und jetzt stimmten die jüngeren Kinder mit ein; sie sangen dort im Chor von Fleisch und wieder Fleisch. Dabei war das der reine Unsinn, denn die Schafe waren noch im Gebirge, und bis zur Schlachtzeit waren es noch mehr als vier Wochen.

Thordur in Kalfakot war einsilbig, aber er räusperte sich oft, als sei er im Begriff, den Kindern zu sagen, sie sollten still sein, doch dann wurde nichts daraus, daß er etwas sagte. So ging es einige Abende lang.

Dort lagen die Kinder auf ihren Betten, zerlumpt und schmutzig, dürr und häßlich, und schrien nach Fleisch. Thordur saß wie taubstumm da und blickte sie an, selbst mager und erschöpft, und fingerte an seinem Bartflaum herum. Er hatte die Stirn in Falten gelegt, und sein Blick war ernst. Denn Thordur in Kalfakot war unvorsichtig wie Steinn Bollason, er war einer von denen, die Gott um Kinder gebeten hatten und nichts als Kinder bekommen hatten, hundert Kinder.

Die Frau gab keinen Mucks von sich, was auch geschah. Man hörte sie nicht einmal atmen, diese Frau. Sie drehte allen und allem den Rücken zu, stets bis über die Ohren mit der Hausarbeit beschäftigt.

Snorri schwieg. Wenn eines der Kinder etwas taugte, dann war es am ehesten der Erstgeborene, denn er war nicht schon bei der Geburt gebrechlich, mager und kraftlos, wie die jüngeren Kinder, sondern wurde erst mit dem Heranwachsen immer schwächlicher.

Am nächsten Sonntagmorgen bekamen die Kinder Fleisch, das schmackhafteste Lammfleisch auf der Welt. Und was für ein herrlicher Duft im ganzen Haus.

Woher kommt dieses Fleisch, Papa? fragten die Kinder.

Das kommt vom Himmel herab, antwortete Thordur von Kalfakot.

Wer schenkt es uns? fragten die Kinder.

Der Herr Jesus im Himmelreich hat es uns geschickt, antwortete Thordur in Kalfakot.

Wie gut er immer ist! sagten die Kinder und verschlangen das Fleisch wie hungrige Wölfe. Dann nagten sie die Knochen ab, die Diebswelpen. Thordur aß nichts von dem Fleisch, und die Frau auch nicht.

Willst du nicht ein Stück Fleisch vertilgen, Snorri? sagte Thordur.

Nein.

Der Vater sah ihn eine Weile bekümmert und traurig an, dann löffelte er wieder seinen Quarkbrei.

Den ganzen lieben langen Sonntag lief das Mutterschaf auf der Hofwiese hin und her und blökte wie verrückt, manchmal lief es auf das Grasdach des Hauses hinauf, um zu blöken. Es hallte von den Felsen oberhalb des Hofes wider, denn es war windstill; ein Wunder, wenn man dieses ganze Blöken nicht auf den Nachbarhöfen hören konnte.

Am Abend hetzte Thordur den Hund auf das Mutterschaf. Das Schaf lief, so schnell es konnte, und der Hund hinterher, die Zähne am Hinterbein des Schafes. Er trieb es weg, weiter hinunter in die Gemeinde, und das Schaf blökte und lief.

Später wurde dies und jenes bekannt über dieses Mutterschaf. Es gehörte einem Großbauern im Süden der Gemeinde, Thordur in Kalfakot hatte sein Lamm gestohlen und aufgegessen. Er wurde festgenommen und gestand das Verbrechen ein. Das Lamm und das Mutterschaf hatten den ganzen Sommer bei ihm auf der Hofwiese gestanden, deshalb meinte er, er sei gar nicht auf unredliche Weise zu dem Lamm gekommen. Doch dieser Einwand nützte wenig, denn niemand hatte ihn darum gebeten, das Lamm auf seiner Wiese weiden zu lassen, geschweige denn es ihm geschenkt. Er hatte nun einmal das Lamm gestohlen, daran gab es nichts zu rütteln.

Und alle wußten, daß die Veranlagung zum Schafestehlen bei Thordur in Kalfakot in der Familie lag, soweit man sie zurückverfolgen konnte.

Der Schafsdieb von Kalfakot wurde nach Reykjavik gebracht, dort sollte er seine Schuld gegenüber der Gerechtigkeit mit einigen Monaten Gefängnisaufenthalt begleichen. Einen Monat, nachdem er festgenommen wurde, brachte seine Frau ein Kind zur Welt.

Obwohl Thordur in Kalfakot immer ein erbärmlich armer Tropf gewesen war, der seine Angehörigen nie hatte richtig ernähren können, wurde es erst jetzt wirklich schlimm, nachdem die Frau und die Kinder auf sich selbst gestellt waren.

Auf dem Hof wurde gehungert. Alles war durcheinander. Als der Winter kam, wurden die jüngsten Kinder krank. Obwohl Snorri und die älteren Kinder sich den lieben langen Tag plagten und abrackerten, schien dies keine Wirkung zu haben. Keine Arbeit wurde richtig gemacht. In Kalfakot fehlte jemand, der Anordnungen gab. Das mußte man Thordur lassen: Er war fleißig und verrichtete alle Arbeiten auf dem Hof sehr gewissenhaft; es war erstaunlich, wie er trotz allem immer ohne fremde Hilfe über die Runden gekommen war.

Im Advent verlangte die Frau in Kalfakot Armenunterstützung. Dies erregte große Besorgnis in der Gegend, und alle besseren Bauern ahnten Schlimmes. Natürlich konnte man der Frau die Unterstützung nicht versagen, denn sonst wären bis Weihnachten alle auf dem Hof verhungert. Doch damit war jetzt eingetreten,

was man schon seit langem befürchtet hatte: Die Leute von Kalfakot fielen der Gemeinde zur Last.

Im März kam Thordur wieder nach Hause. Er hatte eine Tüte mit Gebäck und Rosinen dabei, die er den Kindern schenkte. Nun ging es vergnügt zu. Er war dick und rund, und sein Bart war gewachsen; die Haare waren geschnitten, und es war fast so, als würden die Kinder verlegen, so vornehm und würdevoll war ihr Papa geworden.

Und vieles hatte er gesehen, vieles gab es zu erzählen. Sie konnten sich nicht daran erinnern, daß er jemals so lustig gewesen wäre wie jetzt. Es war ihm dort sehr gut gegangen, wo er gewohnt hatte, die Leute waren freundlich zu ihm gewesen, nie hatte es ihm am Essen gefehlt, und oft hatte er Sachen gegessen, die in Kalfakot als Leckerbissen galten. Wie war es ihnen daheim ergangen?

Nun ja. Die Kinder waren eine Zeitlang krank gewesen, doch dann wieder gesund geworden, Gott sei Dank. Das Geld für das Schlachtvieh wurde alles zur Bezahlung der Schulden vom letzten Frühjahr beim Kaufmann in der Stadt verwendet, wie er es selbst bestimmt hatte, ehe er fortging. Deshalb war es ihnen bis Weihnachten nicht eben gut gegangen, und die Frau hatte keinen anderen Ausweg gesehen, als mit dem Gemeindevorsteher zu sprechen.

Thordur hatte mit niedergeschlagenen Augen dagesessen, doch als er dies hörte, ließ er seinen Blick über die ganze Kinderschar schweifen, von einem Gesicht zum anderen; zuletzt sah er die Frau an, aber er räusperte sich nicht, geschweige denn, daß er etwas sagte. Es kam ihm nicht zu, irgend jemandem Vorwürfe zu machen. Seine Frau hatte gebettelt. Er gestohlen.

Im April, als es anfing zu tauen, fiel die Küche in sich zusammen; es war nicht möglich, irgend etwas für die Kinder zu wärmen, und die Milch, die eine der beiden Kühe gab, war die einzige Nahrung. Die Kinder lagen heulend in ihren Betten. Dann wurde die Frau krank.

Doch Thordur war jetzt durch nichts umzubringen und konnte sich alles versagen, ganz gleich, ob es Essen oder Trinken war, denn er hatte inwendiges Fett, seit er aus dem Gefängnis zurückgekommen war. Innerhalb von zwei Tagen baute er mit Snorri die

Küche wieder auf. Am Abend des zweiten Tages rissen zwei der Kinder aus. Nach zweistündigem Fußmarsch kamen sie auf dem Pfarrhof an und erzählten, was daheim geschehen war.

Schrecklich, schrecklich! sagte der Pfarrer und trommelte sich mit den kleinen, dicken Fingern auf den Schmerbauch.

Aber es war Thordur in Kalfakot, der im darauffolgenden Herbst seine Schulden bei der Gemeinde auf Heller und Pfennig beglich!

Zweiter Teil

Eine Abendstunde im Pfarrhof Anfang Februar. So heftige Schneestürme wie in der letzten Zeit hat es seit Menschengedenken nicht mehr gegeben. Das sagen die Leute zwar in jedem Jahr, wenn es am schlimmsten ist. Doch die letzten Tage waren wirklich kein Zukkerlecken; die Schafhirten wissen, wovon sie sprechen.

Seit Tagen schon tobt der Sturm ums Haus und rüttelt am Dach. Und so gut auch der Ofen im Studierzimmer beheizt wird, die Eisschicht taut nur in der Mitte des Fensters auf. Der Pfarrer sitzt am Ofen, die Füße beinahe in der Glut. Das Buch liegt unberührt auf seinem Schmerbauch, er raucht eine lange Pfeife und nickt immer wieder ein.

An diesem Abend sitzt der Pfarrer dort in der gewohnten Weise und trommelt mit den kleinen, dicken Fingern auf seinen Bauch. Der Verwalter sitzt am Schreibtisch und blättert in Büchern; Aslaug sitzt am Harmonium und spielt.

Stellen wir uns einmal vor, sagt der Pfarrer feierlich, stellen wir uns vor, wir wären alle draußen bei diesem Wetter.

Was wäre dann? läßt sich Aslaug vom Harmonium vernehmen.

Wir würden sterben, sagt der Pfarrer.

Denk lieber an jene, die jetzt draußen bei diesem Wetter um ihr Leben kämpfen, Pfarrer Kjartan, antwortet der Verwalter.

Ob heute abend tatsächlich irgend jemand im Land draußen ist?

O ja, wahrscheinlich sogar viele.

Sie müssen dann mit dem Tod spielen, sagt das Mädchen.

Vermutlich ist es eher der Ernst des Lebens, der sie hinaustreibt, mein Kind.

Der Ernst des Lebens ist schrecklich, sagt der Pfarrer.

Wohl dem, der aus Erfahrung spricht, Pfarrer Kjartan.

Ich kenne es, mein lieber Snjolfur, ich kenne es! Ach, sprechen wir nicht davon. Wir wollen lieber Gott dafür loben, daß wir ein Dach über dem Kopf haben und im Warmen sitzen.

Aber die anderen, von denen Papa sagt, daß der Ernst des Lebens sie hinaustreibt ins Unwetter, sollten sie dann Gott verfluchen?

Ach, fang nicht an, mit mir zu disputieren, Asa! sagt der Pfarrer, spiel lieber ein Lied von Bellman.

Da geht die Tür auf, und einer der Knechte sagt, es sei ein Besucher gekommen, der den Pfarrer sprechen wolle.

Ein Besucher! – sie wiederholten alle das Wort. Der Pfarrer wird blaß und fragt: Snjolfur, was kann das sein?

Tja, jetzt kannst du dich darauf verlassen, daß du irgendeiner alten Frau das Abendmahl spenden mußt, oder das kranke Kind in Hvammur taufen.

Gott steh mir bei! Warum machen die Leute nicht eine Nottaufe!

Draußen hörte man Schritte, als ob jemand auf Hufen ginge; bald stand der Besucher unter der Tür. Die Sache war so dringend, daß er keine Zeit gehabt hatte, sich den Schnee abzuklopfen, ehe er zum Pfarrer hineinging, und nun stand er hier mitten im Zimmer, weiß wie ein Schneemann vom Scheitel bis zur Sohle, mit hartgefrorenen Schuhen. Er hatte zwei Mützen, die nur den oberen Teil des Gesichts freiließen, auf dem Kopf. Um die Schultern und die Brust hatte er ein riesiges Umschlagtuch gewickelt. Die Überhosen waren aus Sackleinen und stocksteif gefroren. Es war kaum zu glauben, daß sich im Innern dieses Eiszapfens lebendiges Fleisch und Blut verbergen sollte. Doch durch die Öffnung der Mützen konnte man Augen und eine wettergegerbte Nase erkennen. Und als er die steifgefrorenen Mützen vom Kopf gezogen hatte, kannten alle das Gesicht. Es war Snorri, der älteste Sohn aus Kalfakot.

Er trat zu allen hin und begrüßte sie mit Handschlag.

Du meine Güte, Snorri! Warum gehst du bei diesem Unwetter aus dem Haus? fragte der Pfarrer.

Ich wollte fragen, ob Sie nicht einen Arzt holen lassen könnten.

Einen Arzt, jetzt? Für wen? Ist daheim bei dir jemand krank?

Ja, es war jemand krank bei ihm daheim. Mama hatte vorgestern abend Wehen bekommen, Papa wollte die Hebamme holen, doch die hatte sich bei diesem Wetter nicht hinausgewagt. Als Papa nach Hause kam, hatte er Schmerzen und mußte sich hinlegen. Er war schwer krank.

Und deine Mutter, hat sie das Kind zur Welt gebracht?

Ja, sie hat zwei Kinder zur Welt gebracht. Und ich glaube, sie liegt im Sterben.

Du lieber Gott! Und die Zwillinge?

Denen geht es jetzt gut, sagte Snorri in Kalfakot, denn sie wurden tot geboren.

Eine Zeitlang war es still wie in einem Grab. Schließlich sah der Verwalter dem Pfarrer ins Gesicht.

Der Ernst des Lebens, sagte er.

Schrecklich, schrecklich, sagte Pfarrer Kjartan.

Aslaug starrte hingerissen den Jungen aus Kalfakot an. In Gedanken erlebte sie seinen schweren Gang mit, weg von zu Hause, von den todkranken Eltern, den leidenden oder verstorbenen Geschwistern, in beißendem Frost, durch Schneetreiben und Dunkelheit.

Sie stand auf.

Snorri, sagte sie. Setz dich an den Ofen, ich werde dir die Schuhe ausziehen.

So sprach sie zum Sohn des Diebes in Kalfakot. Und doch war kein Mädchen schöner als sie.

Ob es nicht möglich ist, nach einem Arzt zu schicken? fragte Snorri.

Er machte sich am selben Abend wieder auf den Weg nach Hause.

Nichts konnte ihn aufhalten. Geh nicht, geh nicht, sagten die Leute. Doch er ging hinaus in den Schneesturm und die Nacht, er war zu sehr den Elementen verwandt, um vor ihnen zurückzuweichen.

Auch am folgenden Tag ließ der Sturm kaum nach, doch der Frost war nicht mehr so streng. Keine Möglichkeit, nach einem Arzt zu schicken. Am zweiten Tag hörte der Sturm auf, und nun wurde jemand losgeschickt, ob es nun zu spät war oder nicht. Denn man konnte nicht damit rechnen, daß der Arzt vor morgen abend in Kalfakot sein würde, so schwierig war es, vorwärts zu kommen.

Am dritten Tag war Frost und klares Wetter. Gegen neun Uhr morgens nahm Snjolfur seine Skier und machte sich auf den Weg nach Kalfakot hinüber. Alles war weiß, leer und tot und weiß. Die Februarsonne ging über der Schneedecke auf, und ihre Strahlen spielten auf der kalten Pracht.

Er glitt rasch zu den Tälern hinüber, auf und ab, man konnte Hügel und Senken nicht mehr erkennen. Droben im Tal lag tiefer Schnee. Und dort war Kalfakot. Dort war das Schloß des Thordur. Schneesturm und Frost der letzten Tage hatten es neu errichtet. Es sah aus wie eine Schneewehe, und nicht wie eine menschliche Behausung, denn man konnte keinen einzigen dunklen Fleck erkennen, weder vor einem Fenster noch vor der Tür. Die Schneewehe dort war makellos.

Was ist bloß geschehen? fragte sich Snjolfur. Sind alle tot?

Nicht eine Schaufel Schnee war vor dem Eingang weggeräumt. Snjolfur stieg aufs Dach des Wohnhauses und fand den Schornstein. Er drückte den Schnee durch die Öffnung hinunter und spähte von oben in die Küche hinab. Keine Glut auf der Feuerstelle. Ist dort jemand? rief er. Totenstille. Alter Rußgeruch stieg ihm in die Nase.

He, he, he! Ist jemand im Haus!

Dieselbe Totenstille.

Doch kurz darauf begann irgendwo in der Nähe ein Hund zu bellen. Snjolfur stieg vorsichtig auf den Hofplatz hinunter. Das Hundegebell kam aus dem Stall. Und durch den Türspalt sah er weiße Reißzähne und eine schwarze Schnauze, die knurrte und bellte. Von den warmen Kühen drang Dampf heraus. Dies war das erste Lebenszeichen, das er bemerkte, dann hörte er ein Wispern menschlicher Stimmen. Er riß die Tür mit Gewalt auf. Der Hund sprang heraus und fletschte die Zähne.

Guten Tag miteinander!

Die Kinder saßen zusammengekauert in den leeren Boxen und hielten einander an den Händen. Snorri saß in der Kälberbox und wandte der Tür den Rücken zu; er schnitzte an einem Stück Holz.

Die Kinder erschraken, als sie die Stimme eines Fremden hörten, und starrten ihn entgeistert an, als er hereinkam.

Was macht ihr hier? Wie geht es?

Es dauerte lange, bis Snjolfur eine schlüssige Antwort bekam. Als er mit Snorris Hilfe den Eingang zum Wohnhaus freigeschaufelt hatte, sah er die Toten: Thordur und seine Frau und die totgeborenen Zwillinge. Die Kinder hatten nicht einmal daran gedacht, ihnen Nase, Mund und Augen zu schließen. Die Widerwärtigkeit selbst, eine dürre schwarze Katze, saß auf einem der Betten, gähnte und leckte sich das Maul.

Snjolfur betrachtete die ausgemergelten Leichen. Und die Kinder standen in einer Reihe am Eingang und hatten die Finger in den Mund gesteckt. Sie weinten nicht, sie starrten nur. Sie hatten keine Tränen mehr. Unter ihren Augen waren schwarze Ringe.

Ist es lange her? fragte Snjolfur.

Vorgestern abend, antwortete Sigga, die Zweitälteste. Er zuerst. Und als Mama gestorben war, gingen wir hinaus in den Stall.

Habt ihr etwas zu essen gehabt?

Wir haben Milch getrunken.

Habt ihr nichts anderes?

Doch, ein bißchen was.

Wo ist es?

Es war draußen in der Küche: höchstens zehn Handvoll Hafermehl! Das war alles.

1919

Der Dichter und sein Hund

I.

So klein ist die Stadt, daß jedes Kind unter ihren Bewohnern Zeus, den Hund des Dichters, kennt. Sie kamen beide vor einem Jahr aus dem Ausland. Der Dichter hat es durch seine Dichtkunst zu Ruhm gebracht, und Zeus hat sich wegen seines Herrn Beliebtheit erworben.

Ihre Wohnung liegt im ersten Stock eines Hauses in der Hauptstraße. Der Dichter sitzt oft dort, bisweilen mit düsterer Miene, denn es gibt viele Prüfungen in der Welt der Gedanken. Und auf einem Schaffell an der Tür schläft sein Hund, zuverlässig in seiner Treue.

Bisweilen spazieren sie durch die Straßen; Männer lüften den Hut vor dem Dichter. Frauen und Kinder streicheln den Hund, und er wedelt mit dem Schwanz und lächelt so freundlich, wie es nur Hunde können.

Zeus ist schottischer Abstammung; sein Fell ist langhaarig und zottig, und sein Gesichtsausdruck voller Freundschaft, so daß ihm alle die lange Schnauze streicheln wollen; er ist reinlich und höflich wie ein guter Schotte, ein Artistokrat unter den Hunden.

Wenn der Dichter zu einer Gesellschaft eingeladen ist, nimmt er Zeus immer mit, ob das nun den guten Sitten widerspricht oder nicht. Alle heißen Zeus willkommen. Er setzt sich hin und gibt Pfötchen, und auf dieselbe Weise dankt er für die Bewirtung; er macht kaum Fehler. Zum Abschied gibt er Pfötchen. Er weiß, daß es sein Herr so will. Und die Freude Zeus' besteht darin, nach dem Willen seines Herrn zu handeln.

Zeus hat mit dem Bürgermeister und dem Kreisarzt und anderen Honoratioren der Stadt zu Tisch gesessen. Er bellte nicht und schmatzte nicht, sondern nahm dankbar den einen oder anderen Bissen von den Gästen entgegen und fraß ohne Gier. Manchmal warf er seinem Herrn einen Seitenblick zu, als wolle er fragen, ob er auch alles recht mache. War die Mahlzeit beendet, ging er zu den Gastgebern und gab zum Dank Pfötchen. Ein guter Hund ist kaum zu übertreffen, sagen die Leute, ohne darüber nachzudenken, wie wahr sie sprechen.

Einem Hund kann schwerlich größeres Glück zuteil werden als das, dessen sich Zeus erfreut: Er ist seinem Herrn ein Trost in schweren Stunden, die Kinder und die Frauen liebkosen ihn. Die Tochter des Bürgermeisters, ein Mädchen, das so stolz ist, daß es keinen Mann in weniger als drei Ellen Abstand duldet, hat Zeus gestreichelt. Die Kinder des Arztes haben ihn umarmt und geküßt, obwohl sie nicht mit den Nachbarskindern spielen dürfen, weil die einen Hafenarbeiter zum Vater haben.

2.

Soweit bekannt war, vergaß Zeus nur einmal seine guten Manieren. Das war auf dem großen Fest beim reichen Grossisten, wo alle Gläser zerschlagen wurden, nachdem der letzte Trinkspruch ausgebracht war. Als das Gläserzerschmettern in vollem Gange war, begann er zu bellen und zu wüten wie eine wilde Bestie und wollte die Leute beißen.

Doch auf eben diesem Fest war Zeus Zeuge, wie sein Herr, erhitzt von den lieblichen Weinen, der Tochter des Grossisten die Hand küßte.

Es fügte sich so, daß das junge Mädchen und der Dichter hinter der Palme saßen und miteinander sprachen, während die Musik spielte. Zeus lag auf dem Boden zu Füßen seines Herrn und hatte die Schnauze auf die ausgestreckten Vorderpfoten gelegt. Zwei weiche Finger strichen über seinen Nacken, und als er aufschaute, traf ihn ein freundlicher Blick, der des Mädchens. Zeus wedelte mit dem Schwanz und lächelte, und das Mädchen sagte zum Dichter:

Schön ist Ihr Hund, Meister Arinbjörn, man kann beinahe Hochachtung haben vor so einem stattlichen Tier. Tiere haben immer viel von dem, der sie aufzieht; ich glaube, daß er das eine oder andere von Ihnen gelernt hat.

Zeus ist mein bester Freund. Und obwohl wir nicht dieselbe Sprache sprechen, verstehen wir einander wie taubstumme Zwillinge. Ich könnte Ihnen viel von Zeus und mir erzählen. Aber die Leute finden Hundegeschichten langweilig.

Nein, ganz und gar nicht, mir machen Hunde so unerhört viel Freude, ich liebe Hunde einfach, und ganz besonders Terrier, sagte das Mädchen. Doch, Sie sollten mir eine Geschichte von Ihrem Hund erzählen.

Ich weiß nicht, wo ich anfangen soll. Der Hund hier ist die Hälfte von mir selbst.

Der Dichter erzählte ihr trotzdem eine Geschichte; er sprach, als erzählte er den Inhalt einer neuen Tragödie; seine Erzählung war farbig, einfühlsam, innig.

Es war neulich, er war tief in Gedanken versunken zu Hause gesessen, er neigte so sehr dazu, vor sich hinzustarren und nachzudenken: Ich habe große Ähnlichkeit mit einem Menschen, sagte er, der auf den Grund des Meeres hinabtaucht, um nach versunkenen Schätzen zu suchen, und der dann, wenn er wieder an die Oberfläche heraufkommt, auf der einen Seite ein Ungeheuer hat, und auf der anderen eine halbverweste Wasserleiche. Ja, das Meer ist schrecklich: Wer es kennt, wagt nie mehr, auch nur einen Finger hineinzutauchen.

Es war an diesem Tag. Er dachte über das Leben und den Tod nach, über Gott und die Menschen, über die Bibel und den Koran, über den Gang der Sonnensysteme und den Lauf der Dinge – und alles, was von Anbeginn der Welt kränkliche Gehirne in den Wahnsinn getrieben hat, fügte er hinzu und lächelte. Er versuchte, dem Mädchen verständlich zu machen, wie er schließlich zu folgendem Schluß gekommen war: In Wirklichkeit sei das Universum bloß Leere und Dunkelheit, abgesehen von diesen ewig leidenden Menschenseelen, die samt ihren Einbildungen geschaffen und vernichtet werden wie jedes andere unbedachte Werk des Zufalls.

Arme Kreatur, sagte ich, du bist wie eine Rose auf einem Grab und kommst nur an die Oberfläche, um zu sterben. Ja, der Einsiedler wird von manch einem trüben Gedanken verfolgt, fügte er hinzu, wie eine Bitte um Nachsicht dafür, daß er sich über den Jammer der Tiefen ausließ, hier an diesem Ort, bei Sonatenklang hinter einer Palme, zwischen Gold und Glas.

Ich saß lange da, wie gelähmt von einem Alptraum, fuhr er dann fort. Mein Gesichtsausdruck muß den bitteren Schmerz in meinem Innern, den Weltschmerz, zu erkennen gegeben haben, denn was, glauben Sie, hat mich zum Tag, zum Lichtstrahl mitten in der tiefen Nacht wiedererweckt? Zeus kam zu mir und leckte meine Hand. Es war, als würde über die Leeren meiner Seele »es werde Licht« gerufen; der Hund hatte meine Hand geleckt, und es geschah ein Wunder: Als wir beide hinausgegangen waren, da schien mir wieder alles, was der Herr geschaffen hatte, sehr gut zu sein.

Ja, ein Hund ist kaum zu übertreffen, sagte das Mädchen wie die anderen.

Auf diese Weise geschah es.

3.

Hier überspringen wir einen ganzen Sommer mit Vogelgezwitscher und Ständchen, Liebesabenteuern, Ausflügen in Gottes schöne Natur, und noch vieles mehr überspringen wir; doch glücklicherweise wird dies in berühmten Liebesgeschichten auf das genaueste beschrieben, und wer nicht wagt, seiner eigenen Phantasie zu vertrauen, kann dort nachschlagen.

Nun wird es Herbst, die Luft ist kalt, nachts fällt Reif. Die Pflanzen verwelken, die Blumen verlieren ihre Blätter und legen sich auf die Erde; die Schmeißfliegen richten sich oben in Kirchtürmen zum Überwintern ein. Schwermut überkommt die Menschen, und manche legen sich ins Bett, wenn der Herbst kommt.

Hier sitzt der Dichter in seinem Zimmer und hat den Kopf in die eine Hand gestützt; Zeus leckt die andere. Der Gesichtsausdruck des Dichters ist vom Herbst gezeichnet; möglicherweise läßt

er sich vom Hund die Hand lecken, um sich an den Lichtstrahl mitten in der großen Nacht zu erinnern.

Auf dem Flur hört man leichte Schritte; es wird nicht angeklopft, sondern die Tür geht auf, und man betritt das Zimmer des Dichters. Es ist die Verlobte, schön und geschmückt, in einem neuen Pelzmantel, die Verlobte in all ihrer Herrlichkeit. Sei gegrüßt, mein Herzblatt!

Der Verlobte springt auf, als sei er mit einem Male vom Enthusiasmus des Frühlings erfüllt. Doch die Verlobte weicht einen Schritt zurück, als habe sie Angst vor seiner ausgestreckten Hand und seinen liebenden Lippen.

Arinbjörn! sagte die Verlobte. Glaubst du, ich küsse dich, wenn du ganz naß vom Gesabber des Hundes bist? Wasch dich auf der Stelle!

Ich bin nicht naß vom Gesabber des Hundes, antwortete der Dichter, doch er gehorchte und wusch sich das Gesicht und dann die Hände, wie Pilatus, damit keine Gefahr bestand, daß er die Verlobte mit Hundestaupe ansteckte. Sie schwieg währenddessen, räusperte sich nur mit entfernter Stimme, wie ein Bauchredner oder ein Handwerker auf dem Dach eines Hauses. Sie betrachtete kritisch ein altes Bild an der Wand, ein Bild, das sie übrigens im Frühjahr gelobt hatte, kurz nach dem Fest mit den vielen Trinksprüchen, in den guten Tagen. Als er sich gewaschen hatte, wollte der Dichter sie auf den Schoß nehmen, doch ihre Miene war frostig, und irgend etwas stimmte nicht; schließlich sagte sie:

Ich muß es dir jetzt sagen, ein für allemal, wenn wir jemals als Ehepaar gemeinsam unter einem Dach wohnen sollen, dann tust du gut daran, so schnell wie möglich deinen widerlichen Hund erschießen zu lassen. Ich hätte keine Lust, mit einem Mann verheiratet zu sein, der seine Tage vor allem damit verbringt, sich von Hunden ablecken zu lassen. Ich finde, wir haben uns schon oft genug auf Gesellschaften unmöglich gemacht wegen dieses Hundes, den du immer mitschleppst; ich habe dazu keine Lust mehr.

Bedenke, was du sagst, Soffia. Du weißt, daß Zeus schon seit Jahren mein allerbester Freund ist, in Tagen des Hungers wie des Überflusses, in Kummer und in Freude. Versuche dir vorzustel-

len, wie niederträchtig es wäre, wenn ich meinen besten Freund erschießen ließe – und der Dichter streichelte wehmütig seinen Hund.

Ja, ich werde versuchen, es mir vorzustellen, sagte sie. Ich danke dir; jetzt weiß ich, daß du mich nie so lieb gehabt hast wie diesen Hund; deswegen ist es am besten, wenn du ihn behältst! Ich gehe. Adieu!

Sie ging auf die Tür zu.

Doch der Dichter ließ sie nicht gehen. Mit uralten, kernigen Worten, glühend von Inspiration, Liebe und Reue, erzählte er ihr die alte Geschichte. Ohne sie könne er nicht leben, auch wenn ihm die ganze Welt gehörte, sie liebe er, liebe er, liebe er; alles, was er habe, werde er opfern, selbst seine Dichtkunst; Soffia, Soffia, Soffia.

Gut, aber du mußt den Hund erschießen lassen.

Soffia, ich muß…; gut, ich werde Zeus wegschaffen, wenn du versprichst – wenn du es zur Bedingung machst für deine Liebe, ich werde den Hund wegschaffen.

So einigte man sich. Kuß.

4.

Es schien, als hätte Zeus verstanden, daß man sich um sein Schicksal stritt. Seine Miene verriet die Verzweiflung, die nur Hundegesichter ausdrücken können, als er vor die Füße seines Herrn kroch, nachdem die Verlobte gegangen war.

Lange starrte der Dichter auf seinen Hund. Schließlich fingerte er flüchtig an seinem Fell herum und seufzte.

Meine Liebe ist mir trotz allem wichtiger als deine Treue. Und zweifellos wird es damit enden, daß ich wegen meiner Liebe deine Treue enttäuschen muß.

Und der Dichter richtete sein Schreibzeug her, nahm eine Feder zur Hand und verfaßte einen Artikel über das Leid.

Die Verzweiflung des Hundes wurde nicht weniger, nachdem sich der Dichter an seinen Schreibtisch gesetzt hatte. Er wimmerte und zitterte, legte seine Pfoten auf die Knie seines Herrn, sah ihm

ins Gesicht, bat ihn um Gnade, wie nur eine stumme Kreatur bitten kann, ein Beben durchfuhr seinen haarigen Körper.

Hund, du störst mich! Geh!

Dann wies der Dichter dem Hund die Tür, gab ihm zum Abschied einen Fußtritt und schlug die Tür zu.

Am Abend traf er seine Verlobte, und sie gingen Arm in Arm südwärts am Teich entlang. Er war philosophisch und sprach vom Sinn des Lebens. Sie langweilte sich.

Er dachte, es würde sie freuen zu hören, daß er den Hund weggejagt hatte. Doch sie antwortete: Du hattest keine andere Wahl.

Weiter wurde die Angelegenheit nicht diskutiert. Als es Zeit war, schlafen zu gehen, und der Dichter zu seiner Wohnung zurückkehrte, lag Zeus zitternd auf der Türschwelle. Es war kalt, der Hund hatte Hunger.

Weg, Hund, weg! sagte der Dichter; dann ging er hinein und legte sich schlafen. Er hatte keine andere Wahl.

5.

Einige Tage vergingen.

Und dann wurde dem Dichter allmählich klar, was geschah: Der Himmel wollte sich nicht des Hundes erbarmen; der Hund wollte lieber auf seiner Türschwelle verhungern, als draußen in der Welt auf sich selbst gestellt zu sein.

Nun hatte der Dichter das Glück, einen Kapitän zu kennen, der in einem ärmlichen Viertel am Hafen wohnte, und eines Abends schlenderte er mit seinem Hund dorthin. Der Dichter behandelte den Kapitän mit solch unverdienter Ehrerbietung, daß der Mann kaum wußte, wie ihm geschah, und ganz durcheinanderkam.

Zum Abschied schenkte der Dichter ihm seinen Hund, und obgleich der Seemann eigentlich am liebsten gerufen hätte: Verdammt noch mal, ich will keinen Hund, so bedankte er sich und wünschte dem Dichter alles Gute.

Und passen Sie auf, daß er Ihnen nicht wegläuft, sagte der Dichter.

Da können Sie Gift darauf nehmen, sagte der Kapitän.

Wenn Sie auf Fischfang gehen, sollten Sie das Hundchen mitnehmen, sagte der Dichter.

Da haben Sie recht, sagte der Kapitän.

Und er hatte den Hund am Hals.

Nun fuhr der Kapitän wenige Tage später auf Fischfang. Er war vierzehn Tage auf See und hatte den Hund dabei. Den Matrosen gefiel Zeus sehr gut, denn er hatte ein gewinnendes Wesen; sie gaben ihm einen besseren Namen und nannten ihn Bobbi. Doch Zeus verstand sich nicht auf die Seefahrt, er litt an Übelkeit und Appetitlosigkeit und wollte nicht auf den neuen Namen hören. Es erwies sich als unmöglich, ihn als Spielzeug zu benützen oder ihn dazu zu bringen, sich putzig zu benehmen, er stand stundenlang an Deck und starrte über die Reling hinaus und sah nichts als Meer. Er wedelte selten mit dem Schwanz und lächelte nie. Deshalb hatten sie bald keinen Spaß mehr an ihm. Und wenn er den Männern bei der Arbeit im Weg war, neigten sie dazu, auf ihn zu treten. Und dann sagten sie: Hau ab, verfluchter Köter!

Sie waren sich einig darüber, daß dieser Hund ein hoffnungsloser Fall war und daß der Dichter ihn sicher habe loswerden wollen.

6.

Der Kapitän hatte den Hund satt und schenkte ihn dem Koch.

Der Koch versuchte, ihn zu füttern und zu mästen, doch der Hund wollte kaum etwas fressen und wurde immer dünner; da glaubte der Koch, der verdammte Hund sei wählerisch und daran gewöhnt, daß man ihm alles vorkaute. Und als sie das nächste Mal an Land kamen, schenkte er den Hund einem Bekannten, der ein Taugenichts war.

Der Taugenichts meinte, er habe das große Los gezogen, als er den Hund des Dichters bekam, und versuchte überall, mit Zeus Staat zu machen. Er taufte ihn Pegasus, denn er glaubte sich daran zu erinnern, daß Pegasus seinerzeit ein Hund gewesen sei, und dann schrie er auf der Straße lauthals: Pegasus, Pegasus, Pegasus.

Doch der Taugenichts wurde zum Gespött der Leute, und keiner würdigte den Hund eines Blickes. Zeus hatte jetzt auf die Bewohner der Stadt dieselbe Wirkung, die der Mond hätte, wenn die Sonne vom Firmament verschwunden wäre. Er hatte nicht mehr den Abglanz der Berühmtheit des Dichtkünstlers. Und der Taugenichts mußte erkennen, daß ihm der Hund keineswegs zu größerem Ansehen verhalf.

Da geschah es an einem kalten Tag, als er spazierenging und kein Geld hatte, daß er rein zufällig einen Verwandten traf. Ihre Begegnung endete damit, daß ihm sein Verwandter den Hund abkaufte, für eine Krone und fünfundzwanzig Öre, mehr hatte er leider nicht bei sich. Der Verkäufer ging, nachdem der Handel abgeschlossen war, in ein Café und saß dort lange, wie die feinen Leute, trank Kaffee und las Zeitung. Die Rechnung belief sich auf insgesamt eine Krone, Rest fünfundzwanzig Öre, die er als Trinkgeld gab; alle sollten sehen, daß er auch ein feiner Mann war. Von ihm wird nichts mehr erzählt.

Der neue Besitzer hatte den Hund unter anderem in der Absicht gekauft, seine Vermieterin zu ärgern. Dieser Mann gab sich als Hafenarbeiter aus, war jedoch in Wirklichkeit ein Trunkenbold und Dieb, der ständig Schwierigkeiten mit der Polizei hatte. Er wohnte in einem kleinen Haus am Stadtrand, wo er von einer übellaunigen alten Frau versorgt wurde.

Wer hätte gedacht, daß es noch schlimmer werden könnte, sagte die Alte: Jetzt war auch noch ein Hund dazugekommen.

Der neue Besitzer nannte Zeus ganz einfach Mori und liebte ihn von ganzem Herzen und von ganzer Seele. Er gewährte Mori die gleichen Rechte wie sich selber, sie aßen das gleiche Essen und schliefen im selben Bett, und der Mann verwöhnte den Hund um so mehr, je mehr die Alte ihn verwünschte und verfluchte. Doch als der gerade angefangen hatte, sich an den neuen Herrn zu gewöhnen, brach das Unheil herein.

Eines Tages kam die Polizei zu Besuch bei seinem Herrn, und nach einem längeren Handgemenge zerrten sie ihn fort ins Gefängnis. Am selben Tag prügelte die Alte den Hund aus der Hütte hinaus. Das war im tiefsten Winter bei eisigem Schneesturm.

Nun heben die schlechten Tage an. Herrenlos und heimatlos irrte der arme Hund durch Straßen und über Plätze, hungrig, dürr und von Wind und Wetter zerzaust. Er schlich sich in Hinterhöfe, schnüffelte an den Mülltonnen herum und kratzte alles Eßbare aus der gefrorenen Erde hervor. Andere Hunde scharten sich um ihn, gestriegelt und wohlgenährt, sträubten das Fell, gingen auf ihn los und erwiesen sich als die Stärkeren und wollten ihn zerfleischen. Die Gassenjungen warfen nach ihm, wenn sie aus dem verharschten Schnee einen Stein lösen konnten. Die erwachsenen Leute aber hatten so viel zu tun, daß sie keine Zeit hatten, sich um herrenlose Hunde zu kümmern.

Eines Tages trottete Zeus an einem der großen Häuser der Stadt vorbei. Der herrenlose Hund blickte aufmerksam um sich, ehe er zweifelnd vor diesem Haus stehenblieb. Oh, doch. Er kannte dieses Haus. Hier hatte er einmal mit seinem Herrn an einer Gesellschaft teilgenommen, aber das war jetzt schon lange her. In einem Zustand vollkommenen Glücks war er hier durch die Zimmer gestreift; alles war ein einziges Lächeln; die Welt, in der er lebte, war erfüllt von Strahlen der Sympathie und sanft dahinplätscherndem Plaudern; weiße Hände streichelten seinen Pelz; er bekam alle möglichen Leckerbissen. Und der beste Strahl ging von den Augen seines Herrn aus. So war es damals.

Der Hund stand noch immer draußen auf der Straße und betrachtete das Haus, so wie ein Reisender eine zweifelhafte Furt betrachtet. Schließlich faßte er einen Entschluß und spazierte in die Vorhalle hinein.

Drinnen hörte man, daß von außen an der Tür gekratzt wurde, und die Hausherrin öffnete selbst, um nachzusehen, was es damit auf sich hatte. Und da war es nur ein Köter!

Er sah ihr direkt ins Gesicht, die Demut leuchtete aus seinen braunen Hundeaugen; er wedelte mit dem Schwanz, sein ganzer Körper bebte vor Ehrfurcht und Bitten. Und ein kleines Mädchen erschien in der Türöffnung und sagte: Nein, so etwas, das ist ja Zeus, der Hund des Dichters!

Was für ein Unsinn, sagte die Hausherrin. Der Dichter hat ihn schon längst hergegeben. Dann holte die Hausherrin einen alten Spazierstock, und im nächsten Augenblick ging ein dröhnender Schlag auf den zottigen, abgemagerten Körper nieder, das Tier heulte laut auf, doch sie schlug weiter!

Der Hund schlich wimmernd auf die verschneite Straße hinaus. Es war klirrender Frost. Die Hausherrin ging wieder in ihr Zimmer zurück und schürte das Feuer.

Das wäre ja noch schöner, sagte sie, wenn unsere Haustür herrenlosen Hunden offenstünde!

8.

Selbstverständlich fand die Tochter des Grossisten einen wirkungsvolleren Anlaß, die Verlobung mit ihrem Liebsten zu lösen, als beim ersten Versuch, von dem wir wissen, wie er mißglückte. Für die Geschichte von Zeus spielt es keine Rolle, was der Anlaß war.

In seiner Verzweiflung ist der Dichter im Ausland herumgereist, ohne Verlobte, ohne Hund, allein. Er ist nach Hause zurückgekehrt und sitzt wieder wie früher in seinem Zimmer in der Hauptstraße und brütet vor sich hin. Sein Pessimismus ist gewachsen, Weltschmerz erfüllt die Seele des Dichtkünstlers bis in die hintersten Winkel; nichts scheint ihn aus seinem Alptraum aufwecken zu können. Nicht einmal ein Hund leckt seine Hände, nicht einmal ein Hund erinnert ihn an die helle Seite des Lebens. Dieser Mann scheint schon seit langem davon überzeugt zu sein, daß die Geschichte von der Sonne am Himmel leeres Gewäsch sei und die Helligkeit des Tages ihre Wurzel in der Unzulänglichkeit des Auges habe.

Ich Narr habe an die Treue der Frau geglaubt! sagt er. Edle Stadt, du zitterst vom Gesang der Leiern und funkelst Tag und Nacht im Lichterglanz, und tausend Dichter preisen die Herzen deiner Frauen in den schönsten Gedichten. Wehe, selbst die Herzen deiner Frauen sind nicht soviel wert wie die Treue eines Hundes. Ich wünschte, mein Zeus wäre hier!

An einem Wintermorgen gegen neun Uhr, als der Dichter eben aufgestanden war und aus dem Haus gehen wollte, bemerkte er, daß etwas vor seiner Tür lag, etwas Großes, Dunkles, Zottiges, halb von Schnee bedeckt. Und als der Dichter es abtastete, spürte er, daß es ein Tierkörper war, und so abgemagert, daß man die Rippen zählen konnte. Das Tier gab kein Lebenszeichen von sich, doch es war noch lauwarm, konnte also noch nicht lange tot sein.

O Zeus, Zeus, sagte der Dichter und warf sich bitter schluchzend über den halb erstarrten Hundekörper.

1920

Heidbaes

1.

Leben wir nicht auf einem Vulkan?

Droben in den Gebirgstälern wohnen Philosophen.

Der Vulkan Ketill steht seit tausend Jahren drohend über der Gemeinde und hat seine Drohungen immer wieder wahrgemacht: Lava ist über blühende Gegenden geflossen, es hat Asche auf das Land geregnet. Das Spiel des Berges ist blutiger Ernst: Mißjahre, Hunger und Seuchen.

Dennoch sind erstaunlich wenige geflohen. Kommen wir in tausend Jahren hier herauf in die Täler, und versuchen wir, die Philosophen ausfindig zu machen. Philosophen? Meinen Sie diese alten Denker, die vor Zeiten hier gewohnt haben sollen? Nein, selbst ihre Gräber sind verschwunden.

Doch der Berg Ketill wird noch tausend Jahre lang stehen, und noch tausend Jahre dazu, ein dunkelgrauer Unhold, den neue Zeiten weder zurückdrängen noch zersetzen, so viele neue Zeiten hat er erlebt, ein Fels, dem nur der Ozean der Ewigkeit etwas anhaben kann.

2.

Die Geschichte spielt droben an der Brust des Landes, droben bei den Einöden und Gletschern, den Lavafeldern, Gebirgspässen und Sandwüsten, den Bergen, unter denen das Feuer lodert.

Eine halbe Tagereise oder weniger vom Vulkan Ketill entfernt steht der Hof Hrauntun, freundlich und hübsch, mit fünf roten

Holzgiebeln zum Hofplatz hin, und wenn das Kind auf dem Hofplatz steht, sieht es den Hahnenfuß vom leuchtend grünen Grasdach herablächeln, den Löwenzahn und das Vergißmeinnicht.

Hier wohnt eine Witwe, die Gunnhildur heißt, und sie hat eine Tochter namens Astridur, und Astridur wurde im Frühjahr achtzehn, und dann kam ein junger Knecht auf den Hof; sie erinnerte sich nicht daran, daß sie je zuvor einen jungen Knecht gehabt hatten.

Er hieß Helgi und war ein außerordentlich tüchtiger Arbeiter. Er arbeitete vom frühen Morgen bis tief in die Nacht hinein, man sah ihn nie schlafen, und er war nie müde, und wenn er sich Ruhe gönnte, nahm er stets ein Buch zur Hand und las, es war immer dasselbe Buch, das einzige, das er besaß, die Saga von dem starken Grettir Asmundarson, der auf der Insel Drangey erschlagen wurde.

Helgi war groß und breitschultrig, hatte blondes Haar und blaue Augen, wie sie selbst, und große, schwielige Hände, und abends, wenn er sich wusch, sah Astridur seine nackten Arme, wie kräftig sie waren. Er war ein schweigsamer Mann; in den seltenen Fällen, in denen er etwas sagte, sprach er über die Verrichtungen auf dem Hof, die Schafhaltung und die Arbeit im Kuhstall.

Wenn Astridur ihm gegenüber auf die Isländersagas zu sprechen kam, oder auf die Gedichte von Kristjan Jonsson und den Eid von Thorsteinn Erlingsson, dann erzählte er eine Episode aus dem Leben Grettirs, in wenigen und oft schlecht gewählten Worten, um nicht ganz stumm zu bleiben. Trotzdem wurden sie gute Freunde, Astridur und Helgi. Dann begann die Frühjahrsarbeit.

3.

Es war eines Abends, als sie über die Hofwiese zum Haus zurückgingen und den ganzen Tag gearbeitet hatten. Der Gletscher war von weißlichen Nebelschleiern verhüllt. Die Berge waren wie eine große Nachtviole, alle außer dem Ketill. Ab und zu durchbrach das Zwitschern eines Vogels die Stille. Der Rauch aus den Schornsteinen stieg gerade empor und verschwand.

Sie setzte sich am Hofbach nieder, um ihren Schuh zu richten, er setzte sich auch und sah versonnen hinauf zu den Bergen.

Als Grettir geächtet war, hielt er sich einen Winter lang in der Nähe dieser Berge auf. Er senkte den Blick und sah die undeutlichen Spiegelbilder von Astridur und sich im Bach zu ihren Füßen.

Er und sie.

Dann blickte er auf und lachte.

Warum lachst du? sagte sie.

Das könne er kaum sagen, meinte er, oft lacht der Dumme über seine eigene Torheit.

Worüber hast du denn gelacht?

Er blickte sie an und sah, daß sie klein und schön war wie ein Frauenröschen.

Da wurde er mit einem Mal ernst, blickte zu den Bergen hinauf und sagte:

Ich habe mir überlegt, ob die Jungfrau Maria und Grettir ein Ehepaar hätten werden können, sagte er, und dann sah er sie an und wartete darauf, daß sie loslachte, doch das geschah nicht.

Wenn sie sich geliebt hätten, dann… – weiter kam sie nicht. Doch der Blitz, der in ihren Augen aufleuchtete, traf auf einen anderen Blitz in seinen Augen. Sie verstanden die ganze Welt. Sie errötete und schlug die Augen nieder. Er sah immer noch ihre Lider an.

Am Abend las sie von den Gedichten Kristjans die, welche am düstersten und schwermütigsten sind, und von den Gedichten Thorsteinns die, welche am meisten von Liebe erfüllt sind, und verstand alles.

Von da an waren Helgi und Astridur ganz anders zueinander, sie waren schüchtern und verlegen und sprachen noch weniger als zuvor, doch um so häufiger trafen sich ihre Blicke.

4.

Im Hochsommer kam ein Mann nach Hrauntun. Er war jung und schlank und siezte zunächst alle auf dem Hof, ein ungewohnter Gast mit Stiefeln an den Füßen.

Mit Verlaub, woher kam der Besucher?

Er kam den ganzen Weg von Reykjavik. Doch er hatte sich Zeit gelassen, war Anfang Juni aufgebrochen. Er wollte hier herauf ins Gebirge.

Mit Verlaub – darf man fragen, was er macht? sagte die alte Gunnhildur.

Ich bin Kunstmaler.

Ah ja. So ist das. Es war wohl nicht das Schlechteste. Sie fragte nicht weiter nach in dieser Richtung.

Und du hast ein Packpferd? sagte Gunnhildur.

Ja, das waren die Malutensilien und anderes Gepäck. Es ist wohl nicht möglich, sich hier für etwa zwei Wochen eine Unterkunft zu mieten? fragte der Fremde.

Doch, das ließe sich machen, wenn es seinen Ansprüchen genügte, aber, aber – sagte die alte Gunnhildur, er ist hoffentlich nicht kränklich?

Nein, nein, er war ganz und gar nicht kränklich, in der Hinsicht war nichts zu befürchten, Verehrteste, er war vor zwei Wochen quer über den Berg Skjaldbreidur gegangen; die ganze Nacht hindurch war er gewandert, und das in diesem dichten Nebel, diesem gottverdammten Nebel, und hatte sich kein bißchen verirrt, geschweige denn sich eine Lungenentzündung geholt.

Nein, wirklich, sagte die alte Gunnhildur, ich meinte aber etwas anderes: Im vorletzten Jahr war nämlich auf einem Hof hier in der Gegend ein Junge gewesen, und der kam aus Reykjavik. Er war kränklich. Schwindsucht oder so etwas. Er steckte alle jungen Leute auf dem Hof an. Dann reiste er ab.

Aber nein, Verehrteste. Seien Sie unbesorgt, ich werde Ihre Leute nicht anstecken, sagte der Fremde so höflich und bestimmt, daß die alte Gunnhildur nicht weiterzufragen wagte. Daraufhin wurde man sich auf dem Hofplatz handelseinig, und damit war der Fremde in die Hausgemeinschaft aufgenommen und trat ein.

Er redete den ganzen Tag lang. Er redete so viel, daß alle anderen schwiegen, und wußte über buchstäblich alles zwischen Himmel und Erde und noch viel mehr Bescheid, sowohl den Spiritismus wie auch den Bolschewismus. Die alte Gunnhildur stand, die Hände vor dem Bauch übereinandergelegt, da, und Astridur war noch nie im Leben einem solchen Menschen begegnet. Helgi wollte an diesem Abend früh zu Bett gehen, und der Hütejunge gaffte mit offenem Mund. Andere Leute gab es nicht auf dem Hof.

5.

Der Mann machte Eindruck.

Konnte irgend jemand auf der Welt besser aussehen als er? Er war groß und schlank, gut gewachsen und wohlproportioniert, hatte schwarzes Haar und weiße Haut, dunkle Augen und zusammengewachsene Augenbrauen. Und er hatte einen Familiennamen, er hieß Heidbaes, es konnte also keiner sagen, was der Vatersname von Heidbaes war.

Tags darauf war das Vorderzimmer in Hrauntun ein Kunstmuseum geworden, denn er brachte eine ganze Pferdeladung von Bildern mit, und dann malte und malte er. Er hatte eine engelgleiche Singstimme, konnte alle Melodien und sagte, er spiele drei oder noch mehr Instrumente, aber in Hrauntunga gab es außer einem Kamm kein Musikinstrument. Er war in Kopenhagen gewesen und sang dänische Lieder, während er malte. Und er konnte Englisch und Französisch, ja, es war unglaublich, was der Mann alles konnte. Astridur gefiel ihm.

6.

An einem sonnigen Tag machte er sich daran, den Vulkan Ketill zu malen, und er wollte, daß Astridur mitkäme, und Astridur kam mit.

Es war ein Tag wie geschaffen für die Heuernte, und trotzdem saß Astridur in ihrer Sonntagsjacke weit droben im Lavafeld, ganz durcheinander vor Liebe und Unschuld. Heidbaes redete

und malte und sang und erschuf einen Vulkan im Sonnenschein auf der Leinwand, es werde Licht, sagte Heidbaes, und es ward Licht!

Er war so witzig, daß es wirklich kaum auszuhalten war. Wurde er dann ernst, war er ein Weiser, hochfliegend und tiefsinnig, und wenn er von der Schönheit und von den Herrlichkeiten des Lebens sprach, dann flog sie wie ein kleiner Vogel mit ihm hinauf über die Sonne, hinauf in den siebten Himmel.

Dann sah er sie plötzlich an, und ihre Augen begannen zu funkeln, sie wurde ganz rot und blickte auf den Boden, er aber schaute sie noch immer an. Im hellen Sonnenschein überkam sie ein Frösteln. Danach lachte ihr Herz.

Ach Heidbaes, o Heidbaes, lieber, lieber Heidbaes.

7.

Am Abend, als sie wieder ihre Alltagskleider trug und hinausgehen wollte, um zu melken, stand Helgi in der Stube und wusch sich. Er hatte die Ärmel über die Ellbogen hinaufgeschoben, er wusch seine großen, braunen Hände und dicken Handgelenke bis zu den Armen hinauf. Sie wollte aus der Stube hinaus, er sah sie an, sie vermied es, ihm in die Augen zu sehen und blickte vor sich auf den Boden, und er verstand, was es damit auf sich hatte.

Er sagte nichts und las auch an diesem Abend in der Saga von Grettir, wie gewöhnlich.

Wie liest du denn heute abend, Helgi? fragte der Hütejunge. Du hältst das Buch umgekehrt, die Buchstaben stehen auf dem Kopf.

Das kommt aufs selbe heraus, Junge, sagte Helgi.

8.

Natürlich blieb Heidbaes länger als zwei Wochen in Hrauntun, denn es gab immer etwas Neues zu malen, die Natur ist so reich, sagte er. Das gute Wetter hielt an, und die Heuernte ging ganz

nach Wunsch vonstatten, es hatte auch niemand etwas gegen Heidbaes, denn er brachte Abwechslung und bezahlte obendrein. Helgi schwieg beharrlich und las abends immer in der Saga von Grettir.

Kein Wunder, daß er so verkniffen ist! sagte Heidbaes einmal zu Astridur.

Darüber empörte sich Astridur, und sie ergriff Partei für Helgi, denn sie erinnerte sich an einen Abend im Frühling, als die Berge wie eine Nachtviole waren und sie zusammen am Bach saßen und Grettir mit der Jungfrau Maria verlobten.

Helgi ist weder wegen der Saga von Grettir noch wegen sonst etwas verkniffen. Helgi ist nicht verkniffen.

Und Astridur war dem Weinen nahe.

Doch am Abend, als alle von der Arbeit zurückgekommen waren, sah sie sich die Leute in der Stube genau an. Tags darauf sagte sie zu Heidbaes: Doch, es stimmt, Helgi ist ein wenig verkniffen.

9.

Heidbaes bekam Briefe aus dem Ausland. Sie waren von seinem Papa und seiner Mama, vornehmen Leuten in Reykjavik, sie waren im Spätsommer abgereist und wollten nach Weihnachten wiederkommen.

Machen sie eine Vergnügungsreise?

Ach, ist es nicht verständlich, daß zivilisierte Menschen vor der verdammten Dunkelheit des Winters hier in Island fliehen möchten, antwortete Heidbaes.

Das war vor dem Schafabtrieb. Er malte und zeichnete weiter, arbeitete aus, wählte und verwarf, vollendete, schuf Meisterwerke und produzierte Unsinn. Abends saß er in der Stube, rauchte seine Pfeife und erzählte von diesem und jenem aus der großen Welt, das interessant war.

Einmal ging er in die Kirche. Er sah besser aus als alle anderen Männer in der Gemeinde, hatte weiße Hände wie ein junges Mädchen und glattes, gepflegtes Haar. Der Pfarrer sprach lange

mit ihm und lud ihn ins Pfarrhaus ein, und Astridur und die alte Gunnhildur auch, und anschließend fast die ganze Gemeinde, und trotzdem kam es allen so vor, als säße dort keiner in der Stube außer Heidbaes.

Helgi war zu Hause geblieben.

10.

Tja, sagte Heidbaes an einem Herbstabend. Jetzt sehne ich mich allmählich nach den Fleischtöpfen Ägyptens.

Du hast doch nicht etwa die Absicht, wieder nach Reykjavik zu gehen? fragte Astridur.

Doch, ich glaube schon, sagte er und lächelte. Aber du, Asta, meine liebe Hindin, mein liebliches Reh, kommst du nicht mit?

Ich?

Oder willst du dich vom Berg Ketill verschlingen lassen?

Und er sah sie an, ihr Gesicht, ihren Hals, ihre Brust, ihre Hüften, ihre Beine, und dann wieder ihr Gesicht, diese dunklen Augen, die alle Herrlichkeiten der Welt bargen.

Gott schafft keine so schöne Sonne, damit sie nur den engen Raum eines einzigen kleinen Bauernhofes droben im Gebirge erleuchtet. Doch, Asta. Du mußt nach Reykjavik kommen und lernen, eine Dame zu sein, meine Dame, Asta! Wenn du die Bälle und die Kinos kenntest, würdest du nicht lange überlegen.

Ich habe gehört, daß man sich in Reykjavik über Mädchen vom Land lustig macht.

Ach, Geschwätz. Die arme Bauerntochter aus dem Märchen wurde Königin, und so ist es noch heute. Natürlich macht man sich hie und da lustig über besonders einfältige Landpomeranzen, wenn sie anfangen, durch die Innenstadt zu promenieren. Aber was hast du zu befürchten, Asta.

Ich kenne niemanden in Reykjavik, Heidbaes.

Doch, mich, Asta. Du wirst mein Mädchen. Die kleine Asta wird mein Mädchen!

Es ging genauso wie im Sommer droben im Lavafeld, Astridur wurde rot und blau und gelb und grün vor den Augen: Ach

Heidbaes, o Heidbaes, lieber, lieber Heidbaes, ach Heidbaes, oh, oh! Du lieber Gott, wie sie ihn liebte! An diesem Abend glaubte sie, sie sei glücklich.

II.

An den ersten Tagen im Oktober schneite es. Alles wurde weiß, so wunderbar weiß, so heilig und einsam. Nichts war so rein wie der erste Schnee, nicht einmal ihr Herz.

Dann kam stilles Frostwetter, es war um die Zeit des Vollmonds, und hier oben im Gebirge war eine Zauberwelt; das Elfenvolk war unterwegs. Und alle waren gut.

Eines Abends, wie so oft, erzählte Heidbaes Geschichten und saß auf der Truhe neben Astridurs Bett, und Astridur saß auf ihrem Bett und lehnte sich gegen das Kopfende. Gunnhildur schenkte Kaffee ein, und in der Ecke lag die Großmutter in ihrem Bett. Der Hütejunge hielt Maulaffen feil und Helgi las die Saga von Grettir. Alle waren begeistert von Heidbaes' Geschichten; nur Helgi nicht, er las die Saga von Grettir.

Da geschah das Wunder.

Es war genauso, als hätte sich die Stube in ein Schiff auf stürmischer See verwandelt und der eine Steven würde plötzlich emporgehoben und der andere nach unten sinken, alle wurden herumgeschleudert und klammerten sich an den Bettpfosten fest, um Halt zu finden; dann begann die Stube zu beben, daß es in allen Balken krachte, die Wanduhr fing plötzlich an zu schlagen, der Kaffee schwappte aus den Tassen, und verschiedene kleinere Gegenstände fielen von den Wandborden herab auf den Boden; draußen hörte man ein Heulen wie von einem Sturm.

Heidbaes rief als erster den Herrn aller Geister an, sprang auf, warf die Kaffeetasse weg und war ganz durcheinander vor Angst. Der Hütejunge riß die Augen auf und sah einen nach dem andern an. Die Großmutter in der Ecke murmelte etwas vor sich hin. Astridur folgte dem Beispiel Heidbaes' und sprang auf, sie standen leichenblaß in der Stube und hatten Herzklopfen, beide.

Dort saß Helgi auf seinem Bett. Er sah langsam auf und blickte zum Fenster hinaus, steckte dann das Buch unter das Kopfkissen, stand auf und bewahrte die Ruhe.

Das ist sicher ein Erdbeben, sagte er. Es ist wohl besser, im Stall nachzusehen.

Ja, aber, Mensch! Wenn das Haus einstürzt, was zum Teufel kümmert uns dann der Kuhstall? Sind nicht Pferde auf dem Hof? Kann man nicht wegreiten?

Heidbaes erhielt Antwort in Form eines neuen Erdstoßes, der viel stärker war als der erste. Die Großmutter richtete sich halb auf in der Ecke.

Heidbaes stand verzweifelt mitten in der Stube, bald war er ruhig, bald bewegte er sich schnell im Kreis, wie ein Schaf, das den Drehwurm hat: Astridur sah ihn an. Wer war dieser Mann? Und es war, als würde ihr zugeflüstert: Heidbaes Heidbaesarson aus Heidbaesarland, und damit hat sich's. Was konnte er? Verzweifeln und sich im Kreis drehen, er verstand nicht die Sprache, die hier gesprochen wurde, die Sprache des Landes, das war nicht sein Land. Draußen dröhnte die Stimme Jehovas, dessen, der das Gesetz auf dem Berg Sinai gab. Heidbaes fragte nach den Pferden, konnte man nicht wegreiten und fliehen?

Dort war Helgi, Helgi, Helgi. Derselbe wie zuvor, derselbe wie am ersten Tag, wettergebräunt und verkniffen, doch ausdauernd und stark wie ein Riese.

Helgi, geh nicht! sagte sie.

Aber wenn der Stall womöglich einstürzt, sagte er.

Wieder hob sich das Haus und wieder gab es einen Erdstoß. Ein Grollen wie von tobenden Stürmen oder entfernten Donnerschlägen, oder wie von draußen von der Küste, wo Felswände in die Meerestiefen hinabstürzen.

Das ist ja schrecklich! sagte die alte Gunnhildur. Ich glaube, es ist besser, solange hinauszugehen.

Und schon hatte Heidbaes den Rat befolgt und war hinausgeeilt.

Helgi, sagte Astridur. Darf ich mit dir gehen?

Sie gingen hinaus in den Stall, die Kühe muhten ängstlich, sonst war alles ruhig.

Kann dir dieser feine Mann keinen Mut machen? sagte Helgi. Heidbaes? Was willst du damit sagen?

12.

Am Abend brach der Vulkan Ketill aus. Das war ein schrecklicher und schöner Anblick, wie das Jüngste Gericht. Feuersäulen stiegen Tausende von Metern hoch in die Luft, die Finsternis selbst schien in Brand geraten zu sein. Funken stoben wie Meteore über das pechschwarze Himmelsgewölbe, verschwanden in die Unendlichkeit hinaus oder stürzten herab. Bisweilen wurde es taghell, so daß man die ganze Gegend sehen konnte. Ein feuriger Strom schoß aus dem Berg hervor gen Himmel, Kaskaden glühender Schlacke. Hin und wieder bebte die Erdkruste; dumpfes Dröhnen stieg aus dem Innern der Erde auf.

Rauchwolken breiteten sich am Himmel aus, dichte Schwaden aus erkalteter Asche. Hinter dieser Wolkendecke verbarg sich der lächelnde Mond und die Sterne, die noch vor ganz kurzer Zeit durch die klare Luft der Herbstnacht herabgestrahlt hatten. Nur die wild lodernde Fackel des Berges warf ihren flackernden Schein auf die zitternde Erde.

Die Menschen starrten ernst und schweigend auf das Feuer, sie klagten nicht über die Gefahr, geschweige denn, daß sie hysterisch geworden wären oder den Verstand verloren hätten. Wenige in dieser Gegend fanden Schlaf, und keiner war mehr als ein Mensch in dieser Nacht, und kaum einer weniger.

13.

Heidbaes war außer sich.

Wer weiß, womöglich fließt die Lava über den Hof? Oder das Haus stürzt ein bei einem der Erdstöße? Der Vulkan könnte auch große Steine speien und das Dach über unseren Köpfen zerschmettern. Sollten wir nicht lieber wegreiten? Ich vertrage nämlich keine großen Aufregungen. Gott der Allmächtige stehe mir bei, wenn wir hier zu Schaden kommen sollten.

Wir hier glauben an Odin und Thor, sagte Helgi, und das war alles, was er zu Heidbaes sagte, solange sie zusammen waren. Astridur blieb die ganze Nacht hindurch in Helgis Nähe.

Gegen Morgen hörte der Ausbruch auf.

Der Vulkan Ketill war von einer dicken, schwarzen Wolke verhüllt. Es war trübes Wetter, völlig windstill, aber sehr kalt. Es schneite, wenn auch auf andere Weise als gewöhnlich, die Flocken waren aus Bimsstein. Der Bimsstein fiel auf die schneebedeckte Erde, und heute war schwarz, was gestern weiß gewesen war.

Früh am Morgen machte sich Helgi auf, um nach den Schafen zu suchen. Er schlug den Weg zum Berg hinauf ein und verschwand in der Asche. Heidbaes schlief den ganzen Tag.

Die Leute waren nicht gesprächig an diesem Tag. Die Großmutter saß aufgerichtet da und erzählte von Vulkanausbrüchen in früheren Zeiten. Und selbst als ihr niemand mehr zuhören wollte, saß sie dennoch da und hielt Selbstgespräche über die Katastrophen vergangener Tage.

Am Abend trat Heidbaes in die Stube, gewaschen und gestriegelt wie ein Reitpferd.

Man kann draußen im Freien kaum atmen vor Asche und Giftdampf, sagte er.

Astridur dachte an Helgi, daß er den ganzen Tag droben im Gebirge herumging und im Aschenregen nach den Schafen suchte.

Wie bekommen dir Erdbeben und Vulkanausbrüche, Asta? fragte Heidbaes.

Wie bekommen sie dir? fragte sie zurück.

Dann kam Helgi nach Hause. Er war völlig schwarz im Gesicht, nur seine Zähne waren weiß. Die Schafe sind schon im Stall, sagte er, ich habe sie alle gefunden.

Helgi, der den ganzen Tag im Gebirge herumgegangen war und die Schafe gesucht hatte, jetzt kam er nach Hause und wusch sich. Die hübsche, kleine Asta sah ihn hingerissen an – den ewigen Isländer, abgehärtet gegen Feuer und Eis und Strapazen aller Art, Generation um Generation, seit tausend Jahren.

Ihr Blick fiel auch auf Heidbaes. Er saß dort drüben am Feuer, herausgeputzt wie ein Pfingstochse, und machte sich die Nägel sauber, blaß und mit verquollenen Augen, denn er hatte den

ganzen Tag geschlafen. Niemand zweifelte daran, daß er das Bild eines Vulkans im Sonnenschein malen konnte, sogar so schön, daß einer ganzen Welt von ebensolchen Heidbaesen der Mund offenstehen blieb vor Bewunderung. Er konnte mit Frauen scherzen und Witze erzählen, Lieder singen, mit Leinwand und Farben hantieren und unnütze Imitationen der Natur herstellen, ja, das konnte er, doch ein Kind der Natur war er nicht, und noch weniger ein Sohn von Feuer und Eis. Und seinetwegen hätte das gesamte Vieh draußen verhungern oder an den Giftdämpfen eingehen können. Island stellt den Isländer auf die Probe, Island und sonst nichts; ging es zu weit, wenn man sagte, er habe die Probe nicht bestanden? Möglicherweise. Vielleicht war er der Mann der Zukunft, der, auf dem das Wohlergehen des jungen Islands gründen würde; es ist durchaus denkbar, daß neue Zeiten wenig für Kühe im Stall und Schafe auf der Weide übrig haben.

So allmählich habe ich das Landleben satt, sagte er später am Abend.

Wann willst du gehen?

Möglichst bald.

Zwei Tage später machte er sich auf den Weg; sein Pferd war mit Bildern und Malutensilien bepackt. Und das Vorderzimmer in Hrauntun war wieder wie früher, ohne Gemälde und schmucklos. Alle Bewohner des Hauses standen auf dem Hofplatz, um Abschied zu nehmen, wie es der Brauch ist, wenn ein Gast abreist.

Als er den Hofweg hinter sich gelassen hatte, standen Helgi und Astridur allein da. Sie sah den Berg Ketill an und dann ihn. Dort ragte der Vulkan himmelwärts, so kalt und gleichgültig aussehend, doch in seinem Innern war ein sprudelndes Feuermeer verborgen; so war ganz Island. An ihrer Seite stand der Isländer, der Sohn von Eis und Feuer, das legitime Kind der Natur, von derselben Wesensart wie sein Land.

Ich dachte, du seist seine Verlobte, Astridur, sagte er und sah sie an.

Sag das nie wieder! Das ist nicht wahr! antwortete sie.

Schweigen.

Weißt du noch, im Frühjahr, als wir dort unten am Bach saßen? fragte er.

Ja, Helgi, antwortete sie. Du nanntest mich Jungfrau Maria. Da war ich auch so rein und gut. Und dann kam er – und der Aschenregen.

Aber jetzt ist er fort. Und bald kommt Regen, der den Bimsstein wegwäscht.

Gott sei Dank!

Sie sahen sich lange in die Augen.

1919

Mein heiliger Stein

Es ist schier unglaublich und bei flüchtiger Betrachtung niemandem verständlich, daß ich durch das Labyrinth des Lebens gegangen bin, von einem Saal zum andern, durch die Säle der Freude und der Schmerzen, durch den Saal der Hoffnungen und den Saal der Verzweiflung und all die anderen Säle, und dennoch nichts vermocht hat, meine Sehnsucht, meine innerste Sehnsucht zu stillen; nirgends habe ich ein Echo auf die heilige Sprache meines Herzens gefunden, ausgenommen in einem Stein in meiner Heimat. Nur in einem Basaltstein, der auf einem kleinen Hügel steht und sich am Hang oberhalb unseres Hofes vom Himmel abhebt.

Geradewegs aus der weiten Welt bin ich gekommen, von der die Leute sagen, daß dort immer Sonnenschein sei, aus einer Welt, in der herrliche Paläste im Schatten grüner Wälder stehen und sich in stillen blauen Seen spiegeln – nur um diesen Stein in der Nähe des Ortes meiner Kindheit zu sehen; ich habe meine Freunde verlassen, den schäumenden Wein und die herrlichsten Töne, elegante Frauen und den ewigen Sonnenschein, die Paläste, die stillen Seen und die tiefgrünen Wälder – hastig habe ich mich von all dem verabschiedet und bin nach Hause gekommen.

In dem Ballsaal, in dem freudig erregtes Herzklopfen, unbeschwertes Lachen und graziöse Bewegungen, einschmeichelnde Töne und zahllose liebende Seelen in anmutiger Harmonie zusammentreffen, stellte ich mir plötzlich diesen Stein am Hang daheim vor, mit grünem Moos und tausendjährigen Flechten bewachsen, einem Kirchturm ähnlich, der zum Himmel zeigt, oder einer heiligen Pyramide. Und siehe, die anmutige Harmonie ist verschwunden, die Schönheit verdunkelt sich in meinen Augen.

Die Herzen klopfen kraftlos, das Lachen ist kalt, alle Füße sind wie gefesselt, die Töne disharmonisch und die Seelen bedrückt; ich sehe im Geist meinen heiligen Stein, den, der mein innerstes Sehnen bewahrt, meine erhabenste Erinnerung, den schönsten Traum meiner Kindheit. Alles verliert seinen Glanz gegenüber der Erinnerung an meinen heiligen Stein.

Ich war noch ein Kind, als ich den Traum träumte; doch allein die Kinderseele hat das reinste Verständnis für die Herrlichkeit des Lebens.

Nichts ist so heilig wie die Kinderseele, denn sie vertraut ihrem Gott und lebt in ihrem Gott, und die Unschuld und Reinheit, die aus den Augen eines Kindes leuchtet, ist ein Abglanz der Seele Gottes, und das Gebet des Kindes ist der Atemzug Gottes. Ich war ein Glückskind und hatte eine gute Mutter.

Ich kannte Jesus Christus.

Ich wußte, daß er so gut war, daß er allmächtig wurde. Und wenn Unwetter tobten und Stürme das Meer aufwühlten, da sah er zum Himmel auf, hob seine Hand, und siehe, es trat Windstille ein. Ich wußte, daß er dorthin kam, wo Menschen von Sorgen und Krankheit geplagt wurden, und ihnen die Hand auf die Stirn legte, und die Kraft des Schöpfers strömte aus seinen Fingerspitzen; er berührte die Augen von Blinden, und sie sahen die Herrlichkeiten der Schöpfung. Als Kind sah ich ihn in meinen Gebeten vor mir, blond, hochgewachsen und herrlich.

Es gibt eine Schlucht in dem Abhang, und durch die Schlucht fließt der Fluß; er stürzt von oben über einen Absatz herab und hat sich unten in der Schlucht tief in den Felsen eingegraben. Tagaus, tagein dröhnt der Wasserfall in der Klamm, und immerfort strömt der Fluß, stetig erneuert strömt er dem Meer entgegen, wie die Menschen auf der Erde, die Jahrhundert um Jahrhundert leben und sich von Geschlecht zu Geschlecht erneuern und allesamt zu Gott streben.

Der Stein steht auf der Anhöhe, und zwischen ihm und der Schlucht breitet sich eine Senke mit isländischer Heide, der Garten Eden meiner Kindheit. Das Weißkehlchen flattert aufgeregt pfeifend zwischen den Steinen herum, und die Drossel läßt sich im Gesträuch nieder und schaukelt und singt, und das Heidelbeer-

kraut biegt sich unter der Last der süßen, vollreifen Beeren, wenn der Sommer vergeht.

Nach dem Regen sitzt eine schwarz glänzende Schnecke im Gras, das geheimnisvollste Geschöpf auf Erden. Tag um Tag versuchte ich, ihr mittleres Horn mit den Fingern zu packen, und der Wunsch, die Welt erobern zu können, regte sich auf meinen Lippen, aber ich bekam nie ihr mittleres Horn zu fassen, und ich eroberte nie die Welt.

Ich weiß bis heute nicht, wie es dazu kam, daß mir die Augen über das heilige Geheimnis des Steins aufgingen. Doch irgendeine Ahnung gebot mir, mich in der mit Heide bewachsenen Senke still zu verhalten, weder das Geröll unter meinen Füßen knirschen noch das Buschwerk rascheln zu lassen; ich nahm auch meine Spielkameraden nie dorthin mit, sondern dachte allein über das Geheimnis nach, und mein Atemzug zitterte.

Es war an einem sonnigen Tag im Hochsommer, und ich war sieben. Ich ging mit meinem Eimerchen die Anhöhe hinauf, um Beeren zu sammeln. Und als ich es gefüllt hatte, ging ich zum Wasserfall hinunter, um all die Regenbogenfarben im Sprühnebel anzusehen, und ich blickte hinab in das tiefe, grüne Wasser; ich horchte auf das einschläfernde Rauschen und spürte in meiner Seele das Echo der geheimen Sprache des Wasserfalls, und im Wasserfall hörte ich das Echo der geheimen Sprache meiner Seele.

Selbstvergessen ging ich wieder vom Wasserfall weg, aufwärts über den Felsabsatz in die Senke neben der Anhöhe hinüber, setzte mich dort zwischen den Büschen auf die Erde und starrte den Stein an, immer noch tief in Gedanken versunken. Ich spürte, wie die Luft von Flügelschlägen bewegt wurde, sah aber keine Flügel; ich wurde von einem Gefühl der Ehrfurcht und Heiligkeit ergriffen, und mir schien, ich sei von Engeln umringt. Ich verstand, was die Drosseln im Gesträuch zwitscherten, die Beeren im Heidelbeerkraut schienen mir schwer in ihrer Süße von heiligem Wissen über das, was dem Stein innewohnte. Vielleicht war ich eingeschlafen, aber warum konnte es nicht nur ein Tagtraum sein? Warum nicht Wirklichkeit? Ich spürte keine Grenze zwischen Schlaf und Wachen.

Der Stein auf dem Hügel hatte sich in ein kleines Schloß aus funkelnden, flimmernden Strahlen und sanften Farben verwandelt. Hohe, schlanke Türme reckten sich dem blauen Himmel entgegen. Die Spitzbogenfenster hatten hellblau überhauchte Scheiben, und die Türen waren rot wie Wolken in der Morgendämmerung. Und siehe, sie öffneten sich.

Heraus trat ein Mann in glänzendem Gewand. Um sein Haupt war ein Strahlenkranz, und von seiner Stirn ging ein Leuchten aus wie von einer Sonne. Aus seinen Augen sprach solche Macht, solche Schönheit, daß ich glaubte, sie müsse die ganze Welt besiegen können, sogar die ewige Finsternis.

Langsam und sacht, als wehte ein milder Frühlingshauch, kam er auf mich zu und legte mir die eine seiner leuchtend weißen Hände auf den Kopf, mit der anderen umfaßte er meinen Arm.

Es überkam mich ein solches Glücksgefühl, wie ich es später nie mehr verspürt habe, Ehrfurcht und Anbetung durchströmten meine Seele mit solcher Intensität, daß ich in dem Augenblick glaubte, ich sei alles, daß ich selbst Gott sei. Er sprach, und der Klang seiner Stimme ergriff mich mit der Macht grenzenloser Demut und Begeisterung, wie er einst Tausende von Hilflosen in Galiläa und Judäa ergriffen hatte.

Weißt du, wer ich bin? sagte er.

Ja, du bist Christus, von dem in den Gebeten gesprochen wird.

Das ist richtig, antwortete er. Ich bin Jesus, der Sohn Gottes.

Ich war gerade dabei, das Vaterunser zu beten, als ich sah, daß alles wieder wie zuvor war, daß der Stein wie gewöhnlich geheimnisvoll und feierlich auf der Anhöhe stand und die Drosseln im Gesträuch singend von einem Zweig zum andern flogen und das Weißkehlchen aufgeregt über dem Geröll herumflatterte.

Was brauchte ich mir überhaupt noch zu wünschen? Als ich nach Hause ging, spürte ich, wie wenig die ganze Welt wert war im Vergleich zu dem, was ich gesehen hatte. Und seitdem haben alle Dinge ihren Glanz verloren gegenüber der Erinnerung daran, daß ich in meiner Kindheit von Angesicht zu Angesicht vor dem Erlöser der Menschheit gestanden bin, vor ihm, von dem in den Gebeten gesprochen wird, vor Jesus, dem Sohn Gottes.

1921

Ein Weihnachtsgedicht

Ich gehe durch die Straßen und sehe Menschen mit Paketen, Tausende und Abertausende: Mütter und Mädchen, Greise und junge Burschen, selbst ganz kleine Kinder; und alle schleppen irgendwelche Traglasten. Ich habe sogar Leute gesehen, die Klaviere und Eßtische herumkarrten! Welch ein endloser Strom von Menschen. Und welch eine unglaubliche Menge von Päckchen. Alle Leute sind in Eile, hasten, laufen, sind überaus beschäftigt, erwartungsvoll, fröhlich, lächeln, singen unter ihren Lasten. Einige wenige sind verkniffen und wütend und fluchen.

Heute wird der Weihnachtshammel geschlachtet.

Meine Gedanken wandern weit nach Westen, weit nach Norden. Das Land dort ist von dunklen Wolken verdeckt und steigt jäh aus dem Meer auf. Dort toben eisige Stürme, doch die Menschen sind gutherzig und bedächtig. Dort wohnt die kleine Maria, die zu mir sagte, als ich Abschied nahm: Du hast es gut, daß du ins Ausland reisen kannst, denn dort ist immer Sonnenschein, und dort ist immer Weihnachten.

Es nieselt, die Straßen sind naß und kalt vom Schneematsch. Und den lieben langen Tag sind die Leute gelaufen und gerannt und gehastet und gestolpert und gestürzt und haben gelacht und geschrien und gesungen unter der Last ihrer Pakete.

Nur ich schlendere in aller Ruhe umher; blau vor Kälte, mit leeren Händen und ohne Geld wate ich durch den Matsch. Und die wenigen, die von mir Notiz nehmen, verdrießt es, sehen zu müssen, wie kalt mich all diese bevorstehende Pracht läßt, wie unbeeindruckt ich bin von all diesen konfus machenden, interessanten Dingen, diesen herrlichen Märchen von Päckchen und Paketen, diesem himmlischen Weihnachtsfest, das jetzt naht mit all seinen gewürzten Speisen und seinem Tand.

Ich bin so manche Stunde daheim in meiner Kammer oder in einer Kneipe gesessen und habe mir den Kopf zerbrochen über das Wort, das ich einer Frau hier in der Stadt schreiben sollte, anläßlich des Weihnachtsfestes, dem herrlichsten Mädchen in der Stadt. Und endlich habe ich das richtige Wort gefunden; denn es gibt nur ein einziges richtiges Wort. Doch das würde meine Armut preisgeben.

Satt sitze ich in meiner Kneipe am Tisch und denke nach. Niemand soll wissen, wie arm ich bin. Niemand soll wissen, daß ich arm bin. Niemand soll mich zur Zielscheibe seines Mitleids machen können. Ich hasse das Mitleid, so wie ich den Teufel hasse, der alles Elende erschafft. Also bewahre ich das eine richtige Wort in meinem Herzen, das Wort, das weder ausgesprochen noch bekannt werden darf:

Was nützen meine Wünsche, die Wünsche eines armen Ausländers?

Gott segne das herrlichste Mädchen in der Stadt.

Ich sah eine uralte Frau. Sie konnte die Straße nicht überqueren, weil sie so alt war. Vorbei rollten die Wagen, alle brausten mit erbarmungsloser Geschwindigkeit wie eine endlose Karawane dahin; niemand half der alten Frau über die Straße, niemand beachtete sie. Sie stand da, gebückt und gebrechlich und zitterte. Sie wartete auf eine günstige Gelegenheit, reagierte jedoch so langsam, daß sie die Gelegenheit nicht ergreifen konnte, wenn sie sich bot. Die Ärmste. Sie war so alt.

Könnten Sie mir nicht über die Straße helfen? sagte sie schließlich.

Doch, ich werde Ihr Päckchen tragen und Sie führen.

Ich bin so schwach geworden, sagte die alte Frau, als müsse sie sich dafür entschuldigen. Aber ich wollte unbedingt in die Stadt und ein paar Spielsachen kaufen, um dem kleinen Hans eine Freude machen zu können an Weihnachten.

Ich führte sie über die Straße.

Vergelt's Gott! sagte sie und ging. Ich blickte ihr nach, bis sie in der Menschenmenge verschwand. Du lieber Himmel, wie alt sie war. Ich muß noch heute an sie denken.

Ich ging kerzengerade weiter.

Ich ging hinaus in den Park, der jetzt von Schnee bedeckt ist; es war am Heiligen Abend. Ich setzte mich auf eine Bank unter einem der Bäume. Da kam ein kleiner Spatz angeflogen und ließ sich neben einem Pflaumenstein nieder, den ein Passant auf den Gehweg gespuckt hatte. Der Spatz ging daran, die Reste des Fruchtfleisches, die noch an dem Pflaumenstein hingen, wegzupicken, er drehte ihn um und pickte auf der anderen Seite, er pickte und pickte und dazwischen sah er zum Himmel hinauf. Da kam es mir so vor, als hörte ich aus den Wolken Musik und Stimmen. Vielleicht war es Einbildung, aber dennoch fragte ich: Hat Gott mir diesen Vogel geschickt?

Ich starrte auf den Sperling, bis ich nichts mehr sah vor Tränen. Das war am Heiligen Abend.

Hungrig und frierend spazierte ich den ganzen Tag lang draußen im Nieselregen herum. Die Leute waren schön und festlich gekleidet, die Kinder sangen. Alle waren Kinder des Lebens und verstanden einander.

Niemand sah mich. Es war, als spazierte ich in die Ewigkeit hinaus. Ich erinnere mich daran, als ich ein kleiner Junge war und zum ersten Mal in die Stadt kam. Niemand kannte mich, und ich kannte niemanden. Mir kam es so vor, als sei ich nicht mehr ich selber. Das kam daher, daß mich niemand kannte.

Wüßten die Menschen, mit welcher Gewissenhaftigkeit ich mir diese wenigen Kronen eingeteilt habe, die ich vor zwei Wochen bekam, würde ich zum Gespött der ganzen Stadt. Selbst ein Bettler würde lächeln.

Aber ich wollte die Hälfte für Weihnachten aufheben, und das ist mir gelungen, weil ich an manchen Tagen nichts gegessen habe.

Am Nachmittag des Heiligen Abends setze ich mich in meiner Kammer hin. Ich habe seit dem frühen Morgen nichts mehr gegessen. Und ich will bis zum späten Abend nichts essen. Auf diesen Abend habe ich mich zwei Wochen lang gefreut. Vierzehn Nächte lang habe ich davon geträumt. Ich will am besten Tisch in meiner Kneipe sitzen und Braten essen. Ich nehme an, daß währenddessen die Kirchenglocken in der Stadt läuten. Dann werde ich glücklich in meinem Herzen. Und ich will süßen Wein bestellen. Ich will vom höchsten Glück des Lebens träumen.

Ich will an daheim denken, von den Heiligen Abenden zu Hause träumen, von den Lichtern, die dort in meiner Kindheit unter der Dachschräge brannten und jetzt erloschen sind, von dem Bibeltext, der am Heiligen Abend vorgelesen wurde, von der Stimme meines Vaters, von allem, was mir in Gedanken das Schönste und Liebste ist. In Gedanken die schönsten Lieder singen, die ich gehört habe, die alten Kirchenlieder, die meine Kinderstimme einst an diesem Abend sang, hell, andächtig vor Glaubensgewißheit, inbrünstig und fiebernd vor Begeisterung, Inspiration, Heiligkeit.

Ich komme überglücklich nach Hause. Und die Uhren draußen in der Stadt schlagen zwölf Uhr Mitternacht, während ich meine Augen zum Schlaf schließe, ein Bruder der ganzen Welt, all dieser Tausende, die ich nicht kenne. Am Morgen schreibe ich das Gedicht über Jesus von Nazareth, den König der Juden.

Stille auf der Straße, das Fest hat begonnen. In Tausenden von Wohnungen sitzen Familien an der Festtafel. In Millionen von Wohnungen starren begeisterte Kinder auf die Lichterpracht. Weihnachten.

Ich kämme mein Haar und mache mir die Nägel sauber. Wie ein Weihnachtsgast, höflich und feierlich, will ich mich in dem kleinen Gasthaus zu Tisch setzen.

Strömender Regen. Die Straßenlaternen werfen einen matten Lichtschein auf den glänzenden Asphalt. Ein paar fröhliche Männer gehen mit ihren schönen Frauen zu einer Gesellschaft. Sie ziehen die Mäntel fester an sich und sehen mich nicht. Ich bin auch auf dem Weg zu einer Gesellschaft. Ich gehe zu einem Fest mit meinen Erinnerungen.

Die Straße ist leer. Kein Wagen, kein Rad. Kein Lärm. Wasser.

Der Regen fällt auf den schwarzglänzenden Asphalt, platscht, fließt in die Rinnsteine hinab, flutet, strömt. Der Lichtschein der Straßenlaternen ist freudlos und matt: Ich sehe meine undeutliche Silhouette im wasserglänzenden Asphalt, meinen Schatten, der im Dunkel verschwindet.

Zwei aufgeputzte Damen gehen lachend quer über die Straße. Ich blicke ihnen nach wie einem Gespenst. Elegante Festsäle warten auf sie, Musik, befrackte Herren mit Zylinder in der Hand, Künstler, die ihre Schönheit bewundern, Dichter, die Lobeshym-

nen auf sie singen. Ich gehe auch zu einem Fest, ja, ich eile im Laufschritt. Sei mir gegrüßt, meine Stammkneipe in der Nebenstraße.

Am Heiligen Abend sind alle Gaststätten geschlossen. An Weihnachten bleibt einem hungrigen Armen, einem einsamen Ausländer, der keine Freunde hat, alles verschlossen.

Die Tür meiner Kneipe bewegt sich nicht, obwohl ich anklopfe. Dunkelheit in allen Fenstern. Nun gehe ich hier allein auf der Straße, weil ich niemanden kenne, dem ich meine Armut offenbaren will.

In jedem Haus wird gefeiert, überall satte, fröhliche Menschen. Hier geht ein Mensch, der im Augenblick nur noch daran denken kann, daß es ihn gibt und daß er leidet, ein unglücklicher Ausländer. Was nützt es, daß er sich wünscht, er wäre daheim, denn er hat keine Eltern mehr, und sein Hof im Tal ist schon seit langem verödet. Und alle sind gestorben und alles ist gestorben für ihn, außer den Erinnerungen, die ihn weinen machen. Aber keiner soll ihn zur Zielscheibe seines Mitleids machen können, und wenn er beerdigt wird, soll man sagen können: Er war kein Bettler und hat nie bei anderen Zuflucht gesucht. Er bewahrte in seinem Herzen das eine richtige Wort, ließ es aber ungesagt.

Sie verachten mich, herrlichstes Mädchen in der Stadt, ich aber liebe Sie, sagte er. Gott segne Sie.

Das Leben ist wunderbar, sagen diese Dummköpfe, diese blinden und halbblinden Narren, die glauben, das Leben sei dazu da, daß sie an Festtafeln sitzen und sich von Gesang und Gläserklang und dem Lachen koketter Mädchen erregen lassen.

Ich hasse Leute, die Gesang, Gläserklang und dummes Lachen in die Gewölbe der Säle aufsteigen lassen, um das Jammern und Seufzen der Knechte des Himmelreichs draußen auf der Straße zu übertönen, derer, die ihren Anteil nicht bekommen, sondern sich hilflos, verlassen und einsam in ihren Qualen winden.

Weh euch, ihr Auserwählten, die ihr die paradiesische Seligkeit des Himmelreichs genießt, während gleichzeitig auf der Erde unter euren Füßen Unglück, Schmerz und Kummer herrscht!

Unten am Dock habe ich ein offenes Wirtshaus entdeckt. Dort herrscht großer Andrang, Seeleute, die verschiedene Sprachen sprechen.

Ich dränge mich in die Menge am Eingang und versuche, mich von ihr treiben zu lassen, ich stecke Rippenstöße ein, man tritt mir auf die Zehen, es wird in unzähligen Sprachen geflucht, gerufen, gesungen, gekreischt.

Männer, welch seltsame Geschöpfe, Tiere voller Gegensätze, rotgekleidet, blaugekleidet, mit Schals, mit Halstüchern, mit Hüten oder Mützen oder barhäuptig, vor allem aber schmutzige Männer, dreckige Männer. Wütende und ängstliche Männer, hünenhafte Männer, Schwächlinge, Chinesen und Eskimos, betrunkene und verrückte Männer.

Drängelt nicht so! Wollt ihr mich umbringen! Doch keiner versteht, was ich sage.

Endlich gelange ich hinein. Die Männer stehen dicht nebeneinander, Enge und Unordnung, Lärm und Getöse wie in einem Vogelfelsen, nirgendwo ein Sitzplatz. Die Männer trinken dort, wo sie stehen, trinken in großen Zügen, prosten sich zu. Betrunkene Engländer singen mitten in der Menge Kirchenlieder, Deutsche singen patriotische Lieder; einige streiten sich in einer Sprache, die ich nicht verstehe.

Der Kellner ist ein Riese, schwarzhaarig und unfreundlich. Solche Männer tragen Waffen und benützen sie im Zweifelsfall auch. Ich bitte um etwas zu essen, doch hier gibt es nur alkoholische Getränke; er hält mir eine Flasche hin und verlangt sofortige Bezahlung, und ich bezahle. Dann will er die Flasche wiederhaben, und ich muß sie eilends austrinken, in einem Zug. Welch eine Seligkeit, betäubender Genuß, Vergessen.

Ich stehe wieder draußen auf der Straße. Mein Kopf ist schwer, meine Augen sehen nicht. Ich kann nicht denken und nichts verstehen, ich habe mich von mir selbst gelöst, bin irgendwo in unendlicher Ferne. Meine Füße tragen meinen toten Körper weiter, ohne das Gleichgewicht zu halten. Schließlich falle ich auf die Straße in den Matsch, den Dreck, bleibe eine Weile liegen, stehe mühsam wieder auf und schwanke weiter.

Ich bin krank und will sterben. Gott laß mich sterben.

Ich höre mich selbst irgendwoher aus der Ferne rufen: Ich komme aus Island und will sterben!

Menschen gehen durch die Straße, an mir vorbei und neben mir, sie kommen mir entgegen und gehen hinter mir her, schwarze Schatten in der grauen Dunkelheit. Dort ist das Meer, und ich schiebe mich an den Häusern entlang darauf zu. Der Regen strömt nieder. Mir kommt es so merkwürdig vor, daß es schon seit einer Ewigkeit immer regnet. Schnell nähere ich mich dem Meer. Was für ein Genuß muß es für einen kranken und hungrigen Menschen sein, sich in das ruhige, tiefe Meer zu stürzen. Ich will sterben, rufe ich wieder. Ein großes, schwarzes Etwas gleitet aus der Dunkelheit auf mich zu. Aus der Ferne merke ich, wie mich die Angst vor diesem Ungetüm mit ausgefransten Flügeln überkommt. Aus der Ferne spüre ich, daß dies der Teufel selbst ist. Ich versuche auszuweichen, doch es ist zu spät. Er hat mir seine Krallen ins Gesicht geschlagen und zieht mich nun immer weiter, der Himmel gebe es, daß er mich ins Meer zieht.

Ich habe starke Schmerzen im Gesicht. Von einer weit weg brennenden Straßenlaterne fallen mir Lichtstrahlen in die Augen. Ich bin völlig durchnäßt, es regnet immer noch, ich liege da, und ein Mädchen beugt sich über mich.

Bin ich ins Wasser gefallen? frage ich.

Was für ein Wasser? sagt das Mädchen.

Das Meer, meine ich.

Hier ist weit und breit kein Meer.

War das der Teufel selber?

Was?

Wer hat mir die Krallen ins Gesicht geschlagen?

Niemand. Man hat dich geschlagen. Ich werde dir das Blut abwischen mit meinem Tuch.

Wer bist du?

Katrin.

Warum liege ich hier?

Du warst betrunken; es kam ein Mann und hat dich geschlagen.

Ich war nicht betrunken, ich war krank. Aber jetzt kann ich aufstehen.

Sie half mir auf die Beine, und ich mußte mich übergeben, zuerst erbrach ich den giftigen Wein, dann spie ich Galle; ich schwitzte.

Du erbrichst nur Wein, sagte das Mädchen.

Ich habe heute noch nichts gegessen.

Du bist wohl Ausländer?

Ja.

Soll ich dir etwas zu essen besorgen?

Ich kann selber bezahlen.

Da wäre ich nicht so sicher, sagte das Mädchen, ich glaube, er hat dir dein Geld weggenommen.

Wer?

Der, der dich geschlagen hat.

Als ich in meine Tasche faßte, merkte ich, daß sie leer war.

Ich werde dich zu mir nach Hause bringen. Wenn du willst.

Wer bist du?

Katrin – ein Mädchen von der Straße.

Eine Hure?

Ja, nur eine Hure.

Weshalb hatte ich dieses Wort gesagt? War ich denn nicht der Bruder der ganzen Welt, all dieser Tausende, die ich nicht kenne? Ich bekam einen Kloß in den Hals und brachte kein Wort heraus, um sie um Verzeihung zu bitten.

Das ist das Gedicht über Jesus von Nazareth, den König der Juden.

1920

Asa

Asa! Wer vermöchte die schönste Geschichte auf der Welt zu erzählen, die Geschichte deiner blauen Augen? Für mich, der ich ihr Zeuge war, wird sie nur eine heilige Erinnerung an das Symbol dessen, was rein und schön ist.

Seit vielen Jahren schon stehen deine Augen am Himmel meiner Seele wie zwei blaue Sterne. Und diese Sterne haben mir aufs neue einen Weg zu den Blumen gewiesen, und zwar als sehr viel auf dem Spiel stand. Du warst das Wunder meines Lebens, Asa.

Ich kann es noch immer kaum verstehen, daß mir das Glück beschieden war, dir auf meinem Weg zu begegnen, daß es meinen verblendeten Augen gestattet war, sich vor deiner Schönheit zu öffnen, die mächtig war wie der ewige Tag des nordischen Frühlings, vor deiner Reinheit, die nicht ihresgleichen hatte, außer der Tauträne auf dem Blütenkelch des Veilchens.

Das Wunder meines Lebens warst du. Denn ich war durch leuchtend grüne und dicht belaubte Wälder gewandert, hatte aber nur vertrocknete Blätter und vermoderte Stämme gesehen; war über üppige Wiesen gegangen, hatte aber nur verdorrtes Gras und vom Wind verödete Erde gesehen. Wie der Duft südländischer Gewächse nach einer feuchten, finsteren Nacht die Morgenluft erfüllt, so verbreitete sich der Glanz deiner blauen Mädchenaugen über die Einöde meiner Seele. Du tanztest leichtfüßig im Gras, und ich sah in deinen Spuren die Blumen wachsen. Und seitdem habe ich an windstillen Tagen oft die Mutterstimme der Natur selbst von den Lippen der Blüten auf der Wiese herabsteigen und mit der Stimme der Ewigkeit, die aus dem Wald herausdrang, Zwiesprache halten hören.

Asa, wie der heilige Stern haben deine blauen Augen mir den Weg in den Traum der Anbetung gewiesen, und ich bin am kla-

ren Wasser des Lebensquells gesessen und habe der ganzen Welt Lob gesungen.

Die Erinnerung an dich ist der Reichtum meines Herzens, und wenn ich auch viel verloren habe, so bin ich doch reich wie ein junger Bräutigam, denn nichts hat den Reichtum meines Herzens verringern können, das kostbarste Geschenk meines Schicksals, die Erinnerung an deine blauen Augen, Asa.

Vor vielen Jahren kam ich in das Haus deiner Eltern, wo mich die Gastfreundschaft mit offenen Armen aufnahm. Ich kam aus dem Süden, aus dem Ausland, und hatte alles mögliche an Wissen erworben und alles mögliche an Kummer erlebt, ich hatte Ruhmestaten vollbracht, war aber auch auf Irrwege geraten. Bei euch blieb ich den ganzen Sommer über, und als es Herbst wurde, reiste ich wieder südwärts in die Welt hinaus, geladen mit der Kraft des Nordens, mit der wiedererweckten Sehnsucht in der Brust, mir neues Wissen anzueignen, mit erneuertem Mut, neuen Enttäuschungen zu begegnen.

Du warst so jung und so rein, und mir kam es wie ein Sakrileg vor, in deiner Nähe zu sein. Doch wenn ich mich kurze Zeit von dir entfernte, wurde ich ganz krank vor Sehnsucht. Und du gingst unbeschwert im Garten umher und wußtest nicht, daß du schön warst. Ich war der Arme, der Bettler, der keine Hochzeitskleider hat, aber dennoch sich sehnlichst wünscht, an dem Fest teilnehmen zu dürfen.

Erinnerst du dich an den Abend vor meiner Abreise, als deine Mutter in der Dämmerung Klavier spielte? Erinnerst du dich, wie deine kleine Mädchenhand in meiner Hand lag und zitterte? Erinnerst du dich, wie dein Herz klopfte? Und ich war der Mann, dem es vergönnt war, die kostbarste Perle der Meerestiefen einen Augenblick lang in seiner Hand glänzen zu sehen.

Tags darauf reiste ich ab, um meine Verlobte und all meine Freunde im Süden wiederzusehen.

Ich wußte damals nicht, doch ich weiß jetzt, daß das kostbarste Geschenk meines Schicksals die Hauptsünde meines Lebens wurde. Wenn ich dir heute wieder auf dem Weg begegne, verstehe ich, was ich getan habe: Deine Augen sind jetzt schwarz.

1920

Kämpfernaturen

Ich kenne diese Kämpfernaturen, die sich jeden Tag mit den Naturgewalten messen; ich habe unter ihnen gelebt. Sie kennen ihr Vieh und ihre Weiden und ihre Gebirgspässe. In die Kirche gehen sie nur ab und zu, um sich über den Zustand ihrer Schafherden zu unterhalten und ihre Schulden beim Pfarrer zu begleichen. Sie denken in Bildern von plötzlich hereinbrechenden Unwettern und kräftezehrenden, beschwerlichen Wegen. Ihre Sprache ist ungehobelt und ihr Wortschatz ärmlich. Sie lachen selten, und wenn sie es doch einmal tun, klingt es grob und steif, und sie weinen nie.

Eine Liebesgeschichte droben im Gebirge endete damit, daß ein junger Bauer den Verstand verlor – ein ernsthafter und kalter Mann, den anderen ähnlich, ein Eisriese aus ihren Reihen.

Sie kamen einer nach dem anderen auf seinen Hof, die Kämpfernaturen, und standen schweigend vor der Stubentür. Unbeteiligt, ratlos, mit gesenktem Kopf standen sie da, sie rührten nicht einmal ihre Tabaksdosen an. Einige von ihnen saßen draußen in der Küche und tranken Kaffee bei seiner weinenden Mutter. Sie waren kälter als je zuvor, ernster als je zuvor; hin und wieder hörte man drinnen in der Stube lautes Poltern, doch sie vermieden es, einander anzusehen. Und sie fanden kein tröstendes Wort für seine Mutter. Diese Kraftnaturen, die von Jugend auf täglich gegen die Elemente gekämpft hatten – hier wußten sie sich nicht zu helfen. Das Brüllen im Innern des Hauses drang durch den Erdgang nach draußen, und die Dachschrägen knackten unter den Angriffen des Wahnsinnigen. Es war, als sei in ihrer Mitte eine neue Naturgewalt entstanden, die schrecklicher war als alle anderen.

Schließlich einigten sich die Gefährten darauf, daß man Hrolfur von Dalur beauftragen sollte, den Wahnsinnigen in Pflege zu nehmen, denn aus seinen Augen sprach Stärke, und seine Kraft und sein Mut verließen ihn nie. Nun denn, sagte Hrolfur von Dalur, schaute auf den glänzenden Lehmboden hinunter und sprach nichts mehr.

Sie banden den Rasenden auf einer Bahre zwischen zwei Pferden fest und brachten ihn so nach Dalur, und Hrolfur ließ seine Kinder und seine Frau lange in Nebengebäuden hausen.

Tag um Tag und Nacht um Nacht saß Hrolfur bei seinem wahnsinnigen Freund und hörte ungerührt dessen Brüllen und Fluchen zu.

Tag um Tag und Nacht um Nacht.

Und die Kämpfernaturen kamen, verschlossen und kalt wie Felsgebirge, und ohne daß es notwendig gewesen wäre, wachten sie mit ihm.

Tag um Tag und Nacht um Nacht hielt Hrolfur den wahnsinnigen Freund mit seinem eisernen Griff fest, und sie saßen untätig draußen vor der Tür und glätteten mit den Fingern ihr struppiges Haar oder starrten vor sich auf den Boden, diese schweigsamen, ernsten Männer.

1920

Sünde

Heute nacht habe ich den Kelch des Genusses bis zur Neige ge-
leert. Heute nacht habe ich mein Herz unter das flammende
Schwert gelegt.

Im mattrosa Schein einer Lampe mit rotem Schlund sehe ich
immer noch, wie die wilden modernen Bilder, die geblümten
Decken und der bunte Seidenplüsch ihr Aussehen verändern
und leben wie ich. Und wie sie, die junge Frau, der diese prächtigen Zimmer gehörten, diese glänzenden Monumente der Sünde.

Immer noch sehe ich den lockenden Wein, diese kleine Zauberwelt im funkelnden Kristall, eine Welt, die der unseren ähnlich
ist, in der wir uns bewegen, wo Gott bis zur Mitte herabreicht und
der Teufel ganz unten kauert. Ich sehe den Wein bis zu den Rän-
dern emporschäumen, mit einem Zischen, das erregt, wie wenn
einem eine verrückte Frau Liebesworte ins Ohr flüstert.

Immer noch leuchten sie in meinem Herzen, die Augen der jungen Frau, verzaubert und verzückt vom Genuß, bald strahlend
und lebhaft, bald abgestumpft und starr.

Immer noch glaube ich zu spüren, wie sich ihr üppiger, warmer
Körper fest an meinen preßt, der bald gestählt und elastisch,
bald weich und kraftlos ist. Und sie sitzt auf meinem Schoß und
umfaßt meinen Hals und küßt mein Haar, und ich schlinge meine
Arme um sie. Immer noch spüre ich, wie sich ihr Busen an meiner Hand hebt und senkt, ihren Atemzug und Herzschlag. Ich
sehe, wie sich ihre feuchten, halbgeöffneten Lippen, rosenrot
und duftend, meinen Lippen nähern und wie sie sich in einem langen, brennenden Kuß treffen, als ob Dürstende dort in vollen
Zügen einen kühlen Trunk tränken. Einen vergifteten Trunk aus
einem Becher.

Schließlich erstarb das Licht der Lampe, und ich erhob mich und lüftete den Vorhang am Fenster, und siehe da, es war Tag über den Dächern der Häuser. Ich schaute zurück und sah, daß die Gläser leer waren; ein schaler Geruch hing in der Luft. Sie sah von der Chaiselongue zu mir herüber, wie ich dastand und dem Tag entgegenstarrte. Da endlich trafen sich unsere Blicke, doch wir sahen beide gleichzeitig weg. Es war, als sähen wir drohende Cherubim in den Augen des anderen. Der Garten Eden war verschlossen, denn die kostbarste Frucht war aufgegessen.

»Da wurden ihrer beiden Augen aufgetan, und sie wurden gewahr, daß sie nackt waren, und sie schämten sich«, spricht der Herr.

1919

Ein trauriges Bild

Die Wege sind einsam, und das Wasser hat die Wagenspuren nach und nach ausgespült, so daß jetzt Bäche fließen, wo einst Menschen fuhren. Alte, zerbrochene Wagen und seit langem unnützes Gerümpel liegen halb versunken im Sand, wie Erinnerungen, die halb verschüttet sind vom Vergessen.

Stundenlang flog dort nur ein einziger Raubvogel, der sich verirrt hatte. Er floh vor dem, was schlimmer war als Feinde, er floh vor der Einsamkeit; und Verzweiflung lähmte seinen Flügelschlag.

Dort spricht der See mit dem dunstverhangenen Himmel, und seine Sprache ist Leblosigkeit, karger als Schweigen. Denn es ist so leblos um den See herum, daß nicht einmal eine Volkssage entstand, die berichtet, daß dort ein Ungeheuer lebt. Wie das erblindete Auge eines Greises, so ist dort die Natur.

Auf der Landzunge stand ein Bauernhof.

In den Wall, der vor Zeiten die Hofwiese umschloß, hat die Winderosion Lücken gerissen; an anderen Stellen ist er grasbewachsen, eins geworden mit der Wildnis, die sich nun zu beiden Seiten seiner Überreste ausbreitet. Die Latten des Tores sind schon längst zerbrochen, das Holz ist vermodert.

Lange vor der Zeit, an die sich heute Menschen erinnern, haben Seuchen den Hof veröden lassen; seine Ruinen sind ein Symbol des Todes.

Man sagt, auf der schiefen Türschwelle sitze ein uralter Mann mit schütterem grauen Haar unter einem verschlissenen Käppchen, in einer zerrissenen Jacke und abgetragener Hose, mit einem verrosteten Eisenstab in seinen dunkelblauen, dürren Händen. Er

starrt ratlos in die Leblosigkeit und Öde hinaus, als grüble er unentwegt darüber nach, welches Schicksal ihm bevorstehe: zu versteinern oder zu einem Häuflein Staub zu zerfallen.

1920

Die schönste Geschichte im Buch

Ich sitze unten am Strand und starre schweigend aufs Meer hinaus. Und nun entlocke ich der Harfe meines Herzens die reinsten Töne, und sie, die auf der anderen Seite am Ufer sitzt, wird einen fernen Klang durch das Meeresrauschen hören, denn sie lauscht. Und ich bitte die Gischt zu ihren Füßen, ihr zuzuflüstern: Jetzt trägt er dir das Gedicht vom Sandkorn am Meeresstrand vor.

Es war an einem Tag, an dem er von einem Mädchen träumte, das ihm auf der Straße begegnete. Da legte Gott das Bruchstück eines Liedes auf seine Harfe; vom Sandkorn am Meeresstrand. Doch das war, bevor er sich von seinem Hof am Berghang aufmachte, bevor er nach Süden ans Meer zog.

Das Haus ist leer. Auch wenn die Kinder ausgelassen und fröhlich lachend durch das ganze Haus laufen; auch wenn das Spinnrad unentwegt unter dem Tritt der alten Frau summt; auch wenn draußen in der Küche, wo die Frauen das Essen vorbereiten, Eimer und Tröge oder Löffel und Messer klappern; auch wenn die Gästestube voll von lustigen Reisenden ist – das Haus steht dennoch leer. Leer wie eine Hütte in der Einöde.

Das Klavier schweigt. Auch wenn ich die Finger über die Tastatur gleiten lasse und einen fröhlichen Tanz spiele; und auch, wenn ich die alte, ernste Melodie von Leid und Tod spiele, schweigt das Klavier. Das Klavier schweigt wie ein altes Grab.

Es ist Herbst. Auch wenn die Leute mähen und das Gras auf den Wiesen zusammenrechen und die Kühe im Melkpferch muhen und der Hütejunge droben an den Hängen die Schafe zusammentreibt und immer noch Vögel an meinem Fenster fliegen; und auch wenn die Erde fruchtbar ist und das Gras grün, voller Regen und Wachstum, so ist Herbst. Und morgen kommt der

Winter mit Kälte, der Winter mit Eis und Schnee für tausend Tage, die Dunkelheit für tausend lange Nächte.

Ich bin arm. Auch wenn ich im Schuppen viele Pferdeladungen Mehl habe, und in den Regalen meiner Vorratskammer viele große Käselaibe, und auf den Wiesen meine Schafe zu Hunderten weiden, und in meinen Geldkästen Silber im Überfluß liegt, so bin ich arm.

Ich weiß von einem Sandkorn am Meeresstrand. Und selbst wenn die ganze Welt mir gehörte, wäre ich doch ein armer Bettler, hätte ich nicht dieses eine Sandkorn. Und wenn ich auf die Straße hinausginge und um Almosen bäte, würde ich Steine statt Brot und Würmer statt Fisch bekommen.

Solange ich mich nach einem Sandkorn sehne, bin ich ärmer als die Wüste.

Oh, wäre ich doch reich wie das völlige Vergessen!

Ich habe Angst davor, am nächsten Tag zu erwachen, im Lärm und in der Geschäftigkeit des Tages zu erwachen; ich habe Angst davor, mit meinen fröhlichen Gästen zu sprechen und jungen Frauen aus Ost und West, deren Herzen unruhig schlagen vor Liebe und Leid; ich habe Angst davor, im Glück und in der Wärme meiner Stuben zu erwachen – wie ich auch Angst davor habe, in der vollkommenen Seligkeit, bei Engelsgesang und Paradiesesharfen zu erwachen, nachdem ich gestorben bin.

Wenn heute nacht Regen käme, ein Wolkenbruch, der die Flüsse anschwellen ließe, daß sie über die Ufer träten, am besten mit einem furchtbaren Sturm, dann würde ich mich an mein Fenster setzen und in die Dunkelheit hinausstarren, wo die Elemente toben, und mit denen leiden, die ertrinken, oder mit jenen, die erfrieren, und mit allen weinen, die nicht das Sandkorn am Meeresstrand erlangen konnten, oder mit denen, die es verloren haben. Niemand kann sehen, daß es schön ist, nur Gott, der den Grundton angab, und du, die du meinen Herzschlag durch das Meeresrauschen vernimmst.

Morgen fliegen die Vögel davon, aber ich lasse niemanden grüßen, nur ein kleines Sandkorn am Meeresstrand.

Zu dir.

1920

Judit Lvoff

Im Frühjahr 1914, kurz vor dem Johannistag, kehrte ich nach zweijährigem Auslandsaufenthalt nach Island zurück; Anfang Juli fuhr ich nach Thingvellir und hatte die Absicht, den ganzen Sommer an diesem heiligsten Ort unserer Natur und unserer Geschichte zu verbringen. Ich wohnte auf einem Bauernhof in der Lava, bei guten Leuten. Der Bauer betrieb Fischfang im See und stand mit den Vögeln auf, um nach seinen Netzen zu sehen, ich aber schlief in der Gästestube und wachte auf, wenn er herunterkam. Zuerst sah ich den in Tau gebadeten Wald, dann die Sonne; später legte sich der Morgennebel über das Land, schließlich kam der helle und heiße Tag. Die Luft war voller Birkenduft und Lavageruch.

Damals lernte ich Judit Lvoff kennen, eine junge Russin, die es durch irgendeine Laune des Schicksals nach Island verschlagen hatte. Ihre Geschichte ist allerdings weder dramatisch noch bedeutend, ganz im Gegenteil, das Bedeutendste daran ist, daß sie so undramatisch ist, und das Dramatischste, daß sie so unbedeutend ist.

Bisweilen scheint das Schicksal im Schlaf zu wandeln. Es läßt Dinge geschehen, die offensichtlich nur dazu führen, daß ein Schmetterling stirbt. Einmal ging ich gedankenversunken auf einem Viehpfad durch den Wald; da ließ sich ein Schmetterling gerade dort nieder, wo ich meinen Fuß hinsetzte; er flatterte unter meinen Absatz, als ich auf die Erde trat: O je, dachte ich, während ich in meinen Fußabdruck hinabsah, du kannst dich nicht mehr deines Lebens freuen.

Eines Abends kurz vor Mitternacht saß ich in einem der Gasträume des Hotels Valhöll und rauchte meine Zigarre zu Ende. Es war ein ruhiger Abend, und die meisten hatten sich

schon zurückgezogen. Ein paar Engländer saßen über ihren leeren Teetassen und unterhielten sich gedämpft; die letzte Stockfischkarawane war schon längst angekommen; die Kaufleute aus Reykjavik droben in der Lava waren über ihren Flachmännern eingeschlafen; der Wasserfall in der Schlucht rauschte schläfrig in der Stille. Da kam Judit Lvoff an. Sie stieg aus dem Automobil aus und schaute sich um mit ihren schwarzen Augen, lachte und zuckte die Schultern und schüttelte ihren schwarzen Bubikopf. Sie bezahlte für ihre Fahrt mit isländischem Silbergeld und trug ihren Koffer ins Haus.

Sie wünschte einen guten Abend und bat auf französisch mit deutschen Einschiebseln um ein Zimmer. Sie konnte sich schlecht verständlich machen, deshalb erhob ich mich und bot meine Hilfe an. Ja, sie hieß Fräulein Lvoff aus Moskau. Sie fand es ärgerlich, daß sie von keinem verstanden wurde, und war mir dankbar dafür, daß ich dolmetschte. Während sie ihren Tee trank, zeigte sie mit ihren langen, schmalen Fingern aus dem Fenster und fragte, wie der Thingvallasee heiße, dann wie die Almannagja heiße und wofür sie verwendet werde, dann wo die Hekla sei und welcher Nationalität ich sei, und als ich sagte, ich sei Isländer, verstand sie das nicht richtig; sie wollte gern eingeborene Isländer sehen, mit braunen Gesichtern, Schlitzaugen und Fellkleidern. Sie hatte sich jetzt zwei Tage in Reykjavik aufgehalten und noch immer keinen gesehen.

Sie war groß und schlank und trug ihr Haar kurz, wie viele Frauen, die sich künstlerisch betätigen; sie ging ein wenig vornübergebeugt, hatte rasche Bewegungen, war gelenkig und elastisch wie eine dürre Katze. Ihre schwarzen Augen glänzten wie nasse Meerbohnen, die Nüstern der zierlichen Adlernase weiteten und verengten sich wie kleine Schlingen; die schneeweißen Zähne lachten zwischen den vollen Lippen, die feucht und rot waren, als ob sie Blut getrunken hätten. Sie trug ein kurzes, schwarzes, weit wie ein Sack geschnittenes Kleid; ein breiter Silbergürtel versuchte ständig, über die Hüften hinabzugleiten, was ihm aber nicht gelang, denn sie waren so schwellend, so unglaublich kräftig und breit. Sie trug immer genagelte Schuhe, ihre Füße waren klein und immer in Bewegung. Die Ärmel ihres Kleides waren

kurz und weit, so daß man versucht war, in die Armhöhle hin-aufzuschauen, und um ihr linkes Handgelenk lag ein schwerer Goldreif, der weder weiter nach oben auf den Arm noch über die Hand hinabrutschte. Wie war sie gewachsen? Wer wußte, was sich unter diesem sackartigen Kleid verbarg, wer fühlte unter diesen schwarzen Stoff? Sie spielte auf der Gitarre Steppenlieder, Volks-weisen und Tatarentänze und sang dazu; aus voller Kehle singend stand sie da, die Brust gedehnt und jeder Muskel angespannt; ihre rabenschwarzen Augen funkelten.

Wir lernten uns etwas besser kennen. Ich führte sie überall herum in Thingvellir und erzählte ihr viel über Island; ich zeigte ihr die schönsten Plätze an diesem geheiligten Ort und zitierte häufig aus den isländischen Sagas. Sie hörte zu und dachte nach, verstand richtig und verstand falsch, ich aber starrte hingerissen auf ihren slawischen Kopf und ihre kleinen, weißen Hände, wäh-rend ich sprach. Ich verschaffte ihr die Möglichkeit, bei Bekann-ten von mir droben im Borgarfjördur zu wohnen, denn sie wollte gern das Leben der Einheimischen, ihre Sprache und ihre Sitten kennenlernen, während sie sich in Island aufhielt. Dann machte sie sich mit ein paar Engländern zu Fuß auf den Weg.

Es war an einem windstillen Hochsommerabend, am Montag, bevor sie wegging. Wir rechneten nicht damit, uns wiederzusehen, denn ich wollte einen Monat später ins Ausland reisen, und sie wußte nicht, wo sie landen würde. Wir gingen noch einmal durch den Wald und bewunderten den violettroten Himmel bei Sonnen-untergang; wir gingen bis zu dem kleinen Hof am See, setzten uns dort bei den Hahnenfüßen ins Gras und sprachen über die Welt. Eine Frau trieb zwei Kühe auf dem Lavaweg durch den Wald; sie hielt einen großen Birkenzweig in der Hand, und die Kühe wehr-ten mit den Schwänzen die Mücken ab. Ich lehnte mich an den Hang, sie lag bäuchlings im Gras, riß Blumen ab und preßte zum Spaß den Saft aus ihnen heraus, so daß sie starben. Die Kinder vom Hof tanzten unten am See herum, barfüßig und sonnenge-bräunt, und ließen flache Steine auf dem Wasser hüpfen; es wurde allmählich dämmrig über Gebirge, Wald und See, und die Nacht brach an. Wir sprachen über die Menschen, wie reich sie an allem sind, außer an Glück, und über das menschliche Leben,

wie reich es an allem ist, außer an Mitleid: Wir sprachen über Katjuschka, die betrogen wurde, über Anna Karenina, die sich vor die Lokomotive warf. Die Frau vom Hof rief ihre Kinder, sie sollten schlafen gehen, und der Sterntaucher begann zu klagen. Sie wälzte sich im Gras, streckte die Beine so weit unter dem Kleid hervor, wie die Strümpfe gingen, vergrub ihr Gesicht in der feuchten Grasnarbe und atmete den kräftigen Erdgeruch ein. Sie erzählte mir eine Geschichte von einer Frau in Rußland, die lebendig begraben worden war.

Drei Monate später war es niemand anderes als Judit Lvoff, die mir auf Kongens Nytorv in Kopenhagen in die Arme lief, in einem weiten Umhang, mit hochhackigen Schuhen, eine Feder am Hut und Fransen an den Handschuhen. Ich war nur auf der Durchreise in Kopenhagen, ich kam aus Schweden und wollte in den Süden weiter. Das Gesicht mit den Rabenaugen und den dunklen Brauen, ihr blasser slawischer Teint hob sich von der Menge ab; ich zog den Hut, und sie grüßte in ihrem deutsch-russischen Französisch, mit freudigem Lächeln. Es war gegen fünf Uhr; wir gingen ins Angleterre, tranken Tee auf russische Art und frischten Erinnerungen vom Sommer auf.

Wie hatte ihr das Leben im Borgarfjördur gefallen? Sie war mir sehr dankbar; nette Leute, Ausritte, Bergwanderungen, Lachsfischen; sie hatte sogar die isländischen Ausdrücke für »halt's Maul« und »Teufel« gelernt und verstand außerdem eine ganze Menge, wenn isländisch gesprochen wurde. Schließlich hatte sie sich mit einem jungen Helden verlobt, einem aufrechten Wikinger, der einen Bullen auf seinen Schultern tragen konnte. Sie sah den Brillantring an ihrem Finger an und lachte.

Wie war das zu verstehen?

Nun, er hieß Sigurdur Jonsson und war zwanzig Jahre alt. Eines Tages war sie durch die Moorwiese gewatet, wo er mähte. Er stand da in Lederhosen und Jacke, rotbackig und blond, und schnitt das Riedgras. Er starrte unverwandt auf ihre nackten Knie, die dick und kräftig waren, und wurde ganz verlegen. Willst du mich auf die Kniescheiben küssen? sagte sie. Er wurde immer verlegener. Am darauffolgenden Sonntag begleitete er sie auf einen Berg hinauf; auf dem höchsten Gipfel schichteten sie eine

Steinwarte auf und machten ein Feuer. Sie hatte ihm zu verstehen gegeben, daß dies das Feuer ihrer Liebe sei; von da an glaubte er, sie liebe ihn, machte ihr einen Heiratsantrag und wurde erhört. Der Brillant an ihrem Ring funkelte im Sonnenschein. Sie betrachtete die Teeblätter in ihrer Tasse und sagte einige Nettigkeiten über die Unschuld einfacher Menschen.

Und was nun? fragte ich.

Nun würde Sigurdur Jonsson arbeiten, bis er reich geworden war, dann reiste er ins Ausland, um seine Zukünftige heimzuholen. Sie lachte herzlich und hatte sich gut amüsiert.

Ich bekam vergangene Woche sogar einen Brief von ihm; Sie sollten mit zu mir kommen und ihn für mich übersetzen und mir helfen, ihn zu beantworten, sagte sie.

Sie hatte eine elegante Wohnung in der Amaliegade. In einer Ecke stand ein russisches Marienbild auf einer Konsole. Sie suchte lange nach dem Brief, fand ihn schließlich zusammengeknüllt im Papierkorb und erinnerte sich dann daran, daß sie ihn an dem Tag, als er kam, dort hineingeworfen hatte. Ich las und übersetzte:

Meine liebe Juta. Noch immer glaube ich nicht, daß es wahr ist, obwohl ich weiß, daß es wahr ist, daß Du meine liebe Verlobte bist, die Gott mir geschenkt hat. Ich denke Tag und Nacht daran und bitte Gott darum, daß Du, die Du so weit herumreist, mich nicht vergißt. Du weißt, daß mein ganzes Leben Dir geweiht ist. Alles, was ich tue, zielt darauf ab, daß wir so bald als möglich eins werden können vor Gott und den Menschen. Als ich Dich zum ersten Mal sah, wurde ich zum Leben geboren. Liebe Juta, denke daran, auf mich zu warten, bis sich meine Verhältnisse gebessert haben und ich Dir etwas bieten kann, das Deiner würdig ist. Ich schreibe keinen langen Brief, obwohl ich es gern tun würde; ich weiß, es wird Dir schwer genug fallen, dies zu verstehen. Ich hoffe, von Dir einen Brief mit der nächsten Post zu bekommen, wie wir es am letzten Abend besprochen haben. Noch einmal küsse ich Dich in Gedanken, liebe Juta, und bitte Gott, uns zu helfen. Dein bis in den Tod treuer Sigurdur Jonsson.

Sie saß in einem Sessel und starrte den funkelnden Brillanten an, während ich übersetzte.

Welch heilige Einfalt, sagte sie.

Haben Sie ihn geküßt? fragte ich.

Sie lächelte. Ihre leuchtend weißen Zähne glänzten zwischen den bluttrunkenen Lippen.

Daran kann ich mich nicht erinnern, antwortete sie zögernd; doch, vielleicht, als er den Stier hochhob. Und als er für mich in der Torfgrube geschwommen war.

Sie bat mich, einige Worte für sie ins Isländische zu übersetzen, und schrieb sie auf eine Karte: Lieber Siggi! Wie glücklich wir in unserem Häuschen sein werden! Wenn mir das Glück hold ist, werde ich eine russische Kuh zu unserem Hausstand beisteuern und Dir Gummistiefel und eine Zipfelmütze schenken. Du weißt nicht, wie selig ich bin, wenn ich an Deine starken Pranken denke und an das blonde Haar, von dem ich die Locke abschnitt. Denke daran, Dich weder von Gunna noch von den anderen Mägden wegschnappen zu lassen, denn ich bin stets Deine Juta.

Sie klebte eine Briefmarke auf die Karte und warf sich wieder in den plüschbezogenen Sessel zurück; man konnte unter ihren Rocksaum sehen, als sie die Beine übereinanderschlug. Sie sprach von meinem schönen Land; von seinen Sommernächten, die taufeucht und voller Erdgeruch sind; von den seltenen Farben der Natur dort; den majestätischen Bergen, die einem wunderbare Gedanken eingeben, wie ein Traum oder ein Gottesdienst. Und sie sprach von den treuen, ruhigen Menschen, die dort zwischen den Bergen wohnen. Mein Blick fiel auf die frankierte Postkarte mit meiner Übersetzung, und ich wurde unruhig, machte Anstalten, mich zu verabschieden. Ich bekreuzigte mich vor dem Marienbild, als ich ging.

Im folgenden Sommer war ich wieder einige Wochen daheim in Island. Ich übernachtete auch bei meinen Bekannten im Borgarfjördur, bei denen ich Judit Lvoff im vorausgegangenen Sommer eine Wohnmöglichkeit verschafft hatte. Die Eheleute trugen mir das Beste aus ihrer Speisekammer auf, bereiteten mir ein Lager aus Daunenbetten und fragten mich nach meinen Reisen.

Haben Sie denn die Russin seitdem wiedergesehen?

Ich erzählte von unserer Begegnung im letzten Jahr in Kopenhagen. Nun erfuhr ich von ihnen, daß sie in Paris sei.

Es ist wirklich schlimm, wie sie dem Siggi hier den Kopf verdreht hat. Er hat jetzt wieder eine Karte von ihr bekommen, sagte der Bauer, und seine Frau seufzte.

Ich sollte übersetzen, was auf der Karte stand, und Sigurdur Jonsson kam selbst herein, pausbackig und stämmig, um zuzuhören. Die Eheleute sahen sich unterdessen verlegen an. Auf der Karte stand ähnlich dummes Zeug wie das, was sie mich im letzten Jahr für sich hatte übersetzen lassen. Die Eheleute baten mich, mit Siggi zu sprechen und zu versuchen, ihn zur Vernunft zu bringen. Wir setzten uns hinaus auf die Hofwiese.

Sein Glaube an ihre Treue war unerschütterlich. Er hatte sie ganze Sommernächte lang in seinen Armen gehalten, sie hatte sich dicht neben ihn gelegt, sie war seine Frau, sein Leben. Er war ein starrköpfiger und unwissender Knecht auf dem Land und hatte kaum jemals seinen heimatlichen Bezirk verlassen. Sie wartete auf ihn und er auf sie, bis die Umstände es ihnen gestatteten zu heiraten. Er hatte die Isländersagas gelesen und wußte, daß das Unglück über dem Haupt dessen schwebte, der sich von seiner Liebe weglocken ließ. Der Tag werde kommen, an dem er Manns genug sei, ihr das zu bieten, was ihrer würdig war. Im Winter wollte er als Matrose arbeiten; da konnte man mehr verdienen als an Land; er wollte auf einen Trawler. Vielleicht würde er das Glück haben, Juta zu treffen, wenn er später zur Handelsmarine wechseln könnte. Sie rackere sich auch ab; ihr Ziel sei dasselbe wie seines.

Er kannte die isländische Saga; nicht den ausländischen Roman. Daß Judit Lvoff eine russische Aristokratin war, verdorben durch eine nachlässige Erziehung, eine gewissenlose Glücksjägerin, die einen Teufel in der Brust hatte und der die Verdammung auf dem Fuß folgte, so etwas konnte in seinen Augen nie etwas anderes sein als böswillige Verleumdung. Er stand auf und sah mich drohend an; er war wütend auf mich.

Glauben Sie vielleicht, Sie kennen sie besser als ich? sagte er und fügte im selben Ton hinzu: Und was geht es Sie an, daß wir verlobt sind?

Er war braungebrannt von der Sonne und hatte hübsches blondes Haar; er war untersetzt, seine Hände waren aufgeschürft

und geschwollen von der Arbeit. Es war nicht meine Aufgabe, sein Heiligenbild vom Sockel zu stürzen; lassen wir ihn sein Leben opfern; lassen wir den Rauch von seinem Opfer gen Himmel steigen. Solange etwas ist, ist es, dachte ich. Der Tag kommt, an dem dieser falsche Altar zusammenbricht, und der Mann wird die Trugbilder und Täuschungen des Lebens noch früh genug kennenlernen, wie andere auch, dachte ich, es ist nicht meine Sache, das zu beschleunigen.

Ich bin nicht dazu imstande, ihn zur Vernunft zu bringen, sagte ich zu den Eheleuten. Aber die Mühlen Gottes haben bisher auch ohne unsere Hilfe gemahlen. Wir wollen alles auf seine Zeit warten lassen.

Meine Reisegefährten und ich ritten nach Süden weiter, durch die schöne Landschaft, berauscht von der Unberührtheit der blauen Weite.

Das war im Sommer 1915; seitdem sind sieben Jahre vergangen.

Jetzt, vor einem knappen Monat, an einem der letzten Tage, die ich in New York verbrachte, geschah es, daß ich in einem der eleganten Five o'clock teas am Times Square saß und mich mitten in der Betriebsamkeit und Hektik des Tages bei angenehm seelenloser Tanzmusik und meinem Tee ausruhte.

Die Reichen und Vornehmen kamen direkt aus ihren Direktorensesseln in den Büros der Wall Street oder aus den Geschäftspalästen am Broadway hierher; hier warteten ihre Gattinnen oder Verlobten in Gold und Seide, Federn und Pelzen, dürstend nach Liebe und Eiswasser. Alles glitzerte auf das prächtigste hier im Herzen der Riesenstadt; die Seele der Menge war vollkommen sorglos, wie ein Nachtwandler über dem Abgrund. Ich betrachtete die modischen Kleider und die geschminkten Gesichter, genoß die geistlose Pracht mit der Begeisterung des Reisenden und der Neugier des Beobachters und freute mich darauf, schon bald wieder in einem anderen Land zu sein.

Da legte jemand seine Hand auf meine Schulter und nannte meinen Namen. Oder sind Sie es nicht? Ich hoffe, ich habe mich nicht geirrt?

Da stand Judit Lvoff mit einem Goldring an der rechten Hand, geschminkten Wangen und einer juwelenbesetzten Halskette.

Eigentlich war nichts selbstverständlicher als dieses unverhoffte Wiedersehen, und dennoch war ich so überrascht, als wäre mir ein Geist aus einem vergangenen Jahrhundert begegnet.

Guten Tag, Miss Lvoff, sagte ich, oder, verzeihen Sie –?

Mrs. Hardy, korrigierte sie. Wir sitzen dort drüben, Mr. Hardy und ich. Ich habe Sie die letzte Viertelstunde lang angestarrt und kaum meinen eigenen Augen trauen wollen; doch nun sehe ich, daß ich mich nicht geirrt habe; Sie sind es wirklich, mein Fremdenführer aus Thingwall, und sonst keiner! Was machen Sie hier?

Ich erklärte mit wenigen Worten, warum ich hier war, und gab meiner Freude und Überraschung Ausdruck.

Man sagt, die Wege Gottes seien unergründlich, aber die Wege der Menschen sind noch unergründlicher, sagte sie. Ich bin seit fünf Jahren verheiratet. Kommen Sie jetzt mit an unseren Tisch, und gestatten Sie mir, daß ich Sie mit meinem Mann, Mr. Hardy, bekannt mache. Welch ein Wunder, hier mitten in der Millionenstadt Island persönlich zu treffen.

Sie führte mich zu ihrem Mann, und wir begrüßten uns mit Handschlag. Seine Visitenkarte liegt immer noch in meiner Brieftasche: William Hardy jun. von der Firma O. Hardy & Co., Ltd. Es war ein hagerer, wohlgekämmter, knochentrockener Amerikaner mit Goldzähnen und Hornbrille, Manschetten bis vor auf die Fingerknöchel, einem Brillanten in der Krawatte und einem Siegelring an der blauen, mageren Hand.

Ja, sagte er, meine Frau liebt Island, und wir hatten sogar die Absicht, einen Abstecher in den Norden zu Ihrer Insel zu machen, als wir im vergangenen Jahr in Europa unterwegs waren, aber wir verspäteten uns, und als wir hätten fahren können, stand schon der Herbst vor der Tür, und ich scheute mich vor der Kälte, deshalb machten wir lieber eine Spritztour in den Süden, nach Neapel, bevor wir die Heimreise antraten. Aber wenn wir wieder einmal im Sommer in Europa sind, werde ich meiner Frau diesen Wunsch erfüllen.

Es war ganz offensichtlich, daß sich Mrs. Hardy ehrlich darüber freute, mich getroffen zu haben. Sie schwelgte in Erinnerungen, und ich betrachtete sie, während sie sprach. Das Burschikose war aus ihrem Benehmen verschwunden; es schien undenkbar,

daß sie je wieder mit nackten Beinen über die Moorwiesen waten würde oder daß sie Gitarre spielen und wie ein wilder Tatar singen würde, daß die Funken aus ihren Augen sprühten. Jetzt war sie vom Scheitel bis zur Sohle eine Dame von Welt, eine der Königinnen im großen New York, zwar acht Jahre älter als einst in Thingvellir, aber eher noch schöner als damals, dicker und gesetzter und wahrscheinlich glücklich. Ihre Hand war immer noch dieselbe, weiß und schmal; mein Blick fiel auf den Brillanten in ihrem Ring, und ich hörte, daß sie genauso lachte wie früher. Sie sprach von meinem Land im blauen Meer des Nordens, von den stillen, hellen Sommernächten, von dem starken Duft, der dort dem Heidekraut und dem Gebüsch entströmt. Sie sprach von den Menschen, die dort wohnen, wie treu sie sind und gutherzig, wie glücklich und einfach.

Mr. Hardy hörte unserem Gespräch mit einem toten Lächeln auf dem Mumiengesicht zu. Er war so dünn und durchsichtig, der Brustkasten eng, der Hals schmal, die Schultern schwächlich und die Hände kraftlos. Nein, er hätte weder zur See noch an Land seinen Lebensunterhalt mit seiner Hände Arbeit verdienen können; sehr wahrscheinlich wäre er bei der ersten Anstrengung in sich zusammengefallen und zu einem Häufchen Staub geworden. Seine Augen waren grau wie der Großstadtnebel; er richtete sie in den Saal hinaus, ausdruckslos und kalt. Sie blickten auf das bunte, lärmende Menschengewimmel, die großartige Pracht, die tanzende, geräuschvolle Lustigkeit und schienen trotzdem genausowenig zu sehen wie eine Statue auf einem Marktplatz.

Das Ehepaar lud mich zum Abendessen ein, doch ich lehnte dankend ab, weil ich keine Zeit hatte. Da erkundigte Mr. Hardy sich nach meiner Schriftstellerei und kam auf die Kunst zu sprechen. Es stellte sich heraus, daß er den Film mehr liebte als alle anderen Künste und an die Zukunft des Films glaubte. Seine Firma hatte eine Filiale in Los Angeles; er besaß dort ein Ferienhaus; er und seine Frau hielten sich dort oft monatelang auf und waren mit den bedeutendsten Filmschauspielern der Vereinigten Staaten bekannt. Er sagte, wenn ich etwas für den Film schreiben wollte, sei er gern bereit, mir zu helfen, es in Los Angeles unterzubringen. Doch da hatte Mrs. Hardy das Gespräch schon in

andere Bahnen gelenkt, und bevor wir uns trennten, erzählte sie mir zum Abschluß noch mancherlei von dem, was über die Liebeshändel zwischen Frau Caruso und diesen und jenen Sängern an der Metropolitan gemunkelt wurde. Damit hatte »The World« gerade an diesem Tag viele Spalten füllen können, was für die Gesellschaft New Yorks natürlich ein gefundenes Fressen war.

1922

Das gute Fräulein und das herrschaftliche Haus

1. Ein Spätsommertag

Der Sommer ist kurz vor dem Herbst am schönsten. Deshalb beginnen gute Geschichten, während noch Sommer ist und die Vögel singen und die Sonne ihre Strahlen über Land und Meer ergießt. Zu dieser Zeit beginnt auch die Geschichte von dem guten Fräulein Rannveig, der Tochter des Propstes, die sich nun endlich dazu entschlossen hatte, ins Ausland zu reisen, und an diesem Spätsommertag durch ihr Dorf ging, um Abschied zu nehmen, während die Schären sich wie stolze Burgen in Luftspiegelungen über die glatte Fläche des Meeres erhoben. Frau Thuridur, die ältere Tochter, hatte man auch ins Ausland reisen lassen, aber sie war ungeduldiger als die jüngere Schwester und voller Sehnsucht nach der Ferne, sie reiste ins Ausland, sobald sie die Frauenschule absolviert hatte, im Alter von sechsundzwanzig Jahren, und blieb zwei Jahre lang fort. Fräulein Rannveig hingegen hatte nicht gleich, nachdem sie die Frauenschule abgeschlossen hatte, ins Ausland reisen wollen, sie hatte sich eigentlich nie wirklich nach der Ferne gesehnt, sie liebte ihr Dorf und seine Menschen. Und sie war so überaus geschickt im Verfertigen von Handarbeiten, daß sie sich nur widerstrebend von ihren Stickereien trennte, wobei sie sich hauptsächlich mit dem Gedanken tröstete, daß sie diese Reise unternahm, um sich im Nähen zu vervollkommnen und das Kunstweben zu erlernen. So war die Auslandsreise vier Jahre lang immer wieder hinausgeschoben worden, und Fräulein Rannveig war jetzt eine Frau von dreißig Jahren. Doch der Propst und seine Frau hatten stets mit Nachdruck darauf beharrt, daß sie

ins Ausland reisen sollte, denn etwas anderes schickte sich nicht für ihren Stand, »bei den Anforderungen, die heutzutage gestellt werden«. Sie sollte zwei Jahre lang wegbleiben und bei der Familie Kristensen wohnen, wie die ältere Schwester; der selige Kristensen und der Propst hatten sich auf der Universität kennengelernt und dann Freundschaft gehalten, solange beide lebten.

Es ließ sich nicht leugnen, daß der Propst und seine Frau beim erstenmal, als sie ihre ältere Tochter auf die Reise schickten, gewisse Bedenken gehabt hatten, Frau Thuridur war nämlich ein ziemlich lebhafter Backfisch, und der Propst hatte unter vier Augen der Pröpstin gegenüber geäußert, daß Mädchen ihres Naturells immer ein bißchen in Gefahr seien auf dem glatten Eis des Lebens, doch seine Frau hatte darauf entgegnet, sie hoffe, daß eben ihr Temperament sie schütze. Dies erwies sich als richtig. Außerdem hatte der Propst sie darauf hingewiesen, welche Gefahr sich in Thuridurs Schönheit verbarg, doch die Pröpstin sagte, bei einem wohlerzogenen Mädchen stehe der Stolz im rechten Verhältnis zur Schönheit. Auch dies erwies sich als richtig. Sie kam nach zwei Jahren zurück, temperamentvoller als früher und schöner als zuvor. Zu einer solchen Frau paßten selbstverständlich nur Männer aus besseren Kreisen. Und wie es dann weiterging? Es ging so weiter, wie es weitergehen sollte. Pastor Jon, der nicht nur das Propstamt versah, sondern auch die Fischreederei hier in Eyvik betrieb und seinen Schäfchen das Christentum mit derselben Tüchtigkeit einzutrichtern versuchte, mit der er die Dorsche ausnehmen ließ, und zwar so gekonnt, daß sogar der Bischof sagte, er sei der einzige Mann im Landesviertel, der das Wort Christi widerlegt habe, keiner könne zwei Herren dienen, er suchte seinen Altersgenossen, den Faktor bei Trifolii in Adalvik, auf und machte den Vorschlag, die Handelsfirma solle eine Filiale in Eyvik gründen, und der Faktor schickte seinen Sohn, einen gutaussehenden jungen Mann, nach Eyvik, um hier Gebäude für das Geschäft der Firma Trifolii zu errichten, und er sollte dann die Faktorstelle übernehmen. Der Sohn des Faktors wohnte beim Propst, während diese Vorbereitungen getroffen wurden, und verlobte sich sofort mit Thuridur, der Tochter des Propstes, und ließ unverzüglich das Faktorshaus bauen, das jetzt schon seit

mehreren Jahren die anderen Häuser in der Vik überragte und das im täglichen Umgang nur »das herrschaftliche Haus« genannt wurde, und im Frühjahr danach heirateten sie und nahmen in dem Haus Wohnung, und jetzt hatten sie vier vielversprechende Kinder, und der Handel blühte im Schutze der Fischreederei und die Fischreederei im Schutze des Handels, und sie waren ausgesprochen wohlhabende Leute, weshalb sie im täglichen Umgang auch stets nur »die Herrschaft« genannt wurden. So grundlos waren die Befürchtungen des Propstes und seiner Frau wegen der Zukunft Thuridurs gewesen. Kein Mädchen konnte auf direkterem Weg im sicheren Hafen landen.

Das alte Ehepaar machte sich dagegen nie Sorgen, was aus Fräulein Rannveig werden sollte. In ihrem Wesen gab es nichts, was ihnen Anlaß hätte geben können, sich nochmals zu bedenken, ehe sie sie ins Ausland reisen ließen. Man konnte sich gar kein Mädchen von ausgeglichenerem Wesen vorstellen als Fräulein Rannveig. Das etwas laute Temperament der älteren Schwester suchte man bei ihr vergebens. Und sie besaß auch nicht diese verführerische Schönheit, die eine Zeitlang die ältere Schwester ausgezeichnet und sowohl jungen Männern aus besseren Kreisen als auch solchen einfacher Herkunft Gesprächsstoff geliefert hatte. War Fräulein Rannveig etwa körperlich oder seelisch zurückgeblieben? Durchaus nicht. Während Frau Thuridur nur durchschnittlich groß gewesen war und schlank in ihrer Jugend, war Fräulein Rannveig hochgewachsen und blühend, zwar nicht gerade beleibt, doch ihre Körperformen waren voll und üppig, und ihre Bewegungen, obgleich ein wenig langsam, waren dennoch nie schwerfällig, sondern hatten eher etwas Gesetztes an sich. Ihr Haar war blond, das der Schwester dagegen kastanienbraun, und sie errötete noch hübscher, und es gab nichts, das sich mit ihren Augen vergleichen konnte, die strahlend blau waren, es sei denn der Sommerhimmel selbst mit seinem Flimmern über Bucht und Inseln. Es mag durchaus sein, daß sie nicht besonders intellektuell veranlagt war, aber sie war gut durchschnittlich begabt, und das Lernen war ihr leichtgefallen, und was das Handarbeiten betraf, war sie so geschickt, daß man kaum ihresgleichen fand, und sie beherrschte jegliche Art von Stickerei, die damals in

Island bekannt war, nicht nur Plattstich, Stielstich, Blumenstickerei, Kreuzstich, Klosterstickerei, Hinterstich und Plüschstickerei, sondern auch die englische und die französische Stickerei, die Gobelinstickerei, die Venezianer Stickerei, die Hardangerstickerei und sogar die Hedebo-Stickerei; sie häkelte ganze Schultertücher und Bettüberwürfe, strickte Rautenmuster, Knöpfchenmuster, Kronenmuster, Kreuzlochmuster und Fischgrätmuster, stickte mit Gold- und Silberfäden, klöppelte ganze Wäscheeinsätze und fertigte die schönsten Litzen an. Doch ihre Herzensgüte war noch schöner als alle Stickereien auf der Welt. Sie hatte Mitleid mit allem, was leiden mußte, und behandelte Hoch und Niedrig, Mensch und Tier mit der gleichen Freundlichkeit. Und wenn irgendeine arme Frau sich dazu hinreißen ließ, eine Plüscharbeit zu bewundern, die sie eben fertiggestellt hatte, dann zog sie diese Arbeit sofort über ein Kissen und schenkte es der armen Frau, und aus diesem Grund besaßen alle armen Frauen im Dorf ein besticktes Kissen von Fräulein Rannveig. Sie brachte die Wonne des Sommerhimmels in die armseligsten Hütten und überall dorthin, wo ein Mensch in Bedrängnis war; deshalb wurde sie im Haus des Propstes Sonnenschein genannt, und wenn sie ins Dorf hinausging, sprangen alle Hunde um sie herum.

So war ihre Jugend in edler Gesinnung und Schönheit vergangen, bis sie jetzt im Alter von dreißig Jahren reisefertig war. Manch einer hatte sich darüber gewundert, wie es kam, daß kein würdiger Freier erschien, um eine so gute Partie zu machen, und es hieß, früher sei bei den Beratungen der Herrschaft häufig vorgeschlagen worden, man solle sie doch hin und wieder für einige Zeit in die Hauptstadt schicken, damit sie sich umsehen könne, doch dieser Plan traf stets auf den Widerstand des Fräuleins selbst, so sehr liebte sie ihr Dorf Vik und jedes Menschenkind in Vik, und so sehr war sie mit der Landschaft verwachsen, ganz besonders mit den Schären, die sich in den Luftspiegelungen des Sommers wie Burgen hoch über die spiegelnde Weite des Meeres erhoben. Also wurde auf Drängen der beiden verheirateten Damen bei der Herrschaft die Neuerung eingeführt, daß der Faktor vielversprechende junge Männer, die sich auf das Staatsexamen vorbereiteten, zu einem Sommeraufenthalt einladen sollte, einen oder zwei

in jedem Jahr. Diese Methode wurde zwei Sommer lang ausprobiert. Die jungen Männer wurden im Haus gut bewirtet, sowohl mit Essen wie mit Trinken, und man veranstaltete lustige Ausflüge zu Pferd und mit dem Boot, außerdem fröhliche Abendgesellschaften mit Gesang und Tanz bis in die Nacht hinein, wenn der Sommer zur Neige ging und die Nächte wieder dunkel wurden, doch es stellte sich kein greifbarer Erfolg ein. Fräulein Rannveig war auf ihre Art freundlich und nett zu den gutaussehenden jungen Männern mit großer Zukunft, aber die Zeichen ihrer Zuneigung unterschieden sich in keiner Weise von den Freundlichkeiten, die sie selbst den erbärmlichsten Menschen im Dorf, und deren Hunden und Katzen, zuteil werden ließ. Diese Männer, die es zu etwas bringen würden, spürten bei ihr nie jene verstohlene Art von Koketterie, die zur Jagd anstachelt. Sie schenkte nie mit einem Blick, was sie mit einem anderen wieder nahm, ihr Lächeln und ihr Händedruck waren stets nur Zeugnis ihres uneigennützigen, edlen Charakters, und obgleich sie sich eines Nachts im Boot an die Brust des stud. med. & chir. Jon Gudmundsson gelehnt hatte und dort im salzigen Windhauch der Nacht eingeschlafen war, zeigte sich ihr Herz am Morgen nicht davon berührt, und der junge Arzt hatte sich im folgenden Frühjahr in der Hauptstadt verheiratet, nachdem er das Staatsexamen abgelegt hatte. Dasselbe galt auch für den stud. theol. Einar Stefansson. Dieser begabte Student war im letzten Jahr hier zu Gast gewesen, und im Familienrat hatte man einmütig festgestellt, daß er von dem Fräulein angetan war, und die beiden gingen abends und morgens am Strand spazieren. Leider war die Liebe des jungen Theologen von so geistiger Natur, daß er, wenn sie sich beide auf denselben Stein setzten, nicht wagte, so dicht neben ihr zu sitzen, daß er sie berührte. Und die Briefe, die er ihr im Winter aus der Hauptstadt schrieb, waren so hochtrabend und enthielten so viele Zitate aus der Doktorarbeit des Bischofs über den Apostel Paulus, daß die Familie zu der Überzeugung gelangte, daß auch dies zu nichts führen würde. Deswegen kam man wieder davon ab, diese Männer mit Zukunft einzuladen, und konzentrierte sich ganz darauf, Fräulein Rannveig auf das sorgfältigste für ihre Auslandsreise auszustatten.

Ja, die Frauen im herrschaftlichen Haus und im Haus des Propstes wußten wahrlich, was sie in diesem Sommer zu tun hatten, da wurde mit Nadeln, Scheren, Nähmaschinen und Bügeleisen hantiert bis zum letzten Tag, alles in Übereinstimmung mit ausländischen Modejournalen und Schnittmustern, die man aus der Hauptstadt hatte kommen lassen, denn selbstverständlich wurde gleich beschlossen, daß Fräulein Rannveig auf dem Schiff die isländische Tracht ablegen und sich dänisch kleiden würde, wie es Frau Thuridur getan hatte, als sie ins Ausland fuhr. (Sie hatte sogar daheim in Eyvik weiterhin dänische Kleider getragen, bis sie aus ihrem ersten Wochenbett aufstand, da war es natürlich aus mit der Romantik.) Und wie beim erstenmal, so wurde auch jetzt eine gelernte Schneiderin aus Adalvik hergeholt, denn selbstverständlich konnte Rannveig diese zeitaufwendigen Näharbeiten an den Kleidern mit ihren Puffärmeln, Garnierungen, Rüschen und Fransen nicht alleine bewältigen, nicht zuletzt deshalb, weil sie mehr als genug damit zu tun hatte, ihre Unterwäsche zu stricken, zu häkeln, zu klöppeln und zu sticken, ganz abgesehen von Bettlaken und Kissenhüllen. Das Garn für ihre Unterhemden wurde von einer weithin berühmten Spinnerin aus einem anderen Bezirk bezogen, die alte Dame lehnte es kategorisch ab, daß ihre Töchter etwas anderes als isländische Wolle auf der bloßen Haut trugen, egal, ob sie im Ausland oder im Inland waren, wegen der Schwindsuchtgefahr. Hingegen sagte Frau Thuridur, es komme der Mode wegen nicht in Frage, in Kopenhagen Strümpfe aus isländischer Wolle, so fein diese auch gesponnen sein mochte, zu tragen, so daß man beschloß, Fräulein Rannveig solle sich alle benötigten Strümpfe dort nach ihrer Ankunft kaufen, ebenso die Hüte und Schuhe, die der Mode nach zu den dänischen Kleidern erforderlich waren.

Nein, keiner sollte glauben, das Reisegepäck der Tochter des Propstes sei unnützer Tand, es war gediegene und saubere Ware, auch wenn vielleicht nicht alles nach pariserischem Geschmack war. Da sollte im Ausland keiner sagen können, der Propst in Eyvik und seine Frau statteten ihre Tochter ärmlich aus, sondern man sollte an allem erkennen können, daß es sich hier um gutsituierte Leute handelte, die schon seit langem Ansehen und Wohl-

stand in ihrem Landesviertel genossen. Außer den zwölf Kleidern, von denen einige aus Seide, Samt, Satin und Crêpe de Chine gefertigt waren, verstaute man in den Reisekoffern zehn weiße wollene Leibchen aus dem weithin berühmten Garn der tüchtigen Spinnerin, nebst der gleichen Zahl roter Beinkleider, zehn spitzenbesetzte Unterhemden aus dünnem Leinen und ebenso viele Unterhosen aus teurem Stoff mit Rüschen unter dem Knie, sechs Taillen, von den Trägern bis zum Saum hinunter bestickt, sechs kunstvoll gestrickte wollene Unterkleider, acht Unterröcke in verschiedenen Farben, einige aus raschelnder Seide, andere mit gehäkelten Einsätzen und bestickt, sieben bestickte Nachthemden, zwei Federbetten, zwölf Laken und ebenso viele Kissenbezüge, alles mit gehäkelten Borten, und zwanzig Handtücher. Weiterhin nahm das Fräulein eine gold- und silberbestickte Festtagstracht und eine Menge schön bestickter Tischdecken mit, doch Kissen, um sich vorne oder hinten auszupolstern, brauchte sie nicht, weil sie so reife Formen hatte. Schließlich nahm sie sämtliche Gedichte unserer Nationaldichter in Prachteinbänden sowie die Isländersagas einschließlich der Sturlungensaga mit, die meisten ihrer Schulbücher aus der Frauenschule, um die Möglichkeit zu haben, ihre Kenntnisse wieder aufzufrischen, einige in Leder gebundene Bände mit Romanen und Dramen der großen skandinavischen Dichter, das Kirchengesangbuch, die Passionslieder mit Noten, die Vidalinspostille, die ihr der Vater geschenkt hatte, als sie ihren ersten Zahn bekam, und die große Ausgabe der Bibel. Darüber hinaus nahm sie sechs vergrößerte Familienfotografien in großen Rahmen und ein Bild von sich selber im Alter von fünfundzwanzig Jahren mit, ein großes Bild von Jon Sigurdsson und ein genauso großes von Hallgrimur Petursson, Benedikt Gröndals Bild zum Nationaljubiläum mit der Tabakpflanze, auf deren Blätter die Namen aller unserer Landnehmer geschrieben sind, und schließlich ein Bild des Erlösers am Kreuz.

Jetzt ging sie reisefertig von Haus zu Haus, von Hütte zu Hütte, und küßte die Leute. Fast überall ließ sie zur Erinnerung an sich ein Geschenk zurück, denn sie konnte nicht mit leeren Händen kommen: Einer Frau schenkte sie ein Umschlagtuch, einer anderen Kinderfäustlinge oder Socken, den Kindern Feigen, den Alten

Schnupftabak, den Hunden Fischhäute, und alle liebten sie und umarmten sie und baten Gott, sie auf ihrem weiten Weg zu behüten und ihr in der Fremde beizustehen; die Abschiedstränen fielen heiß und rein aus manch einem armen Auge. Allen, die es schwerhatten, war sie eine liebe Verwandte; überall bekam sie Kaffee angeboten, und nirgends brachte sie es über sich, ihn abzulehnen, so daß sie an diesem einen Tag mehr als dreißig Tassen trank und allen Kuchen aß, der ihr vorgesetzt wurde, ohne Rücksicht darauf, ob er hart oder zäh war oder ob er nach Schimmel roch oder nach Fisch schmeckte.

Denk daran, daß du versprochen hast, jeden Tag zu schreiben, sagte Frau Thuridur, die in der Abendsonne draußen im Garten vor dem Haus stand. Wenn du es nicht tust, dann müssen wir hier zu Hause versuchen, uns selbst einen Reim darauf zu machen. Ich kenne das Ausland, meine Liebe, und weiß, was es zu bedeuten hat, wenn Leute nicht schreiben.

Fräulein Rannveig wiederholte ihr Versprechen, regelmäßig zu schreiben.

Und dann lasse ich, wie auch mein Mann, die Familie Kristensen vielmals grüßen. Ich weiß, ich würde den verstorbenen Kristensen vermissen, der sein Haus so gut zu führen verstand. Natürlich kenne ich die junge Frau Kristensen nicht, doch der junge Kristensen war immer ein feiner Mensch, wie ich dir gesagt habe. Du schreibst mir natürlich alles über das junge Paar und sein Haus und sagst, daß es uns hier sehr gutgeht, was ja auch stimmt. Und dann schickst du mir bei Gelegenheit ein Bild von seiner Frau, aber ganz unauffällig. Und dann lasse ich natürlich die alte Frau Kristensen, seine Mutter, herzlich grüßen.

Ja, er war schön, dieser Hochsommertag, mit seinem Meer und seinem Land, so grün und blau unter der Sonne. Da schien der Herbst so weit weg zu sein, mit seinem grauen Himmel. So schön war ihr Dorf, als sie sich anschickte, es zu verlassen, das gute Fräulein, das selbst der Inbegriff des Schönsten an einem Sommertag war. Doch als sie am Abend das Gartentor bei sich daheim öffnet, ruft jemand ihren Namen, es ist ein Mann, der leichtfüßig aus der Richtung des Ladens herüberkommt; sie erkannte ihn selbstverständlich sofort, es war der alte Hans, der Ladengehilfe. Sie blieb

stehen und sah zu, wie er näher kam, schmächtig und mit krummem Rücken, grauhaarig unter seiner Schirmmütze, das hiesige Geschäft hatte ihn als Zugabe vom Hauptgeschäft der Firma Trifolii in Adalvik bekommen, er war im Grunde genommen ein Stück lebendes Inventar, und abends, wenn im Herbst die Nächte wieder dunkel wurden, schlich er durch das Dorf und spähte bei den Leuten durch die Fenster, deshalb sah man in ihm eine Art Ratte, und es hieß, daß er Läuse habe. Nun bekam Fräulein Rannveig Gewissensbisse, weil sie sich nicht von ihm veraschiedet hatte, wie von allen anderen. Ein solcher Mensch mußte sehr einsam sein, auch wenn der Faktor schon von ihm gesagt hatte, daß er über wenigem getreu sei.

Ach, liebster Hans, rief ihm das Fräulein entgegen. Jetzt hätte ich beinahe vergessen, dir wie den anderen Lebewohl zu sagen. Wie schrecklich gedankenlos ich sein kann!

Er nahm höflich die Mütze ab. Was auch immer man über ihn sagen mochte, er hatte die Manieren eines Ladengehilfen, und keinem wäre es eingefallen, ihn für einen Seemann oder einen Bauern zu halten, es hieß sogar, sein Großvater sei Pfarrer gewesen. Doch er war in jungen Jahren dem Trunk verfallen und verwahrlost, obwohl er jetzt schon lange nicht mehr trank, ja, jetzt war er eigentlich ein sehr ordentlicher Mensch, er tat keiner Fliege etwas zuleide, und sie hatte um so größeres Mitleid mit dem einsamen Menschen, je näher er kam. Seine Stiefel waren völlig ausgetreten, und in seinem schwarzen Kammgarnanzug konnte man sich hinten und vorne spiegeln. Er hatte die Gesichtsfarbe eines Menschen, der viel Schwarzbrot und Schiffszwieback ißt und wenig Butter dazu. Seine Haut war schlaff und warf tiefe Falten an den Wangen. Doch als er sie begrüßte, sah sie, daß er wohlgeformte Hände hatte, obwohl sie schmutzig waren von den verschiedenen Waren und blau, weil er nie Handschuhe trug. Er sagte, es mache nichts aus, daß sie sich nicht von ihm verabschiedet hatte, im übrigen tat er sich schwer, ihr zu sagen, was er von ihr wollte, denn er stotterte. Es stellte sich heraus, daß er sie bitten wollte, eine besondere Art von Samen für ihn zu kaufen, wenn sie im Ausland zufällig eine gute Apotheke sähe, sogenannten Sabadillsamen, schließlich schrieb er den Namen sogar auf ein Blatt Papier, vielleicht könnte

sie ihm den im Frühjahr mit der Post schicken, nein, es hatte keine besondere Eile damit, er litt glücklicherweise an keiner gefährlichen Krankheit. Er zog seine Börse heraus und wollte ihr Geld geben.

Nein danke, lieber Hans, sagte sie. Das bringen wir in Ordnung, wenn ich wiederkomme. Aber er wollte sich keinesfalls etwas schenken oder leihen lassen, sagte er, er war kein solcher Mensch, und sie stritten sich deswegen eine ganze Weile, bis sie ihm mit ihrem glücklichen Lächeln Lebewohl sagte.

So endete der wundervolle Sommertag in Eyvik.

2. In besagtem Land

Es folgten sonnenlose Herbsttage mit schlechtem Wetter.

Und die letzten Schiffe im Herbst brachten die ersten Briefe von Fräulein Rannveig aus besagtem Land am Öresund, diesem Land, das bis in jene Zeit im Bewußtsein aller besseren Leute der Inbegriff der Welt war. Wie versprochen, schrieb sie lange, ausführliche Briefe und schilderte mit Genauigkeit alles, was sie im Ausland erlebte. Unterwegs war sie sehr seekrank geworden, doch alle waren freundlich zu ihr. Der dänische Steward hatte am ersten Tag zu ihr gesagt, alles, was das Schiff zu bieten habe, stehe zu ihrer Verfügung, und hatte ihr Äpfel, Orangen und Mineralwasser gebracht, nachdem sie den Braten erbrochen hatte, und zwei Kaufleute aus Reykjavik hatten ihr Gesellschaft geleistet und versucht, sie das Wetter und die See vergessen zu lassen. Sie hatten ihr auch ein wenig Rotwein zu trinken gegeben. Eines Abends hatten betrunkene Studenten versucht, mit lautem Getöse bei ihr einzudringen, doch die Kaufleute warfen sie hinaus, darüber war sie sehr froh. Diese freundlichen Kaufleute hatten auch davon gesprochen, daß sie sie in Kopenhagen ins Theater einladen wollten, das habe sie dann aber doch nicht annehmen wollen, denn sie hatte Mitleid mit den daheimgebliebenen Frauen der beiden. Als sie in Kopenhagen ankamen, war sie dem Rat der Schwester gefolgt, hatte einen Wagen genommen und war zu Kristensens gefahren. Die alte Frau Kristensen empfing sie mit Herzlichkeit

und Liebe, es war, als ob sie zu einer guten Mutter gekommen wäre; zwar machte es ihr anfangs ein wenig Schwierigkeiten, das Dänische zu verstehen, doch nun hatte sie sich daran gewöhnt. Ihr Zimmer war ein Eckzimmer mit Aussicht über die Seen. Sie hatte ein ausgezeichnetes Bett, zwar mit einer Sprungfedermatratze und nicht so weich wie ihr Bett daheim, die ersten Nächte hatte sie es sogar ziemlich hart gefunden, doch im Ausland war es üblich, auf einer Sprungfedermatratze zu schlafen, es solle auch viel gesünder sein, auf einer Sprungfedermatratze zu schlafen, nach dem, was die Ärzte im Ausland sagten, und vielen älteren Leuten, die an Rheumatismus leiden, wird geraten, auf einer Sprungfedermatratze zu schlafen. Sie richtete die Frage an ihre Eltern, den Propst und seine Frau, ob es nicht angebracht wäre, daß sie sich eine ausländische Sprungfedermatratze anschafften, eben wegen des Rheumatismus, an dem beide litten. Sie beschrieb ihr Zimmer bei Kristensens und legte überdies eine kleine Planskizze auf einem gesonderten Blatt bei: Außer dem Bett hatte sie eine ausgezeichnete Chaiselongue und zwei Sessel, einen Tisch, einen Schreibtisch und einen Waschtisch mit allem Zubehör, nicht zu vergessen den Kleiderschrank, über den sie sehr froh war, denn ihre Kleider waren alle mehr oder weniger zerknittert. Gleich am ersten Tag hatte sie ihre Bilder an die Wände gehängt, die Kissen auf die Chaiselongue gelegt und ihre Decken über die Tische gebreitet; später wollte sie sich noch ein Bücherregal kaufen. Sie sagte, sie wünschte, ihre Mutter und ihre Schwester wären da, um zu sehen, wie gemütlich es in ihrem Zimmer war.

Nun wollte sie von ihrem ersten Tag in der Stadt berichten und alles erzählen, was sie über das Haus der Kristensens wußte, wie sie es ihrer Schwester versprochen hatte. Dann kamen viele Seiten mit einer Beschreibung der Wohnung und der Möbel der Familie Kristensen, denn Fräulein Rannveig hatte ein gutes Auge für alles, was geformt und gegenständlich ist. Ein geschmackvoll eingerichtetes Wohnzimmer war für sie eine Kunstausstellung, sie sprach von Tafelsilber mit derselben Ehrfurcht, mit der andere von Kircheninventar sprechen, von Küchengeräten wie von einer Handelsflotte, die Art und Weise, das Essen aufzutragen, erweckte in ihr die edelste Begabung eines Geschichtsschreibers. Sie schrieb

auf ganz gewöhnliche, linierte Briefbögen und ließ nirgends einen Rand frei, meist waren noch zwei oder drei Zeilen oberhalb und unterhalb der Linien am Kopf und am Fuß des Bogens hinzugefügt, die Schrift war einfach und klar, dabei fast ein wenig grob, und nach zwölf Bogen war sie schließlich bei der Familie selbst angelangt. Und da wäre zunächst zu berichten, daß die junge Frau Kristensen nicht zu Hause ist, sie ist mit den beiden jüngsten Kindern bei ihren Eltern in Schleswig – ich habe nur ihr Bild gesehen. Sie ist eine hübsche Frau. Doch die alte Frau Kristensen sagt, sie sei verträumt und neige deshalb zur Schwermut. Aber sie soll überaus musikalisch sein und hat Pianoforte spielen gelernt. Ihr Vater ist Arzt, die Familie soll sehr wohlhabend sein. Die alte Frau ist irgendwie nicht zufrieden mit ihr, sie findet, sie sei nicht häuslich. Sie reist im Sommer immer zu ihren Eltern aufs Land und kommt erst wieder Ende September. Frau Kristensen sagt, sie sei nicht die richtige Frau für Viggo. Die beiden älteren Kinder sind schon vom Land zurückgekommen, sie müssen bald wieder zur Schule, es ist ein Junge und ein Mädchen, Adolf und Aliette, und der kleine Junge verbeugt sich so hübsch, Aliette kommt oft zu mir in mein Zimmer, um sich meine Kleider anzusehen. Sie sind natürlich ein bißchen frech zu den Dienstboten, obwohl sie sich Gästen gegenüber sehr gut benehmen. Die alte Frau Kristensen ist so mütterlich, sie ist schon über siebzig. Jetzt weiß ich, daß Ihr etwas über den Hausherrn hören wollt. Über ihn kann ich natürlich nichts sagen, denn ich kenne ihn so gut wie überhaupt nicht. Er ist den ganzen Tag in seinem Büro. Ich hatte ihn mir aber ganz anders vorgestellt. Er kam am ersten Abend nach Hause, und ich weiß nicht, was ich sagen soll, er wirkt ein bißchen melancholisch und wird schon grau an den Schläfen. Ich glaube, er ist kein sehr fröhlicher Mensch, aber ich weiß natürlich nichts über ihre Ehe. Er wollte, daß wir in diesen berühmten Park, das Tivoli, gehen sollten. Wir fuhren hin, seine Mutter, ich und er. Es war natürlich außerordentlich interessant. Er lud mich zu allem ein, wozu ich Lust hatte, wir sahen Akrobaten und Seiltänzer. Sie kletterten dort hoch oben in der Luft auf Drahtseilen herum, doch wenn ich ganz ehrlich sein soll, dann fand ich das nicht besonders lustig. Es ist natürlich eine ungeheuer große Kunst, aber ich verstehe nicht,

warum die Leute das betreiben, ich finde es irgendwie so weit entfernt vom Leben. Dann hörten wir ein schönes Konzert, bei dem
auf vielen Instrumenten gleichzeitig gespielt wurde, doch ich verstehe so wenig von dieser vielfachen Musik, ich bin so wenig daran
gewöhnt, aber Kristensen versteht sie. Er ist wirklich ein sehr
gebildeter Mann, da bin ich sicher. Dann kamen wir zu einem
sehr gut besuchten Gasthaus im Park, und er wollte, daß wir Wein
trinken sollten, doch da war seine Mutter schon so müde, sie ist
schon recht hinfällig, und außerdem war es ziemlich windig, sie
wollte nur Kaffee, sie tat mir aufrichtig leid. Ich trank ein Glas
Portwein, und er trank einen Schnaps mit Soda. Dann wollte die
alte Frau verständlicherweise nach Hause gehen. Und die arme
alte Frau hatte sich an diesem Abend erkältet und legte sich
sofort ins Bett, doch Kristensen unterhielt sich eine ganze Weile
mit mir im Wohnzimmer, er sprach hauptsächlich von Dir, Schwester Thuridur, er vertraute mir sogar an, daß er eine Zeitlang in
Dich verliebt gewesen sei. Ich fand es sehr schade, daß seine Frau
nicht daheim war. Sie müssen finanziell sehr gut gestellt sein, er
trägt einen Brillantring, er war im Sommer vierzehn Tage in
Deutschland für das Geschäft. Aber ich glaube, er ist kein fröhlicher Mensch. Ich weiß natürlich nichts über seine Frau, und ich
freue mich darauf, sie kennenzulernen. Er sagt, seine Frau verstehe ihn nicht; ich wünschte, ich könnte ihre Freundin werden
und ihnen helfen, einander zu verstehen.

Später:

Meine Schule fängt erst am ersten Oktober an, und deshalb
sagen sie, ich solle die Zeit nutzen und Schlösser besichtigen und
in Parks gehen, ich war schon im Kunstmuseum, aber ich weiß
nicht recht, was diese Kunstwerke bedeuten sollen, das ist natürlich alles wunderschön, doch ich kann nichts dafür, ich will lieber
die Natur. Genauso geht es dem, der nicht an Bäume gewöhnt ist,
mit den Parks, das ist alles so groß, ich mag keine größeren Pflanzen als solche, die man in die Hand nehmen kann. Ich würde viel
lieber in dieser Zeit im Haushalt helfen, doch das will die alte Frau
nicht, deshalb sitze ich oft in meinem Zimmer und versuche, gute
Romane zu lesen, die Kristensen mir geliehen hat, aber mir scheint
es, als ob alles so weit weg vom Leben sei und ich auf etwas warte,

was nie kommen will. Abends sitzen wir manchmal im Wohnzimmer und unterhalten uns, und manchmal gehen wir aus, entweder ins Theater oder in ein Restaurant, das macht Viggo solchen Spaß. Er versteht nämlich sehr viel von Theateraufführungen und kennt die Namen aller Schauspieler. Seine Mutter geht natürlich auch immer mit, wenn sie nicht unwohl ist. Ich versuchte, auf dänisch eine Karte an die Frau zu schreiben, um ihr zu sagen, wie sehr ich mich darauf freue, sie kennenzulernen, und daß ich mir wünsche und hoffe, daß sie bald kommt. Ich wundere mich wirklich, daß er sie so lange fortbleiben läßt. Mir scheint, als ob er nicht ganz glücklich ist. Ich versuche immer wieder, mit ihm über seine Frau zu sprechen, damit er zufriedener wird. Ich wünschte, es wäre schon Oktober, dann hätte ich etwas, das mich beschäftigt, und könnte alles andere vergessen. Manchmal werde ich richtig trübsinnig vor lauter Nichtstun. Ich verstehe mich selbst nicht. Ich bin irgendwie so unruhig. Zwar habe ich mein Klöppelkissen mitgebracht, aber ich habe keine Lust zum Klöppeln, ich habe nicht die innere Ruhe, etwas zu tun, und bin unfähig, etwas zu lesen, obwohl dies gute Bücher sind. Ich bin eben so dumm (bin es schon immer gewesen). Tagsüber gehe ich oft aus und sehe mir Schaufenster an und betrachte die Leute, die mir begegnen. Jetzt sind diese großen Federhüte in Mode. Einige Male habe ich isländische Mädchen besucht, die ich kennengelernt habe, und jetzt will ich Euch alles über sie schreiben. Aber ich bin irgendwie so unruhig, ich kann nichts dagegen machen. Nachts überkommt einen eine Schwere, die sich auf die Seele legt, wenn man sich vorstellt, daß ich schon über dreißig bin, und wozu ist mein Leben eigentlich nütze? Es ist natürlich völlig falsch, so zu denken, statt dem lieben Gott dankbar zu sein, und ich weiß das genau. Ich kann nichts dafür, daß ich nachts manchmal wachliege und nachdenke und jeden noch so leisen Ton im Haus höre, und dann denke ich an Eyvik und die Menschen daheim, die ich so gern habe, aber seit ich hier bin, glaube ich mich selbst nicht mehr verstehen zu können. Und manchmal glaube ich Gott nicht mehr verstehen zu können, doch man ist natürlich schrecklich undankbar, wenn man nachts weint. Aber heute habe ich nun mit der Leiterin gesprochen, und ich weiß, daß all dies besser wird, wenn die Schule anfängt. Ich bin

sicher, daß sie ein sehr netter Mensch ist. Neulich kam Viggo eines Nachts ein bißchen betrunken nach Hause, doch ich sollte mich schämen, über so etwas in ein anderes Land zu schreiben. Er tat mir so leid. Ich wünschte, seine Frau käme bald. Jetzt glaubt Ihr sicher, es habe irgendwelche Schwierigkeiten gegeben, aber dem war überhaupt nicht so, er war nicht unangenehm betrunken, wie das oft in Island vorkommt. Doch man konnte sehen, daß er etwas getrunken hatte. Mir tat das so leid wegen der alten Frau. Er war so aufgekratzt, wollte mitten in der Nacht tanzen gehen. Er ist nie unhöflich, das gibt es bei ihm nicht. Er ist ein feiner Mensch, wie Du selbst sagtest. Und immer verschlossen, außer wenn er etwas getrunken hat. Ich sagte zu ihm: Viggo, Sie sind so unglücklich. Ich wünschte, Gott gäbe, daß Ihre Frau bald nach Hause kommt.

So schrieb Fräulein Rannveig jeden Tag einen langen Brief, innerhalb kurzer Zeit war Stoff für ein ganzes Buch zusammengekommen. Doch dann kam die Post immer seltener, und mit dem allerletzten Schiff im Herbst, das war kurz vor Ende Oktober, erwarteten Mutter und Tochter mindestens vierzehn Briefe, doch was kam? Diesmal kam nur ein Brief von Fräulein Rannveig, er war an ihre Mutter, und er war überaus dünn, nur ein einziger Bogen, viel weniger eng beschrieben als die früheren und nichts oberhalb oder unterhalb der Linien am Kopf und am Fuß. Sie berichtete nur davon, daß sie jetzt in der Schule angefangen habe, und dann kam eine kurze Beschreibung der Schule und des Webunterrichts, wobei sie nicht vergaß zu betonen, daß die Lehrerinnen alle sehr nette Frauen seien, doch über das Haus Kristensen stand kaum ein Wort, und dabei hatten Mutter und Tochter mit größter Spannung gerade darauf gewartet, wie auf die neue Folge eines Fortsetzungsromans, was Rannveig über die junge Frau Kristensen zu sagen hätte. In diesem kurzen Brief stand nur, daß Frau Kristensen vor einer Woche nach Hause gekommen sei, sonst nichts, es war, als ob diese Frau weder Form noch Gestalt hätte, es wurde nicht einmal gesagt, daß sie nett sei, auch die Kinder und die alte Dame wurden nicht erwähnt, und schon gar nicht Herr Viggo Kristensen selber – ich versuche, an nichts anderes als an meine Weberei zu denken, und ich habe keine Zeit zum Schreiben, liebe Grüße. Es war, wie wenn eine Geschichte vor der Pointe aufhört.

Für so etwas fehlen mir ganz einfach die Worte, sagte die Frau des Faktors.

Ja, das ist etwas eigenartig, sagte die Frau des Propstes.

Und erwähnt die Frau überhaupt nicht! Nachdem das Mädchen immer wieder versprochen hatte, uns alles über die Frau zu schreiben! Es soll mir keiner weismachen, daß so etwas normal sei.

Na ja, ich glaube, daß es durchaus normal sein kann, sagte die alte Frau.

Nun, du mußt schon entschuldigen, daß ich mir meine eigenen Gedanken mache, sagte die junge Frau.

Die Frau des Propstes griff mit würdevoller Miene in ihre Rocktasche, um ihre silberne Schnupftabaksdose herauszuholen.

Nein, sagte sie, ich kenne euch ja schließlich, meine Mädchen – was das betrifft.

Was verstehst du von der Welt, Mama? Ich weiß, wovon ich rede. War ich vielleicht nicht zwei Jahre lang dort?

Sicher warst du das, sagte die Frau des Propstes ein wenig ungeduldig, aber wenn ich ganz ehrlich sein soll, dann hätte ich für dich nie die Hand ins Feuer legen wollen, auch wenn alles noch einmal gut ausgegangen ist.

Für mich die Hand ins Feuer legen?

Du weißt schon, was ich meine. Aber Rannveig ist ein Mensch, dem ich vertraue, für sie würde ich immer die Hand ins Feuer legen, denn sie hat die Sinnesart ihrer seligen Großmutter geerbt; und außerdem das Beste aus der väterlichen Familie.

Warum schreibt das Frauenzimmer dann nicht? Ich habe immer geschrieben.

Da nahm die alte Frau endlich eine Prise, kniff die Augen im Tabakgenuß zusammen und antwortete näselnd:

Ob du nun alles geschrieben hast oder nicht.

Was willst du damit sagen, Mama?

Du wolltest die leichtsinnigen dänischen Kleider erst ablegen, als du die kleine Gudlaug geboren hattest.

Das hätte ich nicht von dir erwartet, Mutter.

Tja, ich halte damit nicht hinter dem Berg, ich war mir deiner nie so ganz sicher, solange du die dänischen anhattest, aber mir ist

es ganz egal, was für Röcke meine Rannveig trägt, leichte oder schwere, denn ich weiß, daß dort die Sinnesart den Sieg davonträgt.

Dann erlaube ich mir, daran zu erinnern, Mama, daß stille Wasser tief sind.

Erkläre mir lieber, warum ihr dort im Haus nicht schlau genug wart, ein ordentliches Mannsbild für das Mädchen auftreiben zu können, ihr hattet das ja schließlich übernommen – dann hätte sie wenigstens etwas zum Nachdenken gehabt, als sie von daheim wegfuhr. Das waren alles verfluchte Waschlappen, die ihr im letzten und vorletzten Jahr hierhergeschleppt habt, schau dir nur die Briefe an, die sie von diesem jämmerlichen Menschen bekam, der Pfarrer werden wollte, zu meiner Zeit hätte man den nicht für einen zukünftigen Pfarrer gehalten, einem Mädchen solche Briefe zu schreiben, das waren die reinsten Predigten, wie bildet sich ein so erbärmlicher Mensch ein, er könne Pfarrer werden, das würde mich interessieren. Kein Wunder, daß sie schon bald keine Lust mehr hatte, ihm zu antworten.

Wenn Veiga keinen zukünftigen Pfarrer will, was hat sie dann für Möglichkeiten? Bessere Mädchen können ihre zukünftigen Männer heutzutage nicht wie Treibholz auflesen und dann auswählen. Und du solltest dir darüber im klaren sein, daß die Wohlhabenden in Reykjavik an einer Braut aus der hintersten Provinz kein Interesse haben. Kaufleute und höhere Beamte in der Hauptstadt heiraten in ihren Kreisen. Was wäre aus mir geworden, wenn Trifolii nicht gewesen wäre? Das weiß keiner. Vielleicht hätte ich selbst für meinen Lebensunterhalt arbeiten müssen.

Und ob sie nun länger oder kürzer darüber stritten, beschlossen wurde jedenfalls, daß sie beide energische Aufforderungen an Rannveig schicken würden, sie solle genau schreiben, wie es ihr und den anderen gehe und nichts auslassen, was im Hause Kristensen geschehe. Sie rieten ihr, die Abendstunden zum Briefeschreiben zu nutzen und über jeden Tag einen genauen Bericht abzufassen.

So verging die Zeit, und erst Ende November kam wieder Post in den Ort, diesmal auf dem Landweg, denn die Schiffahrt war bis Ende März eingestellt, diese Post kam den ganzen weiten Weg aus

der Hauptstadt. Doch aus Kopenhagen kam kein Brief, abgesehen von Geschäftsbriefen für Trifolii und einem Katalog vom Nordischen Warenimport für den Propst. Kein Wort, kein Buchstabe von Rannveig. Frau Thuridur kam trotz des schrecklichen Sturmes zu ihrer Mutter herüber, um die Sache zu besprechen, und auch der Propst selbst war zugegen. Die Frau des Faktors erinnerte ihre Mutter an das, was sie im Herbst zu ihr gesagt hatte: daß sie sich ihre Gedanken mache. Sie sagte, jetzt deute alles darauf hin, daß diese Gedanken nicht unberechtigt gewesen seien. Sie berichtete nun erstmals davon, daß Kopenhagen eine schändliche Lasterhöhle sei, voll von unvorhersehbaren Versuchungen und Gefahren für ein ausländisches Mädchen, das ganz allein war. Sie sagte, daß sie abends oft von nett aussehenden Herren angesprochen worden sei, die sich anboten, sie im Wagen nach Hause zu bringen, und daß sie – aber nur dieses eine Mal – ein solches Angebot angenommen hatte, weil das Wetter so schlecht war, und er sei dann endlos lange mit ihr gefahren, zu einem alten und unheimlichen Haus weit draußen vor der Stadt, ihr Anstandsgefühl verbiete ihr, genauer zu schildern, was sich dort vor ihren Augen abgespielt habe, und es sei nur der Gnade Gottes zu danken gewesen, daß es ihr gelungen war, sich um drei Uhr in der Nacht durch eine Hintertür davonzumachen, und sie war gerannt, so schnell sie konnte, und erst gegen Morgen wieder bei sich daheim angekommen. Diese netten Herren, die Mädchen anboten, sie nach Hause zu begleiten, waren meist Verbrecher der allerschlimmsten Sorte, sie waren Agenten von Organisationen, die unschuldige Mädchen fingen, um sie als Sklavinnen an Freudenhäuser in Südamerika zu verkaufen, und die Frau des Faktors war der Ansicht, daß es dann viel besser wäre zu sterben.

Warum hast du uns das nie geschrieben? fragte die alte Frau.

Doch die Frau des Faktors sagte, ihr sei das hinterher wie ein böser Traum vorgekommen, und sie hatte ihren Eltern nicht unnötig angst machen wollen, indem sie davon erzählte.

Den alten Eltern verschlug diese fürchterliche Geschichte die Sprache, und nach langem, angstvollem Schweigen wurde beschlossen, im Dorf die Nachricht verbreiten zu lassen, daß Fräulein Rannveig in Kopenhagen ernsthaft erkrankt sei. In der Nacht

saß der alte Propst auf und schrieb seiner Tochter einen langen Brief. Er sagte ihr, daß sie durch ihr Schweigen ihrer Mutter so großen Kummer gemacht habe, daß sie dies ohne weiteres ins Grab bringen könnte. Gott sei Dir gnädig, Kind, daß Du Deine Mutter und mich in dieser Ungewißheit läßt, schrieb er.

Nun vergeht wieder ein ganzer Monat.

Und die Herrschaft in Eyvik kam nicht seltener als jeden zweiten Tag im Haus zusammen, um über das ungewisse Schicksal von Fräulein Rannveig zu sprechen. Und den Gesichtern der Leute sah man die Besorgnis an, und alle im Dorf konnten erkennen, wie schwer Rannveigs Krankheit auf ihren Herzen lastete.

Schließlich kam die Weihnachtspost.

Es kamen schön verzierte Postkarten mit gedrucktem Text an Verwandte und Freunde, Fröhliche Weihnachten und ein gesegnetes Neues Jahr auf dänisch, Unterschrift: wünscht Rannveig. Doch nur ein einziger Brief, nur wenige Zeilen an die Frau des Propstes. Nein, sie war nicht krank. Es ging ihr gut, sie hatte sehr viel zu tun in der Schule, war aber Anfang November aus dem Hause Kristensen weggezogen, hatte woanders ein besseres Zimmer gefunden, näher bei der Schule. Keine weitere Erklärung. Keine Schilderung der neuen Unterkunft. Kein Wort über irgendeinen Menschen. Nichts darüber, ob irgend etwas geschehen war, weder Gutes noch Schlechtes, mit einem Wort: überhaupt gar nichts. Also ließ man im Dorf die Nachricht verbreiten, Fräulein Rannveig sei Anfang November ins Krankenhaus eingeliefert worden, es ginge ihr aber schon wieder ein klein wenig besser. Und der alte Propst mußte schreiben, wenn sie nicht genauer berichte, wie es ihr gehe, sähe sich die Herrschaft gezwungen, sie zu bitten, nach Hause zu kommen, anderenfalls würde Trifolii in Kopenhagen Anweisung erhalten, die Geldbeträge, die ihr sonst von der Firma hier allmonatlich für ihren Lebensunterhalt überwiesen wurden, nicht mehr auszubezahlen. Mutter und Tochter schrieben ihr eindringliche Ermahnungen von derselben Art wie zuvor, nur daß sie nun zwischen den Zeilen unmißverständlich zu erkennen gaben, daß sie Angst hätten, sie könnte weißen Sklavenhändlern in die Hände gefallen sein, und diese Angst raube ihnen den Schlaf; sie hätten keine ruhige Minute mehr.

Das Ergebnis war, daß Fräulein Rannveig um so beharrlicher schwieg, je dringender sie aufgefordert wurde, Briefe zu schreiben. Mit der Januarpost kam kein Brief aus Kopenhagen, auch nicht mit der Februarpost, und daraufhin wurde im Dorf verbreitet, die Tochter des Propstes hätte in Kopenhagen einen Rückfall erlitten. In jeder Hütte wurde über ihre Krankheit diskutiert, alle spürten, wie heiß sie sie liebten und wie schmerzlich es wäre, sie so jung zu verlieren, der liebe Gott möge ihr die Gesundheit wieder schenken. Schließlich faßten die Leute den Entschluß, daß der Faktor mit der ersten Schiffsverbindung im Spätwinter ins Ausland fahren sollte, um selbst persönlich zu untersuchen, wie es um Fräulein Rannveig bestellt sei. Er hatte beabsichtigt, später im Frühjahr, im Mai oder Juni, eine Geschäftsreise dorthin zu machen, doch Mutter und Tochter brachten es zuwege, daß er diese Fahrt drei Monate eher als geplant unternehmen sollte, zu einer Jahreszeit, in der die Winde auf dem Meer am wildesten sind – vierzehn Tage nach der Abfahrt des Küstendampfers käme er nach Reykjavik; drei Wochen danach wäre er dann in Kopenhagen.

Dann kam der Küstendampfer.

Es war ein Unwettertag, wie man ihn sich nicht schlimmer vorstellen kann gegen Ende des Winters, schon wieder lange hell und eisiger Schneesturm. Nein, der Faktor hatte ganz gewiß keinen Grund, sich darüber zu freuen, daß er jetzt seine warmen Stuben im Haus verlassen und eine fünfwöchige Reise über das stürmische Meer antreten mußte, zuerst entlang der Wind und Wetter ausgesetzten Küste Islands, dann über den erbarmungslosen Atlantischen Ozean, an den Färöern und Schottland vorbei, bis man nach Dänemark gelangte. Doch die Frauen waren noch erbarmungsloser, schließlich war dies nach dem alten isländischen Kalender ihr Monat, und er fügte sich in sein Schicksal. Seine Reisetruhen standen fertig gepackt in der Diele, als man am Morgen dieses unwirtlichen Tages das Küstenschiff durch das Schneegestöber tuten hörte.

Er genoß diese letzten Stunden in seinem Haus mit Tapferkeit, die sich mit Trauer mischte und mit Wagemut, der nicht ganz frei von Furcht war, wie es sich bei einem Helden, der zugleich auch ein guter Familienvater ist, nicht vermeiden läßt. Er saß im Sessel, rauchte wehmütig seine Zigarre und betrachtete liebevoll

seine Kinder, die dort im Zimmer spielten; er versprach ihnen schöne Spielsachen, wenn er mit Gottes Hilfe irgendwann im Frühjahr zurückkommen werde. Und wie er so dasitzt und darauf wartet, daß es Zeit wird, an Bord zu gehen, und beobachtet, wie der spätwinterliche Schneesturm mit kalten Pranken gegen das Stubenfenster schlägt, hört er, wie die Haustür aufgeht, so daß der Wind fürchterlich durch alle Ritzen pfeift, und jemand atemlos Neuigkeiten berichtet, was im Haus keinen weniger heftigen Sturm zur Folge hat als den draußen; überall schlagen Türen, und man läuft treppauf und treppab, als ob Gespenster unterwegs wären, und schließlich wird auch die Tür zu dem Zimmer, in dem der Faktor sitzt, aufgerissen, und seine Gattin steht mit wirrem Blick auf der Schwelle und stößt die Worte aus:

Rannveig ist gekommen.

Ist Rannveig gekommen? sagt der Faktor und springt auf. Das ist aber ein Glück. Gott sei Dank.

Vielleicht hatte niemand Grund, für diese Nachricht mit bewegterem Herzen zu danken als der Faktor, denn kaum etwas birgt mehr Gefahren und unerwartete Zwischenfälle als weite Reisen über aufgewühlte Meere in der schlimmsten Zeit des Jahres, zumindest war seine Gattin nicht in gleicher Weise davon überzeugt, daß Anlaß dazu bestand, Gott zu preisen.

Gott sei Dank, sagst du. Das sieht dir ähnlich, tobte die Frau. Du denkst natürlich nur an dich selber, wie immer. Dich kümmert wohl das, was die Ehre des Hauses angeht, überhaupt nicht. Ich für mein Teil kann nur sagen, daß es für die Familie nicht mehr und nicht weniger als eine Schande ist –

Jaja, jaja, meine Liebe, ganz wie du willst, ganz wie du sagst, sagte der Faktor. Ja, es ist zweifellos ein wenig seltsam. Aber daß es eine Schande für die Familie sein soll –

Was denn sonst? fiel ihm die Frau ins Wort. Und was ist eine Schmach, wenn das keine ist? Wurde sie etwa nicht für zwei Jahre ausgestattet? Und wurde sie nicht bei vortrefflichen Leuten untergebracht? Was, glaubst du, wird man sagen?

Ganz wie du meinst, meine Liebe, sagte darauf der Faktor, denn in dieser Stunde war er glücklich, was auch immer geschehen mochte, und als die Frau in den Schneesturm hinausgelaufen war,

um im Haus des Propstes ihre Schwester zu treffen, nutzte er die Gelegenheit, um unauffällig wieder seine Kisten auszupacken und sie voll Dankbarkeit gegenüber der Vorsehung auf dem Dachboden zu verstauen, und ging dann hinüber zum Arzt, um dort die inneren Stürme abzuwarten, die im Laufe des Tages durch das Haus toben würden.

Er kam übrigens erst spät am Abend heim, da war die Frau noch nicht zurück, deshalb wollte er schnell zu Bett gehen und fängt an, sich mit seinen Schnürsenkeln abzumühen, doch da kommt sie plötzlich zur Schlafzimmertür herein und hat diesen harten Zug um den Mund und in den Augen diese beißende Kälte, die immer anzeigte, daß etwas vorgefallen war, und dann war es üblich, die Schuld auf ihn zu schieben, und nun sieht sie natürlich zu allem Überfluß auch noch, daß er sich einen genehmigt hat, sie sieht es daran, wie ungeschickt und verstohlen er herumhantiert, um seine Schnürsenkel aufzubekommen.

Los, scher dich ins Bett, Björn, sagt sie kalt und bestimmt.

Siehst du denn nicht, Liebste, daß ich gerade versuche, die Stiefel auszuziehen, sagt er. Kein Wunder, daß es schwer geht, wenn es sich verknotet hat.

Hier stinkt, wie üblich, alles nach verdammtem Schnaps, sagt sie. Du hättest verdient, daß du jetzt draußen auf hoher See wärest, wie es ausgemacht war.

Aber darauf gab der Faktor keine Antwort, denn er mühte sich damit ab, diesen Knoten aufzumachen.

Da sagte die Frau:

Du bist und bleibst dir gleich, nichts als Egoismus. Dankst nur Gott, solange du selbst auf trockenem Land sitzt.

Ja, wie du, meine Liebste – auf trockenem Land.

Du fragst wohl nicht viel danach, was in der Familie passiert und die Ehre von uns allen angeht.

Nein, meine Liebe, das wagte ich nicht, sagte der Mann mit jenem liebenswürdigen Lächeln, das ihn auszeichnete, wenn er etwas getrunken hatte, und bei dem die Frau bisweilen den Verdacht hegte, es könne ein Zeichen unangebrachter und unverzeihlicher Ironie sein. Doch nun möchte ich dich fragen: Warum, meine Liebste, warum? – wenn ich mich so ausdrücken darf.

Da stellte sich die Frau vor ihrem Mann in Positur, die Hände auf den Hüften, mit einer Miene und in einem Ton, als sei er des Aufruhrs gegen den Heiligen Geist überführt, und schleuderte ihm ins Gesicht:

Meine Schwester Rannveig ist verlobt.

Der Mann bekam zunächst ein wenig Angst, doch als er sich wieder gefaßt hatte, antwortete er sanft:

Ja, aber da kann ich doch überhaupt nichts dafür, meine Liebe. Denn das weißt du selber, Thuridur – und hier traten ihm die Tränen in die Augen, und er versuchte aufzustehen, was auch gelang, und er hielt das Gleichgewicht, während er dieses Bekenntnis ablegte: und Gott im Himmel weiß, daß ich bereit bin, über jedes beliebige Weltmeer zu reisen und mein Leben tausendmal bei jedem verteufelten Nebelwetter, das kommen mag, aufs Spiel zu setzen – alles für die Ehre des Hauses.

Dann ließ er sich wieder auf das Ehebett fallen, mit dem Knoten in den Schnürsenkeln, und lachte freundlich. Denn heute abend kam ihm die Welt wirklich ganz ungewöhnlich wunderbar vor.

3. Die Hochzeit

Dem Faktor wurde nie auf formellere Weise von der Verlobung seiner Schwägerin Mitteilung gemacht, und er erfuhr nie, was auf der Konferenz gesagt oder beschlossen worden war, welche die drei Frauen, teilweise in Anwesenheit des Propstes, an jenem stürmischen Tag im Spätwinter abhielten, und zwar vom Morgen, als das Fräulein an Land stieg, bis Mitternacht, als die Teilnehmer entkräftet aus der realen Welt der Wohlanständigkeit in die nicht anerkannten Kontinente der Träume entschwebten. Über diese Konferenz existieren nur Volkssagen, für die man sich genausowenig verbürgen konnte wie für die Inquisition in Spanien. Eines der Dienstmädchen soll erzählt haben, die Beratung habe hinter verschlossenen Türen im Studierzimmer des Propstes stattgefunden, und fast den ganzen Tag über sei nichts Besonderes geschehen, abgesehen davon, daß die Frau des Faktors jeweils im Abstand von einer Stunde ihre Stimme erhob; da ging sie zum Angriff über.

Dann legte sich die Aufregung wieder, und aufs neue herrschte eitel Freundlichkeit. Doch man schien keine Fortschritte zu machen, weder im Guten noch im Bösen. Erst gegen sechs Uhr abends, bei einem der heftigsten Angriffe, brach mit einem Mal eine Stimme durch, mit unbekanntem Klang, und zunächst kannte keiner diese Stimme oder ihren Klang; denn wie soll man eine Stimme, die man nur im Glück gekannt hat, in der Verzweiflung erkennen? Oder war irgendeine Unbekannte im Haus, vielleicht die Verrückte, die im vorletzten Jahr an einem Sonnentag auf der Landebrücke geweint hatte? Nein, nein, nein, sagte die alte Magd Elin, es soll keiner sagen, dies sei nicht das gute Fräulein, denn ich habe sie weinen hören, als sie ein kleines Kind war, wenn auch damals das Weinen weiter oben in der Brust saß und die Kehle besser nachgab. Die Ärmste, fügte sie hinzu, die gute Seele – diesen unendlich weiten Weg über das Meer hierherzukommen, um im Haus ihres Vaters und ihrer Mutter so bitterlich zu weinen, und das bei diesem Wetter.

Nach und nach verstummte das eigentliche Weinen, doch noch lange danach hörte man im ganzen Haus die Schluchzer, es war, als ob sie ihren Ursprung tief unten in der Erde hätten und durch das Haus nach oben drängten, durch jede Wand, jeden Balken, und erst an der Dachkante anhielten, wo sie der Wind mitnahm. Und die Konferenz dauerte noch sechs weitere Stunden, bis schließlich gegen Mitternacht jene kurzgefaßte Erklärung geboren war, welche die Frau dem Faktor so schonungslos ins Gesicht schleuderte, das einzige offizielle Ergebnis von mehr als zwölf Stunden: Meine Schwester Rannveig ist verlobt.

Dagegen sickerte die Nachricht von der Verlobung bald ins Dorf durch, über die Frau des Arztes und die Frau des Buchhalters, die einige Tage nach der Rückkehr Rannveigs zum Kaffee in das herrschaftliche Haus eingeladen worden waren.

Mit allem habe ich gerechnet, sagte Frau Thuridur, doch nicht damit, daß meine Schwester Rannveig sich so Hals über Kopf verlobt.

Und wer war der Glückspilz?

Doch Rannveig selbst gab keine Antwort auf diese Frage, sondern saß nur mit bleichen Wangen und Schatten unter den Augen

da. Ihre Augen blitzten nicht einmal auf, als nach dem Verlobten gefragt wurde. Wo war die unschuldige Zufriedenheit der Augusttage?

Tja, das ist eine lange Geschichte, sagte Frau Thuridur und lächelte vielsagend – aber daran, wie mich meine Schwester ansieht (dabei hatte die Schwester sie überhaupt nicht angesehen), merke ich, daß sie alle Geheimnisse für sich behalten will. Aber ich darf doch seinen Namen verraten, Ranka, oder nicht?

Was? sagte das Fräulein zerstreut, nahm sich dann aber rasch zusammen: Du weißt doch, daß du sagen darfst, was du willst, Schwester Thuridur.

Er heißt Magister Bögelund, sagte daraufhin ihre Schwester. Er ist Gelehrter. Er ist in Dänemark sehr bekannt.

Dürfen wir gratulieren? fragten die Besucherinnen, und dann wurde Fräulein Rannveig mit großer Herzlichkeit gratuliert.

Er wird im Frühjahr seine Doktorarbeit an der Universität Kopenhagen verteidigen, sagte Frau Thuridur.

Was Sie nicht sagen, Frau Thuridur, sagten die Damen.

Er hat den Entschluß gefaßt, gleich danach hierher nach Eyvik zu kommen, denn er liebt Island sehr, sagte Frau Thuridur. Er möchte, daß die Hochzeit hier gehalten wird. Der armen Rannveig blieb also nichts anderes übrig, als sofort heimzukommen, um sich an das Nähen ihrer Aussteuer zu machen. Bis dahin sind es nur noch gut zwei Monate. So etwas habe ich noch nie erlebt.

Die Besucherinnen wünschten Rannveig nochmals viel Glück und küßten sie noch inniger als zuvor.

Es ist herrlich, wenn man Menschen, die man gern hat, an der Schwelle zum Glück stehen sieht, sagten sie, als sie sie geküßt hatten. Gott sei gelobt.

Doch als die Wellen der Sympathie am höchsten gingen, warf die Welt des Unbegreiflichen ihren Schatten an die Wand; es war, wie wenn das Gesicht des Mondes plötzlich an einem wolkenlosen Tag das Gesicht der Erde verdunkelt: Statt vor Freude zu strahlen, vergrub Fräulein Rannveig das Gesicht in den Händen und weinte, daß die Tränen an ihren Fingern herabliefen und ihr ganzer Körper vor Schluchzen zitterte.

Im Gefolge dieser Verlobungsnachricht verbreitete sich im Dorf eine andere Nachricht: Man schloß aus Anzeichen, die kaum weniger deutlich waren als die Blässe des Fräuleins und die Ringe unter ihren Augen, und das trotz der Tatsache, daß sie gleich nach ihrer Rückkehr wieder die isländische Tracht mit ihrem weitgebauschten Faltenrock angelegt hatte: es hieß, Fräulein Rannveig sei schwanger. Nun war es zwar völlig ausgeschlossen, daß deshalb irgend jemand dem Fräulein einen Vorwurf gemacht hätte, zumal man ja im voraus erkennen konnte, daß das Fräulein in einem untadelig sicheren Hafen gelandet war, auch wenn sich nicht leugnen ließ, daß sie ihre Jungfernschaft nicht länger behütet hatte, als es nach den strengsten Maßstäben von einer Frau ihres Standes gefordert wurde. Dennoch wirkte diese Nachricht in der winterlichen Eintönigkeit sehr beflügelnd auf die Phantasie. Gewiß war es ganz und gar nicht ungewöhnlich, daß ein Mädchen schon einige Monate vor der Heirat fülliger wurde, oder sogar ohne daß Aussicht auf eine Heirat bestand; solche Mädchen erlangten nach zwei, drei Jahren wieder ihren früheren Kurswert, und wenn sie dann nach dem Ereignis volle sieben Jahre tugendhaft blieben, wurden sie wieder zu reinen Jungfrauen. Dennoch war es so, daß ein Verhalten dieser Art zu den Privilegien des gemeinen Volkes gerechnet wurde und in Wahrheit unter den besseren Leuten so selten war, daß man sich tatsächlich an kein Beispiel dessen erinnern konnte, seit Ragnheidur, die Tochter des Bischofs Brynjolfur, sich irgendwann im siebzehnten Jahrhundert im Hause ihres Vaters von Dadi Halldorsson verführen ließ, was so schreckliche Folgen hatte, daß noch lange davon erzählt wurde. Obwohl es sich hier also keinesfalls um eine gewöhnliche uneheliche Schwangerschaft handelte, achtete die Herrschaft in Eyvik doch darauf, daß sich das Fräulein nie sehen ließ, man wollte nicht, daß sich die Aufmerksamkeit auf ihren körperlichen Zustand konzentrierte, sondern legte statt dessen größtes Gewicht auf die Hochzeitsvorbereitungen und wollte möglichst viele an diesen Vorbereitungen teilhaben lassen oder zumindest dafür interessieren. Zu diesem Zwecke ließ man den Propst Ende April in den Sprengel hinauf reiten, um zu erkunden, ob irgendwo ein Bauer ein passendes Stierkalb besaß, das er für die Hochzeit im

Frühjahr verkaufen wollte, und er fand schließlich im Aspardalur einen zwei Jahre alten Jungbullen, der zu verkaufen war, und der Bauer versprach, ihn für die Hochzeit zu mästen und zur festgesetzten Zeit Ende Mai nach Eyvik zu bringen. Ein Häusler in Eyvik, der fünf Enten besaß, wurde beauftragt, diese Enten so gut er irgend konnte für die Hochzeit zu mästen. Wer Hühner besaß, wurde beauftragt, diese Hühner bis zur Hochzeit möglichst gut zu füttern, denn nach den Berechnungen von Frau Thuridur würde man nicht weniger als tausend Eier brauchen. Wer junge Hähne hatte, wurde ebenfalls dazu angehalten, sie für die Hochzeit zu mästen. Es wurden auch Vorkehrungen getroffen, dem Haushalt des Propstes die gesamte Sahne zu sichern, die es in der Gegend gab. Und man schickte in einen anderen Bezirk, um eine bestimmte Sorte von Kartoffeln besorgen zu lassen, die in geothermisch erwärmtem Boden mit passendem Sandgehalt wuchsen; diese Kartoffeln waren im ganzen Land dafür berühmt, daß sie besonders mehlig und süß waren. Und im Mai kamen die ersten Sendungen mit Hochzeitsweinen, drei Anker französischer Rotwein, sechs Kisten echter Kognak und dänischer Aquavit nebst verschiedenen anderen Getränken, darunter breitschultrigen Likörflaschen mit lateinischen Aufschriften und seltsamen Zeichen, die außer dem Propst niemand verstehen konnte.

Doch wie kam es, daß Fräulein Rannveig zu weinen begonnen hatte? Wie kam es, daß sie jetzt, da sie ihren Bräutigam erwartete, so unglücklich war, diese junge Frau, die ihr heimatliches Dorf mit Wärme und Glanz erfüllt hatte? Sie besuchte niemanden, ließ sich nicht mehr auf der Straße sehen, begrüßte keinen Gast, und nur von den Dienstmädchen konnte man etwas über sie erfahren; sie sagten, morgens hätte sie Ringe unter den Augen, und abends wäre sie vom Weinen verschwollen. Sie saß allein in ihrem Zimmer, flüchtete aber hinunter in den Kohlenkeller, wenn ihre Schwester kam, und wartete dort im Dunkeln, bis sie gegangen war. Anfangs konnte niemand verstehen, was es damit auf sich hatte, doch dann zog man aus diesen Nachrichten den Schluß, daß es mit der Verlobung des Fräuleins nicht ganz stimmte, und manche waren so boshaft zu vermuten, vielleicht sei dieser Bögelund gar kein so berühmter Magister, wie im Haus behauptet wurde,

und jemand wollte erfahren haben, daß seine Doktorarbeit überhaupt nur im Kopf der Frau des Faktors existierte. Mehr wurde nie laut geäußert.

Dann begann man einzuladen. Dazu wurde ein Mann mit dem Boot auf die Inseln und in die Buchten geschickt und ein anderer zu Pferd in den Sprengel hinauf; zunächst wurden alle Honoratioren der Gegend eingeladen, dann alle besseren Leute bis hinunter zu den Besitzern mittelgroßer Höfe, von den ärmeren Leuten wurden nur die zum Fest gebeten, die sich durch irgendeine Tat oder Begabung ausgezeichnet hatten, wie etwa Männer, die im gesamten Bezirk als Verseschmiede bekannt waren oder als Geschichtenerzähler, künstlerisch begabte Handwerker, berühmte Seeleute, Männer, die unter schwierigsten Bedingungen im Gebirge überlebt hatten oder durch andere Katastrophen landesweit bekannt geworden waren, des weiteren altersschwache Stammbaumforscher und Kräuterweiber. Alle ließen dem Propst umgehend ihren Dank abstatten, wünschten ihm Gottes Segen und versprachen, zum Fest zu kommen.

Die Hochzeitsvorbereitungen erreichten während der letzten Tage vor Ankunft des Schiffes, das den Bräutigam nach Island bringen sollte, ihren Höhepunkt. Es waren Tage des Backens und Putzens. Die Küchen, sowohl im Haus des Propstes als auch im herrschaftlichen Haus, wurden in infernalisch glühende Kuchenfabriken und Brotmanufakturen verwandelt, wo geübte Bäckerinnen Tag und Nacht Teig rührten und in Formen füllten, Kuchen aus Öfen holten und zu Stapeln aufschichteten, Königskuchen, grün von Zitronat oder schwarz von Rosinen, wenn man sie aufschnitt, Sandkuchen, gelb von Eiern, mürbe von Zucker und Butter, riesige Schichttorten, triefend von köstlicher Marmelade, Halbmonde, Judenkuchen, Korinthenbrötchen, gerührte Kuchen, Kartoffelfladen, Prinzeßkuchen, Schmalzgebackenes, Apfelküchlein und Waffeln zu Tausenden, schwellende Weißbrote und rötliche, in der Glut gebackene Roggenlaibe.

Sowohl das Haus des Propstes als auch das herrschaftliche Haus wurden von oben bis unten saubergemacht; Möbel, Bilder und Bettzeug wurden zum Auslüften in den frischen Frühlingswind hinausgetragen, jeder Winkel und jede Ritze wurden wie auf

einer Entdeckungsreise aufgespürt und mit Seife und Soda bearbeitet, ein kleiner Fleck an der Wand gab Anlaß zu tiefsinnigen Erörterungen und führte zu bedeutungsschweren Folgerungen, Beschlüssen und Verfahrensweisen. Jede Staubflocke in einer Ecke hinter einem Möbelstück wurde rigoros entfernt, eine nicht sichtbare Staubschicht auf einem Schrank wie ein Erzfeind ausgetilgt, ein kleiner Schimmelrand an einem Bettgestell wurde das Ziel schonungsloser Angriffe, und nicht sichtbarer Moder unter Matratzen und in Unterbetten, selbst in den Betten der Dienstboten, mußte in diesem unerbittlichen Feldzug alle Hoffnung aufgeben; ja, hier wurde wahrhaftig um das Sein und nicht um den Schein gekämpft.

Als schließlich alles sauber geworden war und man anfing, die Sachen wieder in die Zimmer zu schaffen, erwuchsen neue Schwierigkeiten. Denn jetzt genügte es nicht, die Sachen wieder an ihren Platz zu stellen, sondern sie mußten mit größerem Kunstverstand und Geschmack angeordnet werden als zuvor. Die Herrschaft ging zwischen den Zimmern hin und her und gab Anordnungen, die sich widersprachen, jeder Schrank, jede Kommode, jeder Sessel, jedes Bild, alles wurde an verschiedenen Stellen ausprobiert – man neigte den Kopf zur Seite, kniff das eine Auge zu, dirigierte mit goldverziertem Ebenholzstock, diskutierte, stimmte ab, verwarf den Antrag bei Stimmengleichheit, so daß die Damen den Sieg davontrugen, müde Seufzer, Abwischen von Schweiß, Durst, keine Mahlzeit zur rechten Zeit. Und die Zimmer rochen penetrant nach allen Arten von Reinigungsmitteln nach dieser Sintflut von Hausputz. Das Gästezimmer im herrschaftlichen Haus wurde mit großer Sorgfalt für den Bräutigam, Magister Bögelund, hergerichtet. Selbstverständlich bereitet es kein geringes Kopfzerbrechen, wie das Zimmer für den Aufenthalt eines so hervorragenden Herrn auszustatten sei, und es wurden verschiedene Ausschüsse zugezogen und um ihre Meinung in dieser Angelegenheit befragt – zuerst die Putzfrauen und ein paar zufällig anwesende Frauen aus dem Volk, dann zwei Pfarrersfrauen vom Lande, die sich gerade im Ort aufhielten, um Einkäufe zu machen, daraufhin ein paar junge Mädchen von den Inseln, die in Reykjavik die Schule besucht hatten, schließlich der

Arzt und seine Frau, und auf diese Weise wurde das Zimmer auf den Inseln, auf dem Land und im Ort berühmt. Als Frau Thuridur aber die Angelegenheit mit jedem dieser Ausschüsse von Spezialisten ausführlich besprochen hatte, seufzte sie ratlos und sagte, natürlich hänge in dieser Sache alles von ihrer Schwester ab – sie habe ihr fest versprochen, ohne ihre Zustimmung keine endgültige Entscheidung zu treffen.

Schließlich war das Zimmer fertig: ein breites Bett mit zwei Daunendecken und einem bestickten Überwurf, zwei bequeme Sessel, die aus einem der Zimmer unten stammten, ein Schreibtisch mit einem enormen geschnitzten Tintenfaß und anderen Schreibutensilien, ein weiches Sofa mit vielen gestickten Kissen, ein kleiner Rauchtisch nebst einer Keramikdose mit einer englischen Tabakmischung und zwei Sorten holländischer Zigarren, ein Bücherregal mit einem griechischen und einem lateinischen Wörterbuch, den Isländersagas, dem Neuen Testament, den Erzählungen des Feldschers von Zacharias Topelius samt Björnsons Werken in Ganzleder sowie zwei alten Kirchengesangbüchern, das eine in Holar, das andere in Videy gedruckt, teure und seltene Exemplare, und Ivanhoe von Walter Scott in einer Prachtausgabe, die der Faktor einmal einer plötzlichen Laune folgend in Edinburgh gekauft hatte. An den Wänden hing ein Bild der Venus von Milo, die hier stets von Milano genannt wurde, ein kleines Bild von einem Kind und einem Hund, mit dem Titel: Kannst du nicht sprechen, und ein prachtvoller Farbdruck von Venus und Psyche; im Haus des Faktors war es schon seit langem eine Art Gesellschaftsspiel, daß man erraten sollte, welche der beiden Frauen Venus und welche Psyche war, ohne daß bis heute irgend jemand zu einem schlüssigen Ergebnis gekommen wäre, man rechnete damit, daß Magister Bögelund es sogleich erkennen könnte. Der Bodenbelag hatte ein Blumenmuster, bei dem die rote Farbe vorherrschte, und vor dem Fenster, das zum Meer hinausging, hingen doppelte Gardinen, eine aus gelber Seide und darüber eine andere aus grünem Damast; und wenn man an den stillen Spätabenden im Frühling aus diesen Fenstern blickte und sah, wie die Felsen am Strand und die nahen Schären bei Flut durchsichtige Schatten auf den Meeresspiegel warfen und die Eiderente vergnügt in allen

Buchten herumschwamm, oder am Morgen, wenn Landzungen und Inseln grün der frühen Sonne entgegenlachten und die draußen am Horizont gelegenen Schären sich in Luftspiegelungen wie Burgen zum Himmel erhoben, dann mußte man Island ganz einfach ein majestätisches Land nennen, und man war fest davon überzeugt, daß Magister Bögelund einen solchen Anblick gebührend zu schätzen wissen würde.

Am Abend vor der Ankunft des Schiffes war all dies aufs beste geordnet; da kommt Frau Thuridur in Begleitung einiger angesehener Frauen aus der Gegend, um Fräulein Rannveig abzuholen, denn jetzt soll sie darüber befinden, ob diese Unterbringung den Ansprüchen ihres Bräutigams auch in allen Dingen gerecht würde. Nachdem Frau Thuridur lange mit ihrer Schwester unter vier Augen gesprochen hatte, kamen sie zusammen aus dem oberen Stockwerk herunter, die Schwester konnte sich kaum aufrecht halten, ihre Augen waren verschwollen, ihre Wangen und ihr Mund dagegen schlaff; man begrüßte sie mit gerührten, liebevollen Umarmungen, doch sie antwortete nicht darauf und stieß alle weg. Dann machten sie sich auf den Weg hinüber zum Haus, wie eine Prozession in der Abendsonne, und die bunten Schleifen auf ihrem Busen und die schillernden Seidenschürzen leuchteten. Die einfachen Frauen kamen aus den Türen ihrer Hütten und betrachteten voll Bewunderung die Prozession und sagten:

Jetzt wollen sie ihr das Zimmer ihres Verlobten zeigen.

Andere sagten:

Ach, das liebe Mädchen, ist es nicht seltsam, wie gebeugt sie geht, obwohl das große Glück auf sie wartet.

Ja, antworteten wieder andere. Und sie lächelt keinem mehr zu. Es ist, als ob das Leben in ihren Augen erstarrt sei.

Sie hatte nicht nur aufgehört zu lächeln, sie antwortete auch fast gar nicht mehr, wenn sie angesprochen wurde; sie ging mit gesenktem Kopf inmitten der Frauenschar, und es war, als ob sie nichts sähe und nichts hörte.

Sah sie wirklich nichts? Doch, sie sah einen Mann, er kam den Weg vom Laden herunter und blieb auf der Brücke über dem Graben stehen, wo der Weg vom Laden in die Straße einmündet, dort stand er ehrfurchtsvoll, während die prächtige Schar feierlich

an ihm vorüberzog. Er trug den gleichen blanken Kammgarnanzug wie im vergangenen Herbst und hatte inzwischen auch nicht mehr Butter aufs Brot gegessen, seine Augen waren ein wenig blutunterlaufen, und die Falten auf seinen Wangen waren eher tiefer geworden, doch als er mit der Hand nach seiner Mütze griff, konnte man erkennen, daß er keine häßliche Hand hatte, auch wenn sie vielleicht nach allen möglichen Waren roch.

War es deshalb, weil der gute alte Schutzgeist des Ortes sich plötzlich wieder in ihrer Person niederließ, daß sie jetzt den Kopf hob, seinen Gruß erwiderte und zu lächeln versuchte? Niemand kannte damals oder später eine Erklärung für das Geheimnis, das sich hinter diesem Gruß verbarg, und für das, was danach geschah. Denn niemand ahnte, daß er ihr im letzten Jahr an dem denkwürdigen Tag vor der Ankunft des Schiffes ein bißchen Geld gegeben hatte, um eine Kleinigkeit für ihn zu besorgen, wofür sie den ganzen Winter Zeit gehabt hätte. Und sie hatte es entweder vergessen, oder aber es gab in Kopenhagen keinen Sabadillsamen. Sei getreu über wenigem und ich werde dich über viel setzen, spricht der Herr, und jetzt war sie zurückgekommen, ohne Samen für ihn gekauft oder sich bei ihm entschuldigt und ihm sein Geld zurückgegeben zu haben. Und als sie nachdenklich etwa zwanzig Schritte mit den Frauen weitergegangen war, hielt sie plötzlich an und blickte zurück, doch da war Hans der Ladengehilfe schon in die andere Richtung auf der Straße weitergegangen. Sie rührte sich nicht und sah ihm nach.

Wonach schaust du denn, Liebes? fragten die Frauen.

Doch da begann sie mitten auf der Straße in der Abendsonne zu weinen, sie schlug die Hände vors Gesicht und weinte.

Was hast du denn, Liebes? fragten die Frauen und umarmten sie.

Ich habe ihn betrogen, schluchzte sie unter Tränen, und dann immer wieder: Ich habe ihn betrogen.

Mehr sagte sie nicht.

Es war jedoch unmöglich, sie dazu zu bewegen, bis zum Haus hinüber weiterzugehen, um ihr Urteil über das Zimmer ihres Bräutigams abzugeben.

Ihr könnt weitergehen, sagte sie. Ich gehe heim.

Sie ist nicht bei Sinnen, flüsterte Frau Thuridur, doch sie hörte es, nahm die Hände vom Gesicht und sah ihre Schwester mit verstörtem, tränennassem Blick an, nein, das war kein Haß und auch kein Zorn, es war nur die kleine Schwester, die die große Schwester einen Augenblick entsetzt ansah, und sie sagte nichts Häßliches, denn es war ihr nicht gegeben, zu irgendeinem lebenden Wesen etwas Häßliches sagen zu können, sie sagte nur: Sicher bin ich bei Sinnen. Aber du bist nicht bei Sinnen, Thuridur.

Dann drehte sie sich um, und den Frauen blieb nichts anderes übrig, als sie nach Hause zu begleiten.

Endlich war der langersehnte Ankunftstag des Schiffes angebrochen, es war einer dieser klaren Frühlingstage, die wir alle kennen und die bei vielen von uns mit den schönsten Erinnerungen des Lebens verbunden sind. Fahnen wehten sowohl am Haus des Propstes wie am herrschaftlichen Haus; ebenso beim Buchhalter. Und noch ehe das Schiff draußen auf der Reede getutet hatte, stieß das Boot des Faktors vom Land ab, es war weiß, und in ihm befanden sich der Faktor und seine Frau und der Propst, die Herren beide in schwarzen Mänteln, mit schwarzen, gerundeten Hüten von der steifsten Sorte und mit goldverzierten Ebenholzstöcken, würdevoll, kerzengerade, und die Frau des Faktors in isländischer Tracht mit hellem Umschlagtuch und weißen Handschuhen, offensichtlich ein wenig nervös, aber stattlich und Achtung einflößend, wie immer, und sie kommandierte die Ruderer herum, weil sie immer herumkommandieren mußte. Immer mehr Schaulustige kamen zur Anlegebrücke herunter, um zuzusehen, wie die Herrschaft hinausfuhr, um ihren Schwiegersohn zu begrüßen. Und es paßte genau, als das Schiff getutet hatte und man daranging, die Anker auszuwerfen, da legte das Boot des Faktors an der Schiffsseite an.

Es verging eine ganze Weile, und je länger sich die Leute an Bord des Schiffes aufhielten, desto mehr Zuschauer versammelten sich auf der Anlegebrücke, Frauen und Männer, Kinder, Greise und Hunde, und alle warteten gespannt darauf, einen Blick auf den Bräutigam werfen zu können, wenn er an Land ging.

Schließlich stieß das weiße Boot des Faktors wieder von der Schiffsseite ab und nahm Kurs auf die Anlegebrücke, und sofort

kam eine gewisse Unruhe in die Zuschauer, jeder wollte sich vor die anderen an den Rand der Brücke drängeln, um die beste Aussicht auf den Bräutigam zu haben, während das Boot näher kam. Aber das Boot hatte noch nicht einmal die Hälfte des Weges zwischen Schiff und Land zurückgelegt, als die, die am besten sahen, verkündeten, im Boot seien nicht mehr Leute als zuvor, worauf alle die Hand über die Augen legten, und als das Boot immer näher herankam, ließen sich auch die Kurzsichtigeren allmählich davon überzeugen, daß hier etwas nicht stimmte. Das Boot kam nicht nur mit denselben Passagieren an seinen Ausgangspunkt zurück, sondern auf dieser kurzen Ruderfahrt waren Dinge geschehen, die eine grundlegende Änderung des Seelenzustandes der dreiköpfigen Abordnung bewirkt hatten, die steife Haltung war plötzlich in feierliche Demut verwandelt, die Würde in Herzenskummer. Der Propst hatte den Kragen seines Mantels hochgeschlagen und seine Brille abgenommen, er hielt sich die Hand vor die Augen und neigte im Gebet den Kopf auf die Brust. Im Heck des Bootes saß der Faktor, der verzweifelt seine Frau umarmt hielt; die Frau des Faktors weinte mit krampfartigem Schluchzen im Arm ihres Mannes und nahm das Taschentuch nicht vom Gesicht, doch dem Faktor gelang es nicht, seine Frau zu trösten. Während man ihnen, die von der Übermacht des Schicksals wie gelähmt waren, beim Aussteigen half, verbreitete sich die Nachricht mit eiskaltem Flüstern in der Menge: Er ist gestorben. Statt des Bräutigams war es die Trauer, die an diesem wundervollen Frühlingsmorgen im Mai in Eyvik Einzug hielt, während die Schären sich als Luftspiegelungen wie Burgen vom Himmel abhoben. Zehn Minuten später wehten die Fahnen am Haus des Propstes und am herrschaftlichen Haus auf halbmast; ebenso beim Buchhalter.

Als aber noch am selben Tag ein Mann über Land und zu den Inseln geschickt wurde, um die Hochzeit abzusagen und bekanntzumachen, daß Magister Bögelund am Tag vor der Abreise des Schiffes unerwartet in Kopenhagen verstorben sei, da hörte man wieder einige die boshafte Vermutung aussprechen, die zwar in der breiten Öffentlichkeit nie Fuß gefaßt hatte, im zeitigen Frühjahr aber doch vereinzelte Anhänger gefunden hatte, daß dieser Böge-

lund vielleicht gar kein so großer Magister gewesen sei, wie es im Haus geheißen hatte, und daß seine Doktorarbeit nur im Kopf der Frau des Faktors existiert habe. Einzelne Leute waren so unverfroren zu behaupten, alle hätten von Anfang an gewußt, daß es nie ein Fest geben würde. Doch selbstverständlich waren die anderen viel zahlreicher, die tief ergriffen waren, als sie von diesem Schicksalsschlag erfuhren, und dem Propst aus diesem Anlaß die aufrichtigsten Beileidsbezeugungen und Gottes Segen schickten.

4. Wohltätigkeit und Handarbeiten

So gab es schließlich keine Macht zwischen Himmel und Erde, die hätte verhindern können, daß Fräulein Rannveig ein uneheliches Kind bekam. Und wie man auch über die Sache denken mochte, es ließ sich nicht abstreiten, daß dies ein Kind war. Es war ein schöner Junge mit blauen Augen, und wenn er schlief, konnte sie ihren Blick nicht davon abwenden, wie rosig und glücklich er war. Sie wachte über ihm und liebte ihn. An den ersten Tagen im Juni stand sie mit ihrem Sohn auf der Wiese vor dem Haus ihres Vaters, die Sonne goß ihre Strahlen über Mutter und Kind, und die Vögel sangen. Nichts konnte so einfach und ungekünstelt sein in seiner Schönheit und gleichzeitig weiter entfernt von der Vorstellung, sich für seine Existenz entschuldigen zu müssen, nichts schien von vornehmerer Herkunft zu sein als die Liebe und Schönheit, die von Mutter und Sohn auf der grünen Wiese ausging.

Das stille Mutterglück –

Und sie lächelte wieder allen zu, die vorbeigingen, sie zeigte ihnen ihren Sohn. Und alle, die vorbeigingen, bewunderten ihren Sohn und wünschten ihnen Glück und Gottes Segen. Und manchmal ging sie mit ihrem Sohn ins Dorf hinaus, wenn die Sonne in der mittäglichen Windstille am wärmsten leuchtete, und zeigte auch den armen Häuslerfrauen ihren Sohn, denn jetzt fühlte sie sich genauso reich wie diese. Und die Frauen jagten ihre Kinder aus dem Haus und neigten sich über den Sohn des Fräuleins und lobten ihn. Alle freuten sich so über das Glück der Tochter des Propstes. Es war herrlich in Eyvik.

Frau Thuridur jedoch stattete ihrer Schwester nicht mehr so häufig Besuche ab wie in der Zeit vor der Hochzeit; es schien ihr schwerzufallen, ihrer Schwester zu vergeben, daß Magister Bögelund zu diesem entscheidenden Zeitpunkt plötzlich verstorben war. Und irgendwie verbreitete sich das Gerücht, Frau Thuridur habe im Hochsommer einmal ihre Mutter aufgesucht und sie eindringlich gebeten, dafür zu sorgen, daß ihrer Schwester nicht erlaubt werde, vor aller Augen mit diesem Gör im Ort herumzuziehen, zumindest nicht am hellichten Tag. Aber glücklicherweise wurde es nach den Hundstagen regnerisch und kühl, so daß man sowieso nicht mehr immerzu mit dem Kind im Ort herumziehen konnte.

Ende August veranstaltete der Vater des Faktors in Adalvik ein großes Fest, denn seine Tochter verheiratete sich mit dem dortigen Arzt; die Herrschaft in Eyvik war natürlich auch eingeladen, und der Propst sollte die Trauung vornehmen. Leider konnten der Faktor und seine Frau nicht zu dem Fest fahren, denn der Faktor mußte sich auf eine Auslandsreise begeben, und seine Frau war mit den Vorbereitungen für seine Reise beschäftigt. Fräulein Rannveig meinte auch, sie könne auf keinen Fall ihren Sohn verlassen, und wäre es auch nur für drei Tage, denn sie liebte ihn so innig. Nach langem Zureden ließ sie sich jedoch davon überzeugen, daß es ihr guttäte, sich ein paar Tage von ihrem Sohn auszuruhen und Ablenkung zu finden, und daraufhin fuhr das Fräulein mit den Eltern zur Hochzeit. Die Hochzeit der Tochter des Faktors in Adalvik war so anberaumt worden, daß am selben Tag das Schiff nach Eyvik kam, und um es kurz zu sagen, als der Propst und seine Frau mit ihrer Tochter von dem Fest zurückkehren, sind der Faktor und seine Frau einen Tag zuvor mit dem Schiff abgereist und haben den kleinen Jungen, den Sohn des Fräuleins, auf Wunsch seiner Großmutter in Kopenhagen mitgenommen.

Als Fräulein Rannveig in ihr Zimmer trat, war die kleine Wiege fort, das Fläschchen verschwunden, seine winzigen Kleider alle aus der Kommodenschublade entfernt, und das ganze Zimmer war geputzt und gelüftet worden, als ob das Kind gestorben wäre, so daß nicht einmal mehr der gute Milchgeruch seines kleinen Kör-

pers in der Luft war, außer der Erinnerung an sein Lächeln in ihrer Seele war nichts zurückgeblieben.

Auch wenn es seltsam scheinen mag, so kam dies für keinen im Dorf unerwartet – außer für Fräulein Rannveig. Dem Dorf war nämlich genau davon berichtet worden, daß aus Kopenhagen viele Briefe gekommen seien, sowohl an die Frau des Propstes und die Frau des Faktors als auch natürlich an das Fräulein, sie kamen von der alten Witwe Bögelund, der Mutter des verstorbenen Magisters Bögelund, und die alte Dame war eher tot als lebendig vor Schmerz über den Verlust ihres einzigen Sohnes, sie hatte nur noch einen Wunsch im Leben, nämlich den, während ihrer letzten Jahre ihren Enkel um sich haben zu dürfen und ihm eine Erziehung angedeihen zu lassen, wie sie sich für eine alte, wohlhabende Familie, die in Dänemark berühmt war, ziemte. Jeder müsse verstehen, daß der Junge, auch wenn es ihm hier in Island gutginge, in einem kleinen Dorf in der Nähe des Nordpols nie eine solche Erziehung bekäme, wie sie ihm bei seiner Großmutter in Kopenhagen zuteil würde.

Einige sagten, Fräulein Rannveig sei in Ohnmacht gefallen. Aber wer wußte, ob das stimmte? Man darf nicht alles glauben, was erzählt wird! Fest stand nur, daß sie, gelinde gesagt, in diesem Winter sehr kränklich war, zunächst hütete sie im Herbst wochenlang das Bett und war gewiß krank, denn der Arzt kam zweimal täglich ins Haus des Propstes und schien dafür gut bezahlt zu werden, denn er war nicht dazu zu bewegen, sich Außenstehenden gegenüber zu ihrer Krankheit zu äußern. Ende Oktober wurde sie schließlich zur Untersuchung nach Reykjavik geschickt, und ihre Mutter fuhr mit ihr auf dem Dampfschiff, das war kurz bevor der Faktor und seine Frau wieder nach Hause kamen. Sie wurde auf einer Bahre an Bord gebracht, und obwohl sie nur zur Untersuchung geschickt wurde, schien die Sache doch so ernst zu sein, daß der Arzt den Krankentransport in die Hauptstadt begleiten mußte und erst zu Beginn der Adventszeit wieder zurückkehrte. Er brachte die Nachricht mit, daß es dem Fräulein schon wieder viel besser gehe, die Untersuchung habe nichts irgendwie Gefährliches zutage gebracht, die Ortsveränderung hatte ganz hervorragend auf sie gewirkt, er rechnete damit, daß sie sich während

des Winters in Reykjavik vollends erhole, Mutter und Tochter hätten die Absicht, im Frühjahr wieder nach Hause zu kommen.

Dann kam das Frühjahr, und Mutter und Tochter kamen wieder nach Hause, die alte Dame breitschultrig und beleibt, eine lichte, stattliche Erscheinung mit glänzendem Haar, wie aus Gold- und Silberfäden, ihre Tochter hohlwangig und grau, mit erloschenem Blick, sie schien schlecht zu hören, lächelte keinem zu, zweiunddreißig Jahre alt. Sie blieb nur eine Nacht daheim im Dorf, man brachte sie sogleich aufs Land, wo sie den Sommer über beim Pfarrer von Stadur und seiner Frau war, einem im ganzen Bezirk angesehenen Ehepaar; dort arbeitete sie den ganzen Sommer mit den Töchtern des Pfarrers bei der Heuernte, manche sagten, auf ärztlichen Rat, was durchaus stimmen mochte, denn im Herbst kam sie wohlgenährt und sonnengebräunt nach Eyvik zurück, mit Schwielen und Schrunden an den Händen; ihre Jacke paßte nicht mehr richtig, doch sie hatte ihre Fröhlichkeit wiedergefunden. Und im Winter machte sie sich wieder mit größerem Eifer als je zuvor an ihre Handarbeiten, sie begann, auf einem isländischen Webstuhl mehrbindig zu weben, und versuchte es sogar mit einem sechzehnschäftigen Muster, doch das ging ziemlich langsam, deshalb bestellte sie sich einen schwedischen Webstuhl und fing an, sich auf der Grundlage dessen, was sie in Kopenhagen gelernt hatte, in die Kunstweberei einzuarbeiten; und sie war dabei so geschickt, daß sie im Jahr danach auf der Handwerksausstellung in Reykjavik einen Preis für ihre Gewebe erhielt. Jetzt kamen verschiedene tüchtige Mädchen aus den benachbarten Gemeinden und wollten diese Kunst erlernen, so daß sie schließlich noch einen schwedischen Webstuhl bestellen mußte; sie richtete eine Kunstwebschule ein, ihr vorderes Zimmer im oberen Stockwerk wurde als Unterrichtsraum verwendet. Sie sprach oft davon, daß sie sich gerne in der Hauptstadt niederlassen wollte, um dort eine Handarbeitsschule für junge Mädchen und vielleicht auch für Burschen zu gründen. Bisweilen redete sie davon, als ob es beschlossene Sache sei, aber als es dann Ernst wurde, ließ sie diesen Plan fallen, denn ihre Eltern baten sie unter Tränen, sie nicht zu verlassen. Sie konnten sie im Alter nicht entbehren, ihren Augenstern, und sie war so herzensgut und liebte ihre Eltern so sehr, daß sie

es nicht über sich brachte, sie im Stich zu lassen. Und so blieb sie. Und die alten Eheleute hatten sie so gern, den Augenstern ihrer alten Tage, daß sie, wenn ihre Tochter eine kleine Reise unternahm und dabei auch nur eine Nacht fortblieb, die Wirtschafterin aus dem Haus mitschickten; sie sollte achtgeben, daß Rannveig nicht über irgendeinen Stein stolperte. Zu Hause wurde sie ständig umsorgt. Schwierig, einen Menschen zu finden, der von seiner Familie mehr Liebe empfing.

Und die Jahre vergingen, eins nach dem andern, und allmählich begann man alles zu vergessen, Fräulein Rannveigs Abenteuer in Dänemark, den Bräutigam, der starb, den Jungen, der zur Welt kam, es war, wie wenn über Ruinen Gras wächst, ja plötzlich waren fünf Jahre vergangen, seitdem dies geschah, nur noch zwei Jahre und Fräulein Rannveig würde wieder Jungfrau sein. Sie hatte sich wieder ganz erholt, ihre graublauen Augen strahlten von neuer Lebenskraft, das war dem Weben zu verdanken, doch ihre Gesichtszüge fingen an, ein wenig schärfer zu werden, besonders wenn es kalt war, die frische Farbe der Jugend war aus den Wangen verschwunden und die Lippen vielleicht manchmal ein wenig bläulich, und unter den Augen bildeten sich Fältchen, die Hüften fingen an, vom langen Sitzen am Webstuhl schwerer zu werden, der Busen war nicht mehr so üppig, und dennoch wirkte sie sehr anziehend, nun war ihre Sanftmut mit Lebenserfahrung gepaart; nur das Gehör wurde immer schlechter, eine Folge der Krankheit vor einigen Jahren.

Es war bezeichnend für sie, daß es ihr nicht nur unmöglich war, mit irgendeinem Menschen in Feindschaft zu leben, sondern daß sie auch alle mit ihrer Liebe bedenken wollte. Es hieß, daß die Beziehungen zwischen den Schwestern eine Zeitlang sehr kühl gewesen seien, doch dann vergaben sie einander und saßen beim Gottesdienst in der Kirche Seite an Seite und halfen einander und liebten einander. Fräulein Rannveig genügte es aber nicht, sich mit ihrer Schwester zu versöhnen, sondern sie versöhnte sich mit der ganzen Welt, insbesondere verspürte sie in sich einen stärkeren Drang als je zuvor, denen zu helfen, die in Not waren. Deshalb suchte sie ihre ältere Schwester auf und schilderte ihr das Elend der armen Leute im Dorf und schlug vor, das herrschaftliche Haus

solle mehr für die Bedürftigen tun, nicht zuletzt für die armen kinderreichen Familien, und ganz besonders vor hohen Festtagen. Denn ihrer Ansicht nach sollten die gewöhnlichen Leute wenigstens an hohen Festtagen leben dürfen. Frau Thuridur war ein wenig kurz angebunden und sagte, sie hätte selbst ein Haus voller Kinder und habe deshalb keine Zeit, sich um anderer Leute Kinder zu kümmern. Aber ein halbes Jahr später war es niemand anderes als Frau Thuridur, die zu ihrer Schwester kam und sagte, sie habe über die Sache mit der Wohltätigkeit nachgedacht. Sie sagte, sie sei zu dem Ergebnis gelangt, daß sie zusammen mit einigen anderen besseren Frauen in der Gemeinde einen Frauenverein gründen und zu Weihnachten ein bißchen für arme Kinder nähen sollten. Sie hatte bereits mit den wichtigsten Frauen in der Gegend und im Ort gesprochen, die Gründungsversammlung war schon anberaumt, und Frau Thuridur hatte es bewerkstelligt, daß ihre Schwester für den Vorsitz vorgeschlagen wurde. Dann verlief alles, wie es verlaufen sollte, und Fräulein Rannveig wurde zur Vorsitzenden gewählt, und alle waren damit zufrieden, denn da man dem Fräulein dieses ehrenvolle Amt übertragen hatte, war es ganz klar, daß ihr Ansehen vollständig wiederhergestellt war. In wenigen Jahren würde sie wieder Jungfrau sein, und dann gäbe es nichts mehr, was seinen Schatten auf die Ehre des Hauses werfen könnte.

Wie man sich denken kann, trug Fräulein Rannveig die Last und Bürde dieses Frauenvereins fast ganz allein, denn wenn die besseren Frauen mit dem abgetragenen Zeug ihrer Kinder kamen, das zudem noch schmutzig war und voller Löcher, und es den armen Kindern zu Weihnachten schenken wollten, dann brachte Fräulein Rannveig es einfach nicht übers Herz, ihnen zu sagen, daß man so etwas nicht verschenken könne, sondern sie verbrannte den Plunder stillschweigend und saß selbst nächtelang auf, um richtige Kleider zu nähen, die sie dann im Namen dieser oder jener besseren Frau den armen Frauen für ihre Kinder schenkte. Ihre Tätigkeit bestand also nicht zuletzt darin, andere in dem Glauben zu belassen, daß sie besser seien, als sie wirklich waren, während sie dann heimlich alle guten Werke selbst tat. Wo immer jemand sich in Not befand, war sie da, um Beistand zu lei-

sten. Und alle, die in irgendwelchen Schwierigkeiten waren, und war es auch nur wegen Abenteuern in Gefühlsdingen, kamen zum Haus des Propstes und wollten mit ihr sprechen.

Es sollte genügen, den Tischler Andres und seine Familie als Beispiel für die Hilfsbereitschaft Fräulein Rannveigs zu erwähnen. Dieser Tischler Andres hatte nicht gerade Glück gehabt im Leben: Er stammte aus einem anderen Bezirk, war erst fünfunddreißig Jahre alt, hatte aber schon mit fünfundzwanzig geheiratet und hatte mit seiner Frau neun Kinder, jedes Jahr war eines geboren worden, manchmal sogar zwei, und außerdem hatte er noch das Pech gehabt, zweimal ein außereheliches Kind in die Welt zu setzen. Wie sollte der Mann diese Kinderschar versorgen können? Er war zwar tüchtig und ein sehr geschickter Handwerker, einer von denen, die zu allem zu gebrauchen waren, und außerdem recht belesen, er konnte sogar dichten; ein rotblonder, lebhafter Mensch und ein guter Sänger. Nun hatte er im Sommer immer hier und dort im Landesviertel mehr als genug zu tun, aber diese Arbeit war so schlecht bezahlt, daß es kaum zu mehr reichte als dem Schnaps für seine Freunde; daran, daß er sich ein Haus bauen könnte, war nicht zu denken, sondern er wohnte mit Kind und Kegel unten auf der Landzunge in einer Baracke, die den Regen durchließ, vielleicht war es auch Nachlässigkeit, auf jeden Fall tollten die Kinder winters wie sommers am Strand herum und aßen Flohkrebse, wie die Franzosen. Die Frau war immer mit dem nächsten schwanger, und selbstverständlich waren nie anständige Kleider für diese Schar vorhanden, sondern die Neugeborenen wurden für gewöhnlich in eine Wolldecke eingewickelt, die man sich in der nächsten Hütte auslieh. Diesen Leuten half das Fräulein oft, sie schenkte den Kindern Kleider und ließ der Frau Essen bringen, wenn sie im Wochenbett lag, und einmal, als die Frau im Wochenbett war, da machte sie kurzerhand die ganze Hütte von oben bis unten sauber, während Andres beim Arzt war und sang. Es bestand kein Zweifel daran, daß der Tischler ein wenig leichtsinnig war, wie alle Männer, die gern singen, und es kam vor, daß man ihn an dunklen Winterabenden mit einer Frauensperson in der Nähe der Fischköderschuppen des Propstes herumschleichen sah, doch wen kümmerte das? Schließlich sah er ein, daß dies nicht bis in alle Ewig-

keit so weitergehen konnte; er überlegte hin und her und gelangte zu dem Ergebnis, daß es wohl das beste wäre, wenn er nach Amerika ginge. Aber wie wollte er denn mit einer Frau und neun Kindern nach Amerika kommen? Er ging zu Fräulein Rannveig. Glaubte sie, fragte er, daß sie ihm ein Darlehen für das Fahrgeld beschaffen könnte, zum Beispiel beim Propst, ihrem Vater, oder beim Faktor, ihrem Schwager? Er hatte gehört, daß es nur ganz wenig kostete, mit einem Auswandererschiff nach Amerika zu fahren, und hatte ausgerechnet, daß er, wenn er den Tischlerlohn in Amerika zugrunde legte, dem Fräulein das Geld für die elf Fahrkarten in zwei Jahren zurückbezahlen könnte. Das Fräulein überlegte sich die Sache ernst und gewissenhaft, wie man es von ihr gewohnt war, und sprach darüber mit ihrem Vater und ihrem Schwager, aber beide wiesen das Ansinnen weit von sich, weil beide meinten, es sei besser, den Tischler bei der Hand zu haben, wenn man ihn brauchte, zumal kaum Gefahr bestand, daß er in absehbarer Zeit der Gemeinde zur Last fallen würde, denn er war aus einem anderen Bezirk gebürtig. Sie fanden, daß es entschieden zu weit ginge, wenn das Fräulein jetzt erwartete, daß sie große Geldsummen ausgaben, um Leute ins Ausland zu verfrachten, und sie sagten, wie nicht anders zu erwarten, daß die Wohltätigkeit auch irgendwo ihre Grenzen haben müsse.

5. *Naturam expellas furca* …

So vergeht die Zeit; Fräulein Rannveig ist nun sechsunddreißig Jahre alt und hat sich, wie schon erwähnt, mit ihren Webarbeiten einen guten Namen gemacht, und ihr Ansehen wuchs ständig; bald waren sieben Jahre vergangen. Doch die Leute sagten, sie bewahre jetzt und für alle Zeiten in ihrer Brust jene große Liebe, die ihr einst die Mutterschaft gebracht und dann den leuchtendsten Freudentag des Lebens in den Tag düsterster Trauer verwandelt hatte. Es hieß, sie würde nie einen anderen Mann als den verstorbenen Magister Bögelund lieben können, und sie sei in seinem Angedenken so gut zu allen, daß sogar die Tiere im Dorf sich zu ihr hingezogen fühlten. Die Leute sahen denn auch in ihrer

Person ein Symbol dessen, wie die Liebe sich in Trauer verwandelt und das Glück, das einem nicht zuteil wird, in Religion, die erst im jenseitigen Leben ihre Erfüllung findet. Die Leute begegneten ihr mit Ehrerbietung, und in den Augen junger Männer war sie ein Sinnbild der Unnahbarkeit. Es kann nicht verwundern, daß die Bewohner des Ortes erschraken, als ein neues Gerücht aufkam, das im Widerspruch stand zu allem, was die Leute von Fräulein Rannveig geglaubt hatten und was im Bewußtsein der Allgemeinheit mit jedem Jahr festere Formen angenommen hatte. War dann plötzlich das Bild, das sich die Leute von Fräulein Rannveig gemacht hatten, von der Wand genommen worden? Nein, natürlich nicht so plötzlich, doch das Gerücht ging weiterhin um, zunächst nur mühsam, doch dann immer bestimmter. Es hieß, sie sei wieder schwanger.

Hatte man so etwas schon gehört! Wie in aller Welt konnte es den Leuten einfallen, einen solchen Unsinn zu verbreiten? Es ließ sich natürlich nicht abstreiten, daß das Fräulein ein bißchen dick in der Taille war, aber das kam vom Sitzen am Webstuhl, eine Arbeit dieser Art bringt es mit sich, daß die Hüften im Laufe der Zeit breiter werden. Nun konnten alle im Dorf bezeugen, daß das Fräulein all die Jahre nie mit einem Mann in Verbindung gebracht worden war, nicht einmal ganz draußen am Horizont hatte man die Spur eines Freiers entdeckt, abgesehen von unschuldigen Kaffeesatzfreiern, die beim Wahrsagen aus der Tasse aufgetaucht waren, und niemand konnte sich einbilden, sie wäre von einem solchen Spaß unnatürlich dick geworden. War es dann der Heilige Geist, der sie überschattet hatte, wie es an einer Stelle in der Bibel heißt? Nein, keine ungehörigen Scherze, liebe Freunde und Brüder! Die Leute grübelten weiter Tag und Nacht über diese rätselhafte Angelegenheit nach. Und schließlich waren die Tage und Nächte zu Monaten geworden, und die Entwicklung der Tatsachen brachte alle zweifelnden Stimmen endgültig zum Schweigen: Fräulein Rannveig, die Tochter des Propstes, war schwanger.

So eigenartig ist die Natur.

Nun wußten alle, daß Fräulein Rannveig, wenn sie sich etwas daraus gemacht hätte, nur die Hand auszustrecken brauchte, und dann hing an jedem Finger ein Freier, aber dergleichen lag ihr

fern; ihr ganzes Interesse galt den Handarbeiten. Doch gesetzt den Fall, sie wäre ein solches Mädchen gewesen, das sich etwas aus flüchtigen Liebesabenteuern macht, dann hätte sie gar keine Gelegenheit dazu gehabt, denn wenn Gefahr drohte, sorgten ihre Schwester und ihre Mutter immer dafür, daß eine Aufpasserin in ihrer Nähe war. Und dennoch hatte die Natur sowohl der im voraus bescheinigten Keuschheit des Fräuleins als auch den Aufpasserinnen ein Schnippchen geschlagen.

Die Leute können sehr scharfsinnig sein, wenn sie den Ursachen von Erscheinungen dieser Art auf den Grund gehen, und dann bewahrheitet sich manchmal das Sprichwort, daß es nur wenig gibt, was die Zunge eines Hundes nicht aufspürt. Jetzt erinnerte man sich wieder daran, daß irgendwann im Herbst einige Burschen bemerkt hatten, wie ein Mann und eine Frau aus einem der Fischköderschuppen des Propstes unten am Meer herauskamen, die beiden seien wie Gespenster in der Dunkelheit vorbeigehuscht, man hatte sie ein- oder zweimal bemerkt, und jemand hatte behauptet, er könne schwören, daß dies der Tischler Andres gewesen sei, die Frau dagegen habe niemand erkennen können, sie war in Umschlagtücher eingehüllt. Deshalb hatte man die Sache bislang auf sich beruhen lassen. Doch nun geschah es, daß man sich im Dorf zu der Behauptung verstieg, daß Fräulein Rannveig nicht nur schwanger sei, sondern daß da der Tischler Andres am Werke gewesen sein müsse.

Lange Zeit gab es keine offizielle Verlautbarung in der Sache, weder aus dem Haus des Propstes noch aus dem Haus des Faktors, die Herrschaft blieb hauptsächlich unter sich, und es hieß, die Frau des Propstes sei diesen Winter sehr kränklich, sogar der Schnupftabak sei ihr verboten worden; die Webschule des Fräuleins wurde Anfang Februar geschlossen, was damit begründet wurde, daß die Tochter ihre Mutter pflegen müsse. Die Frau des Faktors war ebenfalls krank, einige sagten, es sei ein inneres Leiden, sie saß in ihrem Schlafzimmer und war für niemanden außer der Wirtschafterin zu sprechen, andere sagten, sie habe hysterische Anfälle und beklage tränenreich ihr bitteres Los.

Kränklichkeit und Gefühlsangelegenheiten hatten von jeher ihren Platz im Inneren der Häuser, vor allem wenn es sich um

besonders solid gebaute Häuser handelte. Draußen ging alles seinen gewohnten Gang, zum Beispiel begann die Fischfangsaison zur gewohnten Zeit, und der Dorsch wurde bei guter Gesundheit, doch mit wenig Gefühl aus dem Meer gezogen, wie es in Eyvik stets üblich gewesen war. Und nun wendet sich die Geschichte einem jungen Fischer zu, Gisli Gislason, der von den Inseln draußen stammte, aus einer völlig unbedeutenden Familie, doch er war ein hübscher Bursche und sang gern, konnte ein bißchen auf dem Harmonium spielen und war alles in allem salonfähiger in seinem Aussehen und in seinen Interessen als die meisten Fischer und beliebt bei Frauen und besseren Leuten. Viele fanden, er habe eigentlich seinen Beruf verfehlt. Dieser junge Mann war wie in den vergangenen Jahren auch in dieser Fangsaison auf einem der Fischerboote des Propstes angeheuert, doch da geschieht es, mitten in einer Periode günstigen Wetters, als erst zwei Wochen der Saison vergangen waren, daß dieser junge Bursche zum Propst gerufen wird; der Propst eröffnet ihm, daß der Faktor ihn gebeten habe, ihm einen jungen Gehilfen zu besorgen, der sich für die Arbeit im Laden eignete, und er sagte ihm, er habe es aufgrund seines Singens und anderer guter Eigenschaften verdient, daß er von ihm für diese Stelle und den damit verbundenen sozialen Aufstieg vorgeschlagen werde. Dem jungen Mann wurde, wie nicht anders zu erwarten, ganz schwindlig von dieser Freudenbotschaft, und er wurde noch benommener, als der Propst ihm anbot, ihn in sein eigenes Haus aufzunehmen, und sagte, er würde für ihn ein Zimmer im oberen Stockwerk herrichten lassen, denn bis dahin hatte Gisli in einer schlechten Kammer bei seinen Verwandten im Dorf geschlafen und während der Fangsaison mit zwei anderen Männern in einem Bett liegen müssen.

Eigentlich hatte man im Laden nicht mehr zu tun, als zur Fangsaison üblich war, und niemand konnte verstehen, weshalb der Faktor plötzlich noch einen Mann für das Geschäft anstellte; bislang hatte der Ladengehilfe Hans ohne große Mühe die Kundschaft bedienen können, selbst im Frühjahr und im Herbst, wenn die Bauern ins Dorf kamen, denn dann half der Buchhalter mit, und es konnte deshalb nicht überraschen, daß Hans diesen neuen Menschen mit einigem Erstaunen betrachtete und fand, daß es

eng wurde in seinem Königreich hinter dem Ladentisch. Doch noch weit größeres Erstaunen mußte die Nachricht hervorrufen, daß man Gisli Gislason tatsächlich das Wohnzimmer der Tochter des Propstes zur Verfügung gestellt hatte, das heißt ihr vorderes Zimmer, das zum Flur hinaus lag; es war nämlich so, daß sie durch dieses Zimmer hindurchgehen mußte, um in ihr Schlafzimmer zu gelangen, und tatsächlich dauerte es nicht lange, bis sich im Dorf die Nachricht verbreitete, Gisli Gislason sei der zukünftige Schwiegersohn des Propstes und der Vater des Kindes, welches das Fräulein erwartete, und hierin sah man den Grund für seinen plötzlichen sozialen Aufstieg. Gleichzeitig wurden alle Klatschgeschichten über den Tischler Andres und das Fräulein als Lüge abgetan, und jeder, der solch übler Nachrede sein Ohr lieh, ohne zu widersprechen, oder sie gar selbst verbreitete, als ehrloser Verleumder gebrandmarkt. Und als Andres selbst einmal in angeheitertem Zustand zweideutige Antworten in dieser Sache gab, verpaßte ihm ein Fischer, der auf einem der Boote des Propstes angeheuert war und deshalb den Handschuh für die Tochter des Propstes aufnahm, ein blaues Auge.

Auch diesmal kam die Herrschaft in Eyvik wieder ohne Umschweife zur Sache. Beim Goldschmied in Adalvik wurden Ringe bestellt, und Ende März wurde mit heißer Schokolade und dem Buchhalterehepaar als Gästen die offizielle Verlobung gefeiert; der Gesundheitszustand der alten Dame hatte sich so weit gebessert, daß sie es wagte, ins Wohnzimmer herunterzukommen, und sie hatte sogar wieder begonnen, etwas Tabak zu schnupfen; die Frau des Faktors hingegen hatte sich außerstande gefühlt zu kommen. Am nächsten Sonntag gingen die Verlobten Arm in Arm bei Sonnenschein und Tauwetter durch das Dorf, die Männer nahmen ihre Mützen ab, und die Frauen kamen aus ihren Hütten, um die Tochter des Propstes zu küssen. Das junge Paar war offensichtlich sehr zufrieden, und alle waren zufrieden. Allmählich besserte sich auch der Gesundheitszustand der beiden Frauen, so daß sie sich nicht nur wieder in Wohnzimmer und Küche sehen lassen konnten, sondern man konnte sie sogar vorsichtig zwischen dem herrschaftlichen Haus und dem Haus des Propstes hin- und hergehen sehen, denn jetzt mußten oft Besprechungen abgehalten werden.

Die Trauung wurde für den Johannistag anberaumt, doch da mußte man sich mit dem Hausbau für das junge Paar beeilen, denn selbstverständlich sollte für sie gebaut werden, und die Herrschaft wählte gemeinsam den Platz, das Haus sollte auf der gegenüberliegenden Seite der Wiese des Faktors stehen, neben dem kleinen Tor im Zaun, an der Straße, die in den Sprengel hinaufführt.

Nun hätte man glauben sollen, dieser Bau wäre Wasser auf die Mühle des Tischlers Andres gewesen, der seit Weihnachten mit seiner ganzen Familie von Almosen gelebt hatte; denn diese Reparaturen, die man ihm während der Fangsaison übertrug, was war das schon? Doch eines schönen Tages kommt das Küstenschiff mit einer Ladung Bauholz, und mit dem Bauholz kommen zwei gelernte Zimmerleute aus dem Nordland, und sie sollen das Haus bauen. Und Andres? Macht euch keine Sorgen um Dresi, sagte er, kniff vielsagend ein Auge zu und lachte dann übermütig, wie es seine Art war – Dresi kommt nicht zu kurz! Und an einem Tag im Mai hatten alle seine Kinder richtige Kleider an, vor kurzem im Laden erstanden, und seine Frau trug einen Mantel, und er fuhr mit Kind und Kegel übers Meer davon, es sah aus wie eine Völkerwanderung, er lachte auf seine leichtsinnige Art und hatte seine Baracke in Brand gesteckt, bevor er abfuhr, und zwanzig Jahre später war er in Winnipeg ein reicher Mann geworden und wurde dort immer nur Baumeister Anderson genannt.

Jetzt wurde mit dem Bau begonnen, und das Echo der Hammerschläge hallte an den sonnenhellen Frühlingstagen durch das Dorf, ja, es hallte sogar über das Meer hinaus, bis zu den Inseln. Und an jedem Abend ging das glückliche Paar Arm in Arm zum Haus, um zu sehen, welche Fortschritte es heute gemacht hatte, und ehe man sich's versah, war es unter Dach, und dann wurde die Flagge gehißt.

Freundlich scheint die Welt –

Es war keineswegs nur ein Scherz, daß die Hammerschläge an den sonnenhellen Frühlingstagen weit über das Meer und sogar bis zu den Inseln hinaus zu hören waren. Woraus man das schließen konnte?

Es war drei Tage vor dem Johannistag, und der Propst saß in seinem Studierzimmer; er war gerade dabei, über den Inhalt der

Traurede nachzudenken, und es war wirklich eine schwierige Rede, nach all dem, was vorausgegangen war, und ausgerechnet da mußte man ihn stören, jemand will den Propst sprechen.

Wer ist es? fragt der Propst.

Es ist eine Frau von den Inseln, sie sagt, sie müsse unbedingt mit dem Propst sprechen.

Dazu habe ich heute keine Zeit, sie muß ein anderes Mal wiederkommen – sag ihr, es seien dringende Amtsgeschäfte.

Doch die Frau wollte nicht wieder fortgehen, das Dienstmädchen kam wieder herein und meldete dem Propst, daß die Frau sich in der Küche niedergelassen habe und offensichtlich krank sei.

Krank? Da kann ich ihr auch nicht helfen. Ich habe sehr wichtige Dinge zu erledigen. Man kann ihr Kaffee geben. Im übrigen soll sie zum Arzt gehen.

Doch die Frau dachte nicht daran zu gehen – also gut, dann soll sie kommen, sagte der Propst, und sie wurde hereingeführt.

Na, was hast du denn auf dem Herzen, meine Kleine, sagte er und betrachtete das Mädchen. Er erkannte sie gleich, wie alle seine Pfarrkinder, er hatte sie konfirmiert, sie war höchstens zwanzig, ihr Vater wurde Kinder-Helgi genannt, weil er sechzehn Kinder hatte, das waren bettelarme Leute, verkommenes Pack, ihr Vater war zweimal wegen Diebstahls angeklagt worden, die Kinder wuchsen wie frei herumlaufendes Vieh auf und landeten schließlich bei verschiedenen fremden Leuten. Und während der Propst tief in Gedanken über seinen Amtsgeschäften sitzt, drängt sich dieses aufsässige Mädchen herein, selbstverständlich irgendwelche Scherereien, wie immer bei diesen armen Schluckern, offensichtlich war sie hochschwanger – man könnte glauben, daß Schwangersein bei solchen Hungerleidern erblich sei. Sie saß mit rotem Gesicht da und starrte in die Luft, nichts als Trotz, sagte lange gar nichts. Nun wurde der Propst ein wenig ungeduldig, aber was soll denn das, mein Kind, sagte er, was willst du von mir? Wer schickt dich her? Und wie kommt es, daß du so dick bist, hast du etwas Unsittliches getan, meine Kleine?

Ich weiß nur, daß es sehr bald soweit ist, wie der Propst eigentlich selbst sehen müßte. Denn dazu braucht man keine Brille! Ich

wäre schon froh, wenn ich mich bis über Johanni auf den Beinen halten könnte.

Ja, aber was kann ich dafür? fragte der Propst. Vermutlich hast du es nicht allein gezeugt.

Allein gezeugt? wiederholte das Mädchen. Nein, der Teufel hol mich, wenn ich es allein gezeugt habe.

Und wer ist der Vater?

Wer soll es schon sein, wenn nicht der Gisli? sagte das Mädchen.

Was für ein Gisli?

Natürlich der verfluchte Orgelspieler Gisli Gislason, sagte das Mädchen. Wer denn sonst, auch wenn er jetzt nichts mehr von mir sehen und hören will, weil er in die Familie der Herrschaft einheiraten soll. Und jetzt hat man mich aus meiner Stelle gejagt, und wo soll ich dann das Kind bekommen? Vielleicht draußen auf der Wiese, wie ein Schaf, soll ich vielleicht Gras fressen? Also habe ich keinen anderen Ausweg gewußt, als mich direkt an Sie zu wenden. Und das kann ich laut sagen und beschwören, selbst wenn die Tochter des Propstes auch schwanger ist, dann hatte der Gisli damit nichts zu tun, zumindest nicht, als sie anfing dicker zu werden, und ich will den Propst nur fragen, wo Sie selber mir doch meinen christlichen Glauben beigebracht haben, ob Sie es christlich finden, mir den verdammten Mann wegzunehmen, weil er so ein Lump ist? Ich habe kein Bett und keinen, der mir hilft, aber die Tochter des Propstes hat nicht nur das Haus des Propstes, sondern auch das Haus des Faktors, und außerdem die Herrschaft.

Doch gleichgültig, ob dieser ungebetene Gast seinem Herzen noch länger Luft machte oder nicht, das Ergebnis des Gespräches war, daß die Leute im Haus eiligst eine Konferenz abhielten und Gisli Gislason, der Orgelspieler, fristlos aus seiner Stellung im Laden entlassen wurde und die Unterkunft beim Propst verlor. Und so verblüfft war der junge Mann von all dem, was an jenem Abend über ihn hereinbrach, daß er sich auf der Stelle mit der Tochter des Kinder-Helgi trauen und mit seiner Frau auf die Inseln hinausschicken ließ, nebst einem Sack Roggenmehl, einer Kiste Zucker und einem Harmonium von der Sorte, die der Faktor in Kommission hatte, das bekam er als Trostpflaster; die

Herrschaft in Eyvik machte nicht viel Federlesens, wenn es darauf ankam. Es dauerte zwei Jahre, bis der junge Mann begriff, was an diesem Abend geschehen war, seine Frau verließ und sich ins Südland aufmachte, um dort sein Orgelspiel zu vervollkommnen.

6. Alles in schönster Ordnung

Jetzt wäre es durchaus möglich, daß jemand fragt: Was wurde aus der Tochter des Propstes? Wurde das neue Haus auf der anderen Seite des Faktorhauses dann umsonst gebaut? Bekam sie trotz allem ein zweites uneheliches Kind?

Weder das eine noch das andere – das Haus wurde nicht umsonst gebaut, und Fräulein Rannveig bekam kein uneheliches Kind. In dieser Familie konnte nie etwas Anstößiges geschehen. Und weshalb nicht? Weil die Leute in Eyvik feine Leute waren, sie waren die feinsten Leute im Landesviertel.

Und wenn das Fräulein auch nicht mit dem vorgesehenen Mann verheiratet wurde, so wurde sie doch am vorgesehenen Tag verheiratet, und sie wurde mit einem Mann verheiratet. Ein Mädchen findet schnell einen Mann. Zwar war es keine vornehme Partie, es war hart an der Grenze, wie man zu sagen pflegt, doch der Bräutigam stammte ursprünglich aus einer guten Familie, er kam aus einer Pfarrersfamilie und war nicht ungebildet, auch wenn er eher bescheiden auftrat; und er hatte einen in jeder Beziehung untadeligen Ruf, was heutzutage als Ausnahme gelten kann – es war der Ladengehilfe Hans.

Ja, sie wurden am Johannistag getraut, es geschah im Wohnzimmer daheim beim Propst, und außer den Trauzeugen und der Frau des Propstes war niemand dabei. Hans stand rasiert und gekämmt in seinem Sonntagsanzug da und hörte genau zu, was der Propst aus dem Handbuch vorlas, mit einem Gesichtsausdruck, als ob er den Verdacht hegte, in dem Text seien irgendwelche Anschuldigungen versteckt, und sie stand an seiner Seite, eine reife Frau in der Blüte des Lebens, die Fruchtbarkeit selbst, wie ein Baum, der sich unter der Last seiner Früchte beugt. Sie zogen noch am selben Tag in das neue Haus, und tags darauf

gebar sie die kleine Katrin Hansdottir. Im Herbst begann sie wieder, Mädchen im Weben zu unterrichten, und teilte ihre Zeit zwischen dem Weben und der kleinen Katrin Hansdottir auf. Und der Ladengehilfe Hans, der vierzehn Jahre lang in einer geteerten Hütte auf dem Grundstück des Buchhalters gehaust und an Winterabenden den Leuten in die Fenster geguckt hatte, er war jetzt Assistent in der Buchhaltung, Schwager des Faktors, eine der Standespersonen im Ort, Herr in seinem eigenen Haus und Ehemann der besten Partie im Landesviertel. Es konnte also nicht verwundern, daß der Propst von der Kanzel über die Sanftmütigen, die Stillen im Lande, die über wenigem getreu sind, sprach: Siehe, der Herr wird sie über viel setzen, er wird sie mit Nachkommen segnen, die für alle kommenden Zeiten den Namen des Herrn preisen sollen; gelobt sei der Name des Herrn.

Nun konnte man zwar nicht sagen, Frau Thuridur habe bei dem erbarmungslosen Kampf um den Ruf ihrer Schwester eine Niederlage erlitten, doch man konnte auch nicht behaupten, dies sei ein glänzender Sieg. Obwohl in letzter Minute alles gerettet worden war, ließ sich nämlich nicht abstreiten, daß diese Lösung in Wirklichkeit nur ein Notbehelf war und die Verschwägerung mit dem Ladengehilfen Hans das Haus auf ein niedrigeres kulturelles Niveau herabzog. Zwar stammte Gisli Gislason von völlig unbedeutenden Leuten ab, aber er war doch ein vielversprechender junger Mann und hatte außerdem eine Vorliebe für die Sangeskunst; die Frau des Faktors war erschüttert, als er plötzlich kampfunfähig gemacht wurde. Was blieb einem anderes übrig, als zu einer Notlösung zu greifen, nachdem man in eine solche Zwangslage geraten war? In ihrer Verbitterung veranlaßte die Frau, daß die kleinen Tore auf beiden Seiten des Zauns, der die Hauswiese des Faktors umgab, das Tor hinter dem neuen Haus und das Tor gegenüber, hinter dem Faktorhaus, an Rannveigs Hochzeitstag mit dicken Brettern vernagelt und dann mit Stacheldraht umwickelt wurden, zum Zeichen dafür, daß kein Weg mehr zwischen diesen beiden Häusern über die Hauswiese führte. Wer vom einen Haus zum anderen gehen wollte, mußte einen großen Umweg machen. Wurde die Frau des Faktors wieder gesund, nachdem sie die beiden Tore hatte zunageln lassen? Nein, so selt-

sam es scheinen mochte, sie wurde trotzdem nicht wieder gesund. Sie verließ ihr Schlafzimmer nicht und verbot, die Vorhänge aufzuziehen, denn wegen ihres Kopfes konnte sie das starke Sonnenlicht nicht vertragen. Was sagte der Arzt? Er sagte, man könne in Wirklichkeit nichts anderes tun, als die Frau ins Ausland reisen zu lassen. Und daraufhin ließ man die Frau ins Ausland reisen. Sie reiste eines Nachts auf dem Küstendampfer ab, und im Faktorhaus wurden die Vorhänge aufgezogen.

Ja, es mußte wohl etwas Ernstes sein, da sie es wagte, ihren Mann, ihre Kinder und ihr Haus sich selbst zu überlassen, vielleicht für mehrere Monate. Denn alle wußten, und keiner besser als sie selbst, daß das Haus ohne sie wie ein Schiff ohne Steuermann war. Und es zeigte sich auch gleich im Herbst, daß der Faktor immer länger in die Nacht hinein beim Wein saß, entweder mit dem Arzt oder mit Großbauern und Pfarrern, und der ganze Haushalt aus den Fugen geriet, denn die Wirtschafterin konnte die Kinder nicht im Zaum halten. Jetzt war die älteste Tochter des Faktorehepaares vierzehn Jahre alt und die zweitälteste dreizehn, dann kamen zwei Söhne, der eine elf und der andere neun, und schließlich zwei kleine Mädchen, die eine fünf, die andere sechs. Die Kinder waren alle sehr vielversprechend, auch wenn sie sich nicht besonders zu Büchern hingezogen fühlten; vor allem die beiden ältesten Mädchen waren sehr lebhaft, sie sahen schon erwachsen aus, bevor sie konfirmiert wurden, und hatten schon längst keinen Spaß mehr an Kinderspielen. Sie wollten sich mit erwachsenen Mädchen und Burschen unterhalten. Sie waren nie zur Arbeit angehalten worden, hatten aber von klein auf so nahrhafte Kost bekommen, daß sie jetzt vor überschüssiger Körperkraft strotzten, und ihr Haar war so elektrisch geladen, daß es knisterte. Es waren prachtvolle Mädchen, obwohl sie noch so jung waren. Morgens ließen sie sich gerne mit dem Aufstehen Zeit und vergnügten sich oft damit, daß sie einander an den Fingern zogen, daß es in den Gelenken knackte, dieses Spiel heißt »Hurenkind«, und sie hatten großen Spaß daran, achteten aber darauf, daß sie es nur unter der Decke spielten, damit ihre Mutter es nicht merkte. Sie lasen manchmal Fortsetzungsromane, kümmerten sich aber weniger um die Schule und klagten oft über Schmerzen

hier und dort im Körper, so daß der Arzt ihnen meist verbot, in die Schule zu gehen. Die Jungen waren tüchtige Kerle und träumten davon, Bootsführer bei ihrem Großvater zu werden, von den Fischern lernten sie Flüche, die sie dann daheim verwendeten, sie versuchten immer, sich vor dem Waschen zu drücken, alles Derartige betrachteten sie als Eingriff in die persönlichen Rechte des einzelnen, und es gelang nicht, ihnen beizubringen, sich die Schuhe abzutreten, bevor sie ins Zimmer kamen. Nun hatte die Mutter stets das Tun ihrer Kinder überwacht, sie hielt sie an einer unsichtbaren Leine, insbesondere die Mädchen. Diese Mädchen sollten nicht glauben, sie könnten so leben, wie es ihnen gerade einfiel, nein, sie mußten, bitte schön, früh zu Bett gehen. Es wurde genau untersucht, mit welchen Mädchen sie verkehrten, und sah man, daß sie auf der Straße mit jungen Burschen sprachen, wurden sie sofort ins Gebet genommen, wobei man ihnen mit allem Nachdruck zu verstehen gab, daß nur die schlimmsten Flittchen sich auf der Straße mit Fischerjungen unterhielten, und sie waren noch nicht so alt, daß man ihnen nicht ohne weiteres mit der Rute drohen konnte, obwohl die Frau des Faktors in der letzten Zeit nicht den Mut gehabt hatte, mit solchen Drohungen Ernst zu machen, da die kleine Gudlaug, die älteste Tochter, inzwischen größer war als sie selbst. Es war ihnen streng verboten, andere Kleider als Kinderkleider zu tragen, obwohl sie voll entwickelte Mädchen waren. Wegen alledem waren die Mädchen oft launisch, alle natürlichen Lebensäußerungen waren ihnen verboten, man befahl ihnen, Kinder zu sein, sich aber wie Erwachsene zu benehmen, sie konnten keinen Schritt ohne Fessel am Bein gehen. Dagegen waren die Jungen noch nicht so groß, daß ihre Mutter es nicht gewagt hätte, es mit ihnen aufzunehmen, es gab auch kaum einen Tag, an dem sie ihnen keine Ohrfeigen verabreichte, doch die Jungen hatten harte Schädel und weinten nie, sondern schnitten ihrer Mutter manchmal Grimassen, während sie zur Tür hinausschlüpften. Jetzt aber war die gnädige Frau plötzlich ins Ausland abgereist, und mit ihr war jeder moralische Halt aus dem herrschaftlichen Haus verschwunden, es war tatsächlich so, als sei das Dach des Hauses davongeflogen, das Haus jedem Sturm ausgeliefert. Die Mädchen und die Jungen luden alle ihre

Kameraden ein, wann auch immer es ihnen gefiel, allmählich gewöhnten sich die Kameraden daran, auch uneingeladen zu kommen, zumindest durch die Hintertür; und bald war das Haus tatsächlich zum Mittelpunkt allen Spektakels im Dorf geworden, von dort konnte man Ziehharmonikamusik und Gesang, Tanz und Geschrei hören, und einmal während der herbstlichen Fangsaison war das Haus in der Nacht so voll von jungen Fischern und jungen Mädchen, daß die Wirtschafterin sich keinen anderen Rat wußte, als den alten Propst und seine Frau aufzuwecken, damit sie die Leute hinauswarfen, es war auch Schnaps mit im Spiel gewesen, einige der Burschen waren ziemlich betrunken, und sogar die Töchter des Faktors schienen nach irgendeinem verdammten Zeug zu riechen, der Faktor aber saß mit einem Pfarrer vom Land in seinem Büro, und sie wußten weder ein noch aus und sagten, ihretwegen solle alles der Teufel holen. Kurz darauf wurde die Frau des Propstes krank, und dann konnte man niemanden mehr zu Hilfe rufen, um dem nächtlichen Treiben ein Ende zu bereiten. Der Faktor schrieb seiner Frau nach Dänemark, hier daheim sei alles in schönster Ordnung, und er bat sie, sich mit der Rückkehr nicht zu beeilen, sondern erst dann zu kommen, wenn sie wieder völlig gesund sei. Und die alte Frau des Propstes wagte nicht, ihrer Tochter zu schreiben, wie es tatsächlich im Haus zuging, denn sie glaubte, daß sie die Wahrheit nicht verkraften würde, sie sagte nur, daß alle gesund seien, Gott sei Dank.

Nun ging aus diesen Briefen ganz deutlich hervor, daß die gnädige Frau zu Hause dringend gebraucht wurde, nicht zuletzt aus den Briefen des Faktors, denn nichts konnte eine vollkommenere Offenbarung dessen sein, wie er seine freie Zeit verbrachte, als die Aufforderung, sie solle sich mit der Rückkehr Zeit lassen. Und die Briefe ihrer Mutter mußten ihr, einer Frau mit so feinem Gespür, mehr als genug über den Zustand der Kinder sagen. Beeilte sie sich dann nicht, wieder heimzukommen, um die Leitung ihres Hauswesens in die Hand zu nehmen und Ordnung zu schaffen? Ganz im Gegenteil, sie schrieb wieder nach Hause, daß sie sich freue, daß daheim alles so gut gehe und alle gesund seien, sie hoffe, daß es auch weiterhin so bleibe. Sie schien, anders gesagt, nichts verstanden zu haben. Ihr selbst, sagte sie, gehe es ganz allmählich

immer besser, sie habe das Sanatorium verlassen und halte sich jetzt in Kopenhagen auf, aber natürlich sei sie noch immer unter ärztlicher Aufsicht, und der Arzt rate ihr dringend, erst wieder im Frühjahr nach Hause zu reisen, wenn sich ihre Nerven völlig erholt hätten. Ja, die gute Frau des Faktors, sie war jetzt über vierzig, das Alter war bedrohlich nähergerückt, vielleicht hatte sie nicht weniger als andere im Haus ein Bedürfnis nach Freiheit, sei es auch nur für ein Jahr, bevor alles zu spät war. Wir leben schließlich nur einmal.

Und so verging der Winter in allgemeiner Ausgelassenheit. Es war ganz erstaunlich, wie die lieben Kinder im Laufe eines Winters verwildern konnten. Die Mädchen veränderten ihr Aussehen und ließen sich lange Kleider nähen; sie schliefen am Tag und tanzten in der Nacht und vernachlässigten ihren christlichen Glauben dermaßen, daß der Propst sie um die Osterzeit in die Obhut seines Amtsbruders aufs Land schickte, doch schon nach zwei Tagen kamen sie bei heftigem Tauwetter zu Fuß und bis auf die Haut durchnäßt wieder zurück, weil im Ort eine Tanzveranstaltung stattfand.

Im Mai kam dann die gnädige Frau zurück. Ja, jetzt sah sie nicht mehr kränklich und grau aus, sie sah erstaunlich gut aus, das Dorf wollte seine gnädige Frau kaum wiedererkennen. Sie war nach dänischer Mode gekleidet und hatte ein rotes Band an ihrem Hut, als sie an Land stieg, so daß die Töchter ihre Mutter verwundert anstarrten; sie wurde dann auch nie mehr mit diesem Hut gesehen. Ihr stolzer Blick machte viele verlegen, als sie die Anlegebrücke entlangging – und welch eine Haltung, als sie durch den Ort auf ihr Haus zusteuert: eine vornehme Frau in der Blüte der Jahre, eine Frau, die alles hat, die der Eitelkeit der Jugend entwachsen, aber noch nicht vom Schicksal des Alters berührt ist. Alle sahen, daß sie wieder gesund sein mußte.

Sie legte noch am selben Tag das dänische Kleid ab, zog isländische Tracht an und übernahm wieder die Leitung ihres Hauswesens, als ob nichts geschehen wäre. Ihre Tatkraft war noch immer die alte. Die Möbel wurden mit dem Federwisch bearbeitet, jedes Staubkorn wurde vertrieben, selbst von nicht sichtbaren Stellen, das Tafelsilber geputzt, jede Gewürzdose in der Küche

nach einem unerschütterlichen Gesetz an ihren Platz gestellt, die langen Kleider der Mädchen wurden kürzer gemacht und die Fransen abgeschnitten, und den Jungen wurde befohlen, sich die Schuhe abzutreten, bevor sie ins Wohnzimmer kamen, und sich die Hände zu waschen, bevor sie zu Tisch gingen (ohne Erfolg). Die Horde junger Leute, die um das Haus herumschlich, als es Abend wurde, wurde davongejagt, und den Mädchen wurde befohlen, daheim zu sitzen und die dänischen Backfischromane zu lesen, welche die Frau aus Kopenhagen mitgebracht hatte. Zwei Nächte nach der Rückkehr der gnädigen Frau hielten die Mädchen die Unfreiheit nicht mehr aus und wollten sich um ein Uhr nachts durch das Wohnzimmerfenster hinausstehlen, doch plötzlich stand die Mutter da und zerrte ihre älteste Tochter von der Fensterbank herunter und hatte keine Hemmungen, ihr eine Ohrfeige zu geben, obwohl das Mädchen schon fast erwachsen war, und sie beließ es nicht bei der Ohrfeige, nein, so einfach kamen die beiden nicht davon, sondern sie bekamen eine ausführliche Strafpredigt zu hören, während draußen im berauschenden Dämmerlicht der Frühlingsnacht die Vögel sangen, sie erfuhren einiges über den Maßstab menschlicher Werte, von öffentlicher Wohlanständigkeit und menschlicher Würde bis hinab zu Hurerei und Syphilis, und es endete damit, daß beide Mädchen zu weinen anfingen und die Mutter sie wie zwei begossene Pudel hinauf in ihr Zimmer jagte und die Tür von außen abschloß. Leichtsinn und Sittenlosigkeit wurden im herrschaftlichen Haus mit der Wurzel ausgerissen.

Sie lud am zweiten Tag nach ihrer Rückkehr ein paar bessere Frauen zu Kaffee und Schokolade ein, um ihnen ihre Gewogenheit zu zeigen, und andere beehrte sie mit einem kurzen Besuch, eine Frau aber lud sie nicht ein, und sie beehrte sie auch nicht mit einem kurzen Besuch – ihre Schwester, Fräulein Rannveig, die Frau des Ladengehilfen Hans. Sie hatte beschlossen, daß ihre Schwester fortan in Ungnade sein sollte: Zwischen diesen beiden Häusern gab es keinen Verbindungsweg. Doch es ist gar nicht so einfach, den Leichtsinn zu besiegen; ehe man sich's versieht, ist der Leichtsinn, den man im Nachbarhaus bekämpft hat, im eigenen Haus zu Gast. Und die gnädige Frau bekam ausgiebig Gele-

genheit, die Erfahrung zu machen, daß das alte Sprichwort zutrifft: Es ist leichter, einen Sack Flöhe zu hüten als ein junges Mädchen. Dieses ständige Achtgeben auf zwei junge Mädchen, die nichts anderes als ihre Freiheit im Sinn hatten und überdies dazu gezwungen wurden, Kinderkleider zu tragen, obwohl sie und alle anderen wußten, daß sie keine Kinder mehr waren, was konnte aufreibender für die Nerven sein, zumal die Frau des Faktors in anderen Umständen war und schon längst niedergekommen sein sollte; doch die Schwangerschaft zog sich so seltsam lange hin, weil die Frau eine so seltsame Krankheit gehabt hatte. Es ist ganz unglaublich, wie frühreif die jungen Leute heutzutage sind, sagte die alte Pröpstin, denn ihre Töchter waren erst, als sie über zwanzig Jahre alt waren, für die Reise in die Hauptstadt reif gewesen. Oder die Neugierde und die Fragen dieser jungen Leute heutzutage. Der Frau des Faktors blieb also nichts anderes übrig, als ihre Töchter auf die Frauenschule in Reykjavik zu schicken, sie fuhren Mitte September. Nachdem sie abgereist waren, herrschte im Haus und um das Haus herum Ruhe und Stille.

7. Ein Fest beim Vater der Nornen

Und die Jahre vergehen wie ein Wind in der Nacht. Wo sind die Farben aus den Tagen der Jugend geblieben? Eines Morgens erwachen wir mit ergrauten Schläfen und blassen Wangen, aus den Grübchen sind Runzeln geworden. So vergingen die Jahre auch in Eyvik.

Die letzte Amtshandlung des verstorbenen Propstes war es gewesen, Gudlaug, die Tochter des Faktors, einem vielversprechenden Juristen aus der Hauptstadt anzutrauen, das war eine herrliche Hochzeit, auch wenn sie sich nicht mit der großen Hochzeit messen konnte, die damals vorbereitet und nie gehalten wurde, als sich Fräulein Rannveig mit Magister Bögelund verheiraten wollte; aber eine Woche später starb der alte Propst an einem Herzschlag, und im darauffolgenden Winter starb die Frau des Propstes, und die Hinterlassenschaft wurde unter den Töchtern aufgeteilt, das war damals ein beträchtliches Vermögen, der Propst hatte noch kurz

vor seinem Tode zwei Motorboote angeschafft, nun bekam jede Tochter eines. Doch die Schwestern grüßten sich nicht bei der Beerdigung, sondern jede weinte für sich allein, und von seiten des herrschaftlichen Hauses war keine Begnadigung zu erwarten, auch nicht, nachdem Rannveig so vermögend geworden war und Hans schon längst nicht mehr im Laden arbeitete. Nein, das reichte nicht aus. Kein Vermögen, bar oder fest angelegt, konnte die Schande tilgen, die Rannveig über die Familie gebracht hatte, als sie damals die kleine Katrin Hansdottir erwartete. Deshalb wurde Rannveig nie zu der Herrschaft gezählt, sondern sie verkehrte mit den Armen. Mit jedem Jahr zog sie sich mehr zurück, in letzter Zeit ging es ihr gesundheitlich nicht sehr gut, und sie gab schon längst keinen Webunterricht mehr, sie saß oft müde an ihrem Webstuhl, beugte sich über ihr Gewebe vor und las im Kirchengesangbuch. Schließlich gab sie das Weben auf, und auf dem Webstuhl sammelten sich Staub und Spinnweben. Sie wurde frühzeitig alt, vernachlässigte ihr Äußeres, bekam graue Haare, verlor ihre Zähne und magerte ab. Allmählich konnte man sie nicht mehr von den gewöhnlichen Frauen unterscheiden, die dreizehn Kinder geboren hatten, im Haus galt sie als schlampig, und man wunderte sich darüber, wie eine Frau aus so guter Familie so einfältig sein konnte, vielleicht kam es daher, daß sie so schlecht hörte, doch sie war gut zu allen, wie eine alte, vom Schicksal schwer geprüfte Frau, die zehn Kinder zu Grabe getragen hat und zusehen mußte, wie ihr Haus abbrannte und ihr Mann im Meer ertrank, ja, sie erwies allen Gutes. Sie war immer gut zu ihrem Mann, doch sie bekam außer der kleinen Katrin keine Kinder mehr. Mochte sie denn die kleine Katrin Hansdottir nicht? Doch, sie liebte sie. Aber sie weinte ihretwegen auch oft. Wie kam es, daß sie weinte? Wenn ein Mensch erst einmal anfängt zu weinen, fallen ihm immer noch traurigere Dinge ein. Erstens einmal war die kleine Katrin immer ein kränkliches Kind, sie lag oft mit Fieber im Bett, sie brauchte sich nur zu erkälten, dann konnte daraus eine langwierige Krankheit werden, der Arzt sagte, es seien die Mandeln. Und wenn sie gesund war und im Frühjahr mit anderen Kindern draußen spielen durfte, dann waren die anderen Kinder viel kräftiger als sie, sie konnte nicht so schnell laufen wie die anderen, und dann legte sie

sich hin und tat so, als sei sie gestürzt und habe sich verletzt, oder sie war beleidigt und setzte sich weinend auf einen Stein, und wenn sie sie nur berührten, fiel sie hin, und dann fing sie an zu weinen und sagte, sie seien böse und wollten sie schlagen, und dann schlugen sie sie tatsächlich, und dann weinte sie noch mehr und ging heim zu ihrer Mutter und petzte. Deshalb wollten die Kinder sie nicht dabeihaben, sie sagten, sie sei eine Heulsuse und außerdem eine Petze. Die Zwillinge des Faktors waren etwa genauso alt wie sie, die beiden waren aus irgendwelchen Gründen Alfred und Edit getauft worden, wahrscheinlich deshalb, weil isländische Namen nicht fein genug für sie waren, sie waren auch hübscher als alle Kinder, die man je im Landesviertel gesehen hatte; da geschah es an einem Frühlingstag, daß sie mit einigen anderen Kindern spielten, und die kleine Katrin Hansdottir war auch dabei. Nach einer kleinen Weile wurden die Kinder des Faktors plötzlich nach Hause geholt, und sie durften an dem Tag nicht mehr hinausgehen. Einige Tage später geschah wieder genau das gleiche, nur daß diesmal die Frau des Faktors ihren Zwillingen eine tüchtige Tracht Prügel verabreichte, weil sie mit der kleinen Katrin Hansdottir gespielt hatten, was sie ihnen doch erst vor kurzem ganz ausdrücklich verboten hatte. Die gnädige Frau wollte nicht dulden, daß ihre dänischen Kinder, wie einige Spaßvögel sie wegen ihrer Namen nannten, mit einem Kind spielten, das von Rechts wegen eigentlich gar nicht existierte. Von da an vertrieben die Kinder des Faktors immer die kleine Katrin Hansdottir, indem sie sie mit Schmutz bewarfen und ihr Schimpfwörter nachriefen, wenn sie mit den Kindern spielen wollte. Da sich die Altersgenossen an den Kindern des Faktors ein Beispiel nahmen, war es bald zur festen Regel geworden, daß die Kinder überall, wo sich die kleine Katrin Hansdottir blicken ließ und mitspielen wollte, Schmutz und Steine aufsammelten und auf sie losgingen und sagten, sie solle sich nach Hause scheren, denn sie sei ein Hurenkind. Und wenn die kleine Katrin heulend nach Hause kam und ihrer Mutter davon erzählte, dann begann ihre Mutter auch zu weinen. Aus diesen Gründen war die kleine Katrin ein sehr unglückliches Kind. Und das gute Fräulein lernte die Welt immer besser kennen, da nun die Kinder der armen Frauen, denen sie so viele Geschenke gebracht hatte,

ihren Augenstern Hurenkind nannten und mit Schmutz bewarfen. Aber dennoch wurde sie nicht der ganzen Welt gegenüber verbittert, sondern sie weinte über jedes Vorkommnis für sich. Und Mutter und Tochter umarmten sich und weinten. Dann wurde die kleine Katrin wieder krank, und ihre Mutter weinte weiter, weil sie Angst hatte, sie könnte sterben. Doch Hans der Ladengehilfe arbeitete nicht im Laden, er lag tagsüber auf seinem Bett, spie braunen Tabaksaft in den Nachttopf neben dem Bett und las Fortsetzungsromane in isländisch-amerikanischen Zeitungen, wenn er nicht gerade nach den Hühnern sah, die sieben an der Zahl waren. Er war jetzt über sechzig und hatte zugenommen, und er hatte keine Läuse mehr, seitdem er verheiratet war, denn Rannveig hatte den Läusen gleich im ersten Jahr den Garaus gemacht und ihn auf diese Weise für den Sabadillsamen entschädigt, den sie damals in Kopenhagen für ihn besorgen sollte, was sie dann aber vergessen hatte. Er war ein so schlechter Wirtschafter zu Wasser und zu Lande, daß sein Viehbestand an Land über eine Kuh und die sieben Hühner nie hinauskam, und als seine Frau die große Erbschaft machte und sie plötzlich Besitzer eines Motorbootes wurden, da verkaufte er dem Faktor das Boot für einen Spottpreis, weil der Faktor ihm sagte, daß Motoren an unseren Küsten ein Lotteriespiel seien, sie gingen sehr oft kaputt und der Unterhalt verschlang riesige Summen, es gebe genug Beispiele dafür, daß sich Männer in Reykjavik durch solche Boote ruiniert hätten, schließlich sei der gute Propst ja auch erst dann auf die Idee gekommen, solche Apparate zu kaufen, als er kindisch geworden war. Hans der Ladengehilfe war sehr froh, daß er diesen Apparat loswurde.

Wie stand es im übrigen mit dem Zusammenleben der Eheleute? Es war eine mustergültige Ehe. In diesem Haus hörte man nie ein böses Wort. Anfangs, solange Hans noch im Laden war, zeigte er reges Interesse an seiner Frau, manchmal kam er tagsüber ganz unerwartet nach Hause, spähte durch den Türspalt zu ihr ins Wohnzimmer hinein und machte sich schnell wieder davon, wenn sie allein war; wenn aber irgend jemand bei ihr war, blieb er stehen, bis der Gast ging. Er machte sich nichts aus Gästen. Und wenn seine Frau ausging, ging er etwa zwanzig Faden hinter ihr, und wenn sie ein Haus betrat, dann wartete er

auf der Straße, schaute nach dem Wetter und spuckte, und wenn sie lange in dem Haus blieb, klopfte er an die Tür und sagte, er warte auf seine Frau. Im Laufe der Jahre kamen immer weniger Gäste, und Rannveig, die Frau des Hans, ging immer seltener aus. Hans der Ladengehilfe aber behielt die Gewohnheit bei, im Herbst, wenn es abends wieder dunkler wurde, aus dem Haus zu gehen, er spazierte dann allein umher und sagte, er wolle nur nach dem Wetter schauen, oft kletterte er im Dunkeln heimlich über die höchsten Mauern und Zäune, oft kam er schmutzig nach Hause, manchmal von Stacheldraht zerrissen, völlig durchnäßt, wenn es regnete, mit halberfrorenen Fingern, wenn es kalt war. Manchmal gingen Hunde auf ihn los und bissen ihn.

In dem Frühjahr, als die kleine Katrin zehn Jahre alt wurde, bekam sie eine gefährliche Krankheit, die in keinem unmittelbaren Zusammenhang mit ihren früheren Erkrankungen zu stehen schien, es war etwas im Kopf, es begann mit einem leichten Stechen im Nacken und Mattigkeit, doch dann nahm das Stechen zu, und das Mädchen mußte mit hohem Fieber und immer stärker werdenden Schmerzen zu Bett gebracht werden. Ihre Mutter wachte Tag und Nacht bei ihr, nur hin und wieder wurde sie von ein paar guten armen Frauen für eine Stunde abgelöst. In einem kleinen Marktflecken erregt die Nachricht einer gefährlichen Krankheit allgemeines Interesse, auch wenn nur ein Kind davon betroffen ist, eine solche Neuigkeit bringt willkommene Abwechslung und Spannung in das Leben der Menschen, und alle fragten voller Mitgefühl, wenn sie einander trafen: Wie geht es der kleinen Katrin Hansdottir? Und als der Arzt an einem windstillen Frühlingstag, ungefähr zu der Zeit, als es hieß, das Mädchen sei schon ohne Bewußtsein, am herrschaftlichen Haus vorbeiging, da beugte sich die Frau des Faktors aus dem offenen Fenster, und auch sie fragte: Wie geht es der kleinen Katrin Hansdottir?

Es gab leider nicht viel Hoffnung, und schließlich beschloß der Arzt, einen letzten Versuch zu wagen und das Mädchen zu operieren. Man holte die Hebamme und eine andere Frau, die etwas von Krankenpflege verstand, und der Arzt betäubte die Kranke und meißelte ihr hinter dem Ohr den Schädel auf; es stellte sich heraus, daß sie im Gehirn ein Geschwür hatte, und er stach es auf;

gegen Abend kam das Mädchen wieder für eine kleine Weile zu Bewußtsein und blickte die Mutter an. Doch in der Nacht verschlimmerte sich ihr Zustand wieder, sie bekam schrecklichere Schmerzen als jemals zuvor und war wieder ganz ohne Bewußtsein. Der Arzt saß bis nach Mitternacht mit den Frauen am Krankenlager. Da war die Mutter so erschöpft, daß sie eingeschlafen war. Schließlich verabschiedete sich der Arzt und sagte zu den Frauen, sie sollten ihn gleich am nächsten Morgen rufen lassen. Es war eine entsetzliche Nacht. Das Mädchen konnte es vor Schmerzen nicht aushalten, und gegen Morgen bekam sie Krämpfe. Da wurde wieder nach dem Arzt geschickt. Als er kam, war die Mutter aufgewacht und saß mit ihrem Mädchen im Arm da. Das Mädchen war tot. Da ging der Arzt wieder nach Hause.

Kurz vor neun Uhr kam der Arzt am herrschaftlichen Haus vorbei, da beugt sich die Frau des Faktors wieder aus dem Fenster und fragt: Wie geht es heute der kleinen Katrin Hansdottir?

Sie ist tot, sagte der Arzt und ging weiter.

Da ging die Frau des Faktors auf ihr Zimmer, kämmte sich sorgfältig, zog die isländische Tracht an und setzte ihre schwarzsamtene Quastenhaube auf; sie hatte die Figur ihrer Mutter und würde mit den Jahren wohl etwas korpulent werden, das kastanienbraune Haar begann, grau zu werden; mit jedem Jahr wurde sie gesetzter und würdevoller, man sah sofort, daß sie eine wirklich vornehme isländische Dame war. Sie ließ den Faktor aus dem Büro holen und sagte zu ihm, er solle sich rasieren, seinen Gehrock anziehen, sich einen engen Kragen umlegen und einen steifen Hut aufsetzen. Die kleine Katrin Hansdottir ist nämlich gestorben, sagte sie.

Dann gab sie den Arbeitern Anweisung, die kleinen Tore auf beiden Seiten der Hauswiese des Faktors aufzumachen, das Tor hinter dem herrschaftlichen Haus und das Tor hinter dem Haus des Hans, und sie rissen das völlig verrostete Stacheldrahtgewirr ab und entfernten die Bretter, mit denen die Tore vernagelt waren. Dann hüllte sich die Frau des Faktors in ein schwarzseidenes Umschlagtuch und verließ am Arm ihres Mannes das Haus. Und Arm in Arm gingen sie an diesem sonnigen Frühlingstag über die leuchtendgrüne Wiese, dunkel gekleidet, stumm und feierlich.

Hans der Ladengehilfe machte ihnen die Tür seines Hauses auf. Der Faktor legte seinen steifen Hut und den goldverzierten Ebenholzstock auf den Wohnzimmertisch und folgte dann in einigem Abstand seiner Frau in das Schlafzimmer. Fräulein Rannveig war eben mit dem Aufbahren ihres Kindes fertig geworden und stand erschüttert und tränenüberströmt am Kopfende, als sie ihre Schwester bemerkte, die nach all diesen Jahren auf der Türschwelle stand, großartig und vornehm.

Es heißt, der Vater der Nornen habe einmal alle Nornen zu einem Fest geladen. Die meisten kannten einander von früher, nur zwei hatten sich noch nie zuvor gesehen, als der Herr sie in seinem großen Saal zusammenführte. Wie sie hießen? Die eine hieß Aufrichtigkeit, die andere hieß Wohlanständigkeit. Dieses große Fest beim Herrn fand genau heute statt, und diese beiden Nornen trafen einander zum ersten Mal, sie begrüßten sich mit einem innigen Kuß vor dem Angesicht des Herrn. Der Leichnam der kleinen Katrin Hansdottir war das Unterpfand ihrer Verwandtschaft.

1933

»Und die Lotosblume duftet…«

I.

Ich bin erst zehn.

Und im Straßenschmutz liegen Stummel von den unterschiedlichsten Zigaretten, die die Leute ausgespuckt haben. Da gibt es die »Kamel«-Zigaretten; auf den Packungen ist ein Kamel abgebildet, das mit einem Höcker auf dem Rücken durch die Wüste segelt. Und der Beduine ruht unter einer Palme in der Oase und traktiert sein Kamel mit Schiffszwieback; die Kiefer der beiden bewegen sich im Takt, während sie kauen. Und es gibt die Zigarette »Glücksstreich«, die die Menschen schlagartig glücklich macht. Und es gibt die »Drei Burgen« mit Kork am Ende, die auseinander herauswachsen, zwei Schachteln für fünfundzwanzig Cent, grün wie der Rasen im Union Park am Abend nach einem Regenschauer, wenn die elektrischen Lichter auf die Nässe scheinen. Und schließlich gibt es die »Yorktown«-Zigaretten zur Erinnerung an den Unabhängigkeitskrieg, an George Washington und die ganzen Leute – aber sie brennen schlecht.

Eigentlich ekeln sich unsere kleinen Finger sehr davor, Zigaretten aus dem Schmutz aufzusammeln. Aber in einer Dachkammer in der Howard Street gibt es einen alten Mann, der so etwas kauft. Er hat unglaublich viel Lebenserfahrung, denn er hat siebzig Jahre lang den Leuten Glasscherben, Lumpen und verrostete Blechdosen abgekauft und gerufen: Lumpen, Glasscherben, Blechdosen, meine Damen und Herren, Blechdosen, Glasscherben und Lumpen. Jetzt ist er ein Lumpensammler im Ruhestand, sitzt auf einem Brett in einer Ecke und frönt dem Rauchen. Am Morgen

steht er vor Tagesanbruch auf, schleicht die Gehsteige entlang und hebt behutsam die Deckel von den Müllkübeln, die abends hinausgestellt werden, damit der Müllmann sie in der Morgendämmerung auf seinen Karren entleert. Und der alte Mann stöbert in den Müllkübeln herum und findet Schalen von Apfelsinen und Bananen und andere herrliche Schalen und Brotrinden nebst zähen Fleischbrocken, die wählerische Damen in der Stadt ausgespuckt haben. Dann geht er nach Hause und bereitet sich ein Mittagessen. Und wenn du genug Zigarettenkippen findest, um die Tasche deiner Jacke, die viel zu groß ist, damit zu füllen, dann feilscht er eine halbe Stunde lang mit dir herum und bezahlt dir fünf Cent; denn er hat so viel Lebenserfahrung. Du liebe Güte, wie schmutzig man an den Händen wird.

2.

In Wirklichkeit ist das Zigarettensammeln nur ein Nebenerwerb für unseren Sohn, der wie ein schmutziger Wurm durch die glitzernden Millionenwerte auf der Market Street kriecht. Die Gesellschaft hat ihn dazu bestellt, alte Zeitungen zu sammeln. Er hat einen großen Sack dabei. Und es vergeht kein Tag, ohne daß er seinen Sack prall füllt, denn er hat sich ein Ziel gesetzt, nämlich nie nach Hause zu kommen, ohne seinen Sack prall gefüllt und für zwölf bis fünfzehn Cent bei der Obermüllzentrale verkauft zu haben, wo alle Abfälle hingebracht werden, damit sie zu neuem und besserem Abfall werden. Er geht dieser Tätigkeit schon seit einiger Zeit nach, um für den Unterhalt seiner Mutter zu sorgen, die schwer krank ist. Ihr Stöhnen ist schneidend scharf wie ein Rasiermesser. Er arbeitet immer für fünfundzwanzig Cent am Tag, und auf der einen Seite des Geldstücks ist das Bild eines Vogels, der vergeblich die Flügel ausbreitet, das sind die Vereinigten Staaten von Amerika; auf der anderen Seite ist das Bild eines Mädchens mit nahezu nackten Schenkeln, das in der einen Hand einen Deckel trägt und in der anderen einen Stock, um damit auf den Deckel zu schlagen. Das ist die Freiheit.

Die Nacht senkt sich über die Leuchtreklamen am Strand des Stillen Ozeans. Das Palmoliveseifenmädchen streckt seine glühenden Wangen durch den Lichtschein, der von dem heiligen Namen Foster & Kleiser ausgeht. Und der Kamelzigarettenmann, mit steifem Kragen und auffälliger Krawatte, gibt mit einem Ausdruck herzlich resoluter Überzeugung und der Ehrlichkeit des Kapitalismus diese Erklärung ab: Ich habe sie alle probiert – gebt mir Kamel! Vergleiche George Washington: Vater, ich kann nicht lügen! Und Chrysler schreibt mit mannshohen elektrischen Buchstaben, daß er allen, die es wollen, zwei Automobile umsonst gibt, wenn sie nur in einer kleinen Lotterie gewinnen, und seine Worte leuchten in die Nacht hinaus wie ein heiliger Stern der Hoffnung, der den Bettler ohne Schuhe auf der Straße und den arbeitslosen Patrioten tröstet. Und der Lichterglanz der ehrwürdigen Tempel Kaliforniens, der Tankstellen, fällt auf die Boulevards; ihre weißen Säulen tragen anmutige Kuppeln auf dem Kopf. Es ist, als habe sich die Vorstellung von der Ruhe des Himmels für alle Zeiten in den billigen und pompösen Dächern dieser Zapfstellen niedergelassen. Und die Immobilienläden schauen mit weit aufgerissenen Augen die Straße entlang, diese kleinen, geheimnisvollen Häuser, die wie Bilder aus Kinderbüchern aussehen und an das Lebkuchenhaus im Wald erinnern. Die Wolkenkratzer des Himmels aber heben ihre vielen Stockwerke in olympischer Würde empor über den tausendstimmigen abendlichen Lärm auf der Market Street, wo die Nachrichten von Hearsts letzten Dollarmillionenmorden für nur drei Cent angeboten werden.

Dort müht sich der junge Mann ab, den wir gerade eben sahen, mit seinem Sack und der Tasche seiner großen Jacke voller Zigarettenstummel. Das ist mein kleiner Sohn, der Abfall aus dem Straßenschmutz aufhebt und hofft, daß seine Mutter am Leben bleibt, mein kleiner Bruder – ich. Und wenn ich einmal groß bin, will ich jedesmal, wenn ich Hunger habe, Braten kaufen können. Und wenn ich Durst bekomme, gehe ich einfach zu den Getränkebuden hin und sage: Eine Coca-Cola – als gehöre die ganze

Straße mir. Und wenn ich abends heimkomme, nehme ich meine Geige von der Wand.

4.

Jetzt ist es an der Zeit, nach Hause zu gehen, seinen Lohn abzuholen und eine Dose Bohnen zu kaufen. Aber der Verkehr auf der Market Street ist wie immer zu dieser Tageszeit, man kann sich nicht umdrehen auf der Straße, ohne dreizehn oder vierzehn Herren anzurumpeln, die fluchen und ausspucken, oder eine Gruppe von feinen jungen Damen, die sich auf keinen Fall schmutzig machen wollen. Und ununterbrochen brausen die Autos vorbei wie riesige, vierrädrige Ameisen, grün, rot, blau, vielfarbig, bunt. Und die Straßenbahnen bewegen sich in vorherbestimmtem Lauf auf ihren glänzenden Schienen, den Honig des Erdenlebens im Bauch, schwarze Leute und weiße Leute, Leute mit Mündern und Leute mit Mäulern. Und an jeder Straßenecke speien sie einen Bissen der Menschheit aus, mit gierigen Kiefern, überlasteten Geschlechtsorganen, kaputten Nerven, angegriffenen Lungen und verirrten Seelen. In einer großen Stadt gibt es relativ wenig Glück.

Zum Beispiel gibt es hier eine kleine, alte Frau mit großer Nase, herabhängenden Strümpfen und feuchten Augen. Es gibt vielleicht nicht viel, das verständlicher ist, als daß eine arme, achtzigjährige Frau feuchte Augen hat. Völlig unverständlich hingegen ist, wie sie bei diesem ganzen Trubel über die Straße kommen will. Natürlich würde es genausowenig Aufsehen erregen, wenn sie überfahren würde, wie wenn ein altes Huhn unter die Räder kommt. Hearst würde keinen einzigen Groschen daran verdienen, wenn er seine Zeitungen darüber schreiben ließe, das ist ganz sicher. Sie versucht immer, einen günstigen Moment abzuwarten, um hinüberzukommen, aber jedesmal, wenn sie es bis zur Mitte der Straße geschafft hat, kommen fünfhundert Automobile hintereinander, und dazu noch fünfundzwanzig Straßenbahnen. Also kehrt sie wieder zum selben Ufer zurück und stopft mit den Fingern das strähnige Haar unter ihren alten Hut, um die Aufmerksamkeit der Leute davon abzulenken, daß sie eine Nieder-

lage erlitten hat. Sie tut so, als ob sie eine Frau sei, die es sich nicht zu Herzen nimmt, wenn sie einen Mißerfolg hat, genausowenig wie ein zukünftiger Filmstar, der heute noch keine Rolle bekommen hat! Doch in Wirklichkeit ist sie schrecklich unglücklich. Seit achtzig Jahren hat sie ständig irgendwelche Mißerfolge. Tag für Tag seit achtzig Jahren will es ihr nicht einmal gelingen, ihre Strümpfe hinaufzuziehen. Und in Wahrheit hat sie sich diese Mißerfolge sehr zu Herzen genommen. Sie hat nie auch nur den kleinsten Fehlgriff getan, ohne sich ihn zu Herzen zu nehmen. Deshalb ist ihre Nase so groß. Deshalb sind ihre Augen so feucht.

Wie kommt es, daß die Leute nicht verstehen können, daß diese alte Frau die Straße überqueren muß? Wie kommt es, daß fünfzig Herren von verschiedenen Firmen fluchen und ausspucken müssen, weil sie unangenehmerweise mit ihr zusammenstoßen, und drei Dutzend vornehme Damen mit Tee und französischem Gebäck in den Eingeweiden sich an ihr schmutzig machen – und keiner versteht, daß sie die Straße überqueren muß? Hören Sie, liebe Frau, wollen Sie vielleicht über die Straße? Würden Sie mir gestatten, Ihnen zu helfen? Ich bin sehr geschickt, wenn es darum geht, sich zwischen den Wagen durchzuschlängeln, warten Sie, ich will meinen Sack hier an der Mauer abstellen. Halten Sie sich jetzt an meinem Arm fest, dann gehen wir über die Straße.

Hungrige Straßenjungen bemerken es gleich, wenn irgendwo jemand gestrandet ist, und es ist unser Freund mit dem Müllsack, der zu Hilfe kommt. Die alte Frau sagte nichts. Dann gingen sie über die Straße. Es war das erste Mal im Leben dieser Frau, daß ihr etwas Großartiges widerfuhr, und in einer solchen Situation werden die Menschen schweigsam. Es ist eine Tragödie, achtzig Jahre lang zu leben und dann zu sterben, ohne daß einem jemand über die Straße hilft. Doch es ist der Mühe wert, achtzig Jahre nutzlos zu leben, wenn einem nur einmal über die Straße geholfen wird, bevor man stirbt. Dann kann man frohen Herzens sterben. Und das war es, was sie spürte, die Arme, und deshalb schwieg sie, sonst hätte sie diesem Kind ihre ganze langweilige und unbedeutende Lebensgeschichte erzählen müssen. Und das war auch der Grund dafür, daß sie vergaß, sich zu bedanken. Sie wurde so verlegen, als ihr zum ersten Mal in all diesen Jahren eine leben-

dige Seele begegnete, daß sie sich beeilte, in der Menge zu verschwinden. Und sie verschwand.

Als der Junge wieder über die Straße kam, da war sein Sack verschwunden. Er war ganz und gar verschwunden, als ob der Asphalt ihn verschluckt hätte. Er suchte und suchte aufgeregt und hielt zwei Herren und eine Dame an und fragte, ob sie seinen Sack nicht gesehen hätten. Das war für ihn so wichtig, weil er seit dem frühen Morgen nichts gegessen und getrunken hatte, und er war den ganzen Tag lang damit beschäftigt gewesen, seinen Sack zu füllen, in der Hoffnung, eine Dose Bohnen kaufen zu können. Es ist, als ob einem der Asphalt unter den Füßen weggezogen würde, wenn man die letzte Hoffnung, sich eine Dose Bohnen kaufen zu können, verloren hat. Es ist, als ob man alle Standfestigkeit im Leben verloren hätte und mitten im Chaos frei im Raum schwebte und das Sonnensystem völlig durcheinandergeraten sei. Und man bekommt einen Kloß in den Hals, genau in die Mitte der Speiseröhre. Ich muß dann stets an das Gesicht meiner Mutter denken, das von Schmerzen gezeichnet ist, und an ihr Stöhnen, das schneidend scharf wie ein Rasiermesser ist. Nichts ist trauriger als das Bewußtsein, daß man sein ganzes Leben lang das Äußerste gegeben hat und daß alles umsonst war. Und wenn ich versucht habe, ein guter Junge zu sein, so war das auch umsonst. Mein ganzer Kampf und meine ganze Ehrlichkeit drehte sich um einen Sack mit alten Zeitungen voller Mordgeschichten, die ich aus dem Abfall aufgesammelt hatte. Und nun ist nichts mehr da.

Da steht ein kleiner Bursche an der Straßenecke und weint. Weshalb eine Geschichte darüber schreiben? Weshalb das Kind nicht in Ruhe weinen lassen? Es nimmt sowieso keiner Notiz davon!

Nein, ich kann das Weinen nicht mehr unterdrücken. Ich muß über die ganze Stadt hinausschreien. Das allein steht in meiner Macht, ehe ich sterbe. Ich habe so oft an Straßenecken mein Weinen unterdrückt, so oft leise mit meiner Mutter darüber gesprochen, welche Qualen ich unter den Füßen der Ungerechtigkeit erleiden müsse. Aber heute nacht will ich über die Stadt hinausschreien, über die ganze Stadt.

Jetzt wollen wir spaßeshalber unsere Geschichte im Stil von Geschichten, wie sie in der Sonntagsschule vorgelesen werden, zu Ende führen, etwa folgendermaßen:

Es war einmal ein kleiner, armer Junge in einer großen Stadt. Er hatte niemanden auf der Welt außer seiner kranken Mutter; sie wohnten in einem ungemütlichen Zimmer in einem Armenviertel. Dann kommt ein langer Bericht darüber, wie gut der Junge zu seiner Mutter gewesen sei. Er war überhaupt ein unglaublich guter und netter Junge. Anschließend wird erzählt, daß er am Sonntagmorgen immer in die Sonntagsschule gegangen und der fleißigste Junge in der ganzen Sonntagsschule gewesen sei. Nun folgt eine außerordentlich fesselnde Erzählung davon, wie er Jesus Christus nacheiferte, indem er einer alten Frau über die Straße half. Hier wird erwartet, daß allen Sonntagsschulkindern die Tränen kommen. Im Anschluß daran kommt etwas über einen schrecklich gottlosen und brutalen Verbrecher, der ihm seinen Sack wegnahm, während er Jesus Christus nacheiferte. Dann wird der Kummer des Jungen darüber beschrieben, daß die Arbeit eines ganzen Tages zunichte gemacht war, und dann kommt etwas in dieser Art:

Da mußte der kleine Junge plötzlich an Gott denken, von dem in der Sonntagsschule gesprochen wird, an den lieben Gott im Himmel, der allen seinen Freunden hilft, wenn sie in Not sind (und ihnen über den Wolken eine knusprige Pastete gibt, wenn sie gestorben sind). Und da erhob sich aus der sorgenvollen Brust des kleinen Jungen folgendes Gebet zu Gott, dem allmächtigen Vater, dem Schöpfer des Himmels und der Erde: O lieber Gott im Himmel, der du den Propheten Abraham aus dem Land Kanaan nach Ägypten geführt hast und von dort wieder ins Land der Juden und der du ein Loch ins Rote Meer gemacht hast ... und sie gingen durch das Loch ... jetzt bitte ich dich, in Gnade auf mich herabzusehen, einen kleinen Jungen, der an dich glaubt, und mir fünfzehn Cent zu schicken, um deines Sohnes Jesu Christi willen, der mit dir lebt und herrscht in Ewigkeit, amen.

Gott hat Erbarmen mit unschuldigen, reinen Herzen, die ihn im Geist und in Wahrheit anbeten und nicht die Sonntagsschule

schwänzen, und kaum hatte er das letzte Wort des Gebets gesprochen, da hielt vor ihm ein unglaublich prächtiger Rolls-Royce. Am Steuer saß ein außerordentlich schönes, elegantes und vornehmes Mädchen und an ihrer Seite ein ausgesprochen nobler und gütiger Herr, der ihr Vater zu sein schien. Das Mädchen öffnete die Wagentür, wandte sich an den kleinen, armen Jungen und sagte:

Warum weinst du, mein Kleiner?

Ich habe meinen Sack verloren, schluchzte der Junge. Aber ich hoffe, daß der liebe Gott, der den Himmel und die Erde erschaffen hat, mir helfen will, weil ich so tüchtig gewesen bin in der Sonntagsschule.

Mach dir keine Sorgen, mein kleiner Freund, sagte das Mädchen. Gott hilft allen Jungen, die sich selbst helfen, insbesondere, wenn sie weiterhin Gott gehorchen und gut sind zu ihrer Mutter und die Sonntagsschule besuchen. Gott hat deine Gebete heute abend erhört, mein kleiner Freund, und es hat ihm gefallen, mich als das Werkzeug in seiner Hand zu benutzen, um deine Bitte in Erfüllung gehen zu lassen. Hier, ich gebe dir einen ganzen Dollar. Aber du mußt gut darauf aufpassen.

So hilft Gott seinen Freunden, liebe Kinder, endet die Geschichte. Nun wollen wir darüber nachdenken, welche Lehre wir aus einer solchen Geschichte ziehen können, unseren Seelen zur Erbauung, und so weiter und so weiter.

Natürlich ist das eine Lügengeschichte. Denn dem kleinen Jungen fiel es nicht einmal ein, zum Mann im Mond zu beten, geschweige denn zu Gott. Die Erfahrung zeigt, daß arme Jungen meist nicht zu Gott beten. Das ist schrecklich traurig, aber wahr. Arme Jungen kämpfen, solange sie Kraft dazu haben, und wenn man ihnen die letzte Hoffnung genommen hat, dann schreien sie. Schließlich verhungern sie.

Tatsache war jedoch, daß der Junge plötzlich mit einem Silberstück in der Hand auf dem Gehsteig stand; die Wagentür schloß sich dicht vor seiner Nase, und ein Zwölftausend-Dollar-Auto fuhr geräuschlos davon. Der Fahrer reichte ihm allerdings keinen ganzen Dollar, wie es in den Geschichtenbüchern der Sonntagsschule steht, sondern nur einen halben, also fünfzig Cent. Ob es ein Mann oder eine Frau war, sah er nicht, wegen seiner Tränen.

Wahrscheinlich war es eine reiche Frau, die eine Wohltätigkeitsrunde durch die Stadt machte, um ihr Gewissen zu beruhigen, weil sie ihren Mann dazu aufgehetzt hatte, mit Schlägen und Schüssen gegen einige hundert arme Arbeiter vorgehen zu lassen, die wegen des Lohndrucks in seinen Fabriken in Carolina gestreikt hatten. Für den Jungen kam diese Änderung seiner finanziellen Situation allerdings so unerwartet, daß er weiterhin heulte wie ein Feuerwehrauto und es nicht fassen konnte, daß er mit der Hälfte eines allmächtigen Dollars in der Hand dastand, bis zwei Männer kamen und ihn durchschüttelten.

6.

In einem großen, heruntergekommenen Zimmer, das einmal das Atelier eines Bildhauers gewesen war, mit fleckigen Wänden, einem schlechten Bett, einer Geige und zwei schadhaften Stühlen liegt eine knochendürre Frau mit halbgeschlossenen Augen da. Ab und zu stöhnt sie laut auf vor Schmerz, dann erstirbt das Stöhnen wieder langsam. Weinen wäre wie Vogelgezwitscher im Wald gewesen im Vergleich zu diesem Stöhnen.

Es klopft. Herein kommt ein grobschlächtiger Mann mit enormen Backenknochen und Händen, die an einen Winterwald erinnern, die Glut des Fanatikers in den Augen und die Stiefel der Armut an den Füßen, schief und abgetragen.

Guten Tag, Frau Berta, sagt er. Wie ist das Befinden heute abend?

Oh, danke, sehr gut, sagt die Frau, und der Tod lächelt aus dem abgemagerten, blauen Gesicht mit den scharfen Zügen.

Ich dachte, Sie könnten vielleicht Appetit auf ein bißchen warme Suppe haben, die ich für Sie gekocht habe, Frau Berta, sagt der Mann und zieht eine kleine Flasche mit irgendeiner Brühe aus der Tasche.

Er spricht mit einem starken slawischen Akzent, und sein Haar erinnert an die Mähne eines schwarzen Pferdes.

Vielen herzlichen Dank, Entoskin – Sie sind immer so aufmerksam – das wäre nicht das erste Mal. Aber es ist, als ob alles, was ich hinunterschlucke, wieder nach oben wolle.

War der Kurpfuscher vom Volksspital heute schon da?

Oh, sprechen Sie nicht zu schlecht von ihm, lieber Entoskin. O ja, er hat vorbeigeschaut, der Gute. Warten, sagte er, Geduld haben und warten. Es könnte durchaus sein, daß ich einen Platz im Krankenhaus bekomme.

Darf ich versuchen, Sie mit dem Kissen etwas aufzurichten, Frau Berta, und Ihnen ein Löffelchen von der Brühe zu geben?

Er suchte einen Löffel, richtete die Kranke im Bett auf, goß aus der Flasche in den Löffel und flößte der Frau einige Male einen Löffel voll ein.

Das schmeckt aber gut, lieber Entoskin, sagte die Frau. Wenn ich es nur behalten könnte. Gott gebe, daß ich es behalten kann.

Nur nicht zu hastig, Frau Berta, wir wollen Gott aus dem Spiel lassen, wenn es Ihnen recht ist. Wir wollen versuchen, uns an Tatsachen zu halten.

Die Frau gab hierauf keine Antwort, und es entstand ein längeres Schweigen, während Entoskin ihr mit dem Löffel die Brühe einflößte. Als die Flasche halb leer geworden war, hob sie ihre abgemagerte Hand und sagte:

Ich danke Ihnen, lieber Entoskin, jetzt bin ich satt. Jetzt kann ich unmöglich noch mehr essen.

Oh, das schadet keinem, Frau Berta, ich glaube, Sie können unbesorgt die Flasche leeren. Das ist viel gesünder als das verdammte Gift von den Ärzten.

Ich danke Ihnen, lieber Entoskin. Sie sollten versuchen, nicht so derb zu sprechen. Die Ärzte tun sicher alles, was in ihrer Macht steht. Sie helfen vielen.

Und nach einer kurzen Pause:

Es hat mich sehr gefreut, daß Sie zu mir hereingeschaut haben, lieber Entoskin. Die Tage sind so lang.

Sie müssen verzeihen, daß ich kein Geld habe, um Blumen für Sie zu kaufen, Frau Berta.

Das hätte gerade noch gefehlt, daß Sie Geld ausgeben, um Blumen für mich zu kaufen! Gott verzeih es Ihnen, daß Sie von Blumen für mich sprechen, Entoskin. Hat man schon so etwas gehört! Blumen!

Wir wollen keine Götter um irgend etwas bitten, Frau Berta. Wir wollen versuchen, uns an Tatsachen zu halten, wenn Sie nichts dagegen haben.

Ach ja, lieber Entoskin… Aber ich würde mich wirklich freuen, wenn ich das behalten könnte.

Ich werde mich auf den Stuhl hier setzen, bis der kleine Bim-Bim nach Hause kommt.

Danke sehr, Entoskin. Es ist gut, jemanden in seiner Nähe zu wissen. Er kommt nun sicher bald, der liebe Junge, und dann nimmt er für Sie, lieber Entoskin, die Geige von der Wand. Der Arme, er hat jetzt keine Zeit mehr zum Üben und niemanden mehr, der ihn unterrichtet, seit der alte italienische Meister, der hier oben wohnte, verhungert ist.

Was würde ich nicht darum geben, daß Sie den Tag erleben, an dem Bim-Bim auf dem Podium im Exposition Auditorium steht, Frau Berta.

Doch es war, als sei die Frau wieder in einen Dämmerzustand gefallen. Sie lag bewegungslos mit halbgeschlossenen Augen. Schließlich stieg diese hilflose Überlegung aus dem Dämmerschlaf auf:

Gott hilft uns allen, wenn es ihn gibt.

Der Mann sah die Kranke eine Zeitlang mit schwermütigem, hoffnungslosem, mitleidvollem Blick an und antwortete nach einer Weile, ohne daß auch nur die Spur eines Vorwurfs in der Antwort zu hören war:

Ich verzeihe Ihnen, Frau Berta. Ich versuche das, was Sie sagen, auf die bestmögliche Weise auszulegen. Sie sagen »Gott«, aber ich weiß, daß Sie die Kraft der Nervenmuskeln in uns selber meinen.

Ja, selbstverständlich ist es das, was ich meine, stöhnte die Frau im Halbschlaf, denn sie hatte in keiner Sache mehr irgendeine bestimmte Meinung, doch im nächsten Augenblick begann sie zu zucken und stöhnte: Oh, jetzt muß ich mich übergeben.

Entoskin erhob sich, richtete ihren Oberkörper auf, holte einen Eimer und stützte sie, während sie sich erbrach. Sie spie unter schrecklichen Krämpfen, doch zwischen den Konvulsionen verschwand gleichsam alle Kraft aus dem ausgezehrten Körper. Es war beinahe, als wolle sich durch das Erbrechen ihr Inneres nach

außen kehren; das erbärmliche Röcheln mußte bis zur nächsten Straßenecke zu hören sein. Dann lag sie wie ein welker Halm in den Armen des Mannes und ließ den Kopf hängen. Er legte sie wieder vorsichtig auf das Bett zurück und versuchte mit seinen großen, ungeschickten Händen, es ihr bequem zu machen. Und die Schmerzensschreie erhoben sich aus ihrer Brust wie haarscharfe Rasiermesser, die sich einen Spaß daraus machen, in der Luft ihre Schneiden quietschend aneinanderzureiben.

Er nahm ihre dürre Hand in seine roten Pranken, dieser große, häßliche, grobknochige Mann mit Feuer in den Augen und schiefgelaufenen Schaftstiefeln an den Füßen, und drückte diese arme Kranke mit aller Kraft, bis die Haut über seinen Handknöcheln weiß wurde; es war, als glaubte er, er könne diesen sterbenden Knochen etwas von der robusten Gesundheit abgeben, die in seinem Körper steckte.

7.

Es klopft.

In der Tür steht ein alter, rundlicher Mann mit einem roten Gesicht über dem Brustkasten und einem weißen Band um den Hals. Die dicken, blauen Lippen, die wasserhellen Augen, das schweißnasse Doppelkinn, das völlig verrostete Brillengestell – alles zeugt von tiefer, herzlicher Nächstenliebe und wahrer Glaubensstärke. Er ist schwarz gekleidet.

Er wünscht fröhlich guten Abend, und seine Lippen heben sich über den Zähnen, wie wenn sich ein dicker Vorhang vor einer Bühne hebt, die einen frühlingsgrünen Wald darstellen soll. Er nimmt außerdem den schwarzen Hut vom schütteren, graumelierten Haar auf seinem Kopf und zieht sein Taschentuch aus dem Ärmel, um sich das Gesicht abzutrocknen.

Einen schönen guten Tag, Frau Berta, Gott zum Gruße, Sie Arme, sagte er. Geht es uns nicht ein klein wenig besser? fuhr er fort und sprach in der ersten Person Mehrzahl, wie ein Arzt. Doch, ein klein wenig, Frau Berta, wir sehen ein bißchen besser aus als beim letztenmal. Und guten Tag, mein Herr, es ist mir eine

Freude, Sie zu begrüßen. Einen schönen guten Tag, ich heiße Vater Johannes Baptist.

Entoskin ließ sich dazu herab, dem Geistlichen ein paar Finger seiner abenteuerlich großen Hand hinzustrecken, und durchbohrte seinen Bauch mit scharfen Blicken, ohne sich vorzustellen. Aber der alte Priester ließ sich dadurch nicht aus dem Konzept bringen, sondern setzte sich neben die Kranke auf das Bett, daß es krachte.

Tja, Frau Berta, meine Liebe. An uns zeigt sich die Wahrheit des alten Spruchs, daß der Herr zum Leiden stets auch Hilfe schickt. Ihre geduldige Selbstbeherrschung im Leiden erinnert an den Balsam, den die Engel in die Wunden der Märtyrer träufelten. Vor diesem Krankenlager könnten wir lernen, uns zu schämen, wir, die anderen, die wir uns ständig über Kleinigkeiten erregen – die eine Belanglosigkeit heute, die andere morgen. Welch ein Segen, vom Geist des einen wahren Glaubens erleuchtet zu sein und der Leiden des Erlösers gedenken zu können, während man selbst so sehr leidet – die eigenen Leiden zum Opfer dessen legen zu können, der uns alle erlöst hat – wie der Zins zum Kapital gelegt wird.

Ja, Vater Johannes Baptist, Gott hilft uns allen – hoffentlich.

Da haben sie recht, Frau Berta. Diese Wahrheit steht für alle Ewigkeit fest, wenn alles andere versagt hat: Gott hilft uns allen.

Entoskin war aufgestanden; er ging hinüber zu einer der Bretterwände und begann, die Flecken im Kalk in Augenschein zu nehmen, sie waren wie schlecht gezeichnete alte Weiber mit Nasen, die auf Pflöcke gesteckt waren, oder Pudelhunde mit Schnauzbärten wie Oberrichter.

Was Gott von uns verlangt, ist vor allem Geduld. Das Himmelreich ist die Frucht der Geduld, die wir darin zeigen, daß wir das Kreuz tragen. Je geduldiger wir unser Kreuz tragen, desto süßer wird die Frucht. Oh, freuen wir uns auf die Süße des Himmelreichs, wo wir das herrliche Angesicht des Vaters in Ewigkeit schauen dürfen!

Und als hierauf niemand etwas antwortete, fuhr der Priester fort:

Wem würde Gott eher helfen: denen, die unter dem Kreuz müde werden und keine andere Wahl haben, als hier auf Erden zu leiden, oder jenen, die die Zeit in sündhafter Sorglosigkeit ver-

streichen lassen, mit Filmvorführungen, Kartenspiel, Tanz, Fußball, ganz zu schweigen von denen, die all das Geld, das sie übrig haben, für Benzin und den Unterhalt von Automobilen ausgeben und Fahrten ins Blaue unternehmen, um Sonntag vormittags Golf zu spielen, ohne an einem Gottesdienst teilgenommen zu haben? Nein, Gott hilft solchen Leuten erst, wenn sie das Kreuz auf ihre Schultern genommen und gelernt haben, es mit Geduld zu tragen. Gott verachtet die Hoffärtigen und Leichtsinnigen, doch er liebt die Armen und Gequälten und hat ihnen verheißen, daß sie seines Gnadenreiches im Himmel teilhaftig werden, wenn sie glauben und die Gebote unserer heiligen Mutter, der Kirche, befolgen und regelmäßig die Sakramente empfangen. Frau Berta, es ist immer noch Gelegenheit, diese Gnadengeschenke anzunehmen...

Als die Sache so weit gediehen war, hatte Mr. Entoskin alle Geduld mit den Bildern an der Wand verloren. Nieder mit den Wänden und den Bildern an den Wänden! Er ging rasch hinüber zum Krankenbett, schlug vor dem Priester die Hacken zusammen wie ein Offizier und streckte seine rote Hand aus; seine Augen funkelten wie die Augen eines Filmschurken, während er diese Frage stellte:

Wo sind die Beweise?

Die ganze Würde und Andacht im Gesicht des Priesters sackte vor Überraschung und Schreck über diese unerwartete und unmotivierte Frage in sich zusammen.

Be-beweise? stotterte er, und alle Gesichtszüge waren schlaff wie die eines alten Seehasen, während er die Wildheit in den Gebärden des Fanatikers betrachtete. – Ich bitte um Verzeihung, aber ich fürchte, daß ich nicht genau verstehe, was Sie meinen.

Ich frage nach Ihren Beweisen, wenn Sie gesprochene Sprache verstehen. Die Beweise auf den Tisch, sage ich, die Tatsachen auf den Tisch, sage ich. Wir hier hören uns keine Ammenmärchen an; hier ist nicht der Ort für unverbindliches Geplauder, wir verlangen Beweismaterial. Ein Mann, der keine Beweise auf den Tisch legt, ist gebrandmarkt.

Lieber Entoskin, lieber Entoskin, stöhnte die Kranke, während der Priester den Angreifer ansah, ohne auch nur die Bohne zu verstehen.

Na, verstehen Sie das nicht, Sie jämmerlicher Mensch, daß Sie kaum durch die Tür hereingekommen waren, als Sie auch schon anfingen, dieser kranken Frau gegenüber allerlei Behauptungen aufzustellen über Gott, Opfer, Leiden, den Geist des Glaubens, die Erlösung, Zinsen, Kapital, das Kreuz, Filmvorführungen, die Geduld, den Unterhalt von Automobilen, das Himmelreich, die Kirche und Gnadengeschenke. Wer hat Ihr Wörterbuch autorisiert, wenn Sie so freundlich sein wollen?

Lieber Freund, wir wollen uns nicht so aufregen. Auch wenn wir vielleicht nicht einer Meinung sind, so wollen wir einander als Brüder betrachten gegenüber diesem ernsten Krankenlager. Sind wir denn nicht alle Brüder – gegenüber dem Ernst des Lebens, gegenüber den Leiden des Lebenden, gegenüber dem Tod?

Mag sein, daß wir Brüder gegenüber dem Leiden und dem Tod sind, aber wir sind zumindest keine Brüder in Gott, antwortete Entoskin. Und außerdem, ein Mann, der den Mord an den Hugenotten und die spanische Inquisition auf dem Gewissen hat, hat kein Recht, im Namen der Brüderschaft zu sprechen.

Ich spreche als alter, demütiger Diener der heiligen Kirche und in ihrem Auftrag. Meine Beweise sind keine anderen als Jesus Christus selbst, Gottes eingeborener Sohn, nebst den Auslegungen des heiligen Gotteswortes durch seine Kirche.

Endlich! Da haben wir es! Und weil das so ist, wollen Sie dann bitte eines tun? Bringen Sie doch diesen ihren eingeborenen Sohn Gottes her, wenn ich bitten darf; bringen Sie ihn genau hierher in dieses Zimmer! Wir wollen diesen Jüngling unter die Lupe nehmen, wir wollen sehen, welche Beweise er dafür hat, daß er der Sohn Gottes sei. Wir wollen ihn mit diesem seinem Vater hierher in dieses Zimmer kommen lassen, genau hierher in dieses Zimmer! Wir wollen diesen feinen Herrn persönlich begrüßen!

Gott ist zu jeder Stunde und überall in unserer Nähe. Und er läßt sich nicht verspotten...

Eh, eh, Gott, fiel ihm Entoskin ins Wort und schnappte nach Luft. Sie sprechen wie ein ganzes Irrenhaus. Sie haben keine Ahnung davon, was eine Tatsache ist. Sie wissen nicht, was die moderne Psychologie herausgefunden hat über die Nervenmuskelkraft im Menschen selbst. Sie haben keinen blassen Schim-

mer von ihren umfassenden, allgegenwärtigen Wirkungen, angefangen vom Bewegen des Chevreul-Pendels bis hin zur Heilung tödlicher Krankheiten in einem selbst, vom Bewegen eines kleinen Tisches bei spiritistischen Sitzungen in einem Wohnzimmer, ganz entgegen dem Gesetz der Schwerkraft, bis hin zur Ausführung von Großtaten, die die Welt in Aufruhr versetzen können. Sie haben keine Ahnung von der modernen politischen Theorie, die die Sozialisten in einem großen Teil der Welt in die Tat umsetzen und die zum Ziel hat, die Lebensumstände der Menschen auf geistigem und materiellem Gebiet so zu verbessern, daß kein Kind jemals mehr Abfall aus dem Straßenschmutz aufsammeln muß, um leben zu können, keine arme Fabrikarbeiterin jemals mehr die Sklavin gefährlicher Krankheiten wird wegen lebenslangen Nahrungsmangels, kein Künstler jemals wieder verhungert, kein Dichter jemals wieder verleumdet wird wegen seiner Wahrheitsliebe und Aufrichtigkeit, keine Kapitalisten sich jemals wieder wie Krebs im Körper der Gesellschaft breitmachen, keine Kirchen jemals wieder dem hungrigen Pöbel etwas von den Aussichten auf die große knusprige Pastete im Himmel vorlügen. Sie wissen nichts, gar nichts! Sie sind eine gigantische Pflanzschule kapitalistischer Erblügen aus der Zeit der Barbarei!

Gott vergibt allen, die gute Absichten haben, antwortete der Priester. Gott vergibt auch Ihnen, lieber Bruder.

Entoskin geriet etwas in Verwirrung angesichts dieser zweitausendjährigen Sanftmut des Katholizismus, und er stammelte:

Eh, eh? Gott? Vergeben? Mir? Was? Darf ich Sie bitten, ihm zu bestellen, daß ich ihn nie gebeten habe, mir zu vergeben!

Er vergibt Ihnen trotzdem.

Ich vergebe ihm nicht.

Es freut mich zu hören, lieber verirrter Bruder, daß Sie wenigstens eingestehen, daß es ihn gibt.

Wann wird die katholische Kirche endlich lernen, wie ein ehrlicher Mensch zu sprechen, der nur für das, was er auf dem Konto hat, einen Scheck ausstellt? Wann nimmt das ein Ende, dieser verantwortungslose Schwindel mit den ernstesten Aufgaben des menschlichen Geistes? Ich sagte, daß ich etwas, das es nicht gibt, nicht vergebe. Und ich mache mir nichts aus einer Vergebung

von etwas, das es nicht gibt. Außerdem ist der Begriff der Vergebung an sich nichts anderes als eine katholische Erfindung. Es gibt keine Vergebung auf der Welt – nirgends.

Die Beweise, mein Herr? – Um ihre eigene Methode anzuwenden.

Nein, ich bedaure. Sie könnten mich ebensogut bitten, den Beweis dafür zu erbringen, daß es am Grund des Meeres kein Loch gibt. Aber ich verbiete Ihnen im Namen der menschlichen Vernunft, bei meiner kranken Bekannten einzudringen und ihren Hausfrieden zu stören, indem Sie versuchen, ihr einzureden, daß es am Grund des Meeres ein Loch gebe. Die menschliche Vernunft verträgt alles außer Schabernack. Ammenmärchen gehen einfach zu weit. Ein Schelm, das ist es, was Sie sind, ein Gaukler, ein Narr, ein frivoler Komödiant, ein Hausierer.

8.

Während diese absurde Diskussion in vollem Gange war, kam Bim-Bim. Er trat ans Bett und umarmte dieses abgemagerte, blutlose Bild der Trauer, das einmal seine Mutter gewesen war. Er brachte eine Dose Bohnen und eine kleine Flasche Milch. Er gab ein wenig Öl in die Pfanne, schnitt Kartoffeln in Scheiben und hatte angefangen, sie zu braten, als Vater Johannes Baptist behauptete, Gott sei zu jeder Stunde in unserer Nähe. Er machte mit Wasser verdünnte Milch warm für seine Mutter, und der Streit um das Loch am Grund des Meeres endete damit, daß der Atheist und der Geistliche einander schweigend dabei halfen, der willenlosen Kranken, die während der Diskussion in einen Dämmerschlaf versunken war, diese Mischung einzuflößen. Dann kam schreckliches Stöhnen. Die Männer waren beide verstummt. Der Junge briet noch immer.

Und als er damit fertig war, holte er drei angeschlagene irdene Teller: Er teilte die Kartoffeln aus der Pfanne in drei Portionen auf und ebenso die Bohnen aus der Dose. Dann reichte er Vater Johannes Baptist und dem Atheisten Entoskin je einen Teller. Die Armen sind die gastfreundlichsten Menschen. Der alte Diener

des Papstes und der Repräsentant der menschlichen Vernunft saßen einander gegenüber, jeder mit einer kleinen Portion Kartoffeln und Bohnen, wie zwei Hühner. Der Priester sagte viele Worte voller Nächstenliebe und Glaubensstärke, ehe er sich dafür entschuldigte, daß er keinen Appetit habe. Er habe schon gegessen. Er ging sogar quer durch das Zimmer hinüber zum Gasherd, um seinen Teller zurückzugeben und dem Jungen die Wange zu tätscheln. Er sagte, daß Gott mit Wohlgefallen auf alle guten Jungen herabblicke, und sagte ihm, er solle daran denken, am nächsten Sonntag in die Sonntagsschule zu kommen. Und als Entoskin diesen Unsinn hörte, schwand ihm jegliches Verlangen, die Portion abzulehnen, und er leerte seinen Teller aus purem Oppositionsgeist und schmatzte nach Kräften, um dem Priester durch die Tat zu beweisen, daß ein Atheist mehr Takt hatte als ein Geistlicher und das annahm, was mit reinem Herzen in einem armen Haus angeboten wurde.

Während Entoskin mit dem Essen beschäftigt war, wandte sich Vater Johannes Baptist dem Krankenlager zu und machte Anstalten, sich zu verabschieden. Trotz der eben überstandenen Glaubensverfolgungen ließ er ein paar Worte darüber fallen, daß uns die gnadenreiche Umarmung Gottes offenstehe und daß die Kirche ihre Sakramente spende, wann immer die Kranke es wünsche. Doch die Frau hatte nur den Wunsch, in Frieden ihre Augen schließen zu dürfen, und das ist der vollkommenste aller Wünsche. Johannes Baptist fuhr fort, Worte des Glaubens und des Trostes zu sprechen, während Entoskin ihn mit unendlicher Verachtung ansah. Die Worte des Geistlichen waren wie altes Eisen, verrostet, aber sicher, sanft, aber weit hergeholt, wie der Abendstern, der über einer Ecke des Friedhofs aufgeht, wenn es dunkel wird – und unwiderlegbar, weil ihre Grundlage in den heiligsten und hilflosesten Träumen der Menschen bestand, die in ihrem Christus leiden und sterben.

9.

Während der Priester sprach, nahm der Junge die Geige von der Wand herunter und stimmte sie. Er hatte noch immer kein Wort

gesagt, seit er hereinkam, und er verhielt sich in allem, als ob niemand anwesend sei, abgesehen davon, daß er den Gästen zu essen gegeben hatte. Ein paar Töne, die nach Harmonie suchten, drangen aus der halb gestimmten Geige in den Raum hinaus, wie die zögernden Striche eines Menschen, der sich daranmacht, Vögel zu zeichnen. Entoskin hatte den Teller beiseite gestellt und sah aufmerksam zu, wie das Kind die Blätter auf dem Notenständer ordnete, den Bogen spannte und die Geige zur Probe an die Wange legte.

Eins, zwei, drei, und plötzlich ward Licht. Aus der dunklen Tiefe heraus strömte eine ganze Welt und schwebte in wundersamem Glanz durch den Raum. Das Wunderkind spielte die Anfangstöne des Konzerts Nr. 7 in D-Dur von Mozart. Jeder Punkt wurde gleichsam zu neuem, kraftvollem Leben erweckt, jeder kleinste Punkt. Die Existenz einer höheren Sphäre versteckt ihre Unaussprechlichkeit unter dem Deckmantel der trügerischen Wirklichkeit und öffnet der Hand des Virtuosen, die durch Opfer geweiht ist, ihre Pforten. Es ist die Hand des Virtuosen, die die Wirklichkeit aus dem Nichtssagenden heraushebt; die Lumpen des Elends fallen von der Nacktheit der Stärke ab wie eine Schale, die von einem Kern abspringt, so daß der Blick des Vernunftanbeters unsicher zu flattern beginnt, die Rede des Geistlichen mitten in einem Bibelzitat aufhört, die Qual der Kranken mitten in einem Seufzer. So erschuf der Mensch Gott nach seinem Ebenbild.

Der alte Mann gab es vorerst auf, sich zu verabschieden, setzte sich wieder auf die Bettkannte neben den bleichen Tod und starrte wie ein neugeborenes Kind den Meister in den Lumpen an – das vielgeplagte Märtyrerantlitz des Menschengeschlechts und seine heiligen, schmutzverkrusteten Hände, die dieses Evangelium hervorbrachten. Und Entoskin sah ihn mitten im Stück an, triumphierend ob dieses unwiderlegbaren, fleischgewordenen Beweises dafür, welche Macht in der Tätigkeit der Nervenmuskulatur verborgen ist. Und es loderte Feuer aus den Augen des Russen, während er dieses wissenschaftliche Ergebnis seinem Gegner in Gott schweigend übermittelte.

1928

Mein Freund

Mein Freund wohnte in dieser Stadt.

An den Nebeltagen des Herbstes wanderten wir hin und her durch ihre Straßen, ohne müde zu werden, zogen von einer Kneipe zur anderen, ohne betrunken zu werden, wir waren wie zwei unsterbliche Menschen; zwischen uns brannte das Weltlicht. Wenn es Mitternacht geworden war, begleitete er mich nach Hause. Dann begleitete ich ihn nach Hause. Anschließend begleitete er mich noch einmal nach Hause. Es fing schon an, hell zu werden.

Wir sprachen wie die Götter über die grundlegenden Probleme der Menschen und entschieden über ihr Schicksal wie die Nornen; wir verfügten über jene Kraft, die die Welt retten kann. Wir schafften den Militarismus in Deutschland ab und gründeten in der ganzen Welt kommunistische Staaten. An der Ecke vor der Bank war ein junges Mädchen, das schöne Blumen verkaufte.

Wir sahen die Welt aufsteigen wie eine sommerlich schöne Landschaft, die mit ihren Bergen, Gewässern und Wiesen aus den weichen Nebelwindeln der Morgendämmerung aufsteigt. Wir waren es, die die Welt erschufen. Wir bewunderten ihre Schönheit im Morgenlicht. Wir machten den Herbst zum Frühling, die Nacht zum Tag, den Nebel zum Sonnenschein. Wir nahmen alle, die in Bedrängnis waren, mit offenen Armen auf, und siehe: Blinde konnten sehen, Lahme gehen. Und zum Gott aller Menschen sagten wir: Deine Sünden sind dir vergeben.

Wir saßen am Freitag vor der Thomaskirche und schauten glücklich und zufrieden den Tauben zu, die an der Fassade und den laubgesägten Spitztürmen herumflatterten, während wir dar-

auf warteten, daß es zwei Uhr wurde und der Knabenchor zu singen begann. Keinem Menschen war der Heilige Geist in Gestalt der Taube einleuchtender und weniger rätselhaft, und die Lobgesänge auf den Herrn waren ein so fester Bestandteil unseres Daseins, daß selbst die h-Moll-Messe nur eine Stimme war, die uns diese Worte ins Herz flüsterte: Du bist er.

Zwei Menschen: ein Lobgesang. Zwei unsterbliche Menschen.

Ich besuchte ihn im Frühjahr, zu einer Zeit, als sich der Himmel am tiefsten und wärmsten über dem Land wölbte. Die Tauben, sagte ich, flattern immer noch glücklich und zufrieden an der Fassade der Thomaskirche herum. Er antwortete ärgerlich: Tauben fliegen schlecht. Und sie scheißen einem auf den Kopf. Er wälzte sich schlaflos und schwer atmend unter Schmerzen hin und her. Sieben Jahre lang hatte er mit dem Tod gekämpft; aber er hatte nie Ehrfurcht vor ihm. Er hatte auch nie Angst vor ihm. Er sagte nur: Ach, kann dieser verdammte Tod nicht endlich kommen.

Man hat mir erzählt, seine Totenmaske sei wie ein Schrei gewesen.

Herbst. Heute gehe ich einsam durch die Straßen dieser öden Stadt. Ich will schnell wieder fort, bevor es Nacht wird.

Das Blumenmädchen auf dem Markt ist eine alte Frau geworden.

1932

Zwei Mädchen

Im Frühjahr 1922 fuhr ich mit einem Frachtschiff der Hamburg-Amerikanischen Paketfahrt-Aktien-Gesellschaft in die Neue Welt. Das Schiff hatte nur eine Klasse. Wir waren zwölf Tage unterwegs und hatten Sonnenschein. Sowohl im Rauchsalon als auch im anderen Salon gab es ein Klavier. Es gab viele hübsche Mädchen auf dem Schiff. Deckstühle konnte man für einen Dollar mieten, Abfertigung beim Zahlmeister. Auf dem Schiff war ein Ehepaar aus Polen. Sie hatten in Papier eingewickeltes Schweinefleisch nebst einem Saiteninstrument dabei und saßen in einem Grüppchen irgendwo auf dem Achterdeck. Die Frau mußte ständig die Tränen ihrer Kinder trocknen.

Als ich den Wald betrachtet hatte, der verschwindet, wenn man aufs Meer hinausfährt, ging ich in den Salon. Dort machten natürlich hundert Spaßvögel ihre Witze, wie das so üblich ist auf Schiffen. Der Seekrankheit geht unnatürliche Fröhlichkeit voraus. Am Klavier sitzt ein Mädchen in einem beinahe unhöflich roten Kleid. Sie hatte eine Oberlippe, die zitterte, während sie spielte. Es hatte keinen Einfluß auf ihr Gewissen, daß sie mit der linken Hand bisweilen eine falsche Taste anschlug. Sie kniff die Augen zusammen und hörte mit einem Zittern um den Mund ihrem eigenen Klavierspiel zu. Sie hatte nicht den Ehrgeiz, irgendwelche bestimmten Töne zu produzieren, sie versuchte nicht, in ihrer Seele oder in ihrem Körper etwas Erhabenes wachzurufen, nur einen angenehmen Klang, irgendeinen harmlosen Allerweltsrhythmus, der so ungefähr zu diesem sogenannten Dasein überhaupt paßte. Ihre Persönlichkeit war dagegen ganz in dieser nervösen Oberlippe konzentriert, einem roten Querstrich in dem dunkeläugigen, blassen Gesicht unter einem roten Hut. Und wie

eine Art Hintergrund zu dieser persönlichen Oberlippe verbarg sich in der blutfarbenen Verpackung ein Körper mit schwellenden, gefräßigen Muskeln, ausgesprochen schweren Hüften, plumpen Knien und Fingern, die trotz sorgfältiger Maniküre grob, ja beinahe unanständig waren. Sie blickt vom Klavier auf und lächelt, als sie mich sieht; ihre Zähne sind weiß wie die eines Raubtiers.

Wir erkannten einander sofort, denn hier waren wir weder Individuen noch Personen, sondern nur zwei Menschen. So laufen zwei Menschen Gefahr, sich zu begegnen, irgendwo und irgendwann. Manchmal gehen die Blicke eines Mannes und einer Frau, die sich heute zum ersten Mal sehen und morgen für immer auseinandergehen, mit einem unbeschreiblichen Glücksgefühl einher. Ein Mann und eine Frau sind verschiedenen Geschlechts, so völlig unglaublich das auch scheinen mag. Wenn man von der Persönlichkeit und den individuellen Anlagen absieht, dann fallen beide unter eine Art von wissenschaftlicher Botanik, die ihrem Wesen nach vielleicht eine Art von Mythologie ist, doch mindestens tausendmal unterhaltsamer als die Psychologie. Nur die Oberfläche unseres Wesens hat eine persönliche Form angenommen. Die Tiefen selbst haben keine Form.

Tja, sagte sie, ich bin auf dem Weg nach Toronto, zu meinem Verlobten; da, ich trage einen Ring. Er hat mir das Geld für die Reise geschickt. War das vielleicht nicht nett von ihm?

Sie sitzt neben mir auf einer Bank draußen auf dem Deck, den linken Arm auf meiner Schulter; und legt ihre ringgeschmückte Hand auf mein Knie, um mich davon zu überzeugen, daß dies trotz allem eine weibliche Hand war, die in ihren Bewegungen alle Geheimnisse der weiblichen Natur barg.

Tja, sagte ich. Das ist nur so ein Ring. Nur so ein Etikett. Wer nimmt so etwas schon ernst?

Ich nicht, gab das Mädchen zu und sah zunächst verlegen auf ihren Ring, eine tiefsinnige Seele, die mit der Nichtigkeit der äußeren Form konfrontiert ist. Dann sah sie mir ins Gesicht, und ihre unschuldigen Augen wurden tief wie die eines kleinen Kindes. Wir waren, wie gesagt, keine Personen, die einander gegenüberstehen und wo die eine jeweils die Form der anderen besiegen muß, wir waren viel eher wie eine Theorie aus einem wissenschaftlichen

Werk – nur zwei Menschen, verschiedenen Geschlechts, losgelöst von Raum und Zeit. Und wir gaben uns die Hand darauf, wie zwei Kaufleute durch Handschlag bekräftigen, daß zwei mal zwei vier sei, oder so.

Wie man sich vorstellen kann, waren ihre Küsse sehr unpersönlich. Ich lebe und sterbe für die Liebe, sagte sie, und ihre heißen Lippen bebten auf meinem Gesicht wie ein elektrisches Kissen, das man in Schönheitssalons auf das Gesicht gelegt bekommt, Preis 75 Cent; ihre Küsse waren der Inbegriff aufrichtiger Gewissenhaftigkeit, wie sie sich sonst am deutlichsten in den dürftigen Opfern armer Landbewohner zeigt, die leben und sterben wie ein Teil des Windes und nach fünfzehn Jahren nur noch selten erwähnt werden. Es war, als ob sich diese Küsse nie losreißen könnten – sie saugten sich mit wachsender Heftigkeit immer fester, als wenn sie glaubten, sie könnten allen Honig der Erde stehlen, bis sie mitten in ihrem Eifer Hungers starben. Und im nächsten Augenblick sitzt die Frau wieder neben mir, ratlos und verzweifelt, wie ein geisterhafter Trinker, der weiß, daß es den Schnaps nicht gibt, weder in dieser noch in einer anderen Welt, der ihn betrunken machen kann; Gott hat ihm alles weggenommen, bis auf seine nicht zu stillende Begierde, die auf ewig wie ein Ozean ohne Ufer ist. Und sie wendet sich schließlich wieder mir zu, packt mich mit ihren Fingern und beginnt aufs neue, mich in ihrem Schmerz zu küssen. Lieber Gott, wie ich liebe, flüstert sie.

Pfui!

Ein Augenzeuge bleibt vor uns stehen und gibt seinem Mißfallen Ausdruck; es fällt mir natürlich nicht ein, seine kindlich groben Worte aufzuschreiben. All dies geschieht spät am Abend in der Dunkelheit auf dem oberen Deck. Es ist ein blutjunges Mädchen, das dort in einem kleinen Chor noch blutjüngerer Mädchen steht. O du junges, göttliches Ungeheuer, das du wie ein feuerscheues Rehkitz durch meine vereinsamte Seele tanztest auf der siebentägigen Bahnfahrt von Halifax nach Vancouver, es hätte zu deinem Zauber gepaßt, bei einem Waldbrand umzukommen. Gott hat diese fünfzehn Jahre alte Zeichnung mit fast keinen Strichen hingeworfen, diese halbfertige Hexe in einem karierten Mantel, die wie eine fremde Tonleiter aus der Verborgenheit der gesungenen

deutsch-slawischen Welt auftauchte und vor meinen Augen im unpoetischen westlichen Lärm verschwand – dieser unverfrorene, frisch erblühte Wildfang, der mir zwölf Tage meines Lebens Grimassen schnitt und mich Schwein nannte. Die Karos ihres Mantels waren etwa zehn Zentimeter im Quadrat.

Sie hatte ein kleines Gesicht mit Nase, Mund und zwei Augen. Es war zu Beginn der Bubikopfmode, und ihre Locken waren wie eine barocke Holzschnitzerei. Sie drehte sich nur um, wenn sie jemanden tödlich im Herzen verwunden wollte, denn obschon sie keine Frau war, geschweige denn eine schöne Frau, so kannte sie doch kein Erbarmen. Ihr Lächeln war unbewußt, kalt und grausam. Die kalten grauen Augen stellen Fragen über die geheimsten und verborgensten Dinge. Sie fragen nach deinem heiligsten Geheimnis, und du gibst es preis. Sie sehen dich mit kalter, vornehmer und animalischer Unpersönlichkeit an, bis du alles gesagt hast. Im nächsten Augenblick läuft sie zu einem geblümten Ball, der auf dem Deck liegt, und wirft mit ihm nach einem dummen tschechischen Jungen, um ihrer Verachtung für deine Geheimnisse und deine Geschwätzigkeit Ausdruck zu geben. Morgen trampelt sie auf dir herum wie eine Kompanie Soldaten. Obwohl der traumhafte Ursprung der Bewegungen dieses Bildes vor allem religiöse Gefühle weckte, konnte doch die raffinierte Geschmeidigkeit nicht verborgen bleiben, die das junge Raubtier auszeichnet, vielleicht hat es schon einmal Blut geleckt. Vielleicht hat es doch noch kein Blut geleckt. Weshalb opfere ich immer Ihnen, göttliches Kind – du, die du in Halifax die Hände nach mir ausgestreckt hast und mich nicht erreichen konntest?

Jedesmal, wenn du ein vollkommenes Geschöpf siehst, überkommt dich große Traurigkeit. Das ist die Wehmut, die zur Kunst gehört. Die Schönheit der Dinge ist wie ein nicht zu stillender Schmerz. Zum Beispiel dieses Mädchen, das ganz wider besseres Wissen Kinderschuhe trug und sich an seinen Waden einer besonderen Art von Rundung erfreute, die zu verfertigen dem Schöpfer der Welt nur dieses eine Mal gelungen ist. Der Kleidersaum reicht bis oben an die Kniescheibe, wenn sie gerade steht, so daß sich diejenigen, die hinter ihr stehen, davon überzeugen können, daß ihre Vollkommenheit vor allem in den Kniekehlen liegt. Und

171

dennoch ist das letzte Nachziehen dieser geheimnisvollen Striche immer noch in der Vorstellung des allmächtigen Gottes, des Schöpfers von Himmel und Erde, und seines eingeborenen Sohnes verborgen.

Ich sehe sie immer in einer Gruppe kleiner Mädchen. Sie sind immer sehr beschäftigt, wie nervöse Leute oder Müßiggänger. Manchmal verbirgt sich ein Schuldbewußtsein in ihrem Lachen. Doch so äußerst geschäftig sie auch immer waren, sie nahmen sich immer Zeit, wegen jeder kleinen Begebenheit anzuhalten, und wenn es nur ein seilhüpfendes Kind war. Sie steht inmitten der Schar von Freundinnen und genießt es zu kritisieren. Dann eilen sie wieder fort, so schnell sie können, wie Menschen, die man mit Versprechungen gelockt hat. Das Leben in ihnen lockt sie.

Sie ging morgens um acht Uhr an mir vorbei und trat mir auf die Zehen wie eine Kompanie Soldaten, während ich mir eine Zigarette anzündete. Dann drehte sie sich um, um mein Herz tödlich zu verwunden. Sie bat nicht um Entschuldigung, sondern schnitt mir eine Grimasse, um mir ihre Verachtung zu zeigen.

Bestie! rief ich, und das hatte zur Folge, daß ihre kleinen Mädchen sich umdrehten und mir Schimpfworte zuriefen. Von da an schnitt sie mir immer Grimassen, und ich ging ihr und ihrer Sippschaft aus dem Weg wie einem Wespennest. Die Geschichte von den Unannehmlichkeiten und Kränkungen, die mir dieses Kind verursacht hat, würde ein ganzes Buch füllen. Dabei wußte ich von Anfang an, daß ich der Überlegene war. Es war ein harter Kampf. Der Widerspruch zwischen dem halbfertigen Bild und dieser frühreifen Leidenschaftlichkeit war verbrecherischer Natur. Sie hatte sich vorgenommen, mich zu zertreten, doch als die letzte Stunde auf See gekommen war und wir wußten, daß wir uns in alle Ewigkeit nicht mehr sehen würden, da gab sie nach wie andere Frauen. Der Zug, der sie aus meinem Leben beförderte, fuhr am 23. Mai 1922 um 17.30 Uhr von Halifax ab – der Zug, der mich, den Vereinsamten, quer über den Kontinent brachte, zehn Minuten später. Die Reise geht zum Stillen Ozean – dorthin, wo alle Wasser zur Ruhe kommen. Und sie streckt beide Arme durch das Wagenfenster nach mir aus, als ihr Zug anfährt. Plötzlich sind ihre Augen, die mich ein letztes Mal anschauen, die Augen einer

Frau geworden, die Augen der einen, wahren Frau. Ich stehe an meinem Fenster im Zug auf der anderen Seite des Bahnsteigs. So entschwindet sie meinem Blick in die Unfaßbarkeit hinaus: beide Hände nach mir ausgestreckt in Ewigkeit.

Guten Tag.

Das Mädchen, das mich küßte, will mir mitten auf dem Atlantischen Ozean wieder die Hand geben. Ihr Gesichtsausdruck hat einen Anflug von kluger Verhandlungsbereitschaft, denn sie weiß, daß ich sie auf frischer Tat ertappte, als sie vorgestern abend auf dem Achterdeck den holländischen Ingenieur küßte, genau vierundzwanzig Stunden, nachdem sie mich geküßt hatte. Und gestern abend geschah folgendes:

Ein fünfzehn Jahre altes Bürschchen spielt immer dieselben Takte. Er spielt den Schluß eines alten schwäbischen Liedes. Seine Hosen sind viel zu kurz und eng, die Ärmel der Jacke zu weit und zu lang. Schneider, die für solche Leute nähen, müssen ganz besondere Spaßvögel sein. Wer würde denken, daß irgendein Mädchen so einen Dummkopf küssen könnte? Doch gestern abend sitzt sie mit dem Jungen auf dem Oberdeck. Sie bedeckt sein Gesicht mit ihren Küssen. Als ich vorbeigehe, blickt sie kurz auf, wie eine glückliche Mutter. Sie erkannte mich nicht wieder in ihrem Rausch. Sie deckt sein Gesicht wieder mit ihren Küssen zu, und der kleine Schwabe ist wie ein hypnotisierter Vogel in ihren Händen.

Jetzt sitzt sie wieder neben mir im Tageslicht, und die Maske, die ihre Angst verbergen soll, hat ein buddhahaftes Grinsen – ein Grinsen, das mich an den Tod erinnert, der die Leidenschaften heilt – an ihn, der uns allen Ruhe schenken wird nach dieser leidenschaftlichen Nacht. Mir scheint, daß diese Frau sich im Augenblick nichts sehnlicher wünscht. Und ich summe den Schlußtakt des alten schwäbischen Liedes, um sie auf die Probe zu stellen.

Ich liebe, antwortete sie.

Wie viele?

Viele? echote sie, verwundert über einen solchen Unsinn. Für sie gab es keine zwei Männer, und schon gar nicht noch mehr, sondern nur einen. Und sie fragte mit dem Vorwurf des Waisenkindes in ihren unschuldigen Augen:

Warum sind alle so böse zu mir – zu mir, die ich so liebe? Gott helfe mir, ich liebe so sehr. Ich bin so verliebt –

Ich möchte nicht Ihr Verlobter in Amerika sein, sagte ich.

Sie sah mich für den Bruchteil eines Augenblicks an, wie ein herrenloser Hund, den man geschlagen hat. Ihre Lippen zitterten beide, doch sie sagte nichts. Aber das war nur für den Bruchteil eines Augenblicks. Sie steht auf und geht weg, ihr Schritt schwankt vor Verzweiflung. Wer an die Heiligkeit menschlicher Gefühle glaubt, dem ist es gestattet, angesichts dieser Verzweiflung niederzuknien; aus irgendwelchen geheimnisvollen Gründen sind die menschlichen Gefühle am heiligsten, wenn sie hilflos sind. Und mich durchläuft ein sanfter Schauder bei diesem unvergeßlichen Anblick: Dort geht eine Frau, die liebt. Das ist die Hilflosigkeit selbst.

Du stirbst vor Liebe wie ein Hund, der seinen Geruchssinn verloren hat und seinen Besitzer nicht findet. Nehmen wir an, daß er niemandem zwischen Himmel und Erde gehört. Aber er ist trotzdem ein Hund, auch wenn er ein herrenloser Hund ist, und er ist genauso zottig und braun vor Gott, obwohl du ihn nicht gekauft hast.

1927

Eine Geschichte vom Hering

Der Hering ist wieder da.

Er war siebzehn Jahre lang fort, man hat ihn seit 1909 kaum jemals gesehen. Doch diesen Sommer läßt er wieder seine Gnadensonne über dem Dorf scheinen. Dieses wundersam launenhafte Tier aus der Tiefe des Meeres, es ist wieder da, um letzte Hand anzulegen an das Schicksal der Menschen.

Es ist der Hering, der die Menschen reich oder arm macht, ganz nach seinem Belieben. Er ist es, der ganze Dörfer errichtet und alles gedeihen läßt, er hat ausländische Kaufleute im Schlepptau, und sie lassen sich im Ort nieder und bringen ihr Schäfchen ins trockene, und er baut ihnen schöne Wohnhäuser am Hang. Er ist es, der die Gebäude ihrer Handelsfirmen rot, blau oder grün anstreicht und prächtige Schilder über dem Eingang befestigt. Und die Leute bekommen genug Arbeit; sie brauchen nur eine Stunde Schlaf pro Nacht, denn sie bekommen sowohl Stundenlohn als auch Prämien, und die Jungen können nach Reykjavik in die Schule, wenn der Winter kommt, und die Mädchen bekommen neue Kleider. Und die Häusler kaufen sich Pappe, um ihre Häuschen zu verkleiden, und sogar Farbe, so daß die Bruchbuden unten am Strand genauso farbenprächtig leuchten wie die Häuser des Kaufmanns. Und der Kaufmann macht ein Späßchen, wenn er sie im Ort trifft.

Und wenn das einige Jahre so gegangen ist, verschwindet der Hering. Die Netze werden wie gewohnt ausgelegt, doch die Heringsboote holen sie immer leer wieder ein. Da wird gefischt

und gefischt, Tag um Tag, doch man fängt nichts außer Seeungeheuern und Quallen. So vergeht ein Jahr nach dem anderen, der Fjord ist wie ein geleerter Geldbeutel. Wenn der Hering irgendwo gesichtet wird, dann kommen diese Nachrichten aus einer ganz anderen Ecke des Landes. Die mageren Jahre kommen in langen Reihen wie Kolonnen von Gerippen, die lautlos durch den Seetang schwanken.

Der Anblick des Dorfes wird von Jahr zu Jahr trauriger. Die Cutaways der Kaufleute werden immer abgewetzter und grünlicher, sie tragen ausgefranste Krawatten von damals und machen kein Späßchen mehr, wenn sie den Häusler im Ort treffen. Die Handelsfirmen schrumpfen, weil niemand mehr seine Schulden bezahlt, einige machen Bankrott, andere können sich durch die Gnade der Banken über Wasser halten, in der Hoffnung, daß kommende Jahre irgendeine Lösung bringen, und keiner kümmert sich mehr darum, die Flecken zu übermalen, die sich nach längeren Unwettern an den Häusern zeigen. Denn die Farbe bekommt Flecken, die Pappe Risse, das Wellblech auf den Dächern rostet. Die Häuser, die früher in allen Regenbogenfarben spielten, stehen jetzt nebeneinander wie grauscheckige Schindmähren, und manche verfallen ganz; die Leute lassen die Witterung nach Belieben mit ihnen umspringen. Die Pappefetzen an den Außenwänden flattern im Wind in alle Richtungen, die Leute lassen die Treppen morsch werden, so daß es lebensgefährlich wird, sie zu benützen, und die Windfänge verfallen, so daß es zum Hauseingang hereinregnet. Die Leute ziehen sonntags keine besseren Kleider mehr an, und wenn die Jugend tanzen muß, ist die Ziehharmonika kaputt.

Der norwegische Kaufmann, der einstmals der Krösus des Dorfes war, hat jetzt auf den Namen seiner Frau einen kleinen Kramladen unten am Fjord eröffnet und steht selber mit Frostbeulen an den Händen hinter der Theke und verkauft Kautabak für zehn Öre und Lakritze für zwei. Wer es kann, zieht weg, wer dableibt, arbeitet im Sommer beim Straßenbau oder als Knecht bei der Heuernte, und die Kinder und die Frau kümmern sich um das Wiesenstück, das Futter für eine halbe Kuh abwirft. Dann kommt der Winter.

Und die Männer essen Schwarzbrot und Wasserbrei unter der Petroleumlampe, umringt von der schmutzigen Kinderschar; sie gehen zehnmal am Tag in den Ort hinunter und sehen nach dem Wetter und bekommen steifgefrorene Finger, denn die Winterwinde pfeifen durch ihre bloßen und leeren Hände. Der Bezirksschreiber wirft ihnen vor, sie seien abgestumpfte Faulpelze. Er sagt, sie hätten genug Zeit, um Bücher zu lesen und sich zu bilden, statt in Küchen herumzulungern, im Ort zu stehen und zu frieren oder mit ihren Hintern die Ladentheken abzuwetzen. Und wenn Kulturförderer aus Reykjavik das Dorf besuchen und einen kostenlosen Vortrag über Spiritismus, Gesundheitslehre oder Politik ankündigen, dann wundern sie sich sehr darüber, auf den Zuhörerbänken nur den Pfarrer, den Bezirksrichter und den Arzt zu sehen. Sie verstehen nicht, daß der Häusler, der all diese langen Jahre hindurch einen Kampf gegen den Niedergang des Fischfangs und gegen Schulden und Hunger geführt hat, anderen Göttern opfern muß als den Musen und sich ernsteren Problemen gegenübersieht, als daß er Lust hätte, sich endlose Reden über die Dekorationen, die die Wände im Festsaal des Lebens schmücken, anzuhören. Die religiösen Bewegungen interessieren ihn nicht, denn der Hering hat sich nicht mehr sehen lassen, seit der kleine Jonsi geboren wurde, und auch für die Politik und die Gesundheitslehre hat er nichts übrig, solange es nicht sicher ist, ob ihm der Kaufmann noch eine Handvoll Mehl auf Pump gibt.

Nein, sie kümmern sich nicht einmal darum, ihre Kinder aufzuziehen, ihre Kinder sind ihnen so egal, wie einem Kinder überhaupt egal sein können. Sie setzen nur jedes Jahr noch eins in die Welt. Aber das ist nicht deshalb, weil ihnen Kinder so viel Freude machen, und auch nicht, weil sie Kinder so gern haben, wie man erwarten würde, sondern aus ganz anderen Gründen.

Und die Kinder werden am Strand und im Garten groß, oder auf der Straßenkreuzung und am Bach, und lernen zu fluchen, bevor sie sprechen, und zu stehlen, bevor sie etwas verstecken können. Und dem Bezirksschreiber und dem Pfarrer der Freikirche kommen Tränen in die Augen ob dieser Verdorbenheit. Doch diese guten Männer haben nicht bemerkt, daß das Fluchen allmählich nachläßt, wenn die Kinder zehn Jahre alt sind, und die

meisten von ihnen, wenn sie das Konfirmandenalter erreicht haben, im Durchschnitt kaum mehr fluchen als die Erwachsenen.

2.

Doch in diesem Sommer kommen die Heringsboote wie einst zu jeder Stunde des Tages und zu jeder Stunde der Nacht randvoll beladen vom Fjord draußen herein. In diesem Sommer verschwindet wieder wie einst der Unterschied zwischen Tag und Nacht in diesem Dorf am Fjord zwischen den Bergen. Die ganze Nacht mischt sich das Motorengeräusch auf dem Fjord draußen mit dem Lärm der schlaflosen Menschen, die dabei sind, Geld zu verdienen.

Drunten auf den Kais wimmelt es von Frauen verschiedensten Alters und verschiedenster Art. Sie tragen die unglaublichsten Jakken und Kittel, und jedes Kleidungsstück ist im Stil jener ungekünstelten Schönheit gehalten, welche allein durch die Bedürfnisse des Alltags entstehen kann. Dasselbe gilt für all die herrliche Vielfalt der Hüte, Mützen und Kappen, die man hier sehen kann. Das weibliche Wesen gibt es nicht, das in diesen Tagen nicht den heiligen Bezirk des häuslichen Herdes verlassen hat, um die Herrlichkeit entgegenzunehmen. Die Mütter stecken ihre Säuglinge in die Wiegen und gehen hinaus, um auszunehmen, die jungen Mädchen verlassen überstürzt ihre Nähtische und die ungezogenen Nadeln, die während der ganzen Backfischzeit ihre Träume zerstochen haben, und die alten Jungfern springen mitten in einer halberzählten Geschichte auf und lassen die Kaffeekanne samt Filterbeutel im Stich. Die Boote schmiegen sich an die Kais wie Verliebte; dort stehen die Männer mit Keschern bis zu den Knien in der Herrlichkeit und schaufeln aufgeregt und voller Schuppen den glitzernden Wunderfisch in die Kisten auf dem Kai, während die Frauen schon ihre Messer bereithalten. Welch ein Jubel, welch eine Geschäftigkeit. Nach siebzehnjähriger Abwesenheit ist der Herr wieder da.

Es gibt nur einen Gedanken, der im Ort gedacht wird, ein Wort, das gesprochen wird, oder besser gesagt: um dieses eine Wort und diesen einen Gedanken drehen sich alle anderen Worte und alle

anderen Gedanken: Hering. Was in Klondike Gold genannt wurde, heißt in den Fjorden Hering. Über dieses gesegnete Tier wird in jeder Küche und in jedem Gemüsegarten gesprochen, man spricht von ihm am Bach und auf der Straßenkreuzung und am Strand. Selbst in den Stuben des Pfarrers, des Arztes und des Bezirksrichters hört man nichts anderes als das Neueste über den Hering. Vor zwei Wochen lag das Dorf in einer siebzehn Jahre alten Verdammung, doch nun heißt es in der Bank, daß während der letzten Wochen ein Vermögen von einer Million Kronen dem Meer entrissen worden sei. Vor zwei Wochen stand der Häusler auf seinem Wiesenstück und wurde mit jedem Sensenschnitt entschlossener, um Unterstützung von der Gemeinde anzusuchen, denn das Gras war kümmerlich, und es lag auf der Hand, daß das bißchen Heu, das die Wiese abwarf, nie ausreichen würde, um die halbe Kuh zu füttern, die ihm zusammen mit seinem Schwager gehörte. Jetzt hatte der Hering eine durchgreifende Veränderung dieses sogenannten Daseins bewirkt, das für die Leute hier im Dorf vor allem eine Plage gewesen war; der Fjord schien unerschöpflich zu sein, und der Anteil des Häuslers würde nicht nur ausreichen, um die Schulden zu bezahlen, sondern ihm sogar gestatten, genug Schnaps für Weihnachten zu kaufen, falls sich die Hoffnung auf Herbsthering erfüllte.

Innerhalb kürzester Zeit geschehen so viele schicksalsträchtige Dinge, daß sie ausreichen würden, um jede durchschnittliche Chronik in eine Sammlung von unglaubhaften Fabeln zu verwandeln, wenn sich jemand die Mühe machte, sie aufzuschreiben. Habenichtse werden steinreich und brauchen dazu nicht länger, als eine gewöhnliche Sauferei dauert; Bankrotteure schnellen wieder nach oben wie der Kork eines Spielzeuggewehrs, bevor man Zeit hat, sich eine Prise zu genehmigen. Kerngesunde Wikinger verausgaben sich so, daß sie erschöpft auf dem Plan zusammenbrechen, die Sprache verlieren und mir nichts dir nichts den Geist aufgeben. Ehrbare und ruhige Männer werden von den schlaflosen Nächten und der Überanstrengung aggressiv und ziehen grölend und mit feuerroten Augen durch die Straßen, zertrümmern Fensterscheiben, lästern Gott und gehen auf Leute los. Todkranke Männer erheben sich aus dem Bett, werfen dem Arzt

den ganzen Arzneikram ins Gesicht und verdingen sich an die Netze. Es gibt sogar Beispiele dafür, daß Frauen Geburtswehen bekommen, während sie an den Heringskisten stehen, und daß man sie unter Ausübung von Zwang davon überzeugen muß, daß es besser für sie ist, wenn sie währenddessen irgendwo hingehen, wo nicht alle Leute zuschauen können. Nach einer Weile kommen sie wieder und machen weiter mit dem Ausnehmen, als ob nichts geschehen sei, und die Kühe dringen brüllend in die Gemüsegärten ein, um nach ihren Melkerinnen zu suchen, und zertrampeln aus reiner Bosheit das ganze Kartoffelkraut, bis irgendein Junge vom Kai unten mit einem großen Hering in der Hand hinaufgeschickt wird, um sie zu vertreiben. Und er schlägt nach ihnen mit dem Hering.

3.

Einer der Rücken, die sich neben den Kisten krümmen, in ständiger Unregelmäßigkeit beugen und wieder aufrichten, ist gekrümmter als alle anderen; er ist so krumm und steif, daß man glaubt, man müsse eigentlich von Glück sagen, daß er nicht schon längst gebrochen ist. Das ist der Rücken einer uralten Frau, die Kata in Vör heißt. Sie trägt eine völlig zerrissene, abgetragene Männerjacke und einen Rock aus Sackleinen, der wahrscheinlich dieselbe Farbe hatte wie jeder andere Sack, als er jung war, aber jetzt wie ein alter Sack aussieht, der lange mit Abfall gefüllt unten am Strand lag. Um den Hals hat sie einen braunen Fetzen, auf dem Kopf einen ramponierten Südwester und an den knotigen Füßen irgendwelche Ungetüme, von denen keiner glauben würde, daß es Schuhe seien, wenn man nicht annehmen müßte, daß das, was Leute im allgemeinen an den Füßen haben, zu dieser Spezies gehört. Wenn ihr jemand ins Gesicht schaut, dann sieht er ein runzliges Greisinnengesicht mit einem einzigen großen Zahn, feuerroten Augen und einem schütteren Bart am Kinn. Ihre Hände sind kraftlos, dürr und knotig vor Alter und wirken wie alte Lappen, und es kommt einem wie ein Wunder vor, daß solche Hände ein Messer halten können. Und dennoch neh-

men diese alten Hände schon seit sechs Uhr heute morgen aus. Im Alter von neunzig Jahren ist sie um sechs Uhr heute morgen aus ihrer Bettlägerigkeit aufgestanden und hat den lieben langen Tag ununterbrochen ausgenommen. Sie hat den ganzen Tag nicht ein einziges Wort gesagt und weder nach links noch nach rechts geschaut, aber dennoch hat sie nur drei Fässer ausgenommen, nur drei Fässer, insgesamt zwei Kronen fünfundzwanzig. Diese Frau hätte es verdient, eine Prämie zu bekommen, und wenn es nur dafür wäre, daß sie so alt ist, aber sie bekommt keine Prämie.

Sie ist eine alte Heringsalzerin von hier aus den Fjorden und hat manchmal vierzig Fässer am Tag ausgenommen und eine doppelte Prämie bekommen. Doch heute steht der zweite Lagerarbeiter am Fässerstapel und hat eine Strophe gedichtet, die rasch überall auf dem Kai die Runde macht:

> Kommst du auch aus deinem Bett?
> Kata, das ist wirklich nett!
> Das Heringsalzen muntert auf.
> Die Alte, die versteht sich drauf.

Diese Strophe wurde von da an jeden Sonntag im ganzen Ort gesungen. Keiner erinnert sich mehr daran, als Kata in Vör eine Prämie bekam; keiner erinnert sich an die Zeit zurück, als sie im Wal arbeitete, für wie tüchtig sie galt, wie oft sie den Propheten Jonas ausstach, der nur drei Tage im Wal war. Und sie hatte ein Haus voller Kinder, wie viele Walarbeiterinnen, denn die Frauen wurden so fruchtbar in der Nähe dieser großen Fische; und auf ihre alten Tage wohnte sie bei einem ihrer Söhne, einem bettelarmen Häusler im Fjord, und seiner Frau. Jahrelang hatte sie den Hering herbeigesehnt, wie eine Heilige, die auf den Erlöser wartet in seinem gesegneten Haus. Und jetzt ist der Hering wieder da.

Viele Jahre lang hatte sie zugesehen, wie ihre Enkel auf die Welt kamen, um alle am selben Hungertuch zu nagen. Die kleinen Kinder kommen genauso auf die Welt wie weiße Wölkchen, die am klaren Himmel von selbst entstehen und als Regen enden. Und sie hatte eine Freundin, die Gemeindearme droben im Jökuldalr war. Die beiden hatten zusammen im Wal gearbeitet und hatten

beieinander Kaffee getrunken und über den Wal gesprochen. Dann kamen sie an den Bettelstab. Und die Alte droben im Tal schickte ihr jedes Jahr eine kleine Tüte mit grobem Wollgarn. Und Kata in Vör saß in ihrer Ecke und strickte aus der groben Wolle Handschuhe, die für ein paar Öre verkauft wurden. Das Geld floß in den Haushalt des Sohnes, aber wenn jemand ins Tal hinaufging, kam es oft vor, daß Kata die Reisenden bat, ein paar Kaffeebohnen in einem Tuch für die alte Frau im Tal mitzunehmen. Dann starb die Alte im Tal.

> Kommst du auch aus deinem Bett?
> Kata, das ist wirklich nett!

Wie einst steht sie wieder über Heringskisten gebeugt und erlebt an einem langen Tag noch einmal ihr ganzes Leben. Sie erlebt noch einmal den ganzen endlosen Regen an einem endlosen Regentag. Außer den Pfarrern wußte niemand mehr, wo und wann sie geboren wurde und wer ihre Eltern waren; die Ereignisse des Lebens waren ihr stets lautlos aus den Händen geglitten, wie ausgenommene Heringe. Sie erinnerte sich nicht einmal an ihre Abenteuer, als sie ein junges Mädchen war. Sie erinnerte sich nur dunkel daran, daß sie mit ihrem Mann auf einer Walfangstation im Ostland gewohnt hatte, in einem kleinen Haus direkt am Fjord, und daß sie viele ungezogene Kinder bekommen hatte. Sie wußte nicht mehr viel über diese Kinder, nur daß sie kamen und gingen. Woher, wohin – sie hatte nie danach gefragt.

> Das Heringsalzen muntert auf.
> Die Alte, die versteht sich drauf.

Das ist der lächerliche Kehrreim der Welt zu dem ganzen langen und nichtssagenden Abenteuer.

In Wirklichkeit hatte sie keine schönen Erinnerungen aus ihrem ganzen neunzigjährigen Leben, doch glücklicherweise hatte sie auch nie auf schöne Stunden Anspruch erhoben, schon gar nicht für sich selbst – überhaupt nie damit gerechnet, daß es schöne Stunden gab. Es war ihr nie in den Sinn gekommen, daß es etwas

Derartiges geben könnte. Sie hatte dem Himmel für den Wal gedankt, solange es Wal gab, und für den Hering, solange es Hering gab; dann hörte der Wal auf, und der Hering wurde die Krone des Lebens; dann verschwand der Hering, und sie hörte auf, dem Himmel zu danken. Während der guten Jahre war manchmal guter Kaffee gekocht worden, doch es gab nur selten Milch dazu, und nie war der Wohlstand so groß, daß nicht der Zucker knapp gewesen wäre. Die Männer hatten sich während der guten Jahre auch Schnaps gekauft und Saufgelage veranstaltet, wann immer Gott und der Wal es erlaubten, aber Kata hatte sich nie an Schnaps gewöhnen können. Sie wischte nur das Erbrochene auf.

Das soll nicht heißen, daß die wenigen Erinnerungen, die sie an ihr ganzes langes und regengraues Leben hatte, schmerzhaft oder bedrückend waren. Schon gar nicht hatte sie das ertragen müssen, was die Dichter Leid nennen. Sie hatte überhaupt nie etwas von dieser Art erlebt. Sie hatte nur viel Zank erlebt. Ihr ganzes Leben war eine ununterbrochene Zankerei, sinnlos und unverständlich. Es gab das Gezänk der Männer und das Gezänk der Frauen, das Gezänk des Ehemannes und das Gezänk der Kinder, das Gezänk der Heringsprüfer und der Vorarbeiter und schließlich auch noch das Gezänk des Kaufmanns, des Pfarrers und des Gemeindevorstehers. Nun konnte sie dem Himmel dafür danken, daß sie wenigstens schwerhörig geworden war, so daß sie das Gezänk der Leute nicht mehr hörte. Das Leben war nichts als Zankerei. Von ihren Jungen waren einige auf See geblieben, andere an Land gestorben, einige waren irgendwo. Dasselbe galt für die Mädchen. Ihr Mann hatte vor fünfzig Jahren mir nichts dir nichts seinen Geist aufgegeben und war vorschriftsmäßig beerdigt worden, und der Pfarrer hatte das Seine bekommen, wie es Vorschrift war, genauso wie der Kaufmann. Sie wußte genau, daß sie jedem das Seine bezahlt hatte. Und sie wußte genau, daß sie heute morgen ohne Schulden aus dem Bett gekrochen war, um sich ihr Essen zu verdienen wie andere Leute, weil der Hering wieder da war.

Es wird dunkel, und am Kai wird die Beleuchtung angeschaltet. Die Frauenschar über den glitzernden Heringskisten schillert noch immer in allen Regenbogenfarben, und der Hering glitzert im elektrischen Licht, schön wie das Gold in Klondike – und der Regen tropft auf die Farbenpracht.

Die letzten Boote sind hereingekommen, man fährt nicht mehr hinaus, bevor es wieder hell wird. Doch die Frauen wollen alles aufarbeiten, ehe die nächste Ladung kommt; da haben sie die ganze Nacht zu tun.

Ein bärtiger Einheimischer, der von einer Fangtour zurückgekommen ist, geht am Kai entlang, bleibt hinter der alten Kata in Vör stehen, beißt in seinen Kautabak und ruft:

Mama, komm jetzt nach Hause.

Aber die alte Frau hört nicht und kann noch ein paar Heringen den Garaus machen, bevor er sie wieder anspricht:

Mama, komm jetzt nach Hause, du armes Luder, es ist schon bald Mitternacht. Du bringst dich damit noch um. Und es hat sowieso keinen Sinn.

Doch die alte Frau hat es schon längst aufgegeben, von irgendwelchem Gezänk Notiz zu nehmen, und macht weiter mit dem Ausnehmen.

Ist die Alte tatsächlich so stur, sagt der Mann zu sich selbst und brüllt dann:

Hör mit dieser verdammten, nutzlosen Plackerei auf, und scher dich nach Hause, bevor du dich ganz umbringst.

Als er aber sieht, daß sie seine Bitten und Befehle mißachtet, verliert er die Geduld, und er packt die schmutzigen, zittrigen Hände seiner Mutter und nimmt ihr das Messer weg. Da endlich dreht sich die alte Frau nach ihm um, auch wenn es ihr Mühe macht, und sieht ihn kopfschüttelnd an, völlig überrascht von dieser Unart des Jungen. Schließlich stößt sie hervor:

Gib mir mein Messer, Siggi.

Verdammt noch mal, was ist los mit dir, Mama, sagt der Sohn, geht schnell zu ihr hin und zieht sie aus dem Gedränge heraus. Die alte Frau wehrt sich dagegen und versucht, sich am Rand des

Fasses festzuhalten, doch das nützt nichts, der Sohn ist um vieles stärker, und das Faß fällt um.

Schäm dich und mach, daß du von hier weg und ins Bett kommst, bevor du dich umbringst, eine kranke, alte Frau von neunzig Jahren. Los, halt dich an meinem Arm fest.

Doch die Mutter sträubt sich und murmelt:

Ich werde dich verprügeln, wenn du nicht mit dieser verdammten Unart aufhörst und mir nicht das Messer gibst.

Aber der Sohn hörte nicht auf sie, sondern zog seine Mutter mit Gewalt am Kai entlang, bis sie auf den Gedanken kam, ihn durch Bitten erweichen zu können:

Warte einen Augenblick, Siggi, hör zu, lieber Siggi, gib mir doch mein Messer wieder, der Hering ist wieder da. Jetzt muß man sich tüchtig ins Zeug legen.

Es war ihr irgendwie gelungen, sich von ihm loszureißen, doch nun bekam sie einen Hustenanfall und setzte sich auf einen Bretterstapel, um sich auszuhusten. Es war, als ob viele Wagen den Berghang herunterpolterten oder als ob ein großes Motorschiff entladen würde und die Winde in Betrieb sei.

Du bist völlig erschöpft, du Ärmste, sagte ihr Sohn etwas nachsichtiger. Versuch, neben mir zu gehen.

Doch der Starrsinn alter Leute erinnert am ehesten an den der Schafe; sie stand auf und steuerte auf das Ende des Kais zu, wo die Kisten standen, und wäre dorthin zurückgegangen, wenn der Sohn ihr nicht den Weg versperrt hätte, wie einem störrischen Schaf, das ins Wasser hinaus laufen will.

Sei verflucht, Sigurjon, murmelte sie schließlich, als sie sah, daß sie kein Glück hatte.

Der Sohn gab seiner Mutter keine Antwort mehr, sondern trieb sie vor sich her ins Dorf hinauf. Sie trippelte vor ihm die Uferstraße entlang, vornübergebeugt und mit kleinen Schritten, etwas vor sich hin murmelnd, den Südwester schief auf dem Kopf. Und je weiter er sie trieb, desto gekränkter wurde sie; Schluchzer mischten sich in das Keuchen, und binnen kurzem hatte sie angefangen zu weinen. Noch einmal blieb sie stehen, drehte sich nach ihm um und rief weinend:

Gott vergibt dir das nie, Sigurjon.

Und es verbarg sich die Geschichte einer ganzen Welt in dem wütenden Jammern, das aus der Brust dieser armen neunzigjährigen Frau aufstieg. Doch der Sohn nahm keine Notiz davon, und die Alte trippelte weiter gegen ihren Willen im mitternächtlichen Regen durch das Dorf und weinte weiter und weinte lautstark – denn alte Leute weinen lautstark und mit bitterlichem Schluchzen, wie kleine Kinder.

1926

Neu-Island

Die Reise geht von Alt-Island nach Neu-Island. Es ist die Reise des Menschen vom Alten zum Neuen, in der Hoffnung, daß das Neue besser sei als das Alte. Also hat Torfi Torfason seine Schafe und seine Kühe und seine Pferde verkauft, hat seinen Hof verlassen und ist nach Amerika gefahren – dorthin, wo die Rosinen wachsen und uns und unsere Kinder eine viel bessere Zukunft erwartet. Und er packte ein letztes Mal seine Mutterschafe am Horn, führte sie zum Meistbietenden und sagte:

Das hier ist meine Gullbra, die beim Schafabtrieb ihre zwei Lämmer immer draußen in der Mulata abliefert. Und was sagst du zu der Wolle meiner Spola? Ist sie etwa nicht ein dralles Schaf, meine Spola?

Und so verkaufte er eines nach dem andern und packte sie selber bei den Hörnern. Und er drückte ihre Hörner ein letztes Mal an die Schwielen seiner Handflächen. Das waren seine Mutterschafe, die sich in der Winterkälte an der Futterkrippe gedrängt und die Nasen in den guten Geruch gesteckt hatten. Und wenn er nach einem langen Ritt aus der Stadt zurückkam, wo er sich mit Männern zweifelhaften Charakters hatte herumschlagen müssen, dann freute er sich darüber, wie weiß ihre Wolle war. Sie waren wie eine besondere Art von Menschen, und besser als die Menschen im allgemeinen. Und dort wurden seine Kühe vom Hof geführt, wie große, unwissende Frauen, die trotz allem ein gutes Herz haben und die man gern hat, weil man sie schon seit seiner Jugend kennt. Sie wurden über den Hofweg hinausgeführt, und fremde Jungen trieben sie mit Lederriemen vor sich her. Und er tätschelte seinen Pferden ein letztes Mal die Lende und verkaufte sie an den Meistbietenden, diese treuen Wesen, die vielleicht die

einzigen Wesen auf der Welt waren, die ihn verstanden und ihn kannten und ihn schätzten. Er kannte sie schon, als sie noch junge Burschen waren und voller Übermut. Jetzt verkaufte er sie für Geld, denn die Reise geht vom Alten zum Neuen, von Alt-Island nach Neu-Island, und am Abend nach dieser Versteigerung kam es ihm genausowenig in den Sinn, sein Gebet zu sprechen, wie einem Mann, der den lieben Gott am Horn gepackt, ihm die Lende getätschelt und ihn verkauft hat, um ihn dann von einem fremden Jungen mit einem Lederriemen wegtreiben zu lassen. Er fand, daß er ein schlechter Mensch sei, ein ausgesprochen gottloser Mensch, und er fragte seine Frau, warum zum Teufel sie heule.

Mitte Juli errichtete ein neuer Siedler eine Blockhütte auf einem grasbewachsenen Stück Land in den Sümpfen am Lake Winnipeg, nicht weit von dem Ort entfernt, der jetzt Riverton in Neu-Island heißt. Torfi hängte ein Bild von Jon Sigurdsson an die eine Wand, und an die andere Wand hängte die Frau ein Reklamebild, das ein Mädchen mit einem weit ausladenden Hut zeigte. Die Nachbarn halfen ihnen beim Hüttenbau, beim Grabenausheben und anderem. Torfi stand diesen ganzen Sommer beim Grabenziehen bis zum Schritt im Schlamm, und als die Sohlen seiner Schuhe durchgewetzt waren und die Fußsohlen anfingen, wund zu werden vom Spaten, da wußte er Rat: Er schnitt den Boden aus einer Blechdose heraus und steckte den Fuß in die Röhre. Und als er zum ersten Mal am Abend vom Grabenziehen nach Hause kam und versuchte, den klebrigen Lehm, der für den Boden in Manitoba kennzeichnend ist, abzuwaschen, da konnte er es sich nicht verkneifen, zu seiner Frau zu sagen: Das ist ja unglaublich, wie schmutzig hier in Neu-Island der Dreck ist.

In diesem Sommer bekamen die Kinder eine ansteckende Krankheit, und Torfi Torfason verlor zwei seiner vier Kinder, ein sechsjähriges Mädchen und einen dreijährigen Jungen. Sie hießen Jon und Maria. Die Nachbarn halfen ihm, einen Sarg zu tischlern. Man ließ von weit her einen Pfarrer kommen, der Jon und Maria beerdigte, und Torfi Torfason bezahlte, was es kostete. Ein paar schlecht gewaschene Isländer mit alten Hüten in den abgearbeiteten Händen standen am Grab und sangen. Torfi Torfason hatte

dafür gesorgt, daß alle Kaffee und Pfannkuchen und Königskuchen bekamen. Im Herbst wurde es kälter, und es fiel der erste Schnee, und da bekam die Frau ein neues Kind, das die Blockhütte mit frischem Weinen füllte. Das war ein in Amerika geborener Isländer. Danach kam der Indian Summer mit seinem tausendfarbigen Wald.

Und die Indianer kamen von Norden, auf ihren verschlungenen Pfaden am See entlang, und wollten sich Handschuhe kaufen. Sie nahmen sich viel Zeit und waren nicht kleinlich, sondern kauften ein Paar Handschuhe für eine ganze Elchkeule mit dem Schulterstück. Dann kauften sie einen Schal und Strümpfe für ein ganzes Tier. Anschließend zogen sie wieder ab, mit Handschuhen und Schal, wie alle anderen großen Verschwender vor dem Herrn.

Nun kam der Winter, und was sollte man dann tun? Torfi taufte seinen Hof Bakkabud. Es gab nur eine Kuh in Bakkabud, drei Kinder und wenig Vorräte. Die Kuh hieß Bukolla, obwohl sie sehr große Hörner hatte, und wurde die Bukolla von Bakkabud genannt. Und sie hatte große Augen und sah die Frau wie ein Ausländer an und muhte jedesmal, wenn sie jemanden an der Tür bemerkte.

Ich glaube, die kleine Bukolla wird uns nicht alle den ganzen Winter ernähren können, sagte Torfi Torfason.

Hast du dir etwas überlegt? sagte die Frau des Torfi Torfason.

Es gäbe höchstens die Fischerei droben im Norden auf dem See. Es soll sich lohnen für die, die dorthin gehen.

Ich habe mir gedacht, wenn du irgendwohin gehst, dann könnte ich auch den Winter über weggehen. Sigridur in Nyibaer sagt, daß man im Winter immer Arbeit als Waschfrau in Winnipeg bekommen kann, und Anfang nächster Woche gehen einige Frauen hier aus der Gegend dorthin. Ich kann meine Sachen auf den Schlitten packen, genau wie die anderen, und auch mitgehen. Ich lasse einfach die kleine Tota auf die Kinder aufpassen. Sie ist ja schon dreizehn, unsere Tota.

Ich könnte vielleicht versuchen, ab und zu ein paar Fische nach Hause zu bringen, sagte Torfi Torfason.

Das war an einem Abend Anfang November, die Wälder waren verschneit, die Sümpfe zugefroren. Sie sprachen nicht weiter über

die bevorstehende Trennung. Jon Sigurdsson grinste von der Wand herab, und das Reklamemädchen mit dem Hut gab den schlafenden Kindern seinen Segen.

Am Fenster brannte ein schwaches Licht, und an den Scheiben erblühten die Eisblumen.

Mir scheint, hier kann es genauso kalt werden wie dort, sagte Torfi Torfason nach einer ganzen Weile.

Weißt du noch, wie lustig es oft zuging bei uns, wenn abends Besuch kam? Da wurde dann um diese Zeit im Herbst so manches Mal über die Schafe gesprochen bei uns auf dem Hof.

Tja, es gibt keine Höfe für die Schafzucht hier in Amerika, sagte Torfi Torfason. Aber es gibt die Fischerei im See. Und wenn du dich dazu entschlossen hast, nach Winnipeg zu gehen und dir einen Job zu suchen, wie sie hier sagen, dann –

Wenn du nach Island schreibst, dann vergiß nicht, nach unserer Skjalda zu fragen, wieviel Milch sie gibt. Unsere Skjalda. Das gute Tier.

Schweigen.

Da begann die Frau des Torfi Torfason wieder:

Wie findest du eigentlich die Kühe hier in Amerika, Torfi? Findest du nicht, daß sie furchtbar wenig Milch geben? Ich spüre es irgendwie, daß ich Bukolla nie gern haben kann. Ich spüre, daß es unmöglich ist, eine ausländische Kuh gern zu haben.

Ach, das ist nur Einbildung, sagte Torfi Torfason und spuckte durch die Zähne aus, obwohl er schon seit langem keinen Tabak mehr kaute. Warum sollen die Kühe hier nicht unterschiedlich sein, wie andere Kühe auch? Aber es stimmt schon, ich kann mich an kein Pferd mehr gewöhnen, seit ich meinen Skjoni verkauft habe. Das war vielleicht ein Bursche.

Sie sagten sonst nichts mehr über das, was sie gehabt, und das, was sie verloren hatten, sondern saßen lange schweigend da, und das Licht warf seinen Schein auf die Eisblumen wie auf einen Garten – zwei arme Isländer, ein Mann und eine Frau, die ihr Licht löschen und schlafen gehen. Dann beginnt die große, schweigende kanadische Winternacht.

Die Frauen machten sich ein paar Tage später nach Winnipeg auf, zu Fuß durch verschneite Wälder und über verharschtes

Grasland; es waren gut drei Tagereisen. Sie banden ihre Sachen auf Schlitten. Jede zog ihren eigenen Schlitten. Das nannte man »zum Waschen nach Winnipeg gehen«. Torfi Torfason blieb noch eine Nacht länger daheim.

Er steht auf dem Platz vor seinem Haus und schaut den Frauen nach, die mit den Schlitten im Wald verschwinden. Der Novemberwald hört im Frost der Unterhaltung dieser ausländischen Frauen zu, wirft das Echo auf seine ausländische Weise zurück. Ihnen voraus geht ein alter Mann, der den Weg kennt. Sie tragen isländische Lodenröcke, die sie aufgeschürzt haben. Um den Kopf haben sie isländische Wollschals gebunden. Sie sagen, sie seien sehr tüchtig beim Gehen. Sie wollen heute nacht irgendwo für ihre Cents übernachten.

Als die Frauen verschwunden sind, schaut Torfi in die Hütte, wo sie einen letzten Schluck Kaffee getrunken hatten, die Becher stehen noch ungewaschen auf dem Brett. Tota versorgt den kleinen Jungen, die kleine Imba sitzt schweigend am Herd. Mama ist weggegangen. Torfi Torfason besserte den ganzen Tag lang Türen und Wände aus, trug Holz herein. Am Abend setzten ihm die Mädchen Haferflockensuppe, Brot und ein Stückchen Fleisch vor. Der kleine Junge wimmert und wimmert. Und seine Schwester, die große Tota mit ihren großen, roten Händen, nimmt ihn auf den Arm und wiegt ihn: Der kleine Bruder gut sein, der kleine Bruder nicht weinen, der kleine Bruder einen Tropfen Milch trinken von seiner Bukolla. Doch der kleine Junge weint weiter.

> Die Bukolla macht bububu,
> die Bukolla im Kuhstall,
> sie hat ganz große Hörner,
> sie hat ganz große Augen,
> gesegnet sei die Bukolla, die liebe Bukolla.
>
> Die Mama ist fortgegangen,
> weit, weit fortgegangen.
> Wohin ist sie wohl gegangen,
> die Mama, wohin?
> Sie kommt nach dem Weihnachtsfest,

mit einem neuen Kleid für mich,
mit meinem neuen Kleid.

Wir wollen jetzt nicht weinen,
sie wird bald wiederkommen,
die Mama, unsere gute, gute Mama,
Gott segne unsere Mama
und die Mama des kleinen Bruders.

Doch der Junge weint weiter. Und Torfi Torfason ißt sein Abendbrot wie ein Mann, der nach besten Kräften versucht, während einer Musikveranstaltung zu essen.

Am nächsten Tag machte sich Torfi Torfason auf. Ein kanadischer Wintertag, blau, weit und windstill; Raben flatterten durch den verschneiten Wald. Er folgte den Pfaden nach Norden zum See und trug seinen Sack auf dem Rücken. Das war unbesiedeltes Land, keine Menschenseele, kein Rauch von einer Hütte, Meile um Meile, nur diese Raben, die durch den weißen Wald fliegen und sich auf den Bäumen niederlassen wie auf einer tönernen Statue der Pallas Athene. »Nie mehr.« Und Torfi Torfason denkt an seine Schafe und an seine Kühe und an seine Pferde und an alles, was er verloren hat.

Da kommt ihm plötzlich ein Hund aus dem Wald entgegen. Es war eine herrenlose Hündin, knochendürr, aber mit einem so dicken Bauch, daß sie kaum laufen konnte und ihre Zitzen im Schnee schleiften, denn sie war trächtig. Sie kamen da aus verschiedenen Richtungen aufeinander zu, zwei einsame Lebewesen, die sich in Amerika durchzuschlagen versuchen und sich an einem kalten Wintertag draußen im Schnee begegnen. Zuerst spitzte sie die Ohren und sah den Mann mit ihren braunen Augen mißtrauisch an, dann legte sie sich in den Schnee und begann zu zittern, und er verstand, daß sie ihm sagen wollte, sie sei krank, sie habe ihren Herrn verloren, sie sei immer geschlagen worden und habe nie in ihrem Leben genug zu fressen bekommen, und nie sei jemand gut zu ihr gewesen; sie war der Ansicht, es sei schwer zu sagen, wie das noch enden würde mit ihr. Sie sagte, sie sei arm.

Tja, was man nicht alles Leben nennt, sagte Torfi Torfason. Und er nahm den Sack vom Rücken und setzte sich in den Schnee. Im Sack war etwas, das die kleine Tota ihrem Papa als Proviant eingepackt hatte. Da begann die Hündin, im Schnee mit dem Schwanz hin und her zu wedeln und sehnsüchtig den Sack anzustarren.

Ja, ja, du armes Tier, du hast also deinen Herrn verloren und seit ich weiß nicht wann nichts mehr zu fressen bekommen, und ich habe jetzt meine Frau aus dem Haus gejagt, tja, sie ist gestern gegangen. Na ja, sie will versuchen, sich diesen Winter als Waschfrau in Winnipeg die Zeit zu vertreiben, tja, so ist das nun eben. Tja, wir sind von daheim weggegangen, wir hatten unser Auskommen und sind hierhergekommen in diese verfluchte, verdammte Blockhütte, na ja. Ach, hier ist etwas zu fressen für dich, du armes Luder, das darfst du fressen, sage ich. Ach, das ist sowieso nur verdammtes Knabberzeug, und man kann es kaum einem Hund anbieten, nicht einmal einem herrenlosen Hund, das stimmt. Na ja, ich kann dich doch nicht einfach davonjagen, du armes Vieh – vor Gott sind sowieso alle herrenlose Hunde, das ist nun einmal so.

Die Zeit vergeht, und Torfi Torfason fischt im See und wohnt in einer Hütte auf einer Insel weit draußen; sein Hausherr war ein Mann mit rotem Bart, der sowohl am Fischfang verdiente als auch daran, daß er anderen Fischern Tabak, Schnaps und Zwirn verkaufte. Der Fischer konnte die Hündin nicht ausstehen und sagte jeden Tag, der verdammte Köter müsse umgebracht werden. Er hatte auf der Insel diese Hütte gebaut, die aus zwei Räumen bestand: einem Vorraum und einer Kammer. Sie schliefen in der Kammer, und im Vorraum wurden Fischfanggerät, Essensvorräte und andere Dinge aufbewahrt; die Hündin lag auf der Stufe draußen vor der Hüttentür. Der Fischer war kein freigebiger Mensch, sondern gab Torfi stets das kleinere Stück aus dem Kochtopf. Der Fischer verbot ihm strengstens, der Hündin überhaupt etwas zu geben, und sagte, sie müsse umgebracht werden. Torfi sagte nichts dazu, stahl aber immer einen Brocken für die Hündin, wenn der Fischer schlafen gegangen war. Nun kommt die Zeit heran, zu der die Hündin werfen soll. Dann warf die Hün-

din. Und als sie geworfen hatte, gab er ihr ein schönes Stück Fleisch, das er dem Fischer stahl, denn er wußte, daß Frauen im Wochenbett großen Hunger haben, und wies ihr auf einem alten Sack im Vorraum ein Lager an, ganz gegen den Willen des Fischers. Dann legte er sich schlafen.

Er hatte noch nicht lange dagelegen, als er von einem Geräusch aufgeschreckt wird und nicht weiß, was es damit auf sich hat. Es ist der Fischer, der aus seinem Bett steigt, in den Vorraum hinausgeht, Licht anzündet, die Hündin im Genick packt und sie in den Schnee hinauswirft. Dann schließt er die Hüttentür, löscht das Licht und legt sich in sein Bett. Nun herrscht eine Weile Stille, bis die Hündin draußen zu jaulen beginnt und die Welpen im Vorraum erbärmlich zu quietschen anfangen. Da erhebt sich Torfi Torfason, tastet sich durch den Vorraum hinaus und läßt die Hündin herein, die sofort zu ihren Welpen kriecht. Dann legt er sich schlafen. Aber er hatte nicht lange dagelegen, als er von einem Geräusch aufgeschreckt wird und genausowenig wie beim erstenmal weiß, was es damit auf sich hat. Das ist der Fischer, der aus seinem Bett steigt, in den Vorraum hinausgeht, Licht anzündet, zum zweitenmal die Hündin im Genick packt und sie in den Schnee hinauswirft. Dann legt er sich wieder schlafen. Wieder beginnt die Hündin draußen zu jaulen, und die Welpen fangen an zu quietschen; Torfi Torfason erhebt sich aus seinem Bett, läßt die Hündin wieder herein zu den Welpen und legt sich dann hin. Nach geraumer Zeit steht der Fischer wieder auf, zündet die Lampe an und geht hinaus. Doch so kann man auch das weichste Eisen schärfen, denn nun springt Torfi Torfason zum drittenmal auf und folgt dem Fischer in den Vorraum.

Entweder die Hündin wird in Ruhe gelassen, oder du mußt uns beide hinauswerfen, mich und die Hündin, sagt Torfi Torfason und geht kurzerhand auf seinen Hausherrn los. Daraufhin kommt es zu einem heftigen Handgemenge zwischen den beiden, die Hütte wackelt und alles, was ihnen in den Weg kommt, fällt um und zerbricht. Sie versetzten einander viele harte und schwere Schläge, und der Fischer schien der Überlegene zu sein, bis Torfi ihn von unten her packt und mit ihm ringt und nicht mehr lockerläßt, bis er dem Fischer den Kopf auf die Knie gedrückt hat.

Dann machte er die Hüttentür auf und warf den Fischer hinaus ins Freie.

Draußen war es windstill und sternklar; es herrschte strenger Frost, und alles war tief verschneit. Torfi war blau und blutig, erhitzt und erschöpft nach dem Kampf. Das mußte also Torfi Torfason passieren, diesem ausgesprochen friedliebenden Mann, der nie auch nur einer Fliege etwas zuleide getan hatte, einen Mann aus seinem eigenen Haus hinauszuwerfen, ihn mitten in der Nacht in die Eiseskälte hinauszuwerfen, und das wegen eines Hundes! Vielleicht habe ich ihn sogar umgebracht, dachte Torfi, aber das läßt sich dann auch nicht mehr ändern – damit muß man sich eben abfinden. Wäre ich doch nie nach Neu-Island gezogen!

Und er wankte aus der Hütte hinaus, hemdsärmelig wie er war, wankte in den verharschten Schnee hinaus, hielt auf den Wald zu. Und kaum war er zwanzig Schritte weit gegangen, da hatte er seinen Zorn und den Fischer schon vergessen und begonnen, an das zu denken, was er gehabt hatte und was er verloren hatte. Niemand weiß, was er hat, bevor er es verloren hat. Er dachte an seine Schafe, die so schneeweiße Wolle hatten, an seine Pferde, die guten Burschen, die die einzigen waren, die ihn verstanden und ihn kannten und ihn schätzten, und an seine Kühe, die an einem Abend im Frühling über den Hofweg hinausgeführt wurden, und fremde Jungen trieben sie mit Lederriemen vor sich her. Und er dachte an Jon und Maria, die der liebe Gott zu sich hinauf in diesen großen, ausländischen Himmel genommen hatte, der sich über Neu-Island wölbt und der etwas ganz anderes ist als der Himmel daheim. Und er sah noch immer diese isländischen Siedler vor sich, die mit ihren alten Hüten in den abgearbeiteten Händen am Grab standen und sangen.

Und er warf sich auf den verharschten Schnee zwischen den Bäumen nieder und weinte bitterlich in der nächtlichen Kälte – dieser große, starke Mann, der die lange Reise von Alt-Island nach Neu-Island gemacht hatte – dieser arme Mann, der seine Kinder der Hoffnung auf eine viel bessere Zukunft, auf ein vollkommeneres Leben, zum Opfer gebracht hatte. Seine Tränen fielen auf das Eis.

1927

Lilja
Die Geschichte vom Leben und vom Tod des
Nebukadnezar Nebukadnezarsson

Ich gebe dem Mann diesen Namen nur, damit die Leute auf die Geschichte aufmerksam werden und bei sich denken: nein, muß das eine lustige Geschichte sein. Sonst hätte ich mich damit begnügt, den Mann N.N. zu nennen, obwohl bei der Beerdigung, die aus Anlaß seines Todes stattfand, keiner dieser Namen verwendet wurde. Die Wahrheit ist, daß ich vergessen habe, wie er hieß, oder es in Wirklichkeit nie genau gewußt habe. Aber was macht das schon? Denn wie man sieht, steht über diesem Namen ein anderer Name, und dieser erste Name ist in der Tat viel wichtiger, wie wir sehen werden, wenn wir mit der Geschichte zu Ende sind. Das ist wahrhaftig eine sehr lange Geschichte, sie ist tatsächlich ungeheuer lang; wenn ich daran denke, wundere ich mich oft darüber, wie lang sie ist – dabei begann sie mit einer der kürzesten Melodien, die ich je gehört habe, man konnte es kaum eine Melodie nennen, sondern es war das Bruchstück einer Melodie, der zweite Teil einer kurzen Melodie, und es war hauptsächlich ein Schlußton, und er war so langgezogen, daß man sich entsprechend allen vernünftigen Regeln der Proportion hätte vorstellen können, es sei der Schluß einer großen Symphonie eines bedeutenden Komponisten; was das Fortleben in der höheren Kunst betrifft, so habe ich dieses Melodiefragment meinem Bekannten beigebracht, der ein genialer Musiker werden will, damit er einmal eine Symphonie dazu komponieren kann, wenn er die nötige Reife hat und die Welt endlich soweit ist, daß sie Melodien zu schätzen weiß, die ihren Ursprung in den Atemorganen der Leute im Westland haben.

Nun wollen wir also hören.

Als ich noch ein Schuljunge war, wohnte ich in einem Keller in Reykjavik, in einer kleinen Kammer neben dem Heizraum des Hauses, und dazwischen war nur eine dünne Trennwand; da höre ich eines Winters, daß immer dieselbe Melodie gesungen wird, vor allem spät am Abend, wenn Kohlen nachgelegt worden waren für die Nacht. Sie wurde immer und immer wieder gesungen, von einer grauen Stimme, die wie eine undeutliche Schlangenlinie war, und beim letzten Ton war es, als hätte der Sänger vergessen zu atmen, und dann erstarb der Ton schließlich, und die Stille kam von selbst, als ob der Sänger gleichzeitig mit dem Ton gestorben sei, und die Zeit verging, und man hörte nichts mehr von dem Sänger. Aber nach einer geraumen Weile konnte man wieder ein Geräusch vernehmen, und dieses Geräusch bemühte sich, zu Tönen zu werden, wobei zwischendurch lange Pausen eintraten; man konnte deutlich hören, daß die Melodie in der Brust des Sängers weiterlebte, obwohl die Stimme heiser und brüchig war und die Töne in den Stimmorganen auf Grund liefen. Doch dabei ging es nie so, daß der Sänger am Schluß nicht wieder sich selbst gefunden hätte in dieser kurzen Melodie mit dem langen Ton, die, wie schon erwähnt, später einmal zu einer großen Symphonie werden wird.

So sang er für mich in der Stille, Abend für Abend, den ganzen Winter lang, und als ich Nachforschungen darüber anstellte, was es mit diesem abendlichen Gesang auf sich hatte, da erfuhr ich, daß es der Mann war, der die Zentralheizung bediente. Wenn es Mitternacht wurde, ging er.

Da betrat ich eines Abends den kleinen Raum, in dem der Heizkessel stand. Die Kohlenglut hinter der halboffenen Ofentür leuchtete rot in der Dunkelheit. Und vor dem Kessel saß Nebukadnezar Nebukadnezarsson fast unsichtbar in der Dunkelheit und sang.

Guten Abend, sagte ich.

Guten Abend, wurde von einer alten, heiseren Stimme in der Dunkelheit geantwortet.

Ganz schön warm hier, sagte ich.

Ich muß gehen, sagte er.

Ist das nicht Ihr Zimmer? fragte ich.

Nein, sagte er.

Ah ja, sagte ich, aber ich habe Sie trotzdem abends oft hier singen hören.

Ich gehe, sagte er entschuldigend und erhob sich.

Nein, gehen Sie nicht meinetwegen. Ich bin nur gekommen, um Ihnen einen kurzen Besuch abzustatten, weil ich Sie so oft habe singen hören.

Ich singe nicht, sagte er.

Aber ich habe Sie doch oft gehört, beharrte ich.

Nein, sagte er, ich habe noch nie singen können.

Ich kann die Melodie schon auswendig, sagte ich.

Doch er murmelte nur etwas vor sich hin und versuchte, sich hinter mir zur Tür hinauszustehlen.

Lassen Sie sich nicht von mir stören, sagte ich.

Es ist Zeit, schlafen zu gehen, sagte er und ging.

Einmal bei Frost und Schnee zeigte man mir eine Klavierkiste hinter einigen Aborten unten am Meer. Dort wohnte Nebukadnezar Nebukadnezarsson. Der Mann ist wahrscheinlich so musikalisch, weil er in einer Kiste wohnt, in der ein Klavier transportiert wurde, dachte ich.

Hierauf vergingen einige Abende in Stille.

Doch mit der Zeit vergaß er mich wieder und fing an zu singen wie zuvor, dieselbe bruchstückhafte Melodie mit demselben langen Ton, der erstarb. Da ging ich wieder zu ihm hinein.

Guten Abend, sagte ich.

Guten Abend, sagte er.

Du singst, sagte ich.

Nein, sagte er.

Woher hast du diese Melodie? fragte ich.

Melodie? Ich weiß von keiner Melodie.

Du singst aber immer eine Melodie.

Ich singe nicht, sagte er, ich habe noch nie singen können.

Du summst vor dich hin, beharrte ich.

Da sagte er: Ich habe mir einmal gewünscht, singen zu können. Aber das ist vorbei. Es fällt mir nicht einmal im Traum ein. Ich sitze nur manchmal vor dem Ofen, wenn ich Kohlen nachgelegt habe. Aber jetzt muß ich gehen.

Woher kommst du? fragte ich.

Aus dem Westland, antwortete er.

Von wo im Westland?

Aus Olafsvik.

Ist das ein guter Ort?

Die Brandung ist stark in Olafsvik, wie vielerorts, sagte er.

Hast du Verwandte im Westland?

Die sind gestorben.

Was hast du im Westland gemacht?

Was ich gemacht habe? Ich habe eigentlich nichts gemacht, nur die Arbeit, die anfiel, manchmal auf See, manchmal an Land. Je nachdem, was anfiel.

Weshalb bist du nach Reykjavik gezogen?

Er schwieg lange und antwortete schließlich:

Es ist schon längst mit allem aus im Westland. Es ist alles aus im Westland.

Es war sicher richtig, daß du nach Reykjavik gekommen bist, sagte ich. Meiner Ansicht nach ist Reykjavik sehr viel interessanter als andere Orte im Land.

Er schwieg wieder lange und saß auf einer Kiste vor dem Kessel; diesmal brannte Licht im Heizraum, so daß er genau in die Löcher an den Spitzen seiner Stiefel sehen konnte.

In meiner ersten Nacht hier in der Stadt habe ich drüben auf dem Friedhof geschlafen, sagte er.

Ah ja, sagte ich und fügte hinzu, um ihn zu trösten:

Es hat sich manch einer damit abfinden müssen, länger als eine Nacht lang auf dem Friedhof zu schlafen.

Ja, sagte er.

Er war rußig an den Backenknochen und hatte einen grauen Bart, der offenbar nicht gebürstet worden war.

Du trägst schlechtes Schuhwerk, sagte ich.

Es geht, sagte er. Ich habe diese alten Stiefel im vorletzten Jahr drüben in der Vatnsmyri gefunden. Da hat sie wahrscheinlich jemand beim Torfstechen vergessen.

Er stand auf und nahm seinen Hut von einem Nagel hinter dem Ofen. Es war einer dieser steifen Hüte, die die Kaufleute tragen, solange sie neu sind, und die dann in der Aschentonne zu landen

pflegen, wenn zwischen Krempe und Kopf ein Riß entsteht oder wenn irgendein kleines Kind ihn mit einem Messer durchbohrt hat.

Darf ich deinen Hut sehen? sagte ich.

Das Loch im Kopf war groß genug für eine Kinderfaust.

Der Hut ist schon alt, sagte ich und schaute durch das Loch an die Decke. Aber man sieht sofort, daß es einmal ein guter Hut war.

Ich gab ihm den Hut zurück, und er nahm ihn und schaute auch durch das Loch.

Nicht jeder sieht das Vaterunser durch seinen Hut, sagte er und verzog das Gesicht. Er hatte einen Zahn. Dann kam das schöne Frühjahr.

Im Frühjahr, wenn man sich auf die Prüfungen vorbereitet, ist es noch verlockender als sonst, sich am Fenster niederzulassen und genau zu beobachten, was auf der Straße geschieht, besonders, wenn es ganz unbedeutend ist. Da mißt man dem, was auf der Straße vorgeht, die unterschiedlichsten klug ausgedachten Bedeutungen zu.

Am Kreuzfindungstag zogen neue Leute in eine der Wohnungen im ersten Stock des Hauses. Ich hatte es irgendwie bemerkt, aber natürlich war es mir völlig egal. Es waren ein Mann und eine Frau, die eine Tochter hatten; sie war damals etwa acht Jahre alt und hieß Lilja; und ich schloß aus ihrem Aussehen, daß die Leute von außerhalb kamen, denn sie hatte blonde Zöpfe und trug handgestrickte Wollstrümpfe. Das Mädchen spielte mit anderen Kindern im Hof unseres Hauses, und ihre Mutter hatte sie schrecklich lieb, denn sie stand fast den ganzen Tag an ihrem Fenster im mittleren Stock und kommandierte das Mädchen herum wie eine Kompanie Soldaten, mit ständigen Warnungen:

Nimm dich vor den Autos in acht! Nimm dich vor dem Betrunkenen in acht! Nimm dich vor dem Hund in acht, Lilja! Lilja, nimm dich vor der Polizei in acht!

Das war zu den Zeiten, als es in der Stadt noch alte Mauern gab, die aus Steinen zwischen den Grundstücken aufgeschichtet worden waren, und auf der gegenüberliegenden Straßenseite war eine solche Steinmauer und dahinter eine kleine Wiese; es war

eine ziemlich ruhige Straße, und auf der Mauer sitzt Nebukadnezar Nebukadnezarsson im hellen Sonnenschein und schaut zu, wie die Kinder im Hof spielen. Die Bewunderung leuchtet ihm aus dem rußigen Gesicht durch den ungebürsteten Bart. Doch gegen Abend wurden die Kinder müde und gingen nach Hause, um ein Stück Brot zu essen, nur Lilja blieb im Hof zurück und hüpfte allein auf einem Bein herum, sie spielte Himmel und Hölle mit sich selbst; da rief Nebukadnezar Nebukadnezarsson:

Lilja.

Sie tat, als höre sie es nicht und hüpfte weiter auf einem Bein, als ob ihr sehr viel daran gelegen sei, bei dem Spiel zu gewinnen; da rief Nebukadnezar Nebukadnezarsson wieder:

Lilja.

Sie tat wieder, als höre sie es nicht, schaute aber nach einer kleinen Weile hinauf zum Fenster, ob ihre Mutter noch immer dort war, doch die Mutter war in die Küche gegangen, um zu kochen.

Will meine Lilja heute nicht mit dem alten Nebukadnezar Nebukadnezarsson sprechen? fragte der Mann auf der Mauer. Und er zog eine kleine Papiertüte heraus, die er die ganze Zeit in der Tasche gehabt hatte. Da ging das Mädchen, die Hände auf dem Rücken, mit etwas mißtrauischen Schritten quer über die Straße und schaute in seine Tüte. Dann sah sie zum Fenster hinauf. Es waren tatsächlich Rosinen in der Tüte. Sie tat zwar so, als sei sie darüber nicht erstaunt und als sei es ihr ziemlich oder völlig egal, aber schließlich saßen sie beide auf der Mauer und kauten Rosinen, sie kaute zehn, während er eine kaute. Sie ließ zuerst schüchtern die Beine baumeln und betrachtete mit kritischer Miene seinen ungebürsteten Bart. Dann spielte sie vor ihm auf der Straße Himmel und Hölle. Ihre Mutter rief vom Fenster herunter und sagte, sie solle zum Essen kommen; aber nach einer kleinen Weile kam sie wieder, weil sie wußte, daß die Tüte noch nicht leer war. So verging das Frühjahr; und bald war Lilja Nebukadnezar Nebukadnezarsson gegenüber nicht mehr mißtrauisch, sondern lief ihm entgegen, wenn sie ihn von weitem sah, und griff in seine Tasche und fand selber die Papiertüte mit den Rosinen. Und manchmal saßen sie abends lange auf der Mauer; ich glaubte zu wissen, daß der alte Mann dem kleinen Mädchen

Geschichten erzählte, denn sie hörte dem, was er erzählte, aufmerksam zu.

Sind sie mit dir verwandt, diese Leute? fragte ich und meinte damit die Eltern des kleinen Mädchens.

Sie sind aus dem Westland, sagte er.

Dann kennst du sie also?

Ja, sagte er. Das ist Lilja.

Ich wurde nicht richtig klug aus dem Mann. Er schien mir ein bißchen sonderbar zu sein. Aber ich kümmerte mich nicht weiter darum; mir war es egal; ich hatte andere Sorgen. Und obwohl ich herausgefunden hatte, daß diese Leute gar nicht aus dem Westland waren, sondern aus dem Ostland, hatte ich keine Lust, mich mit dem alten Mann darüber zu streiten.

Er war gerade zwanzig, und sie hatten sich schon immer gekannt, sie war im selben Jahr, nur etwas später, im April, geboren. Er bot ihr an, neben dem Bach ein kleines Haus für sie zu bauen, mit einer Wiese und einem Gemüsegarten, wie es damals üblich war. Er war mit dem verstorbenen Bootsführer Gudmundur auf der »Hoffnung« und bekam seinen Anteil am Fang. Er war tüchtig; aber er konnte nie singen. Sie hieß Lilja.

Und was dann? fragte das kleine Mädchen.

Ich hatte keine Zeit, noch länger zuzuhören, und dachte bei mir: Er erzählt ihr irgendeine Geschichte aus dem Westland.

Im Herbst kam ich aus dem Nordland zurück. Einmal, als ich mich gerade mit ein paar Kameraden an einer Straßenecke unterhalte, steht in einiger Entfernung ein Mann und schaut mich an. Er wartet darauf, daß ich mich von ihnen verabschiede. Und als ich mich von ihnen verabschiedet habe, kommt er her und reicht mir seine schmutzige Hand: Nebukadnezar Nebukadnezarsson.

Was hast du Schönes zu berichten? sagte ich.

Nichts, sagte er.

Wolltest du etwas von mir?

Nein, sagte er. Ich wollte nur sehen, ob Sie mich noch kennen.

Selbstverständlich. Ich kann sogar noch deine Melodie. Wie geht es deiner kleinen Freundin?

Jetzt hat man mir meine Altersunterstützung weggenommen, sagte er, die ganzen dreißig Kronen.

Weshalb?

Der Josep sagte, ich würde Rosinen dafür kaufen. Aber du verstehst dich sicher auf die Gesetze.

Wer ist dieser Josep?

Er ist mit mir verwandt. Er hilft mir manchmal mit Fisch und einer Kleinigkeit aus.

Hör zu, du solltest dich an den Bürgermeister wenden, sagte ich, denn ich hatte es eilig.

Ich weiß nicht, sagte er. Mir ist es eigentlich egal. Ich habe vielleicht Aussicht auf ein Haus im Winter.

Ein Haus?

Ja, wie letztes Jahr.

Heizt du dann nicht mehr ein im Haus wie im letzten Jahr?

Nein, sagte er, es ist mit allem aus dort im Haus. Es ist alles aus in dem Haus.

Wie kommt denn das?

Ach, ich weiß es eigentlich nicht, sagte er.

Leb wohl, sagte ich.

Leben Sie wohl, sagte er, und ich danke Ihnen für die Freundlichkeit.

Er zog den Hut.

Danach sah ich ihn – zumindest so, daß ich ihn bemerkte – erst viele Jahre später. Ich studierte damals Medizin. Er wurde in einem Tuch in den Seziersaal hereingetragen, und ich erkannte ihn wieder, obwohl er gewaschen worden war. Ich empfand ihm gegenüber nicht anders, als man toten Menschen gegenüber empfindet, die keinen Platz in der Gesellschaft gehabt hatten; und erst nach der Beerdigung, die aus Anlaß seines Todes stattfand, bemerkte ich, daß es einen Zusammenhang in seinem Leben und in seinem Tod gab. Das war ein Mann, auf den niemand Anspruch erhob, er war in einer Kiste eines natürlichen Todes gestorben, tatsächlich wußte niemand, wie er hieß oder wo er herkam, geschweige denn, was sein Ideal im Leben gewesen war. Selbst an dem Tag, an dem er seziert wurde, erinnerte ich mich nicht an die Melodie, die er gesungen hatte. Eines war sicher, er wurde mit wissenschaftlicher Genauigkeit obduziert, und wir sahen sein Inneres mit größerem Interesse an, als er jemals zu sei-

nen Lebzeiten von außen angesehen worden war. Doch warum sollte ich hier davon berichten? Ich habe schon längst das Interesse an der Medizin verloren und mich anderen Dingen zugewandt. Weil aber seitdem so viele Jahre vergangen sind, kann ich zugeben, daß im Namen der Wissenschaft ein kleiner Vertrauensbruch an ihm begangen wurde; man hat nämlich das Skelett aus ihm herausgenommen und es gereinigt, es dient jetzt der wissenschaftlichen Anschauung – ich möchte nicht sagen, wo –, und das Geschnipsel von dem Mann wurde weggeworfen. Das war ein wissenschaftliches Geheimnis, und wir legten Steine in den Sarg, einer von unseren Kameraden besorgte das, und dann gaben wir ihm das letzte Geleit, ein paar Medizinstudenten, um zu verhindern, daß sich noch im letzten Augenblick jemand für die Leiche zu interessieren begann. Wir trugen den Sarg in die Kirche hinein und wieder aus der Kirche heraus.

Es war eigentlich ein schrecklich komischer Tag im dunkelsten Winter, es war der Tag vor Heiligabend. Die Beerdigung war für den Morgen, bevor es richtig hell wurde, angesetzt, und in der Kirche waren schwarze Tücher aufgehängt, weil gerade am Mittag desselben Tages einer der bekanntesten Generalkonsuln der Stadt zu Grabe getragen werden sollte. Dort wurde also Nebukadnezar Nebukadnezarsson dank der Entschlossenheit der Friedhofsverwaltung eingeschoben, denn sie erklärte, wegen des bevorstehenden Weihnachtsfestes würde dieser Mann entweder heute beerdigt oder gar nicht. Und es war eigentlich ein Skandal, daß eine so unbedeutende Beerdigung in der mit Trauertüchern geschmückten Kirche stattfand.

Es wehte ein eisiger Südwestwind. Wir schleppten den Sarg bei einem der Schneeschauer in die Kirche und mußten befürchten, er könnte auseinanderbrechen, und dann würden die Steine mitten in all der Feierlichkeit und Trauer auf den Boden der Kirche plumpsen. Als wir die Hälfte des Weges zum Altar zurückgelegt hatten, war ich vom Knarren des wenig stabilen Sarges so nervös geworden, daß ich nicht umhin konnte, dem Vollidioten, der damit betraut worden war, die Steine in den Sarg zu legen, meine Meinung darüber zu sagen; ganz abgesehen davon, daß uns das Gewicht fast umbrachte. Anschließend setzten wir uns auf die vor-

derste Bank, sozusagen als Angehörige des Verstorbenen, und der Pfarrer kam aus dem Chor nach vorn; er war verständlicherweise etwas peinlich berührt von diesem Mißbrauch des Trauerschmucks (Gott sei uns gnädig, wenn die Familie des Konsuls davon erfährt) und las hastig eine kurze Leichenpredigt vor, die er in der vorausgegangenen Woche bei der Beerdigung einer unwichtigen Frau von außerhalb gehalten hatte. Natürlich kam er ständig durcheinander, wenn er »unser lieber verstorbener Bruder« hätte sagen müssen, wo in der Predigt »unsere liebe verstorbene Schwester« stand. Einmal entschlüpfte ihm sogar, daß »diese unsere liebe verstorbene Schwester tief betrauert wird von den Hinterbliebenen, ihrem Mann und ihren Kindern in einem anderen Landesviertel«. Mir war himmelangst, jemand könnte bemerken, was das für ein Unsinn war, und ich drehte mich um in der Kirche, doch die Trauergemeinde bestand nur aus dem Leichenbestatter und einer hoffentlich tauben alten Frau, die weiter hinten in der Kirche saß, und ich versuchte, mich damit zu trösten, daß sie hier hereingekommen sei, um zu warten, bis der Schneeschauer vorbei war, und daß es ihr im übrigen gleichgültig sei, wer da beerdigt wurde.

Als wir jedoch den Sarg wieder hinausgeschleppt hatten und der Leichenwagen sich langsam in Bewegung setzte, wer ist es, der da Anstalten macht, mit hinüber auf den Friedhof zu gehen? Niemand anderes als diese alte Frau mit ihrer runzligen Nase, die aus einem schwarzen Sonntagsschal herauslugt, und ihrer blaugestreiften Schürze. Ich und zwei andere hielten es deshalb für das beste, auch langsam und in einiger Entfernung zu folgen, um ein Auge darauf zu haben und notfalls zu verhindern, daß diese alte Frau irgendwelche Dummheiten machte auf dem Friedhof, denn bei dieser Beerdigung konnte man wirklich nicht sicher sein, bevor das Grab zugeschaufelt war. Schließlich hatten meine Kameraden dann aber doch keine Lust, mitzugehen, und verschwanden im Café Uppsalir, und es blieb mir überlassen, bis zum Schluß auf den Leichenzug aufzupassen. Wir trotteten hinter dem Sarg her, diese alte Frau, ich, der Pfarrer und der Leichenbestatter, die beiden letzteren mit Zylinder.

Nachdem man das Grab zugeschaufelt hatte und der Pfarrer und der Leichenbestatter gegangen waren, stand die alte Frau noch im-

mer da und sah im Schneegestöber die Erde an. Ich wartete am Friedhofstor, doch sie kam nicht, deshalb ging ich zurück zum Grab.

Worauf warten Sie, gute Frau? fragte ich. Kannten Sie diesen Mann?

Sie sah mich halb erschrocken an, und als sie antworten wollte, verzog sich ihr Gesicht, die Lippen zitterten, und die Mundwinkel bogen sich nach unten; ich konnte sehen, daß sie keine Zähne mehr hatte. Und ihre alten, roten Augen füllten sich mit Tränen. Ich habe schon einmal früher beschrieben, wie unangenehm es ist, alte Menschen weinen zu sehen.

Weinen Sie nicht, gute Frau, sagte ich. Er ist bei Gott.

Ja, sagte sie und trocknete ihre Tränen mit dem Schürzenzipfel.

Sie sollten nach Hause gehen, bevor Sie sich erkälten, sagte ich, denn ich wollte nicht, daß die Frau noch länger dort herumschnüffelte.

Wir gingen zusammen über den Friedhof.

Wer sind Sie? fragte ich.

Ich stamme aus dem Westland, sagte sie.

Doch nicht etwa aus Olafsvik?

Doch.

Dann haben Sie ihn natürlich gekannt?

Wir waren im selben Jahr geboren. Dann heiratete ich ins Südland. Ich wohnte vierzig Jahre in Keflavik.

Wie heißen Sie?

Ich heiße Lilja.

Lebt Ihr Mann noch?

Nein, er ist schon lange tot.

Haben Sie Kinder?

Ach, ich habe dreizehn auf die Welt gebracht, antwortete die Frau mit solcher Hilflosigkeit in der Stimme, daß ich sofort verstand, daß sie mindestens sechzig Enkel haben mußte.

Es ist manches seltsam, sagte ich. Er war immer einsam.

Sie humpelte schweigend neben mir her über die Gräber, und ich rechnete nicht damit, daß sie noch etwas sagen würde; es kam schon wieder ein Schneeschauer von Süden über den Skerjafjördur. Ich wollte mich am Friedhofstor von ihr verabschieden und zog den Hut.

Leben Sie wohl, sagte ich.

Sie reichte mir ihre alte, dürre Hand und blickte mir ins Gesicht, dem einzigen Menschen, der an ihrer Trauer Anteil nahm, und sagte:

Ich war auch immer einsam.

Und da verzog sich ihr Gesicht aufs neue, und sie hob rasch wieder den Schürzenzipfel vor die Augen und wandte sich ab.

Und hier endet die Geschichte von Nebukadnezar Nebukadnezarsson, der nur eine Nacht auf dem Friedhof schlief.

1933

Wie Indien gefunden wurde

Der Sohn des Himmels, der Kaiser von China, träumte eines Nachts, daß weit im Westen große und schöne Länder lägen, reich an Gold, Edelsteinen und Elfenbein, viel schöner und reicher als andere Länder; sie waren von weisen Menschen bewohnt. Er rief seinen Hofstaat zusammen, setzte sich auf den Thron, legte die Handfläche an die Stirn und sprach: Ich träumte einen Traum.

Darauf erzählte er ihnen seinen Traum. Und als er ihnen seinen Traum erzählt hatte, versprach er demjenigen Höfling, der dieses Traumland fände, Ruhm und Ehre ohne Ende und die vollkommene Huld des Sohnes des Himmels.

Aber ob die Höflinge nicht fest genug an die Träume des Sohnes des Himmels glaubten oder zu zufrieden waren mit den Ämtern, die sie schon bekleideten, und dem Ansehen, das sie bereits genossen, um sich wegen eines Traumlandes im Unbekannten in Gefahren zu begeben, so steht eines fest: Keiner der ehrenwerten Mandarine kümmerte sich um die Worte des Kaisers, außer Schang Ki En. Er legte seine Ämter in der Heimat nieder, nahm Abschied vom Sohn des Himmels und machte sich auf in Richtung Westen, ganz allein.

Er reiste nach Westen, durch viele Länder, die alle dem Sohn des Himmels gehörten, aber schließlich befand er sich in einem unbekannten Land, wo ein anderer König herrschte, mit fremder Sprache und anderen Sitten. Das war das Reich der Hunnen, das auf chinesisch Hi Wong Nu genannt wird. Sie tranken Wein aus Totenschädeln. Die Menschen im Land der Hunnen glaubten, daß noch weiter nach Westen zu eine undurchdringliche Wüstenei läge, und dann käme der Rand der Welt, und sie wollten Schang Ki En köpfen, denn sie hatten die Angewohnheit, alle Chinesen,

die ihnen unter die Hände kamen, zu köpfen. Doch der König besaß eine Tochter, und es heißt, die Beziehungen zwischen dem Fremden und der Königstochter seien schon bald dergestalt gewesen, daß sie es nicht bedauerte, als sich die Enthauptung Schang Ki Ens verzögerte, und der König nichts dagegen hatte, daß er bis auf weiteres bei den Hunnen blieb. Kurz und gut, der König gibt Schang Ki En seine Tochter zur Frau und das ganze Reich der Hunnen dazu. Schang Ki En ist nun der alleinige König der Hunnen geworden.

In alten Büchern steht geschrieben, daß Schang Ki En zehn Jahre lang mit großer Umsicht und Klugheit über Hi Wong Nu geherrscht habe. Er wurde geliebt von seinen Untertanen und sehr verehrt von seiner Frau, der Königin, und sie gebar ihm jedes Jahr einen neuen Sohn. Nie stand das Reich der Hunnen in größerer Blüte.

Als aber zehn Jahre vergangen waren, so wird erzählt, da erwacht Schang Ki En eines Nachts auf seinem Lager. Er erinnert sich mit einem Male daran, daß der Sohn des Himmels ihn nach Westen ausgeschickt hat, um neue Länder zu finden, die reich an Gold, Edelsteinen und Elfenbein sind, und er sieht die schlafende Königin, die Mutter der zehn Knaben, neben sich auf dem Lager und fragt: Wer bist du?

Er erhob sich sogleich vom Lager, schlüpfte in seine Schuhe und ging leise im Dunkel der Nacht aus dem Schlafgemach hinaus und steht allein im kalten Sturmregen auf dem Platz vor seinem Palast. Dann machte er sich auf nach Westen, die Landstraße entlang, und als die Straße aufhörte, hielt er auf das Gebirge zu. Er reiste viele Monate lang ununterbrochen durch die Einöde, die jetzt Nordtibet genannt wird, dann durch die Wüste Gobi, und verirrte sich oft in Gebirgen oder in Sandwüsten, stets auf der Flucht vor wilden Tieren, und ernährte sich von Baumrinde und Flechten, häufig dem Tode nahe. Doch schließlich befand er sich in einem Land mit stillen Wäldern, ruhigen Flüssen, duftenden Obstgärten, grünen Fluren, fettem Vieh und friedlichen Dörfern mit weißen Tempeln. Hier war das schönste Land, das er je gesehen hatte, und viel reicher an Gold, Edelsteinen und Elfenbein als irgendein anderes Land; dieses Land bewohnten weise Menschen, die

es Indien nannten. Hier endet die Geschichte von Schang Ki En, der zehn Jahre lang den Auftrag vergaß, welchen der Sohn des Himmels ihm gegeben hatte, sich schließlich aber doch wieder darauf besann und die schönsten und reichsten Länder der Welt fand.

1936

Napoleon Bonaparte

1.

Kothagi am Thrymsfjord – senkrecht zum Meer abfallende Felswände an der Mündung des Fjordes. Und auf diesem entlegenen
Hof hängen zwei Bilder, zwei Staatsoberhäupter: Königin Viktoria, die das schönste aller Reiche geerbt hatte, in ihre prächtigen
Gewänder gekleidet, und Napoleon Bonaparte, in einer weißen
Weste, ungekämmt, mit einer tiefen Furche auf der Stirn, der von
armen Leuten im Süden abstammte und aus eigener Kraft fast die
ganze Welt eroberte, bis seine Feinde ihn gefangennahmen und in
die Verbannung schickten. So bahnen sich berühmte Bilder ihren
Weg in die abgelegensten menschlichen Behausungen an den
entferntesten Meeren, einstmals berühmte Sieger, die in den Städten schon von allen vergessen sind, längst verstorbene Königinnen
im Ornat, hier hängen diese Leute immer noch, nachdem die
Städte sie schon längst gestürzt und andere an die Macht gebracht
haben.

Auf diesem abgeschiedenen Hof wohnte eine arme Witwe mit
ihren drei Kindern. Das Wohnhaus war nur sechs Ellen lang und
schon ziemlich windschief, als diese Geschichte begann. Doch die
Witwe sagte, das Wohnhaus würde schon noch halten, bis Gvendur und der kleine Nonni groß wären. Sie bauen einen neuen Hof
in Kothagi, sagte die Frau; ihre Schwester Sigga sollte wegheiraten.

Dann wuchsen die Kinder heran, unter den Augen dieser beiden Herrscher in dem windschiefen Haus ihrer Mutter. Und es
kam, wie die Frau gesagt hatte: Die kleine Sigga heiratete weg, als
sie groß geworden war. Sie verdingte sich drinnen im Tal als

Magd und kam dann nicht mehr zurück. Dagegen ließ der neue Hof auf sich warten, obwohl die Jungen groß wurden. Davon soll jetzt erzählt werden.

Der ältere Bruder, Gvendur, wuchs heran und wurde ein stattlicher Bursche. Aber er war kein besonders unternehmender Mensch. Er war auch kein Idealist und stellte an das Leben nie Ansprüche, die darauf hindeuteten, daß er unter den Bildern von Herrschern aufgewachsen war. Er fand das Wohnhaus gut, so wie es war. Seine Mutter konnte ihn durch ständiges Drängen bestenfalls dazu bringen, Kuhmist auf das Grassodendach zu streichen, damit es nicht mehr so durchregnete. Er konnte nicht mit Schafen umgehen, war ein schlechter Mäher, umständlich, verschlafen. Der Pfarrer wollte ihn erst konfirmieren, als er das übliche Alter schon um zwei Jahre überschritten hatte, und da konnte er nur das Vaterunser. Die Witwe sagte: Wahrscheinlich wird nichts daraus werden, daß wir uns einen neuen Hof bauen, bevor der kleine Nonni herangewachsen ist.

Da geschieht es eines Tages um die Zeit der Sommersonnenwende, daß der kleine Nonni nach den Schafen schaut. Zufällig gelangt er dabei auch hinaus an den Rand der Felswand an der Mündung des Fjordes und bleibt dort eine Weile im Wind sitzen. Das Meer glänzt ihm weit und hell entgegen wie die Wünsche der Seele. Die Wünsche der Seele? In Wirklichkeit hatte er nur selten daran gedacht, daß hinter diesem weiten Meer ferne Länder liegen, wo glückliche Menschen in schönen Städten leben. Obwohl er schon von anderen Ländern gehört hatte, vor allem von denen, wo die prächtig gekleidete Königin Viktoria und der berühmte König Napoleon in großen Ehren regierten. Bis jetzt hatte es ihn nicht danach verlangt, über Völker zu herrschen, schließlich war seine Stirn auch glatt. Doch an diesem Tag geschah etwas ganz Neues auf dem Meer.

Wenn man an einem klaren Tag zur Felswand hinausging, sah man nicht selten Schiffe auf dem Meer. Manchmal waren es kleine Schiffe, die Waren von einem kleinen Hafen zu einem anderen kleinen Hafen brachten. Manchmal Fischerboote mit roten Segeln. Manchmal der Postdampfer. Und ab und zu hatte man das Glück, die großen Frachtschiffe zu sehen, die große

Waren zu großen Völkern brachten. Heute sah der Junge ein Schiff,das keinem anderen Schiff ähnlich war, ein Wunderschiff. Es war größer als andere Schiffe; mit vielen Schornsteinen. Es war sogar noch schöner als das Schiff der Seele; und leuchtend weiß. Es ließ Rauchwolken wie Wollflocken über dem ruhigen Meer zurück; und rauschte vorwärts. Es funkelte wie eine riesige Tauperle im Sonnenschein, und er sah ihm verwundert nach, bis es verschwand. Dann war es seinen Blicken entschwunden.

Doch es war nicht aus seiner Seele entschwunden. Und daheim erzählte er davon, was er für ein Schiff auf dem Meer gesehen hatte. Aber weder seine Mutter noch seine Geschwister wollten ihm glauben, daß er so ein Schiff auf dem Meer gesehen hätte. Seine Mutter meinte, er hätte es geträumt. Seine Schwester sagte, daß es ein Vogel gewesen wäre. Und sein älterer Bruder sagte, solche Schiffe gäbe es nicht.

Erst als der Pfarrer zur Visitation auf den Hof kam, wurde dem Jungen bestätigt, daß man tatsächlich ein solches Schiff vor der Küste des Landes gesehen hatte. Das war ein Luxusdampfer. Ein Luxusdampfer? Ja; mit solchen Schiffen reisten die Könige und Königinnen und anderen Mächtigen der Völker. Sie kommen aus Städten, die an von der Sonne vergoldeten Stränden liegen. Diese Menschen feiern Tag und Nacht Feste. Diese Länder sind Festtagsländer, ihre Schiffe Festtagsschiffe. Dort gibt es Säle aus edlen Hölzern, Teller aus Silber, Messer aus Gold, Musik. Der Pfarrer drückte mit der Faust gegen die Holzverschalung des Hauses in Kothagi und sagte: Die tut es jetzt aber nicht mehr viele Jahre.

Nein, sagte die Witwe. Aber meine Jungen sind schon bald groß.

Wenn er nun aber auf den Schären hier am Eingang zum Fjord strandet, sagte der Junge.

Wie, sagte der Pfarrer.

Der große Luxusdampfer, sagte der Junge. Wenn er nun strandet –

Keine Sorge, die stranden nicht, diese großen Luxusdampfer, sagte der Pfarrer. Die fahren in tiefen Wassern.

Von da an ließ die Sehnsucht des Jungen nach fernen Ländern, sein Wunsch, ein Mann zu werden, der ferne Länder erobert und über sie herrscht, nicht mehr nach. Er wurde ein Feind des gewöhnlichen Schicksals, des Alltags und der Fesseln, mit denen er uns bindet, und ein Freund der Kräfte, die den Menschen Macht über die Welt verleihen, wie den Königen. Er lebte in einem Traumzustand, ein wortkarger junger Bursche, der gespannt darauf lauscht, was Gäste und Fremde sagen, als ob er sich davon Erlösung verspreche, und sehnsüchtig die Staubwolke anstarrt, wenn sie wieder davonreiten. Er dachte heimlich an unbestimmte Großtaten, wurde aber immer nachlässiger bei der täglichen Arbeit. Er lernte beim Pfarrer Lesen und Rechnen und wurde in dem dafür üblichen Alter eingesegnet. Auch als frisch konfirmierter junger Mann studierte er immer wieder die dunkle Willenskraft in Napoleons Augen und die Goldstickerei auf Viktorias Umhang, während das Wohnhaus in Kothagi von Jahr zu Jahr schiefer wurde. Er hatte schnelle Bewegungen und ruhelose Augen, wuchs aber schlecht und war klein, er kränkelte und war dementsprechend dünn. Dennoch waren sich alle darüber einig, daß in diesem Jungen etwas steckte, er könnte einmal Pfarrer werden. Doch er sagte, auch wenn er studieren dürfte, wollte er nicht Pfarrer werden. Was wollte er dann werden? Das sagte er keinem.

Du weißt es nicht, sagten seine Altersgenossen.

Doch, sagte er. Ich weiß, was ich werden will. Und ich werde es einmal werden.

Und ich hatte immer geglaubt, du würdest mir einmal helfen, das neue Wohnhaus zu bauen, sagte seine Mutter.

Du verstehst mich nicht, Mama, sagte er und machte sich reisefertig. Sie saß müde und traurig, mit dem Schürzenzipfel vor dem Gesicht, da.

Ich muß in die Welt hinaus, Mama, sagte er. Ich werde nicht aufgeben, bis ich ein mächtiger Mann geworden bin. Dann baue ich dir ein Haus mit zwei Stockwerken, Mama – vielleicht ein Schloß, fügte er in Gedanken hinzu, denn er wollte nicht zuviel versprechen –, und ging fort.

Die Leute arbeiten für geringen Lohn, und er bekam noch weniger als andere. Man fand einen so verschlossenen und schweigsamen Träumer, der noch dazuhin zu Tränen neigte und überhaupt nichts tragen konnte, nicht besonders nützlich. Die Leute kränkten ihn, er quittierte den Dienst. Taugenichts, sagten sie; und er weinte heimlich. Oft verziehen ihm aber die Leute und sagten, es stecke etwas in ihm, wenn es nur heraus könnte. Und er war behende. Und lernte schnell schwimmen. Er wurde oft ausgeschickt, um Schafe zu suchen und heimzutreiben, und wenn er dabei zu einem Fluß kam, schwamm er einfach hinüber. Doch es kam auch vor, daß er sich beim Schafesuchen vergaß und anfing, auf die Gipfel der Berge zu klettern. Auf vielen Gipfeln schichtete er zur Erinnerung an sich Steinwarten auf, die immer noch stehen.

So verging ein Jahr ums andere, ruhelos; bei den unterschiedlichsten Leuten. Während anderen jungen Männern vor allem daran gelegen war, ihre Kräfte zu stählen, hatte er es darauf abgesehen, sich gute Kleider anzuschaffen, und man registrierte verwundert, daß er sich zwei Sonntagsanzüge zulegte. Darüber wurde viel gelacht in der Gegend. Er ließ sich nie die Gelegenheit zu einem Besuch im Marktflecken entgehen und fühlte sich dort sehr wohl, er gab in einer Woche den Lohn eines ganzen Sommers für unnützes Zeug aus, konnte nicht mit Geld umgehen. Das Trinken gewöhnte er sich allerdings nie an. Er war zu einzelgängerisch, um sich den Kameraden anzuschließen, die ihm zu Gebot standen, und die vornehmeren Leute wollten nichts von ihm wissen. Zweimal oder dreimal verabschiedete er sich von den Leuten in der Gemeinde und sagte, er werde ins Ausland reisen. Aber dann reichte das Geld nicht, und er kam mit allerlei Tand, den er gekauft hatte, wieder in die Gemeinde zurück. Beim letzten Mal brachte er eine Brille mit silbernem Gestell vom Arzt mit, denn er hatte oft den Bezirksrichter mit einer Brille gesehen, und obwohl sie zu stark war und ihn bei der Arbeit behinderte, war sie das letzte, was er abends ablegte. Ein Spinner, sagten die Leute, er sollte lieber seiner Mutter helfen, ein neues Wohnhaus zu bauen.

Glaubte er vielleicht, er sei irgend so ein Bücherwurm, bloß weil er eine Brille hatte? Er las nicht mehr als die meisten Leute. Er

las das, was ihm in die Hände kam, wie andere Leute auch, die Geschichte vom Türkenüberfall, die Geschichte der Kreuzzüge, und man sah nicht, daß er gezielt las, oder daß das, was er las, ihn stärker beeinflußte als andere Leute. Zwar regte er sich über die Türken auf, wie jeder, der vom Türkenüberfall liest, aber er machte sie nicht schlechter, als dies alle tun. Er fand es auch schade, daß es den Kreuzfahrern nicht gelungen war, das Grab Jesu Christi zu erobern und wieder das Christentum bei den Sarazenen einzuführen, aber offensichtlich bedauerte er das nicht mehr als jeder andere. Und je mehr Jahre vergingen, desto seltener sprachen die Leute davon, daß etwas in ihm stecke.

Schließlich kam er als Knecht zum Erbhofbauern in Digranes. Es war im Herbst. Das war einer von den Höfen, wo in großem Stil gewirtschaftet wird, ein ausgedehnter Besitz, wo man viele Arbeitskräfte braucht und im Sommer wie im Winter viel zu tun ist. Man darf auch nicht vergessen, daß der Digranesbauer drei Töchter hatte und es in der ganzen Gegend keine begehrenswerteren Partien gab; doch ich glaube nicht, daß es für Habenichtse einfach gewesen wäre, zu ihnen ins Bett zu kriechen. Diese Töchter lebten alle noch unverlobt im Haus ihres Vaters und waren damals in der Blüte ihrer Jugend. Es hieß, obgleich die jungen Damen hoch hinauswollten, hätten sie dennoch nichts dagegen, den Knechten schöne Augen zu machen, wenn es sich gerade so ergab, und hier kam ein junger Knecht mit Brille, der zwei Sonntagsanzüge besaß und schon auf allen Bergen gewesen war. Sie sahen ihn gleich vielsagend an, obwohl er klein war, besonders die mittlere Tochter, die nie eine Gelegenheit ausließ, das Seltene zu loben, und die jungen Männer hier im Norden langweilig fand. Jon Gudmundsson sah sie auch gleich vielsagend an, besonders die mittlere Tochter. Darüber braucht man keine weiteren Worte zu verlieren, doch als der Tag immer kürzer wurde, geschah es immer häufiger, daß die beiden abends gleichzeitig auf dem Boden zu tun hatten; sie fing dann stets ein Gespräch mit ihm an. Sie standen lange an der Bodenluke. Sie wollte vieles wissen, er antwortete. Er sagte dies und das, sie lachte. Sie sprachen viel über den Marktflecken und die Dinge, die es dort zu kaufen gab, denn sie liebten beide die Dinge, die wir der Weltkultur verdanken, und kauften sie.

Manchmal bat sie ihn darum, seine Brille aufsetzen zu dürfen. Sie lachte, wenn sie sie aufhatte. Schließlich wurde unten nach einem von ihnen gerufen. Sie wollte nach Weihnachten in die Hauptstadt.

Hör mal, sagte sie, du trägst immer eine Brille, was willst du denn eigentlich werden?

Da war er um eine Antwort verlegen und sah mit einer kleinen Furche auf der Stirn und einem dunklen Willen im Blick vor sich hin. Da wurde sie noch neugieriger und sagte:

Also, was willst du denn werden? Du erinnerst mich an irgendein Bild.

Niemand soll erfahren, was ich werden will, sagte er dunkel.

Willst du Bezirksrichter werden? fragte sie.

Wie kommst du darauf?

Weil du eine Brille trägst wie der Bezirksrichter.

Das ist eine viel bessere Brille als die Brille des Bezirksrichters, sagte er. Außerdem würde ich den Bezirk nicht übernehmen, selbst wenn ich ihn angeboten bekäme. Und ich würde mich schon gar nicht um ihn bewerben.

Sie sah ihn eine Weile an, wie er in dem schwachen Lichtschein, der von unten zu ihnen heraufdrang, dastand. Dann schlug sie die Augen nieder. Dann sah sie ihn wieder an. Selbst wenn er den Bezirk angeboten bekäme? Wer war dieser Mann? Sie dachte ein paar Tage darüber nach, erzählte aber keinem davon. Im stillen imponierte ihr ein solcher Mann, der nicht einmal den Bezirk übernehmen wollte, selbst wenn er ihn angeboten bekäme. Doch sie wagte nicht, irgend jemandem davon zu erzählen, weil sie fürchtete, man würde sagen, er sei übergeschnappt. Obwohl er aus einer Kleinbauernfamilie stammte, war in seinem Blick etwas, an das sie unaufhörlich denken mußte. Es gab genug Beispiele dafür, daß willensstarke junge Leute es aus eigener Kraft zu etwas brachten, obwohl sie aus kleinen Verhältnissen kamen. Sie hatte in Büchern davon gelesen. Vielleicht war er einer von denen.

Sie trafen sich erst wieder einige Tage später gegen Abend. Sie holte gerade etwas aus dem Schrank hinten auf dem Boden, sie mußte abends so oft etwas holen. Er kommt aus seiner Kammer unter dem Dach und sie sagt zu ihm, sie müsse etwas aus dem Schrank holen. Doch weil sie sich in der Dunkelheit fürchtete,

fragte sie ihn, ob er mitkommen wolle, und sie machen sich an diesem Schrank in der Ecke unter der Dachschräge zu schaffen, es herrschte völlige Dunkelheit, und sie küßten sich ganz von selbst, lange, ihre Lippen waren weich, sie hatte einen längeren Atem als er. Da hörte man Schritte auf der Treppe, und sie war über alle Berge und hatte vergessen, daß sie etwas holen wollte; oder vielleicht hatte sie es auch gefunden. Es vergingen viele Tage und sie waren nie allein. Er wartete abends auf dem Boden, aber sie kam nicht, und wenn es geschah, daß er sie tagsüber ansah, schien sie es nicht zu bemerken, doch er bemerkte, daß ein neuer Ausdruck in ihrem Gesicht war. Er liebte sie. Er mußte von früh bis spät nur an sie denken.

Er traf sie vor Weihnachten drüben in der Kirche. An Weihnachten sollte ein Gottesdienst abgehalten werden, und sie stand in einer dicken Strickjacke vor dem Altar und putzte die Leuchter. Er ging demütig zwischen den Bankreihen hindurch und sah ihre Schönheit vor Jesus am Kreuz. Er nahm seine Mütze ab.

Du hast nicht mit mir sprechen wollen, sagte er.

So, sagte sie und lächelte.

Ist es, weil du keine Antwort bekommen hast auf das, was du mich neulich fragtest?

Was habe ich dich neulich gefragt?

Du hast gefragt, was ich werden will.

Er trat dicht an sie heran und sah sie mit seinem unergründlichen, ernsten Blick an, der manchmal von einer dunklen Willenskraft zeugte; aber noch häufiger umherirrte. Er sagte: Ich will ein großer Mann werden. Ich werde ein großer Mann werden.

Hier in der Gemeinde? fragte sie verwundert und hörte auf zu putzen.

Nein, sagte er. Hier in der Gemeinde kann man kein großer Mann werden; das kann man nicht, wenn man für seinen Unterhalt arbeiten muß. Bald fahre ich ins Ausland. Willst du auf mich warten?

Wenn du sehr lange fortbleibst –, sagte sie halb traurig und schlug die Augen nieder – hör zu, du darfst nicht sehr lange fortbleiben.

Er hätte ihr gerne versprechen wollen, bald wiederzukommen, doch das wagte er nicht, weil er ahnte, daß ihn langwierige Kämpfe und schwer zu erringende Siege erwarteten, bevor er die Welt erobert hatte und ein großer Mann geworden war.

Ich habe einen langen Kampf vor mir, sagte er. Ich muß viele Siege erringen. Ich weiß, das ist schwierig. Doch was haben damals die Kreuzfahrer nicht alles auf sich genommen? Oder Kriegerkönige, die sich ganze Reiche untertan machten, wie zum Beispiel Napoleon. Aber wenn du auf mich wartest, ist mir vor nichts bange. Wirst du es tun?

Ja, sagte sie in kindlicher Verwirrung und sah ihm in die Augen: Er brachte ihr ganzes Weltverständnis aus dem Gleichgewicht, alles, was sie in Zeit und Raum für wahrscheinlich und für unwahrscheinlich hielt, so daß sie nicht mehr wußte, was sie glauben sollte; und was nicht.

Er wollte sie küssen.

Nein, sagte sie ängstlich und zeigte auf Jesus Christus – nicht hier.

Wer weiß, vielleicht erobere ich auch etwas – für ihn, sagte der Junge und nickte dem Erlöser der Welt zu. Dann küßten sie sich.

Jetzt mußt du gehen, sagte sie, denn sie hatte Angst, daß jemand käme, es war am hellichten Tag.

Und die heilige Handlung war beendet.

3.

Die Schiffe kommen und fahren. Wieder einmal steht er an der Dampferanlegestelle und sieht zu, wie glückliche Menschen mit dem Schiff ankommen und abfahren. Er hat immer noch die Absicht, mit einem Schiff wegzufahren. Aber es heißt, jetzt komme die mittlere Tochter nach Hause – nach mehr als zweijähriger Abwesenheit. Und er hat die ganze Zeit darauf gewartet, daß sie zurückkommt, damit er von ihr Abschied nehmen kann. Denn er konnte nicht von ihr Abschied nehmen, bevor sie wegfuhr. Die Liebe; – wenn ich von ihr Abschied genommen habe, dann bin ich endlich reisefertig.

Er kaufte sich neue Stiefel für sein Geld und blieb dann im Ort, um in Stiefeln herumzugehen. Damals war es sogar selten, daß Gemeindevorsteher Stiefel besaßen. Er bezahlte seinen Aufenthalt im Gasthof, sprach mit niemandem und ging in den Stiefeln herum. Besonders häufig ging er in das Geschäft. Er fragte bei der Abfertigung, was es koste, mit dem Schiff ins Ausland zu fahren. Hundert Kronen, sagten sie – dieser Mann hatte schon oft danach gefragt, der würde nie hundert Kronen zusammenbekommen. Jetzt kommt bald die mittlere Tochter, hoffentlich verliert sie nicht den Glauben an mich, weil ich noch nicht abgereist bin, dachte er. Hoffentlich gelingt es mir, sie davon zu überzeugen, daß ich trotzdem fahren werde; daß ich wirklich fahre; fahre, was auch die Leute sagen mögen; in entfernte Länder fahre und Ruhmestaten vollbringe wie andere junge Leute aus kleinen Verhältnissen, die in die Welt hinausfuhren und es aus eigener Kraft zu etwas brachten.

Dann kam die mittlere Tochter. Sie war in Begleitung eines jungen Mannes, den er noch nie gesehen hatte, das war der Sohn des Bezirksrichters, er hatte in Dänemark studiert, um selbst Bezirksrichter werden zu können. Er trug einen schwarzen Honoratiorenmantel von der Art, die man hier nicht bekommt. Jon Gudmundsson stand auf der Landungsbrücke, doch sie erkannte ihn nicht, sah ihn nicht und wandte sich hastig ab, als er versuchte, ihr in den Weg zu treten. Die Familie des Bezirksrichters war erschienen. Es gab viele vornehme Begrüßungen. Dann ging sie an der Seite des jungen Herrn im Mantel in den Ort hinauf, die Familie des Bezirksrichters wie eine unbesiegbare Armee um sich herum. Und Jon Gudmundsson blieb allein zurück auf dem Platz. Er sagte zu keinem etwas, niemand wußte, was er fühlte; doch er ging wie im Schlaf in das Geschäft und fragte, ob sie Mäntel hätten. Sie hatten einen häßlichen kurzen Mantel mit viel zu langen Ärmeln, und den kaufte er. Jetzt trug er einen Mantel. Aber er hatte kein Geld mehr und wankte zum Ort hinaus und den Hang hinauf. Er lag lange in einer grünen Senke und vergrub sein Gesicht im Gras. Die Dunkelheit legte sich über Meer und Land. Drunten im Marktflecken verstummten allmählich die Stimmen des Tages. Schließlich tutete das Schiff zur Abfahrt. Es tutete einmal und dann tutete es zum zweiten Mal.

Alle großen Männer haben irgendwann einmal zu illegalen Mitteln gegriffen, denn menschliche Größe unterliegt nicht den allgemeinen Gesetzen in einer Welt, die dem einzelnen gegenüber feindlich ist. Er beschloß also, an Bord des Schiffes zu gehen, bevor es zum dritten Mal tutete. Der Mann trug einen Mantel und neue Schuhe, zwar schienen ihm die Schuhe und der Mantel nicht besonders gut zu passen, aber niemand sah ihn deshalb schief an, niemandem fiel es ein, ihn von Bord zu weisen. Wenig später wurden die Taue losgemacht. Das Schiff stach in See. Es nahm Kurs aufs offene Meer – zu anderen und besseren Ländern.

Er hatte es für sicherer gehalten, sich am Abend an Deck zwischen einem Stapel von Fässern zu verstecken, doch bald fing es an zu regnen und ihm war sehr kalt, und er hatte gestern vergessen, etwas zu essen, er war sehr hungrig. Und als das Schiff anfing zu schaukeln, wurde ihm übel, sehr übel, er kroch aus seinem Versteck und übergab sich lange an der Reling. Ein paar Matrosen schauten neugierig zu diesem einsamen Passagier hin, der da oben auf Deck stand und sich mitten in der Nacht übergab. Dann wurde es langsam hell. Er saß völlig durchnäßt auf einem Faß, seine Füße hingen herab, der Kopf war ihm auf die Brust gesunken, er hatte rote Augen, war ganz blau vor Kälte und kam sich vor, als hätte er seine Seele ausgespien. Menschen gingen hin und her und um ihn herum. Schließlich berührte ihn einer an der Schulter. Er hob mühsam den Kopf.

Wer sind Sie? fragte ein Mann mit Goldstreifen.

Jon Gudmundsson blickte den Mann entgeistert an, antwortete aber nicht.

Wohin fahren Sie?

Ich? sagte Gudmundsson. Ich fahre mit dem Schiff.

Haben Sie eine Fahrkarte?

Keine Antwort, der Kopf des Passagiers sank wieder auf die Brust hinab. Der Steuermann fragte noch eine Weile weiter, der Kopf des Passagiers sank immer tiefer. Zu guter Letzt fing der Steuermann an, den Passagier zu schütteln. Da stellte sich heraus, daß er keine Fahrkarte hatte.

Es erregt stets großes Aufsehen auf einem Dampfer, wenn jemand keine Fahrkarte hat, obwohl ein solcher Papierstreifen

kaum ein Beweis dafür ist, daß man wirklich einen legitimen Grund hat, ins Ausland zu fahren. Man würde meinen, die Schiffe könnten stolz darauf sein, Leute zu befördern, denen es tatsächlich Freude macht, in andere Länder zu reisen, ganz zu schweigen von denen, die im Ausland etwas Wichtiges zu erledigen haben. Oh, nein. Wenn einer keine Fahrkarte hat, ist er plötzlich der einzige Mensch an Bord. Er ist mit dem Gesetz in Konflikt geraten. Dabei ist sein einziges Vergehen, daß er verreisen muß, wie andere Leute auch. Alle fragen ganz verwirrt: Was soll man mit dem Mann machen? Der Kapitän hat die Pflicht, ihn im nächsten Hafen der Polizei zu übergeben, aber wären das nicht schlechte Kapitäne, die so mit armen Leuten umgehen, die verreisen müssen? Gute Kapitäne versuchen zu vermitteln und finden irgendeine Möglichkeit, das Gesetz zu umgehen, man könnte sogar denken, daß sie mehr Verständnis für arme Leute haben als das Gesetz. So wurde einem Matrosen gestattet, Jon Gudmundssons Anzug, seine Stiefel und seinen Mantel zu kaufen, damit er das Fahrgeld bezahlen konnte. Außerdem bekam er eine blaue Drillichhose und einen Pullover geschenkt sowie ein Paar alte Schuhe, damit er nicht nackt im Ausland ankäme. Und bevor das Schiff in den Hafen einlief, sammelten die Leute ein paar Kronen und schenkten sie Jon Gudmundsson, damit er die Welt erobern könnte.

4.

Da geschah es einmal um die Jahrhundertwende, daß eine Frau vom Pfarrhof in Hof im Jökulsardalur an einem Morgen im Spätsommer draußen im Pferch beim Melken ist, denn damals war es noch üblich, die Schafe zu melken, was dann später aufgegeben wurde. Dieses Tal erstreckt sich, wie alle wissen, bis zur Einöde des Ostlandes hinauf. In alten Schriften heißt es, hier sei der alte Gletscherweg verlaufen, der Weg, der an der Nordseite des Vatnajökull entlang, zwischen Gletscher und Lavawüste, in die bewohnten Gebiete des östlichen Südlandes führte. Im Mittelalter gab es in dieser Gegend ausgedehnte Weiden, doch die sind

schon längst der Winderosion zum Opfer gefallen. Dieser Weg wird schon seit Jahrhunderten nicht mehr verwendet, es heißt, von einer Siedlung zur anderen müsse man eine ganze Woche durch die Einöde reiten. Ich habe nur davon gehört, daß ein Ausländer diesen Weg geritten sein soll, man sagt, es sei ihm egal gewesen, ob er lebte oder starb, er hatte nur das eine Pferd, und wenn er sich, was selten genug geschah, schlafen legte, band er sich selbst am einen Vorderfuß des Pferdes fest. Man sagt, er habe eine geladene Pistole dabeigehabt, um notfalls sich und das Pferd erschießen zu können. Das ist ein sehr schlechter Weg.

Plötzlich fängt der Hund an zu bellen, und als die Frau sich die Hand über die Augen hält, sieht sie tatsächlich einen Mann den Berg herunterkommen. Sie beobachtete ihn eine Weile ziemlich überrascht, denn aus dieser Richtung kam sonst nie jemand. In Wirklichkeit konnte man nicht behaupten, daß der Mann zu Fuß ging, sondern dieser Mann wälzte sich und kroch. Der Hund im Pferch bellte wie verrückt. Der Mann bewegte sich langsam bergabwärts. Er machte keinen Versuch aufzustehen, obwohl er auf die grasbewachsene Ebene heruntergekommen war, er kroch auf den Melkplatz zu. Erst am Pferch versuchte er aufzustehen; da richtete er sich auf, lehnte sich gegen den Zaun, beugte sich über das wiederkäuende Milchschaf und sah die Frau an. Und die Frau sah starr vor Schreck den Fremden an. Er war barfuß, in zerrissenen Lumpen, mit Erde verschmiert, zerkratzt an Händen und Füßen, ohne Kopfbedeckung, mit zerzaustem, dunklem Flaumbart und ausgetrockneten, blutigen Lippen; seine Augen waren ganz rot. Er war von kleiner Statur, vielleicht auf seine Weise noch jung und nicht ausgewachsen, sie dachte an den Geist eines ausgesetzten Kindes, das in seinem steinernen Grab gealtert war. Dann begann der Mann etwas zu lallen, sie konnte aber kein Wort verstehen, weshalb sie auf den Gedanken kam, er könnte einer von den Armeniern sein, die damals oft auf der Flucht vor den Türken ins Land kamen. Sie gab ihm Milch.

Es fiel ihm zunächst schwer, die fette Schafsmilch zu schlucken, und er trank nicht viel auf einmal. Er setzte sich mit ausgestreckten Beinen aufs Gras und betrachtete seine müden Füße. Dann nahm er wieder einen Schluck. Die Frau hatte keine Angst mehr.

Wer bist du? fragte sie, doch er hörte zuerst nicht. Schließlich antwortete er, ohne den Blick von seinen blutigen Füßen abzuwenden: Ich heiße Napoleon Bonaparte.

Aha, sagte die Frau; sie hatte diesen Namen noch nie gehört. Kommst du von weither?

Ich bin hinter dem Vatnajökull herumgegangen.

Oh, du Armer, sagte die Frau. Was ist denn mit dir geschehen?

Ich bin ein Kaiser, sagte er.

Was? sagte die Frau.

Ich habe in Dänemark wieder das Christentum eingeführt, sagte er.

Ach so, sagte die Frau.

Und die Türken völlig besiegt, sagte er.

Die Türken? fragte die Frau.

Ja, sagte er. Die Türken. Die sind erledigt.

Soso, sagte die Frau. Ich glaube, Sie sollten dann mit dem Pfarrer sprechen.

Doch er hörte nicht auf, seine Füße anzustieren, die ihn diesen ganzen langen und beschwerlichen Weg getragen hatten. Und die Frau machte weiter mit dem Melken. Und als sie mit dem Melken fertig war, saß der Mann immer noch am Pferch.

Daraufhin ging der Pfarrer zu dem Fremden am Melkplatz. Das war ein alter und guter Pfarrer. Er wollte den Mann auf den Hof einladen, um ihn zu pflegen. Doch der Mann war noch zu entkräftet, um aufrecht stehen zu können, und wollte partout nicht weiter als bis zum Schafstall neben der Hauswiese kriechen. Dorthin mußte man ihm weitere Nahrung bringen. Er nahm zunächst wenig zu sich und schlief den ganzen Tag im Schafstall, man hatte ihm in der Futterkrippe ein Lager bereitet. Bald nahm jedoch sein Appetit zu. Und am dritten Tag bekam er vom Pfarrer einen Rechen und ging schweigend zu den Leuten auf die Heuwiese hinaus. Für die Knechte und Mägde war es eine willkommene Abwechslung, daß der Kaiser Napoleon zu ihnen auf die Heuwiese kam, und sie hätten gern Näheres über die Wiedereinführung des Christentums in Dänemark und über den Untergang der Türken erfahren. Doch der Fremde setzte sich bei den Mahlzeiten einen Steinwurf entfernt von den anderen hin und

drehte allen den Rücken zu, gab auf die unnötigen Fragen der Leute keine Antwort und aß schweigend vor sich hin. Es war in seinen Augen etwas wie bei einem verängstigten Tier, das sich nicht wehren kann. Doch der alte Pfarrer befahl allen, zu Napoleon Bonaparte höflich zu sein. Er sagte, daß Napoleon Bonaparte ein unglücklicher Mensch sei.

Und es war wirklich niemand böse zu Napoleon Bonaparte. Die Leute nannten ihn der Einfachheit halber Parte. Parte tat keinem etwas zuleide. Parte richtete nie als erster das Wort an jemanden. Parte schalt nicht einmal den Hund. Man konnte sich keinen friedfertigeren Mann vorstellen als diesen alten Kriegerkönig. Er legte sich mit seinem Rechen ins Zeug, ohne daß ihn jemand dazu angehalten hätte, und er verrichtete seine Arbeit stets gut und mit Verstand. Doch er wollte nie ins Haus gehen. Er blieb im Schafstall. Die Frau des Pfarrers ließ ihm Kleider und Schuhe bringen.

Nach der Heuernte erwies er sich als unentbehrliche Arbeitskraft auf dem Hof. Er reparierte, was schadhaft geworden war, fand Dinge, die verlorengegangen waren, wieder, hielt Ordnung um das Haus herum, half mit im Stall. Als der Winter kam, wurde er ganz von selbst Stallknecht auf dem Pfarrhof. Alles verrichtete er ruhig und gelassen, wenn man ihn die Arbeit aus eigenem Antrieb tun ließ. Dagegen konnte er es nicht ertragen, daß man ihm Vorschriften machte, auch nicht, daß man ihn kritisierte. Da wurde er seltsam und begann zu blasen und zu schnauben, bis er erregt losschrie:

Ich bin Napoleon Bonaparte.

Er ging einmal auf einen Knecht des Pfarrers los, der ihn herumkommandieren wollte. Danach verbot der Pfarrer allen, die zum Haus gehörten, Napoleon Bonaparte Vorschriften zu machen – er ist unser Gast hier auf dem Hof, und es hat ihm keiner Befehle zu erteilen. Er durfte sich die Arbeiten aussuchen, denen er sich gewachsen fühlte. Er packte immer kräftig zu.

Einmal im Herbst fing einer der Knechte damit an, ihn Jon zu nennen. Napoleon antwortete zuerst nicht darauf; als der andere jedoch immer weiter darauf herumritt, begann er zu schnauben, bis er schrie:

Ich bin Napoleon Bonaparte.

Nein, sagte der Mann. Du heißt Jon Gudmundsson.

Da wurde Parte völlig rasend und sagte: Pfui über dich, du elender Wicht! – und wollte auf den Knecht losgehen. Der Pfarrer gab Anweisung, daß man ihn nur so nennen sollte, wie er selbst heißen wollte. Selbst redete ihn der Pfarrer immer nur mit dem vollen Familiennamen an. Bonaparte, sagte der Pfarrer.

Als klar geworden war, daß Napoleon nie das Wohnhaus auf dem Pfarrhof betreten würde, ließ ihm der Pfarrer in einer Ecke des Schafstalls eine kleine Kammer einrichten, die innen mit Brettern verkleidet war; dort hatte er sein Lager. Die Pfarrersfrau gab ihm eine Lampe, damit er abends Licht hatte. Später wurde in Hof ein neuer Schafstall gebaut, und danach hatte Napoleon Bonaparte den alten Schafstall für sich allein. In einem Sommer deckte er das Dach neu. Er bekam ein Taschenmesser, eine Schüssel und einen Löffel. Bei den Mahlzeiten kam er mit der Schüssel an die Küchentür des Wohnhauses und wartete draußen, während sie gefüllt wurde. Flüssige und feste Nahrung wurden in dieselbe Schüssel getan. Wenn er zu lange auf sein Essen warten mußte, ging er wieder. Doch dann bestand die Gefahr, daß die Kühe abends kein Futter bekamen, denn er tat für den Rest des Tages keinen Handstreich mehr. Deshalb schärfte der Pfarrer den Frauen ein, sie sollten Parte so kurz wie möglich auf seine Schüssel warten lassen.

Einmal, als es auf den Herbst zugeht, erscheint ein Besucher aus dem nördlichsten Teil des Nordlandes. Er hatte Verschiedenes droben in den Tälern zu erledigen, unter anderem wollte er Napoleon Bonaparte aufsuchen.

Einen schönen guten Tag, lieber Nonni, sagte er.

Keine Antwort.

Du erinnerst dich doch sicher an mich aus der Zeit, als wir zusammen als Knechte in Digranes waren?

Keine Antwort.

Ich bin jetzt mit deiner Schwester Sigga verheiratet, Jon. Wir haben im vorletzten Jahr geheiratet.

Da begann Bonaparte seine Stirn in Falten zu ziehen und ein klein wenig zu schnauben.

Deine Mutter ist jetzt in diesem Herbst zu mir auf den Hof gezogen. Und sie hat mich gebeten, dir diese Fäustlinge mit einem Gruß von ihr zu bringen.

Er reichte ihm ein paar helle, wollene Fausthandschuhe, die je zwei Daumen hatten und gut gewalkt waren.

Aber jetzt war Napoleon wütend. Er stieß einen dieser unheilverkündenden Schreie aus, die ein Hinweis darauf waren, daß es nun vernünftiger sei, nicht weiterzusprechen. Er sagte, er heiße Napoleon Bonaparte und sei ein Kaiser. Er kannte weder seinen Besucher noch die Leute, die ihn hergeschickt hatten. Er empfand die Fausthandschuhe als unerhörte Beleidigung und warf sie über die Mauer der Hauswiese hinaus und verwünschte das Geschenk und den Schenkenden.

Der Besucher fand, es sei das beste, sich davonzumachen. Und Napoleon Bonaparte brauchte von da an nie mehr Besucher zu empfangen.

5.

Die Jahre vergehen. Der alte Pfarrer starb und wurde beerdigt. Und die Pfarrstelle wurde ausgeschrieben. Es kam ein neuer Pfarrer auf die Pfarrstelle.

Wer bist du? fragte dieser neue Pfarrer.

Ich heiße Napoleon Bonaparte. Ich bin ein Kaiser.

Das ist eigenartig, sagte der Pfarrer. Wie hast du Kaiser werden können?

Ich bin der Sohn des ersten Napoleon Bonaparte und der Königin Viktoria von England.

Ach so, sagte der neue Pfarrer. Und wie bist du hierher nach Island gekommen?

Ich wurde hier an Land gespült, als damals der Luxusdampfer strandete, sagte Napoleon Bonaparte.

Glaubst du nicht, daß du das ein bißchen durcheinanderbringst, sagte der neue Pfarrer vorsichtig.

Da begann Napoleon zu schnauben.

Ich habe gehört, sagte der Pfarrer, du seist einmal in Dänemark gewesen.

Ja, sagte Napoleon. Ich habe in Dänemark wieder das Christentum eingeführt. Und habe die Türken vernichtend geschlagen, gerade als sie die Länder erobert hatten.

Das hast du gut gemacht, Napoleon, sagte der Pfarrer. Ich bin dir dafür dankbar. Kann ich statt dessen vielleicht irgend etwas für dich tun.

Nein, antwortete er. Es kann niemand etwas für mich tun. Es kann niemand etwas für Napoleon Bonaparte tun.

Darauf ging er weg. Er war auf niemanden angewiesen. Er brauchte nicht einmal die Freundschaft eines Menschen oder eines Hundes. Er war der starke, einsame Mann, der die Welt besiegt hatte, er hatte alles, war erhaben über alle Menschen. Niemand konnte etwas für Napoleon Bonaparte tun. Leute in der Gemeinde, die sich auskannten, sagten dem neuen Pfarrer, wie er sich einem solchen Menschen gegenüber verhalten sollte. Er gehört zum Pfarrhof. Es ist ein wichtiger Teil des Amtes des Gemeindepfarrers, daß er es versteht, seinen Pflichten gegenüber Napoleon Bonaparte nachzukommen.

So überlebte Napoleon Bonaparte zwei Pfarrer und beinahe noch einen dritten. Er reiste nicht gerade viel, obwohl andere kamen und gingen, niemand erinnerte sich daran, daß er in all den Jahren jemals den Hof verlassen hätte. Seine Hütte verwuchs immer mehr mit der Wiese, zuletzt war sie nur noch ein kleiner Buckel im Gras, mit einem handtellergroßen Fensterchen und einer schiefen Türöffnung, durch die Parte hineinkroch. Bisweilen, wenn er irgendwo draußen war, schlichen sich neugierige Leute in seine Hütte, doch da gab es außer seinem Lager auf einer Pritsche nichts zu sehen. Auf einem Brett unter der Dachschräge stand seine Schüssel mit dem Löffel. Er zerbrach in all den Jahren nie seine Schüssel. Manche sagten, Napoleon Bonaparte habe Läuse, und keiner erinnerte sich daran, daß er sich in all den Jahren jemals gewaschen hätte. Haare und Bart wuchsen, wie es ihnen gefiel. Er stopfte sich das Haar hinten in den Halsausschnitt des Hemdes, wurde früh grauhaarig, später weißhaarig. Doch die Pfarrersfrauen sorgten stets dafür, daß er Kleider hatte, und es galt als glückliches Omen für den Pfarrhof, daß dieser Mann dort sein Königreich hatte. Er wurde nie krank. Und forderte nie

Lohn. Niemand befürchtete, daß er irgendwann einmal wirklich zur Last fallen könnte oder in nennenswerter Weise von der Gemeinde unterstützt werden müßte. Er war so treu und uneigennützig, daß er nicht wußte, daß es etwas gab, das Entlohnung hieß. Alle hatten Hochachtung vor diesem Kaiser ohne Land, der schon so lange im Exil war und dieses Exil so tapfer ertrug.

Doch je mehr Jahre vergingen, desto seltener sprach er von seiner Königswürde und seinem Weltruhm; er gab sich damit zufrieden, ganz einfach Parte zu sein – ein Mensch, der unendlich müde war von der pausenlosen, schweren Arbeit dieser sich lang hinziehenden Jahre, die zu Jahrzehnten geworden und zerronnen waren. Und im letzten Jahr kam es immer wieder vor, daß er ganz unvermittelt zu arbeiten aufhörte und nachdenklich ins Blaue starrte oder sich ein wenig ungeduldig hinterm Ohr kratzte und das Gesicht verzog, als versuchte er, über etwas nachzudenken, an das er sich nur mit Mühe erinnern konnte. Worüber versuchte der alte Napoleon Bonaparte nachzudenken? Schließlich kam es eines Tages so weit, daß er sich daran erinnerte.

Wenn ich mich recht entsinne, dann habe ich irgendwo ein Paar Fausthandschuhe verloren, helle, wollene Fäustlinge, die je zwei Daumen hatten und schön gestrickt waren; und gewalkt.

Kein Mensch konnte sich noch an die Fausthandschuhe erinnern, die er verloren hatte, deshalb gab ihm die Pfarrersfrau ein Paar neue, wollene Fäustlinge, die sie selbst gestrickt hatte – waren es nicht diese Fäustlinge, Parte?

Aber es waren nicht diese Fäustlinge. Und wie man auch suchte, und was für Fausthandschuhe man ihm auch brachte, es waren nicht die Fäustlinge, die Napoleon Bonaparte verloren hatte. Auf dem Weg kommen unbekannte Menschen daher, und am Wegrand steht Napoleon Bonaparte und fragt: Habt ihr vielleicht unterwegs ein Paar helle, wollene Fausthandschuhe gefunden?

Aber es war alles umsonst.

So wurde es Winter. Da geschah es an einem dunklen Morgen, daß Parte, als er die Kühe versorgt hatte, an die Küchentür im Pfarrhof klopfte, wie er es zu tun pflegte, wenn er seine Schüssel brachte.

Na so etwas, Parte, sagte die Magd. Bringst du so früh deine Schüssel?

Nein, sagte er. Aber kann ich vielleicht den Pfarrer sprechen?

Und als der Pfarrer zur Tür gekommen war, reichte er ihm seine alte, müde, schmutzige und sehnige Hand und sagte:

Jetzt möchte ich mich herzlich bei Ihnen bedanken.

Wofür möchtest du dich bedanken, Parte? fragte der Pfarrer.

Ich möchte mich fürs Übernachten bedanken, sagte Napoleon Bonaparte. Nun werde ich mich heute auf den Heimweg machen.

Auf den Heimweg? fragte der Pfarrer.

Ja, mir ist plötzlich eingefallen, daß ich einer Frau so gut wie versprochen hatte, ihr ein neues Wohnhaus zu bauen.

Was für einer Frau? fragte der Pfarrer.

Ach, das war nur so eine Frau, sagte Napoleon Bonaparte.

Hör mal, Parte, sagte der Pfarrer. Hast du das vielleicht geträumt? Oder bist du nicht Napoleon Bonaparte?

Da kratzte sich Parte am Kopf, verzog das Gesicht und schaute weg, als ob er es ein wenig seltsam fände, daß ihn der Pfarrer so fragte.

Hattest du nicht in Dänemark wieder das Christentum eingeführt? fragte der Pfarrer.

Das muß ich dann vergessen haben, sagte Napoleon verlegen und sah teilnahmslos ins Blaue, wie wenn es ihm nicht mehr wichtig schiene, ob dieser bestimmte Volksstamm christlich war oder nicht.

Und hast du nicht die Türken vernichtend geschlagen, als sie gerade die Länder eroberten?

Doch Napoleon Bonaparte schüttelte nur den Kopf, und sein Gesichtsausdruck war voller Resignation, als ob er jetzt der Ansicht sei, es habe sich in Wirklichkeit nicht gelohnt, solche Umstände zu machen, um die Türken vernichtend zu schlagen: Möglicherweise waren die Türken nicht schlechter als die anderen Völker, die von ihnen erobert worden waren. So unbedeutend werden unsere weltberühmten Siege in unseren Augen, wenn die Zeit vergeht; wenn wir den Punkt im Leben erreicht haben, der über alle Siege erhaben ist; und über alle Niederlagen.

Wie spät ist es? fragte Napoleon Bonaparte – das hatte er bisher noch nie gefragt. Ja, es ist an der Zeit, sich auf den Weg zu machen – er hatte sich eigentlich schon zu lange in den Morgen

hinein hier aufgehalten. Es war nett von Ihnen, Herr Pfarrer, mich aufzunehmen, als ich vom Gebirge herunterkam, fuhr er fort. Ich hatte schon lange nichts mehr gegessen, ich mußte nämlich unbedingt hinter dem Vatnajökull herumgehen. Aber jetzt habe ich mich wieder erholt. Ich hoffe, man macht sich daheim noch keine Sorgen um mich.

Dann zog er los.

Er kam unterwegs auf verschiedene Höfe, wie andere Reisende auch, griff bescheiden zu, wenn ihm Essen und Kaffee angeboten wurden, und bedankte sich hinterher.

Wohin gehst du? fragten die Leute.

Ich gehe nach Hause, sagte er. Ich habe einer Frau versprochen, daß ich etwas für sie tun werde, wenn ich komme. Aber ich habe mich unterwegs verspätet.

Bist du nicht Napoleon Bonaparte? sagten die Leute.

Doch er schüttelte nur den Kopf und kannte diesen Namen nicht mehr.

Hast du nicht in Dänemark wieder das Christentum eingeführt? fragten die Leute.

Was, sagte er, das Christentum –?

Ja, und die Türken besiegt? sagten die Leute.

Doch er schüttelte nur verständnislos den Kopf.

Dann ging er weiter – nach Hause.

Die Leute sahen ihm nach, wie er über das eisbedeckte Moor nordwärts ins Gebirge tippelte, dieser alte, knochendürre Mann, trotz Frost ohne Handschuhe, an einem kleinen Wanderstab, und dabei fing es an, heftig zu schneien. Er geriet in den schlimmen Adventsschneesturm, der uns allen vom vergangenen Winter her noch in Erinnerung ist, und danach hörte man nichts mehr von ihm. Er wurde erst im Frühjahr gefunden, als der Schnee wieder abtaute. Da fand man ihn an der Nordseite der Anhöhe am Thrymsfjord, dort, wo vor langer Zeit einmal der Hof Kothagi gestanden hatte.

Er war also doch noch nach Hause gelangt, dieser große Mann.

1935

Der hinkende alte Thordur

Wir alle kennen den hinkenden alten Thordur, entweder vom Hafen oder durch seine Arbeit beim städtischen Straßendienst, er wohnt schon seit langem hier draußen in der Vorstadt, und bei den Gewerkschaftsversammlungen sitzt er dort, wo es nicht auffällt, oft mit seiner Schnupftabaksdose in der Hand, und hat sich vielleicht schon seit einem Monat nicht mehr rasiert. Er hat ein freundliches Gesicht und macht einen sehr geduldigen Eindruck, und daran, wie er sitzt, ist leicht zu erkennen, daß er das Sitzen nicht gewöhnt ist. Nein, er ist das Sitzen wirklich nicht gewöhnt. Er stammt aus dem Ostland und hat dort alles gearbeitet, was es an Land und auf See zu arbeiten gab, unter anderem errichtete er einen Bauernhof und bewirtschaftete ihn zehn Jahre lang, doch das ist eine andere Geschichte, die ich jetzt nicht erzählen will, und obwohl Leute, die ihren Hof aufgeben müssen, von vielen verspottet werden, will ich ihm deswegen keine Vorwürfe machen, wer weiß, vielleicht hatte er seine guten Gründe.

Man nennt ihn den hinkenden alten Thordur, weil er ein wenig hinkt. Er hatte nämlich einmal einen Unfall, ich glaube, er ist auf einem Schiff gestürzt, und seitdem hinkt er ein wenig, aber er ist dadurch kaum behindert. Bedauerlicher fand ich, daß er, obwohl er ziemlich regelmäßig zu den Gewerkschaftsversammlungen kam und mit erheblichem Interesse dem, was dort besprochen wurde, zuzuhören schien, in Wirklichkeit wohl nur wenig begriffen hatte von den Lehren Marx' und Lenins, die besagen, die Arbeiter sollen die Macht im Staat übernehmen, den Kapitalismus ausrotten und dafür sorgen, daß sie selbst in den Genuß der Werte kommen, die sie ständig schaffen. Mir kam es so vor, als glaubte er immer nur die Hälfte von dem, was die Gewerk-

schaftsführer sagten, und handelte nur wenig nach dem, was er davon glaubte. Und manchmal stellte ich mir unwillkürlich die Frage: Was ist es, das ihm Kraft verleiht und seinen Willen stärkt? Was gibt ihm Hoffnung und macht ihm Mut?

Er wohnt, wie gesagt, schon seit langem in einem alten Haus hier draußen in der Vorstadt, und zwar unter dem Dach, zuerst hauste er dort mit seiner seligen Frau und zwei Söhnen, doch dann starb die Frau, und ich weiß nicht genau, was aus seinen Söhnen geworden ist, ich zweifle daran, daß er das selbst weiß, aber seine Tochter war mit einem Seemann hier in der Stadt verheiratet, und er erzählte mir einmal, sie hätte drei Kinder, und er sagte mir, wie sie hießen und was es für Kinder waren, es waren brave Kinder. Ich besuchte ihn einige Male, nachdem er alleinstehend geworden war, er kochte für sich selbst auf einem Petroleumherd und bot mir bisweilen Kaffee an, ich unterhielt mich dann mit ihm über das Ostland, wie es dort in der Gegend gewesen war, wo er seinen Bauernhof bewirtschaftete, und warum er ihn aufgegeben hatte, aber das ist, wie gesagt, eine andere Geschichte. Ab und zu brachte ich das Gespräch auf die Gewerkschaftsbewegung und den Kampf, der ausgefochten werden muß, bevor die Arbeiter die Macht im Staat übernehmen und darangehen können, den Staat so zu lenken, daß er ihren Interessen dient, wie Marx und Lenin lehrten, und nicht den Interessen irgendwelcher anderer. Ich habe selten einen Mann getroffen, der weniger kämpferisch veranlagt war, er hatte sich noch nie mit jemandem geschlagen, sagte er, nie an einem Kampf teilgenommen, außer an diesem einen unaufhörlichen Kampf, dem Lebenskampf, den die Menschen für diesen Hungerlohn ausfechten, den wir alle kennen. Nein, er hatte keine Lust, sich mit irgend jemandem zu schlagen, nicht einmal wegen des Lohns. Er wollte bei allem mit Bedacht vorgehen. Er ist einer der gutmütigsten Menschen, die ich je gekannt habe – es sind die Bolschewiken, die uns alles kaputtmachen, sagte er, mit Klamauk hetzen sie die verdammten Kapitalisten so gegen uns auf, daß wir nichts durchsetzen; statt bei allem mit Bedacht vorzugehen. Denn wenn etwas erreicht wird, dann mit Bedacht. Das sind Unruhestifter und Radaubrüder, die allein alles bestimmen wollen und überall böses Blut machen.

Sie haben aber trotzdem die Hälfte zweier Erdteile erobert, sagte ich.

Was?

Sie haben ganz Rußland von der Ostsee bis zum Stillen Ozean erobert. Und in diesem ganzen Gebiet gibt es keine Kapitalisten mehr, sie haben den Kapitalismus ausgetilgt. Das ist der Staat der Arbeiter und armen Bauern.

Nun, darüber weiß ich nichts, sagte er. Ich kümmere mich nicht darum, was im Ausland geschieht. Aber ich weiß, daß sie hier nie eine Gelegenheit auslassen, mit ihrem Maulwerk die Kapitalisten gegen uns aufzuhetzen, und solche Forderungen erheben, daß sich kein Mensch jemals einfallen ließe, darauf zu antworten; anstatt bei allem mit Bedacht vorzugehen; und seine Ziele zu verfolgen, ohne groß aufzufallen. Sie sind ein Schandfleck für die Gewerkschaftsbewegung.

Ja, sagte ich. Aber trotzdem haben sie ihre Forderungen im größten Land der Welt durchgesetzt.

Da war plötzlich seine Geduld zu Ende und er sagte: Die sollten sich schämen, das sind Heiden. Von einer wahrheitsliebenden Frau habe ich gehört, daß sie massenhaft Geistliche umbringen lassen, sowohl Pfarrer wie Bischöfe. Und an wen sollte sich die bedrängte Menschenseele denn wenden, wenn nicht an Gott?

Er ging nämlich sonntags immer in die Freikirche und hörte sich da die lustigen, wunderlichen Predigten an, die dort für die Arbeiter gehalten werden, damit diese nicht zuviel Zivilcourage bekommen. Ganz besonders aber, sagte er, gefalle ihm der Choralgesang. Dagegen war er noch nie im Kino gewesen, denn er hegte eine eingewurzelte Verachtung für Orte, die die Leute aufsuchen, um Geld auszugeben. Ich werde allerdings nie vergessen, wie froh er eines Sonntagabends war, weil er den Kindern seiner Tochter drei Kronen für einen Kinobesuch geschenkt hatte; drei Kronen sind wahrhaftig eine Menge Geld in diesen schwierigen Zeiten. Was tut man nicht alles für die Kinder, sagte er lächelnd, ganz überrascht über sich selbst; diese braven Kinder.

Doch zeitig im Frühjahr, es war vor drei Jahren, im Frühjahr 1932, da trat im Leben dieses alten, hinkenden Arbeiters ein Ereignis ein, das Folgen hatte. Es war ein Todesfall. Der Seemann,

sein Schwiegersohn, starb in jenem Frühjahr, man hätte annehmen können, daß er ertrunken wäre, doch das war nicht der Fall, er starb ganz einfach, an irgendeiner Krankheit. Er ließ drei Kinder zurück und eine Witwe, die mit dem vierten Kind schwanger ging. Etwas anderes hinterließ er nicht, abgesehen von der Stadt. Viele Arbeiter hinterlassen kein anderes Erbe als die Stadt, das heißt, die Hoffnung darauf, daß ihre Kinder von der Stadt Fürsorge beziehen werden, von dieser berühmten Stadt, die den Kapitalisten gehört und von den Arbeitern errichtet wurde, dieser schönen Stadt, in der die Arbeiter alle Straßen gebaut haben und wo sie dann dafür durch die Straßen gehen dürfen, ohne größeren Schikanen ausgesetzt zu sein, ausgenommen am ersten Mai, da wird es beinahe als Unhöflichkeit aufgefaßt, daß sie durch die Straßen gehen, und die Söhne der Kapitalisten kommen mit Hakenkreuzen, und die Polizei rückt mit Schlagstöcken an, um den Arbeitern zu sagen, sie sollen vorsichtig durch die Straßen gehen, die sie zwischen den Häusern, die sie errichtet haben, gebaut haben. Wie gesagt, diese liebenswerte Stadt hinterließ der Seemann seinen Kindern.

Aber da war es der hinkende alte Thordur, der seine Kammer weit öffnete für die Familie und sagte, sie sollten kommen und bei ihm essen, und sich nicht von der Stadt einladen und von den christlichen Stadträten mit Essen versorgen lassen. Daraufhin zogen sie ganz zu ihm in die Wohnung und bekamen zu essen. Das ist ein Wirken von der Art, die man als internationale Solidarität der Arbeiterschaft bezeichnet hat, wahrscheinlich deshalb, weil es sie in allen Ländern gibt. Er bekam in jenem Frühjahr Arbeit beim städtischen Straßendienst. Ich kam in dem Frühjahr nur einmal zu ihm, ich wollte mich von ihm verabschieden, ich wollte verreisen. Die Kinder waren daheim und unterhielten sich ein wenig mit mir, es waren brave Kinder, wie er sagte, doch die Witwe hatte ein wenig Angst vor mir, weil den Arbeitern beigebracht wird, daß Leute, die mit dem Kopf arbeiten, vornehmer seien als die, die mit den Händen arbeiten. Aber der hinkende alte Thordur sagte, sie brauche keine Angst zu haben.

Tja, mein lieber Thordur, sagte ich. Ich will mich jetzt von dir verabschieden. Ich fahre in die Sowjetunion.

Ja, ihr macht euch wichtig, sagte er.

Es ist das größte Land der Welt, sagte ich, als ob ich diese bevorstehende Reise entschuldigen wollte.

Das kümmert mich nicht, sagte er.

Es ist das einzige Land auf der Welt, wo Arbeiter und arme Bauern die Macht im Staat übernommen haben, sagte ich.

Ja, sagte er. Ich glaube, ich kenne den Ton von euch studierten und halbstudierten Buben, ihr habt kein Verantwortungsbewußtsein und glaubt, es genüge, Revolution, Revolution und Rußland, Rußland zu schreien, und macht bei den Kapitalisten so viel böses Blut, daß sie angefangen haben, Schlägertrupps aufzustellen, die uns Arbeiter verprügeln sollen. Ihr verantwortungslosen Großsprecher hetzt dieses Gesindel auf. Statt bei allem mit Bedacht vorzugehen. Es hat keinen Sinn, mit Gewalt gegen die Kapitalisten vorzugehen, das darfst du mir glauben. Wir können nur ganz allmählich etwas erreichen.

In der Sowjetunion gibt es keinen Kapitalismus, sagte ich. Den hat man abgeschafft. Dort verdient kein Mensch mehr daran, daß er einen anderen Menschen für sich arbeiten läßt.

Das sind Heiden, sagte er. Sie haben Geistliche umgebracht. Sie wollen ihr Ziel mit Mord und Totschlag erreichen. Ich will vom Bolschewismus nichts wissen. Ich will eine friedliche Entwicklung.

Ich war völlig sprachlos, als er mit dieser friedlichen Entwicklung ankam, so merkwürdig fand ich es, daß ein armer Bauer aus dem Ostland, der einmal seinen Hof hatte aufgeben müssen, solche Ausdrücke kannte. Hinterher zerbrach ich mir lange den Kopf darüber, wo er diesen Ausdruck gelernt haben konnte. Dann kam der erste Mai in diesem Frühjahr, und die Arbeiter gingen wie zuvor an diesem Tag in zwei feindlichen Formationen auf die Straßen, die einen schrien Revolution, Revolution und Rußland, Rußland und hetzten die schlimmen Schlägertrupps der Kapitalisten gegen die Arbeiterschaft auf, die anderen neigten zu einer friedlichen Entwicklung und gingen bei allem mit Bedacht vor.

Ich war am 9. November 1932, jenem wichtigen Tag in der Geschichte der isländischen Arbeiterbewegung, in der Sowjetunion. Erst als ich wieder nach Hause kam, erfuhr ich genauer von

dem, was vorgefallen war. Die Repräsentanten derer, denen die Stadt gehört, hatten sich auf die kluge Maßnahme geeinigt, den Taglohn zu senken, um zu verhindern, daß die Kinder der anderen, die die Stadt gebaut haben, Milch zu trinken bekämen. Und dieselben Repräsentanten derer, denen die Stadt gehört, hatten sich darauf geeinigt, daß es nicht möglich sei, von der Regierung einhundertfünfzigtausend Kronen zur Arbeitsbeschaffung in diesen schwierigen Zeiten geliehen zu bekommen, und sie bereiteten sich eben darauf vor, den feierlichen Beschluß zu fassen, daß man jetzt eine anständige Arbeitslosigkeit schaffen müsse, damit diese Dummköpfe von Arbeitern kapierten, daß sie nicht zu hochmütig werden durften, auch wenn sie glaubten, sie hätten die Stadt gebaut. Die Kapitalisten sagten, sie würden es ihnen schwarz auf weiß zeigen, daß sie nicht auf sie angewiesen seien, und ihretwegen könnten sie zum Teufel gehen. Wie praktisch es doch ist, einen Stadtrat zu haben. Da brauchen nur ein paar feiste Männer auf einer Sitzung die Hände zu heben, und mit diesem einfachen Handzeichen kann man ein paar hundert Kindern den Garaus machen, eine Menge Menschen durch Nahrungsmangel und Kälte krank werden lassen, viele hundert Familien in finstere Not und Verzweiflung stürzen – ist das etwa nicht eine viel praktischere Methode, als die Kinder auf Speerspitzen in die Luft zu werfen, wie es ihre Vorgänger in der Wikingerzeit zu tun pflegten? Und natürlich hatten sowohl der Stadtrat als auch die Regierung recht, wie immer, wenn es um solche Dinge geht. Wie kann man erwarten, der Staatsmacht der Kapitalisten mache es Freude, die Arbeiter und ihre Kinder leben zu lassen, wenn das Kapital eben dieser Kapitalisten sie nicht braucht? Die Staatsmacht ist die Macht der Kapitalisten, nicht die der Arbeiter. Und außerdem sind die Arbeiter die gefährlichsten Gegner der Kapitalisten. Soll man wirklich seine Feinde durchfüttern, wenn man sie nicht braucht? Wenn die Arbeiter die Macht im Staat übernähmen und den Kapitalismus ausrotteten, wie es Marx und Lenin lehren – würden sie dann vielleicht darangehen, den Kapitalisten große Geldsummen zu bewilligen, damit diese sich wieder einen neuen Kapitalismus aufbauen könnten? Nein, das würde ihnen nicht einfallen. Jeder vernünftige Mensch muß erkennen, die Regierung

der Kapitalisten hat recht, daß sie den Arbeitern kein Geld nachwirft, wenn die Kapitalisten keine Arbeitskräfte brauchen. Und das war es, was die Arbeiter in Reykjavik sahen und verstanden, und sie sahen außerdem, daß sie, wenn sie den Winter überleben und für ihre Kinder etwas zu essen haben wollten, die Kapitalisten gegen alles Recht und Gesetz dazu zwingen mußten, ihnen für den Winter Arbeit zu geben; sie mußten den Stadtrat zwingen; sie mußten die Regierung zwingen. Und am 9. November 1932 versammelten sich die Leute ganz von selbst vor dem Haus der Guttempler, ohne daß einer den anderen als Bolschewiken oder als Sozi beschimpft hätte. Arbeiter aller Parteien, Kommunisten, Sozialdemokraten und konservative Arbeiter, drängten sich vor dem Eingang und weigerten sich, die Stadträte herauszulassen, wenn sie nicht die Lohnkürzung rückgängig machten und Maßnahmen zur Arbeitsbeschaffung beschlossen. Und als die, denen die Stadt gehört, damit antworteten, daß sie die Polizei gegen sie losschickten, um sie kurz und klein schlagen zu lassen, da kämpften sie alle Seite an Seite wie ein Mann gegen diese Feinde. An diesem Tag entstand die Einheitsfront der Arbeiterschaft von selbst, weil man keinen Spielraum hatte, sie durch Intrigen und friedliche Entwicklung zu verhindern. Die vereinte Arbeiterschaft begehrte gegen ihre Unterdrücker auf – und siegte. An diesem Tag erwies sich, daß nichts die Einheitsfront der Arbeiterschaft aufhalten kann; daß nur die Einheitsfront der Arbeiter die Kapitalisten dazu zwingen kann, auf die Forderungen der Menschen nach Arbeit und Brot einzugehen.

Augenzeugen und Beteiligte können viele interessante Geschichten vom Kampf am Haus der Guttempler am 9. November 1932 erzählen. Ich möchte hier nur eine wiedergeben, die mir ein Augenzeuge erzählt hat. Das ist die Geschichte von dem hinkenden alten Thordur. Er war nämlich einer von denen, die nach der berühmten Essenspause am Eingang standen und verlangten, zur Sitzung zugelassen zu werden, nachdem man die Polizei am Eingang postiert hatte. Dann begann der Kampf. An jenem Tag verstanden die Leute besser als je zuvor, daß die Isländer zwei verschiedene Völker im selben Land sind, die Reichen und die Armen. Und ganz vorne in der Gruppe der Armen steht der hin-

kende alte Thordur. Er hatte zunächst nichts anderes zum Prügeln als seine Fäuste, doch nach einer Weile entdeckt er dort im Garten einen riesigen Pfahl, dieser Pfahl war allerdings so groß, daß ein Mann allein ihn unmöglich heben, geschweige denn der Polizei an den Kopf werfen konnte, so geschickt er sich auch anstellen mochte. Aber während er sich über diesen Pfahl beugte, traf ihn zweimal ein Polizeiknüppel am Kopf, denn sie hatten es natürlich darauf abgesehen, die Leute auf den Kopf zu schlagen, und er fiel um und blieb eine Weile bewußtlos im Garten liegen. Einige Kameraden halfen ihm wieder auf die Beine und brachten ihn zum nächsten Arzt und ließen seinen Kopf verbinden, er hatte zwei blutende Wunden. Doch kaum saß der Verband, da war er schon wieder auf dem Kampfplatz, diesmal mit einem schönen Stock in der Hand, mit dem er die Polizei und ihre Gehilfen bearbeitete, bis sie ihm den Stock abnahmen und die Polizei ihn wieder bewußtlos geschlagen hatte, sie bemühten sich, alle auf den Kopf zu schlagen, sie schlugen ihm sogar den Verband vom Kopf. Und seine Kameraden trugen ihn wieder zum Arzt. Als er zum zweiten Mal wieder zu Bewußtsein kam, hatte die Einheitsfront gesiegt, die Repräsentanten derer, denen die Stadt gehört, hatten beschlossen, den Lohn nicht zu senken, und die Regierung hatte Geld für die Arbeitsbeschaffung bewilligt.

Ich traf den hinkenden alten Thordur einige Zeit, nachdem ich wieder heimgekommen war, auf dem Laugavegur. Seine Wunden waren schon längst verheilt, und er hatte Arbeit. Er sagte, es gehe ihnen recht gut, das jüngste Kind seiner Tochter sei am Tag vor dem neunten November geboren worden. Die beiden ältesten Kinder gingen schon in die Schule.

Diese braven Kinder, sagte er.

Wir haben uns damals, als wir uns zuletzt sahen, über die friedliche Entwicklung unterhalten, sagte ich, um ihn zu necken.

Ja, sagte er. Ich war von jeher gegen die Bolschewiken und werde immer gegen sie sein. Das sind Heiden. Sie haben Geistliche umgebracht.

Hör mal, sagte ich, da du ein so berühmter Friedensapostel bist, warum hast du im vergangenen Winter am neunten November nicht Gott angerufen, statt Leute zu verprügeln?

Er wollte aber nicht darüber sprechen, als ob er meinte, er hätte gegen mich verloren – es nützt nichts, mir von Rußland zu erzählen, sagte er. Ihr bildet euch etwas ein auf dieses Rußland und glaubt, ihr seid radikaler als alles, was radikal ist; ihr seid schreckliche Angeber.

Er ging wütend davon, ohne mich zu sich nach Hause einzuladen. Ich nahm an, er könnte mir nicht verzeihen, daß ich am neunten November in Rußland war.

Hör zu, rief ich ihm nach. Ich glaube, du bist trotz allem viel radikaler als ich. Du hast mit der Einheitsfront der Arbeiterschaft gekämpft und zweimal am selben Tag deinen Kopf unter die Polizeiknüppel gelegt – und gesiegt. Das ist es, was sie in Rußland gemacht haben.

Ach, es war hauptsächlich wegen des kleinen Kindes, sagte er entschuldigend und ging weiter.

1935

Die Niederlage der italienischen Luftflotte 1933 in Reykjavik

Island ist das einzige Land der Welt, das keine Soldaten hat, und die armen Bewohner dieser Insel haben deshalb ohne den allgemein bekannten Glorienschein, der von Uniformen ausgeht, und ohne die Titel und Dienstgrade, die diese eigenartige Kleidung zu erkennen gibt, auskommen müssen.

Dabei sind Uniformen nicht völlig unbekannt in Island. Der Heilsarmee, die als erste Trompeten und andere Musikinstrumente aus Blech ins Land brachte, ist es zu verdanken, daß dieses Inselvolk erstmals Bekanntschaft mit Uniformen machte, und schon nach kurzer Zeit wurde diese Art von Bekleidung für die Polizisten übernommen. Später steckte man die Postbeamten in die Uniform der Revolutionäre in Kuba. Als schließlich ausgebildete Hoteldirektoren ins Land kamen, wurde in Island das Amt des Pikkolos geschaffen, und es gehörte eine schöne, prächtige Uniform zu diesem italienischen Titel, der allerdings in Island ebensowenig das verdiente Ansehen genoß wie andere Titel – bei diesem hartherzigen Volk, das schon seit langem sein Glück in unsicheren Heringsfanggründen suchen muß, wie Möwen und Walfische.

In Italien ist das ganz anders. In diesem Land gilt nur der etwas, der Uniform trägt, und am angesehensten ist, wer die eigenartigste Kleidung von der unglaublichsten Farbe und Machart trägt, mit den seltsamsten Verzierungen aus vergoldetem Blech, Quasten und Fransen, Rosetten und Schnüren und anderem Firlefanz, den man in der Kürze der Zeit gar nicht aufzählen kann, nicht zu vergessen die Gummistiefel bei trockenem Wetter. Leute, die es wissen müssen, sagen, der Reichtum der italienischen Nation gehe zur Neige wegen der Vorliebe dieser Menschen für komische Ver-

kleidungen mit dem dazugehörigen Tand und Plunder und der blinden Leidenschaft dieses Volkes für den Kampf in weit entfernten Wüsten. Ein unwissender Ausländer, der zum ersten Mal die Hauptstraße Roms, die Via Nazionale, entlanggeht, glaubt unwillkürlich, jeder zweite Mann, der ihm begegnet, müsse ein Pikkolo sein. Aber dem ist nicht so, das sind nämlich die Faschisten, die Liebhaber der Wüste, und du wirst bald bemerken, was sie für feierliche und wichtige Gesichter machen, trotz der überaus lächerlichen Kleidung.

Jetzt wendet sich die Geschichte wieder Island zu, und diesem selbstgefälligen Inselvolk, das kein Verständnis für die tiefere Bedeutung von Uniformen aufbringt, geschweige denn für deren hierarchische Abstufungen, sondern seinen Geschmack dem der Wale und anderer großer Fische angepaßt hat, was sich deutlich daran zeigt, wie wir das farbenprächtigste Geschöpf der Arktis, den isländischen Hering, beurteilen.

Die Geschichte ereignet sich hier, in dem Sommer, als in der Nautholsvik die Grindwale strandeten. Da geschah es, daß im Hotel Geysir hier in der Stadt ein neuer Laufbursche eingestellt wurde, der Stefan Jonsson hieß. Über ihn konnte das Mädchen an der Theke folgenden Vers:

> Stebbi stand am Strande
>   und wollte Stoppeln stampfen.
> Sie lassen sich nicht stampfen,
>   wenn Stebbi Stoppeln stampft.
> Stoppeln stampfte Stebbi Stoppeln.

Abgesehen von der Uniform und dem italienischen Titel Pikkolo war das ein ganz gewöhnlicher Junge, der im Frühjahr konfirmiert worden war. Er war durchschnittlich groß für sein Alter und durchschnittlich intelligent, ein netter Junge, wie es deren in Island viele gibt. Er verstand sich nicht darauf, andere zu siezen, sondern betrachtete alle als seinesgleichen, wollte aber gleichzeitig alles für alle tun und tat alles, so gut er konnte – und erwartete dies auch von anderen.

Jetzt ist von der Armee der italienischen Faschisten in ihrer lebhaften Uniform zu berichten. Die Liebe und das Ansehen, das sie

in ihrem Heimatland genossen, war so groß, und sie waren nicht nur gutaussehend und elegant, sondern auch solche Helden und Patrioten, daß sie sich bald mit Gasmaschinen nach Afrika aufmachten, um bei den nackten Schwarzen in der Wüste Erstikkungsanfälle hervorzurufen, damit alle Welt ihren Ruhm erkennen könnte. Doch kurz bevor sie sich auf ihre vielgepriesene Vergnügungsreise zu den schwarzen Mohren begaben, fanden sie, daß sie auch den weißen Mohren zeigen müßten, was für schöne Uniformen sie hatten und was für gutaussehende Männer sie waren, vielleicht ließ sich die Welt davon überzeugen, daß es ganz natürlich war, wenn solche Männer sich dazu berufen fühlten, über die Wüste zu herrschen. Sie setzten sich deshalb eines Tages in ihre Flugzeuge und flogen mit einer großen Schar los und suchten sich verschiedene wichtige Länder aus, auf die sie herabsteigen wollten, um ihre Uniformen zu zeigen. Island war eines der Länder, denen dieses Glück zuteil wurde. Eine ganze Flotte von italienischen Faschistenflugzeugen landete in Vatnagardar, und in jedem Flugzeug waren mindestens zwei nagelneue Uniformen. Die Gäste erschienen hier, als die Nächte hell waren und auf den Wiesen der Hahnenfuß blühte, und sie waren kaum an Land gestiegen, als sie nach Rom telegraphierten, daß die Hauptstadt Islands ihnen zu Ehren bei ihrer Ankunft festlich illuminiert und mit einem Meer von Blumen geschmückt gewesen sei. Ein isländischer Geschichtenerzähler, der in Dänemark lebt und die großen Nationen liebt, schrieb dann zur Bestätigung dieser Telegramme ein Buch in dänischer Sprache über den Besuch obengenannter Luftflotte auf der Insel, und zum Beweis dafür, wie gut die Insulaner sich Großmächten gegenüber zu verhalten wissen, berichtete er, daß die Isländer, als sie den Lärm der Flugzeuge der Faschisten über ihren Köpfen hörten, von solcher Freude und Begeisterung gepackt wurden, daß auf den Straßen und Plätzen der Hauptstadt sich wildfremde Leute in die Arme fielen und unter Tränen küßten.

Der Glanz des Ruhms und die Wirklichkeit sind zwei verschiedene Dinge, leider.

Die Wahrheit war, daß man am Nachmittag kaum mehr durch die Hauptstraße gehen konnte, weil dort so viele Leute waren, die aussahen wie die Heilsarmee oder Briefträger oder die Laufbur-

schen von Hotels. Sie standen uniformiert auf den Gehwegen herum und unterhielten sich wild gestikulierend. Und ernste Bürger, die fast nicht an ihnen vorbeikamen, sagten mürrisch: Was haben diese verdammten Gecken hier verloren.

Das war alles.

Die Faschistenführer wurden auf die Hotels der Stadt verteilt. Und der Zufall wollte es, daß an dem Tag, an dem Stebbi im Hotel Geysir angestellt wurde, den Titel eines Pikkolos verliehen bekam und in die Uniform gesteckt wurde, eine Gruppe von diesen italienischen Faschisten im Hotel abstieg, alle in Uniform, wie er.

Stebbi stand selbstsicher in seiner Uniform in der Hotelhalle und begutachtete ihre Uniformen. Tenente, Capitano, Maggiore, sagten sie zueinander. Er hatte auch einen italienischen Titel, wie sie.

Diese Männer machten einen unglaublichen Lärm im Haus, sie schrien einander an mit einer Lautstärke, wie man sie gegenüber Schwerhörigen anwendet, und fuchtelten ununterbrochen erregt mit Händen und Füßen. Die Kellner hegten schon bald besondere Verachtung für sie, denn sie schmatzten und schlürften und leckten das Messer ab, als hätten sie die Absicht, sich die Zunge herauszuschneiden, und wenn sie eine Zigarre rauchen wollten, wußten sie nicht, in welches Ende sie beißen sollten, und die meisten von ihnen bissen ins falsche Ende, so daß die Kellner glaubten, das seien Bettler, die man aus den Gossen aufgelesen und für diese eine Reise ausstaffiert hatte, weil man hoffte, sie würden im Atlantischen Ozean ertrinken.

Sie aßen an einem langen Tisch in der Mitte des Saales, und der Lärm, den sie machten, übertönte die Stimmen der anderen Menschen. Sie kamen zwei und zwei in den Saal herein und nahmen nach festen Regeln am Tisch Platz, so daß die Absurdität der Uniformen vom einen Ende des Tisches zum anderen gradweise zunahm. Zuletzt kam ein Mann mit schwarzen Augen, der Pittigrilli hieß, herein. Er war so hochnäsig, daß nicht viel fehlte, und er wäre bei jedem Schritt nach hinten umgefallen. Es hätte nur noch das Engelshaar gebraucht, und er wäre ein richtiger Weihnachtsbaum gewesen. Als er in den Saal trat, standen seine Landsleute auf, schlugen die Hacken zusammen und blieben so wie Pup-

pen stehen, bis er ihnen befahl, sich wieder zu setzen. Das fand Stebbi lustig.

Die Kellner hielten Pittigrilli für den Gastgeber und begannen mit dem Schöpfen der Suppe am anderen Ende des Tisches und achteten darauf, ihn als letzten zu bedienen, desgleichen servierten sie den Braten zuerst demjenigen, der am weitesten von Pittigrilli entfernt am Tisch saß. Aus irgendwelchen Gründen verursachte die Bedienung große Erregung unter den Gästen, und als die Kellner ein drittes Mal genauso verfuhren, stand Pittigrilli mit denen, die neben ihm saßen, auf, ließ den Oberkellner rufen und redete eine ganze Weile im schönsten Italienisch auf ihn ein, knapp vierhundert Wörter pro Minute, wobei er mit Händen und Füßen fuchtelte.

Danke sehr, sagte der Oberkellner und verbeugte sich.

Dann bestanden sie darauf, mit dem Hoteldirektor zu sprechen, und setzten diese eigenartige Unterhaltung eine Zeitlang fort, worauf sie sich wieder hinsetzten und aßen. Bei der nächsten Mahlzeit fingen die Kellner selbstverständlich wieder am anderen Ende des Tisches mit dem Schöpfen der Suppe an und wollten Pittigrilli zuletzt bedienen, wie sie es gewöhnt waren. Da stand Pittigrilli auf und gab seinen Leuten den Befehl, den Saal zu verlassen. Die Kellner und die übrigen Anwesenden sahen verwundert zu, wie sich die Männer zwei und zwei aufstellten und im Gleichschritt von der dampfenden Suppe weg aus dem Saal marschierten.

Am Abend kam der italienische Konsul persönlich ins Hotel und teilte dem Oberkellner mit, wenn man beim Schöpfen der Suppe nicht mit Pittigrilli anfinge und mit dem Mann, der am weitesten von ihm entfernt saß, aufhörte, würde die Angelegenheit dem Außenministerium gemeldet.

Danke sehr, sagte der Oberkellner und versprach, mit den Kellnern zu reden. Doch die Kellner sagten, sie hätten geglaubt, Pittigrilli würde bezahlen, und hier sei es in Restaurants üblich, den, der bezahlt, als letzten zu bedienen.

Mussolini bezahlt, sagte der Konsul erregt.

Danke sehr, sagte der Oberkellner und verbeugte sich. Aber seit sie da sind, sind uns alle Engländer weggelaufen. Die Engländer ertragen es nicht, wenn geschmatzt wird.

Das ist nicht meine Sache, sagte der Konsul. Wer Pittigrilli beleidigt, beleidigt Mussolini.

Danke sehr, sagte der Oberkellner und verbeugte sich.

Damit war ihr Gespräch beendet.

Am folgenden Tag hatte Stebbi nachmittags frei. Es war herrliches Wetter, und die Sonne schien auf den Hoteleingang und auf den Gehweg davor, und Stebbi steht in der Tür und hat keine richtige Lust, seine Uniform schon wieder auszuziehen, denn die Sonne schien so schön auf seine vergoldeten Knöpfe und die leuchtende Goldtresse am Hosenbein und seine goldene Mütze, die wie eine schief aufgesetzte Kasserolle aussah, mit einem Band unter dem Kinn. Es war wirklich nicht übel, wenn man hier stehen konnte, eine Art Vorgesetzter in Uniform, während Gleichaltrige in Overalls und Knickerbockern vorbeigingen und keine Untergebenen hatten; man trug die Nase hoch und hatte einen italienischen Titel. Es kamen auch junge Mädchen vorbei.

Zwei Amerikaner kamen aus dem Hotel und zündeten sich Zigaretten an und sagten hallo und schenkten ihm im Vorbeigehen eine Zigarette.

Nein, ganz bestimmt, er hatte keine Lust, gleich hineinzugehen und sich umzuziehen und ein gewöhnlicher Mensch zu werden, und nicht einmal das; jetzt hatte er sogar eine Zigarette bekommen, und er spürte, wenn er jetzt auch noch Feuer für seine Zigarette bekäme, könnte sein Ansehen nicht mehr wachsen, wer würde es wagen, Stebbi Stoppeln zu singen, nein, er würde der Vollkommene auf dem Gehweg werden, erst vierzehn Jahre alt im Sonnenschein, der Herr des Lebens, in Uniform, mit Zigarette.

Ein Mann kommt den Gehweg entlang auf das Hotel zu, er geht schnellen Schrittes und sehr aufrecht, trägt eine Uniform wie Stebbi, hat eine Zigarette zwischen den Fingern und einen dünnen Rohrstock in der anderen Hand. Das war Pittigrilli. Er dachte offensichtlich über sich selbst und seine Uniform nach und bemerkte deshalb Stebbi und dessen Uniform überhaupt nicht.

Hallo, Pittigrilli, sagte Stebbi auf amerikanisch und legte dem Faschistenführer freundschaftlich die eine Hand auf die Schulter, denn sie trugen beide Uniform, und Stebbi fand, daß sie beide irgendwie wichtige Männer waren, und eine große Zierde für die

Straße und das Universum. Match, sagte er und zeigte auf die nicht angezündete Zigarette zwischen seinen Lippen.

Aber nie hätte sich Stefan Jonsson träumen lassen, daß ein Mensch unvermittelt mit solcher Heftigkeit auf eine freundliche Begrüßung im mittäglichen Sonnenschein reagieren könnte. Mit einem Schlag änderte sich der Gesichtsausdruck des italienischen Faschisten zu einer schrecklichen Mischung aus Verwunderung, Entsetzen und Zorn, als ob ihm gegenüber ein Meuchelmörder mit gezücktem Dolch stünde, und er zögerte deshalb auch nicht mit seiner Antwort. Er riß Stebbi die Zigarette aus dem Mund und warf sie auf die Straße und schlug dann mit seinem Rohrstock auf das Gesicht des Jungen ein.

Und damit war der Traum aus.

Es heißt, wenige Nationen hätten Unterdrückung und Gewalt mit größerer Höflichkeit ertragen als die Isländer. Jahrhundertelang und bis zum heutigen Tag haben sie in verständnisvoller Friedfertigkeit gegenüber der Unterdrückung gelebt, ohne jemals den Versuch zu machen, sich dagegen aufzulehnen. Keinem Volk ist der Gedanke an eine Revolution so fremd. Die Isländer waren stets dazu bereit, die Rute, die die schmerzhaftesten Hiebe versetzte, zu küssen und daran zu glauben, daß der herzloseste Henker ihre verläßlichste Rettung und sicherste Zuflucht sei.

Aber auch wenn man es diesem gut abgerichteten Inselvolk nicht zutraut, manchmal geschieht es, daß es alles, was man ihm beigebracht hatte, vergißt, seine Höflichkeit, seine Unterwürfigkeit und seine Ehrfurcht vor dem Henker; und statt zu überlegen und sich den Kopf darüber zu zerbrechen, aus welchen edlen und uneigennützigen Motiven die Ohrfeige verpaßt worden sein könnte, antwortet es auf vollkommen natürliche Weise.

Heute war eben eine dieser recht seltenen, aber deshalb um so glücklicheren Stunden im Leben der Nation. Kaum hatte der Offizier Pittigrilli mit seinem Stock auf Stefan Jonsson eingeschlagen, da packte der Junge den Offizier unter den Armen und begann, mit ihm zu ringen. Auf diese Reaktion war der Offizier nicht gefaßt, schließlich ist es in Italien nicht üblich, daß die Laufburschen in Hotels mit den vornehmsten Männern des Landes Raufereien anfangen. Hier allerdings kam es tatsächlich zu einem

Handgemenge zwischen einem Jungen und einem Offizier; der Kampf führte sie mitten auf die Straße, und aus allen Richtungen strömten Leute herbei, die sich diesen Spaß nicht entgehen lassen wollten. Wie lange sie sich balgten, braucht nicht näher ausgeführt zu werden, Tatsache ist, daß Stefan Jonsson schließlich den Freund der Wüste zu Fall brachte.

Mamma mia, jammerte der Offizier, als er im Staub auf der Straße lag und der Laufbursche sich auf ihn legte und ihn festhielt.

Jetzt begriffen die Zuschauer, daß der Faschist in Schwierigkeiten war, und ein paar gute Männer kamen ihm zu Hilfe, halfen ihm auf und klopften den Staub von ihm ab; den Laufburschen jagten sie davon und sagten, er solle sich zum Teufel scheren. Denn die Isländer stehen immer auf der Seite derer, die den kürzeren ziehen, und sind stets bereit, sie aufzurichten und den Staub von ihnen abzuklopfen, wahrscheinlich deshalb, weil sie im stillen damit rechnen, daß sie immer zu denen gehören, die den kürzeren ziehen.

Doch kaum war der Wüstenheld Pittigrilli aufgestanden und in Sicherheit vor Stefan Jonsson, und der Staub von ihm abgeklopft, da war er wieder genauso mutig wie zuvor, er stand im Eingang des Hotels und fuchtelte mit Händen und Füßen und spreizte die Finger und sprach mit solcher Meisterschaft, daß überall Türen und Fenster aufgingen und sich eine große Menge von Menschen versammelte, um in den Genuß dieser Kunst zu kommen, manche glaubten sogar, er sei Mussolini persönlich – abgesehen von zwei Engländern, die die Hände in die Taschen steckten und, ohne Aufsehen zu erregen, durch den Hinterausgang verschwanden. Stefan Jonsson war über alle Berge, und keiner verstand, was der Mann sagte, und man brachte ihm sowohl kaltes Wasser als auch Streichhölzer, falls ihm das etwas helfen würde, aber das half ihm auch nichts.

Am Abend kam wieder der italienische Konsul und war jetzt noch ernster als beim ersten Mal. Mussolini war in Island beleidigt worden, la gloria della patria war mit Füßen getreten worden auf dieser verdammten, gottverlassenen Insel, die die heiligen Waffen des italienischen Faschismus innerhalb weniger Minuten im Meer versenken konnten, wenn es darauf ankam. Das Verächtlichste

alles Verächtlichen und das Niedrigste alles Niedrigen, was man sich in Italien vorstellen konnte, un piccolo, hatte sich erdreistet, la grandissima eternissima patria della gloria zu beleidigen. Diese Angelegenheit wird nicht nur dem Außenministerium gemeldet werden, sondern man wird nicht eher ruhen, als bis sie gerächt ist, und sollte es den König von Dänemark den Thron kosten.

Danke sehr, sagte der Oberkellner und verbeugte sich, und man sah, wie ein paar Engländer eilig mit ihrem Gepäck das Haus verließen.

Nun begannen die Verhandlungen.

Der Offiziersstab hielt zwar nicht an der Forderung fest, daß der Dänenkönig abgesetzt werden müsse, doch er verlangte, daß von seiten der Landesregierung eine offizielle Bitte um Vergebung für das, was geschehen war, an Mussolini gerichtet wurde. Ein Vermittler gab zu bedenken, daß Mussolini eine solche Bitte mißverstehen könnte. Daraufhin verlangte Pittigrilli, daß sich zumindest der Hoteldirektor bei ihm entschuldigte. Man suchte lange nach dem Hoteldirektor, doch der war auf dem Land, um Schnepfen zu schießen, und wollte außerdem nichts mit der Sache zu tun haben, der Laufbursche war nicht von ihm eingestellt worden, sondern vom Oberkellner. Der Oberkellner war für ihn verantwortlich.

Da verlangte Pittigrilli, daß der Junge fristlos entlassen würde.

Danke sehr, sagte der Oberkellner und verbeugte sich.

Doch der kleine Stebbi war zu Hause und hatte frei. Er wußte nicht, daß irgend etwas Besonderes vorgefallen war. Ein Ausländer hatte ihm eine in die Fresse gehauen, und er hatte sich gewehrt und den Ausländer untergekriegt. Zwar hatte der Teufel Uniform getragen, aber wenn schon, Stebbi hatte auch Uniform getragen. Er konnte sich nicht vorstellen, daß der Kerl es ihm nachtrug, daß er ihn besiegt hatte, Stebbi war selber oft besiegt worden und hatte es nie jemandem nachgetragen. Wenn zwei miteinander raufen, ist es ganz natürlich, daß der eine verliert und der andere gewinnt, das ist, wie es sein soll, nein, es war nichts geschehen, am Abend hatte er die Sache schon vergessen.

Am nächsten Morgen war schönes Wetter, und die Faschisten in ihren Uniformen flogen davon und kehrten nie wieder nach Island zurück. Und Stefan Jonsson kam am Morgen zur Arbeit

und zog seine Uniform an und setzte sich die Mütze schief auf den Kopf, und alles war, wie es im Hotel zu sein pflegte, und nichts war geschehen. Wenn ihm jemand gesagt hätte, die italienische Luftflotte habe am Tag zuvor in Reykjavik eine Niederlage erlitten, so hätte er nichts verstanden. Eines wußte er allerdings: Er konnte das Mädchen hinter der Theke nicht ausstehen, die Gunna, dieses verteufelte Weibsstück, das einen jungen Herrn mit Goldknöpfen und einer schief sitzenden Goldkasserolle nicht zu schätzen wußte und nie eine Gelegenheit ausließ, ihn Stebbi Stoppeln zu nennen, und dauernd diesen blöden Vers aufsagte, Stoppeln stampfte Stebbi Stoppeln, um ihn jedesmal, wenn er vorbeiging, zu ärgern.

1934–35

Die Völuspa auf hebräisch

Heute habe ich einen Scheck über den Betrag von siebenunddreißig dänischen Kronen erhalten, von Herrn Karl Einfer, für die
Völuspa auf hebräisch, was hiermit dankend bestätigt wird.

Ein bemerkenswerter Mann, dieser Karl Einfer. Als ich ihn
zum ersten Mal traf, zog er aus seiner Westentasche einen grünen
Augapfel, der aus irgendeinem Puppenkopf stammte, klemmte
sich ihn vor sein eines Auge und sah mich damit an.

Wozu haben Sie das? fragte ich.

Das habe ich, um kleine Kinder zu erschrecken, sagte er wört-
lich.

Ein bemerkenswerter Mann, dachte ich, so gut auf alle Even-
tualitäten vorbereitet zu sein, daß er sogar daran gedacht hat,
etwas bei sich zu tragen, mit dem man kleine Kinder erschrecken
kann.

Er sprach einigermaßen korrekt dänisch, und gleichermaßen
isländisch, aber beide Sprachen wie ein Ausländer. Trotzdem
hatte er unter seinem Namen zwei Gedichtsammlungen auf
dänisch herausgegeben.

Warum dichten Sie auf dänisch? fragte ich.

Das mache ich, um den dänischen Poeten das Dichten beizubringen, sagte er. Auf französisch dichte ich dagegen, weil es mir
Spaß macht.

Er zog ein dickes Notizbuch voller französischer Gedichte und
Zeitungsausschnitte aus der Tasche; auf die vorderste Seite war
eine Zeitungsanzeige geklebt, und in der Mitte der Anzeige
prangte das Bild eines Mannes mit langem Bart, in einem Kittel,
mit Turban und Brille.

Wer ist das? fragte ich.

Das ist der Prophet Doktor Anakananda in Brüssel, sagte er, steckte das Auge wieder in seine Westentasche und war auf und davon.

Das trug sich in einem Restaurant in Kopenhagen zu, ich saß dort mit einem Bekannten, und dieser Mann kam daher und begrüßte meinen Bekannten, als er mit anderen Leuten an unserem Tisch vorbeikam, und wir wurden einander vorgestellt.

Was für ein Mensch ist das? fragte ich, als er weitergegangen war.

In Dänemark ist er ein isländischer Dichter und in Belgien ein indischer Prophet, sagte mein Bekannter.

Welche Sprachen spricht er? fragte ich.

Er ist auf den Färöern aufgewachsen, sagte mein Bekannter. Und man hat mir gesagt, er könne Färöisch. Aber er will es nicht an die große Glocke hängen.

Einige Zeit später sah ich ihn eines Abends wieder in einem anderen Restaurant. Er kam aus einer Gruppe betrunkener Männer und Frauen auf mich zu, richtete ein paar Worte an mich, die ich nicht verstand, und gab mir ein paar vervielfältigte Blätter, auf denen etwas Englisches geschrieben stand; ich wußte nicht, was ich damit sollte. Ich überflog die Blätter, als ich sie am Abend in meinem Hotelzimmer in den Papierkorb warf, es war irgendein theosophisches Gewäsch, vermischt mit guten Ratschlägen, wie die Menschen in der Welt vorwärtskommen konnten, indem sie sich ihre Charaktereigenschaften zunutze machten, die Dr. Anakananda in Brüssel unentgeltlich aus der Handschrift herauszulesen versprach.

Nämlicher übernahm es auch, Leute auf brieflichem Wege geistig zu führen, und vermittelte Menschen Verbindung zu den richtigen Universalströmen, stellte Leuten Horoskope, verschaffte ihnen sogenannte *soul mates,* oder Seelenpartner, usw. usw. Als ich aber fertig war mit dem Essen und eben das Wirtshaus verlassen wollte, stand auf einmal wieder Karl Einfer vor mir, ohne das aufgesetzte Auge, doch seine schweren Augenlider, die Hauptkennzeichen dieses Mannes, waren noch schwerer und dicker geworden. Er faßte mich am Arm und flüsterte:

Wenn Sie jemanden wissen, der ein reiches Mädchen in Holland kennenlernen möchte, sagte er, dann sprechen Sie mit mir. Sie werden Prozente bekommen.

Prozente? fragte ich.

Zehn Prozent, sagte er.

Danke, sagte ich. Ich werde Sie benachrichtigen.

Ein Jahr später kam ich wieder nach Kopenhagen, und als ich einmal, wie so oft, dort, wo die Köbmagergade in Ströget einmündet, um die Ecke biege, merke ich plötzlich, daß ein Mann neben mir hergeht und etwas vor sich hinmurmelt, was ich zunächst gar nicht beachtete. Doch als ich dann genauer hinsah, wer da wohl vor sich hinmurmelte, da war es Karl Einfer.

Nein, guten Tag, sagte ich.

Soll ich Ihnen vielleicht Geld beschaffen? sagte er.

Ja, das wäre nicht schlecht, sagte ich.

Wieviel Prozent bekomme ich? fragte er.

Wir könnten halbe-halbe machen, sagte ich. Wie ist es mit dem jungen Mädchen in Holland gegangen?

Wie? sagte er. Mit dem jungen Mädchen? Sie war gar nicht jung, oder zumindest nicht so, daß es ein Hinderungsgrund gewesen wäre. Sie war über sechzig. Und hatte eine Akromegalie im Gesicht, das ist, wenn Nase, Lippen und Kinn immer größer werden. Ich verheiratete sie mit einem norwegischen Bäcker, und sie sind an die französische Mittelmeerküste gezogen und haben das, was man hier eine Haustochter nennt. Das war ein gutes Geschäft. Ich fuhr mit ihm nach Hamburg, ihr entgegen.

Er ging quer über Amagertorv hinunter zu den Kanälen und führte mich ins obere Stockwerk eines Hauses. Ich sagte nichts und glaubte, das sei eine Art Scherz. Es war ein baufälliges Haus in einem alten Stadtteil, die Treppen ausgetreten und die Wände abgeblättert, er öffnete eine grüne Tür, die quietschte und knarrte; es ertönte ein Läuten, ein kurzer, heller Glockenschlag, als sie aufging, und wir betraten eine Art *comptoir*. Der niedrige Raum war durch einen Ladentisch abgeteilt, hinter dem zwei ältere Schreiber mit geschniegeltem Haar und Lastingjacken saßen. Karl Einfer begrüßte sie mit ein paar leichtsinnigen, dabei aber halb gemurmelten Witzen, die sie mit einem müden, freudlosen Lächeln

beantworteten. Dann nannte er ihnen meinen Namen und sagte, sie sollten diesem Herrn Geld ausbezahlen. Die Männer holten einige haushohe Kassenbücher, blätterten lange darin, und tatsächlich: Irgendwo stand mein Name verzeichnet, und einer der beiden Männer griff in eine Kasse und nahm einen bestimmten Geldbetrag heraus, für den er mich quittieren ließ. Ich bereute fast, daß ich mit den Prozenten für Karl Einfer so großzügig gewesen war, aber hier mußte man anstandshalber alle Versprechen einlösen – außerdem wäre dieses Guthaben dort bis in alle Ewigkeit liegengeblieben, ohne daß meine Enkel eine Ahnung davon gehabt hätten, wenn Karl Einfer nicht gewesen wäre: Dies war eine Art Inkassostelle der Schriftstellerverbände, wo das, was den Dichtern und Komponisten für die Aufführung ihrer Werke bei öffentlichen Veranstaltungen oder im Rundfunk zustand, nach gesetzlich festgelegten Regeln und ganz automatisch einlief.

Hör mal, sagte er zu mir, als wir wieder hinuntergingen. Ich habe manchmal Leuten den Nobelpreis beschafft. Soll ich dir den Nobelpreis verschaffen?

Danke, das ist nicht nötig, sagte ich. Sie sollen nicht zuviel Umstände machen.

Für dieses Jahr und für das nächste Jahr kann ich ihn nicht versprechen, sagte er. Da haben sie ihn nämlich hinter den Kulissen schon vergeben. Aber vielleicht danach – wieviel Prozent bekomme ich?

Nun, wir könnten wieder halbe-halbe machen, sagte ich und verabschiedete mich von ihm, denn ich hatte noch etwas zu erledigen.

Im zeitigen Herbst stand überall auf der Welt in den Zeitungen, einem Telegramm aus Stockholm zufolge sei es sicher, daß der Nobelpreis für Literatur dieses Mal auf die Färöer ginge, er werde an einen gewissen Jeggvan, seines Zeichens Volksschullehrer in Trangisvogur, verliehen. Das erregte großes Aufsehen in der ganzen Welt. Journalisten wurden ausgeschickt, um Interviews mit Jeggvan zu machen, und sein Bild erschien in der internationalen Presse. Es stellte sich heraus, daß Jeggvan Tausende von Gedichten verfaßt hatte, die er in Kisten auf dem Dachboden seines Hau-

ses in Trangisvogur aufbewahrte. Jeggvan wurde gefragt, ob er sich auf den Nobelpreis freue, und er sagte ja, und was er mit dem Geld machen wolle, und er sagte, das würde »zur Aufbesserung des Haushaltsgeldes dienen«, eine Antwort, die viele Saufbrüder in Skandinavien nicht besonders poetisch fanden. Dann verging die Zeit bis zum Herbst, und der Nobelpreis wurde verliehen – an einen viel schlechteren Mann. Und der Ruhm Jeggvans, der nicht den Nobelpreis bekam, fiel genauso der Vergessenheit anheim wie der des Mannes, der ihn bekam.

Im Sommer darauf hielt ich mich nur einen Tag in Kopenhagen auf, ich kam am frühen Morgen dort an und war den ganzen Tag unterwegs, um etwas zu erledigen, was keinen Aufschub duldete, und wollte dann wieder mit dem Nachtzug zurück in den Süden. Es war ein überaus heißer Julitag, und ich hatte den ganzen Tag kaum Zeit, etwas zu essen oder zu trinken. Gegen Abend ging ich hungrig und durstig vom Hotel Phönix über Kongens Nytorv und überlegte, wo ich einen Teller Sauermilch bekommen könnte. Gerade als ich am Reiterstandbild vorbeigehe, höre ich, daß neben mir jemand etwas murmelt.

Wenn du etwas Ungewöhnliches bekommst, was du nicht unbedingt selber brauchst, dann laß es mich wissen, sagte er. Und falls ich etwas für dich tun kann, wie zum Beispiel etwas für dich besorgen, was nicht jeder besorgen kann –

Besorge mir einen Teller Sauermilch, sagte ich.

Selbstverständlich, sagte er und verschwand im Hotel d'Angleterre auf der anderen Seite des Platzes; ich wartete vor dem Eingang in der lauen Dämmerung, die Straßenlaternen flammten auf, und der Lichtschein fiel auf die tiefgrünen Rasenstreifen des Parks um das Reiterstandbild herum und auf die farbenprächtigen Blumenbeete.

Ich stand mit dem Rücken zum Hotel und blickte über die Straße auf den Platz, bis ich hinter mir einen Lärm höre und über die Schulter zurückschaue; da sehe ich, wie Karl Einfer rückwärts zum Hotel herauskommt und dem Portier mit geballten Fäusten droht und sagt:

Warte nur, Bürschchen, ich werde mich noch einmal so an dir rächen, daß du es bereuen wirst.

Man hatte ihn offensichtlich hinausgeworfen.

Komm, sagte ich. Versuchen wir es woanders.

Wir gingen Ströget hinauf und führten bald eine angeregte Unterhaltung.

Wie geht's? fragte ich.

Ich kann nicht klagen, sagte er. Allerdings wurde der Prophet Anakananda vergangenen Winter mit Polizeigewalt aus Brüssel vertrieben.

Er zog aus seiner Tasche das dicke Notizbuch mit den französischen Gedichten und den Zeitungsausschnitten und zeigte mir wieder die Anzeige von Dr. Anakananda.

Belgien, fuhr er fort, war lange Zeit der einzige Zufluchtsort für Propheten, und Dr. Anakananda pflegte immer im Herbst von Indien aus dorthin zu kommen und sich ein paar Monate dort aufzuhalten. Aber jetzt hat man dem Hindernisse in den Weg gelegt. Immer mehr Länder führen Gesetze ein, die nicht mit der angeborenen Dummheit und dem Aberglauben der Menschen übereinstimmen. Der Prophet Anakananda hatte dort acht Jahre lang sein Zentrum gehabt und Leuten auf der ganzen Welt geholfen, auf seelischem Wege zu Geld zu kommen. Er hat den unwahrscheinlichsten Leuten Seelenpartner besorgt – und selbst wenn ein Mann oder eine Frau auf der ganzen Welt nur einen Seelenpartner hatte, so hatte Dr. Anakananda ihn ausfindig gemacht, ehe man sich's versah, auch wenn er sich in den Urwäldern Afrikas versteckte und einen Schwanz hatte. Tausende von Menschen auf der ganzen Welt haben ihr Lebensglück diesem Propheten zu verdanken. Jetzt kann er nur, halb illegal, eine Adresse in Belgien haben; er selbst darf nicht einreisen. Man muß ihm alle Briefe nachsenden. Dabei gehen natürlich viele verloren.

Er ließ mich die Anzeige lesen, und da stand, die erste briefliche Antwort von Dr. Anakananda sei gratis – das sind die gleichen vervielfältigten Blätter, die ich dir damals gegeben habe, sagte Karl Einfer. Doch der darauffolgende Brief war eine Privatantwort und kostete fünfundzwanzig belgische Franken. Die allgemeine geistige Führung für ein Vierteljahr mit einem Brief alle vierzehn Tage nur hundert Franken. Die Grundbegriffe des Joga, praktische Übungen unter Anleitung des Doktors, ein Halbjahreskurs zweihundert

Franken. Für das Herauslesen des Charakters aus der Schrift und die Unterweisung darin, wie man den seelischen Weg der Geldbeschaffung geht, der auf jeden speziell zugeschnitten ist, für das Stellen von Horoskopen, die Vermittlung von Liebesbeziehungen durch Gedankenkraft und gerichtete Ströme – mäßige Preise, allerdings etwas unterschiedlich, je nachdem, ob der Kunde vermögend war oder nicht.

Karl Einfer berichtete mir davon, daß ein berühmter Dichter in Schweden und zwei Bauernmägde in Holland jeden Öre, den sie verdienten, für seelische Unterweisung von Dr. Anakananda ausgaben. Einem finnischen Geschäftsmann wurde dabei geholfen, heimlich fünf Frauen zu heiraten, die alle Geld in seine Handelsfirma steckten, und der größte Teil des Geldes ging durch die Hände von Dr. Anakananda. Aber wie gesagt, immer mehr Länder erlassen Gesetze, die im Widerspruch zu der Natur des Menschen und der allgemeinen, durchschnittlichen Begabung stehen. Wo sollen diese Leute jetzt einen Halt im Leben finden? Da gehen viele schwierigen Zeiten entgegen.

War Jeggvan ein gutes Geschäft? fragte ich.

Er sah mich vorsichtig mit zusammengekniffenen Augen an, ein wenig überrascht, daß ich davon wußte, und war offensichtlich im Zweifel darüber, inwieweit man mir vertrauen konnte.

Jeggvan, sagte er schließlich zögernd. Nein. Jeggvan war ein Scheißgeschäft. Und es war ganz anders, als du glaubst. Jeggvan hat sich nie etwas Seelisches einfallen lassen, und schon gar nicht einen seelischen Weg der Geldbeschaffung, dann hätte er sich ja auch nicht in Kopenhagen in Schulden gestürzt. Allerdings waren die Schulden nicht hoch, die Färinger verstehen es leider nicht, anständige Schulden zu machen, aber ich übernahm es, das wenige, was es war, einzutreiben. Wir streuten das Gerücht aus, er würde den Nobelpreis bekommen, und ich machte ihm klar, daß ein solcher Mann keine Bagatellschulden haben darf, und half dem Nobelpreisträger in spe, einen großen Kredit aufzunehmen, und er zahlte dann die kleinen Kredite zurück und ich bekam diese lächerlichen fünfzig Prozent.

Gehen wir hier in diesen Keller hinunter und fragen, ob sie Sauermilch haben, sagte ich.

Kommt gar nicht in Frage, in einen Keller hinunterzugehen, sagte Karl Einfer. Du bist als Gast und Tourist in dieser Stadt, und es gehört sich nicht, daß du in einen Keller hinuntergehst. Wenn diese pompösen Hotels, die sich für erstklassig halten, keine Sauermilch haben, dann haben sie es nicht verdient, offengehalten zu werden, und das will ich versuchen, ihnen klarzumachen.

Er ging in das Palace Hotel hinein und wurde nach einer kurzen Weile wieder hinausgeworfen, und ich hörte, daß er zum Portier sagte, solche Saftläden sollten am besten zumachen, und der Portier sagte Köter.

Wir gingen über den Rathausplatz, und er versuchte es bei Wivel. Ich wartete draußen, während man ihn hinauswarf.

Versuchen wir es im Tivoli.

Daraufhin gingen wir in den Vergnügungspark Tivoli; dort war eine große Menschenmenge, und man hatte schon überall bunte Lichter angezündet, obwohl immer noch Reste der Tagesbläue am Himmel waren. Ich wurde immer durstiger. Wir gingen in einige der großen Restaurants, und ich schickte Karl Einfer vor, weil er besser Dänisch sprach, doch es gab keine Sauermilch, und dann wurde er frech zu den Leuten und wurde hinausgeworfen. In einem baumbestandenen Garten am Ufer eines Teiches mitten im Tivoli gelang es mir, in einer ärmlichen Milchbar Sauermilch ausfindig zu machen. Wir setzten uns auf rote Hocker ohne Lehnen an einen roten Tisch mit einem ärmlichen, blaugemusterten Tischtuch und lehnten uns gegen den Zaun am Teichufer und sahen den Schwänen zu, und ich überlegte mir, ob sie echt sein könnten, und das Mädchen brachte uns Teller mit Sauermilch und geriebenes Schwarzbrot mit braunem Zucker zum Darüberstreuen.

Ich aß eine ganze Weile gierig von der Sauermilch, doch er hörte auf, als er drei Löffel genommen hatte.

Der Mensch ist ein widerliches Geschöpf, sagte er schließlich.

Warum? fragte ich.

Er verzehrt die Milch von anderen Tieren, sagte er. Das ist eigentlich der Gipfel aller Unnatur. Wann fällt es einem Pferd ein, an einer Kuh zu saugen?

Was soll man machen? fragte ich.

Schau dir alle die dicken Weiber an, die sich hier hin und her drängen. Sieh zum Beispiel diese drei, die mit dem Mädchen an der Bar sprechen. Warum werden sie nicht genommen und gemolken?

Die Menschenrechte, sagte ich, die Menschenrechte.

Aber er war von dieser giftigen Wut gepackt, die mit moralischem Eifer einhergeht, und ich spürte, daß er mich zutiefst verachtete, wie ich mich über die Sauermilch beugte, und es nicht verheimlichen konnte, daß er mich für einen moralisch verkommenen Menschen von niedrigstem Niveau hielt. Oft habe ich Karl Einfer seitdem in Gedanken bewundert für die Höflichkeit und Selbstüberwindung, die er dadurch bewies, daß er sich trotz allem dazu überwand, drei Löffel Sauermilch zu essen.

Man sollte diese Weiber nehmen und sie auf Bauernhöfen auf dem Land mästen und sie melken, wiederholte er mit der gleichen unterdrückten Wut. Ich werde mich mit einem Mann in Amerika, den ich kenne, zusammentun und eine Religionsgemeinschaft gründen, die dagegen ist, daß man Milch von anderen Tieren frißt.

Dann fügte er leiser hinzu: Kann ich nicht lieber ein Gläschen Schnaps bekommen?

Aber das war eine Milchbar, und es gab keinen Schnaps, deshalb gingen wir in eines der großen Restaurants des Vergnügungsparkes und aßen zu Abend, und er begleitete mich gegen Mitternacht auf den Bahnhof und verabschiedete sich auf dem Bahnsteig von mir.

Im Herbst, als ich wieder nach Skandinavien kam, geschahen dort erstaunliche Dinge. Alle Zeitungen waren voll davon, die Schlagzeilen riesig. Auf einem Pfarrhof in Schonen spukte ein Gespenst. Es hatte sich zum ersten Mal kurz nach der Mittsommerzeit bemerkbar gemacht und war mit jedem Tag schlimmer geworden. Einer der bedeutendsten Bischöfe Schwedens und alle wichtigen Parapsychologen in Skandinavien waren mit Bezirksrichtern, Polizisten und Zeitungsredakteuren an den Ort des Geschehens gereist und hatten dort Übersinnliches erfahren. Schließlich hatten die Bewohner den Hof verlassen müssen. Zuerst floh das Gesinde mit den Kühen, dann die Kinder des Pfarrers und seine Frau, schließlich der Pfarrer selbst. Tag für Tag

druckten die Zeitungen immer neue Beschreibungen vom Treiben des Gespenstes ab, nach den Aussagen von Pfarrern, Bischöfen, Bezirksrichtern, Polizisten und Mitgliedern parapsychologischer Gesellschaften. Eigentlich fanden wir Isländer das nicht besonders aufregend, denn wir sind von zu Hause an Gespenster gewöhnt; dagegen hatte sich in Skandinavien schon seit ewigen Zeiten kein Gespenst mehr bemerkbar gemacht, deshalb war es verständlich, daß die Leute in diesen Ländern überrascht waren. Mit fiel an diesem Spuk jedoch etwas Eigenartiges auf: In einer der Zeitungen stand nämlich, daß das Gespenst sich rittlings auf den First des Hauses setzte und mit den Fersen auf das Dach hämmerte. Da sah ich plötzlich die isländischen Bauernhöfe mit ihren Giebeln vor mir, die bei den Gespenstern so beliebt sind, und sagte laut vor mich hin:

Das ist ein isländisches Gespenst!

Hier sind die zehn Kronen, die du mir im Sommer geliehen hast, sagte Karl Einfer; er war schon längere Zeit neben mir gegangen, als ich ihn bemerkte.

Ich habe dir keine zehn Kronen geliehen, sagte ich.

Zier dich nicht so, sagte er und steckte den Zehnkronenschein in meine Manteltasche.

Ich wußte nicht richtig, wie ich darauf reagieren sollte, zunächst war ich nicht sicher, ob ich ihm vielleicht nicht doch zehn Kronen geliehen und es dann vergessen hatte, doch als ich genauer darüber nachdachte, war ich absolut sicher, daß ich ihm kein Geld geliehen hatte.

Es ist ja kaum zu glauben, wie hartnäckig du dein Geld loswerden willst, Mann. Hast du gute Geschäfte gemacht?

Nichts von Bedeutung. Das einzige war, daß ich im Sommer dafür gesorgt habe, daß ein schwedischer Pfarrer, den ich kenne, aus einer schlechten Pfarrei in eine gute versetzt wird. Man hat ihm bereits das, was man auf französisch *une grasse paroisse* nennt, im Bergbaugebiet versprochen; vorher war er in einer armen Pfarrei in Schonen. Ich bekomme fünfundzwanzig Prozent von seinen Nebeneinnahmen während der ersten drei Jahre in der neuen Gemeinde. Übrigens, soll ich dir nicht ein paar unbekannte, isländische Gedichte verkaufen, die recht gut und ziemlich witzig

sind, du könntest sie überarbeiten und dann unter deinem eigenen Namen herausgeben und ein erstklassiger Lyriker werden. Ich möchte betonen, daß sie nicht von mir stammen, sondern ich hatte sie einem alten Isländer abgeluchst, der inzwischen gestorben ist.

Wir gingen in eine Kneipe, und er zog sein dickes Notizbuch heraus und zeigte mir die Gedichte, die dort aufgeschrieben waren; darunter war eines, das mir ganz brauchbar zu sein schien, und ich kaufte es ihm für die zehn Kronen, die er mir bezahlt hatte, ab. Ich modelte es dann ein bißchen um und benützte es im Jahr darauf in einem Buch, und die meisten Leute sind sich einig darüber, daß es eines der besten Gedichte ist, die ich je verfaßt habe.

Wenn du später einmal ein gutes Gedicht schreiben mußt, sagte er, dann laß es mich wissen. Und du denkst daran, mir Bescheid zu geben, wenn du etwas Ungewöhnliches bekommst, das du nicht selber brauchst.

Es sollte lange dauern, bis ich wieder nach Kopenhagen kam, aber wohin ich auch reiste, ich konnte Karl Einfer nie vergessen – alle, die ihn kennenlernten, wurden sogleich seine Kunden und Mitwisser, sogar seine Agenten. Ein Zeichen dafür, wie sehr ich von ihm abhängig war, ist, daß ich unwillkürlich an ihn denken mußte, obwohl zwei Jahre seit unserem letzten Zusammentreffen vergangen waren, als ich im Winter 1938 in Kiew war und mir der Genosse Stein das Manuskript der hebräischen Übersetzung der Sämundar-Edda zeigte, die er angefertigt hatte. Ich hegte aufrichtige Bewunderung für diesen gebückten, kahlköpfigen Juden mit seiner starken Brille, der im Schweiße seines Angesichts über der Sämundar-Edda saß, mitten in den gigantischen Fünfjahresplänen Stalins mit endlosen Kraftwerken, aus dem Boden schießenden Großindustriestädten, florierenden Kolchosen und Sonnenblumen so groß wie Pfannkuchen, die am Ackerrand mit den Köpfen nickten – ihn kümmerten weder Hammerschläge noch Sichelsausen, sondern er fügte Zeile an Zeile bei seiner Übersetzung der Havamal, der grönländischen Atlamal, der Hamdismal und anderer vortrefflicher Gedichte dieses Buches in die Sprache Jesu Christi. Selbst wenn Sämundar, der das Buch verfaßte, per-

sönlich erschienen wäre, hätte der Genosse Stein ihn nicht herzlicher empfangen können als er mich empfing. Ich war ganz begeistert, als ich die Stapel großformatiger Blätter sah, die mit hebräischer Maschinenschrift bedeckt waren – wenn man sich vorstellte, daß das alles von rückwärts gelesen werden mußte, man fing am Ende des Buches an und arbeitete sich langsam von links nach rechts durch die Seiten weiter, bis man am Anfang aufhörte. Als ich von Kiew abreiste, war der Genosse Stein unter den guten Freunden, die mich auf den Bahnhof begleiteten, um mir Lebewohl zu sagen. Er schenkte mir beim Abschied die Völuspa in hebräischer Übersetzung, zum Andenken an ihn. Es waren fünf, sechs maschinengeschriebene Seiten mit leuchtend blauen Zeichen, diesen altehrwürdigen und doch lebendigen hebräischen Zeichen, die Jesus Christus verwendete, als er in den Sand schrieb, ungleich schöner als die römischen Buchstaben, die wir hier verwenden.

Die Zeiten sind schwierig, sagte Karl Einfer, als ich wieder in Kopenhagen war, er hatte mich plötzlich auf dem Rathausplatz angesprochen, ohne daß ich ihn bemerkt hatte, und er schien ein Gespräch fortzusetzen, das schon vor längerer Zeit begonnen hatte – wer weiß, vielleicht war er seit dem vorletzten Jahr neben mir hergegangen, hatte aber erst jetzt menschliche Gestalt angenommen.

Sogar den Namen des Propheten Doktor Anakananda darf man in Belgien nicht mehr nennen, und mein belgischer Freund, der sich um seine Wohnung kümmerte und ihm die Post nachschickte, ist zu einer Gefängnisstrafe verurteilt worden. Immer mehr Länder verfolgen diejenigen, welche die menschliche Natur verstehen und ihre Bedürfnisse erfüllen wollen. Übrigens, du hast nicht zufällig etwas für mich bekommen?

Ich suchte in meiner Aktentasche und zog die Völuspa auf hebräisch heraus und gab sie ihm.

Das ist eine phantastische Sache, sagte er und suchte in seiner Tasche nach Geld. Das ist eine Botschaft des Himmels. Das ist ein neuentdecktes Evangelium. Das wurde in einem koptischen Kloster entdeckt. Ich gehe gleich und spreche mit dem Bischof von Seeland. Was bin ich dafür schuldig?

Das eilt nicht, sagte ich. Ich bin mit zehn Prozent vom Erlös zufrieden, wenn der Verkauf zustande kommt. Sprich zuerst mit dem Bischof von Seeland.

Heute, etwa anderthalb Jahre später, habe ich, wie gesagt, einen Scheck von Herrn Karl Einfer erhalten, über den Betrag von siebenunddreißig dänischen Kronen, für die Völuspa auf hebräisch, was hiermit dankend bestätigt wird.

1939

Ein Spiegelbild im Wasser

1.

Sie sitzt schweigend draußen vor ihrer Balkontür und läßt den Kopf hängen wie eine Weinrebe. Sie blickt in ihren Schoß, und der Duft des Traumes benebelt ihre Sinne. Der kleine Obstgarten um das Haus ihres Vaters trennt uns, und die enge Straße, die den Hügel hinaufführt, zu den Ruinen des griechischen Theaters oben auf dem Hügel. In der Mittagshitze schweigt alles außer der Zikade, doch am Abend spielt auf dem Marktplatz drunten in der Stadt die Blaskapelle.

Ich denke viel nach. Ich denke darüber nach, ob wohl jemals ein junger Mann hier in diesem Zimmer gewohnt hat, zum Beispiel ein Ausländer wie ich, der an diesem Fenster gesessen, über diese enge Straße geschaut hat; und über den Obstgarten auf der anderen Seite der Straße. In Skandinavien würde man sagen, sie sei sechzehn Jahre alt, doch wahrscheinlich hat sie erst dreizehn oder vierzehn Kalenderjahre erlebt. Ich versuche mir vorzustellen, daß niemand außer mir sie je gesehen habe.

Sie hat zweifellos ungewöhnlich viel geträumt. Ich bin sicher, daß sie jede Nacht von all den kostbaren Dingen träumt, die das Leben zu bieten hat und die man nicht mit Gold aufwiegen kann. Ich bin sicher, daß sie in einer Mittagsstunde, während die Zikade zitternd nach ihrem Geliebten ruft, etwas träumt, das der ganzen Baukunst der Römer entspricht, von den Tagen der Könige bis zu der Zeit, als das römische Weltreich unter das unverzierte Zepter der Barbaren gezwungen wurde.

Ihr Vater hat draußen auf dem Land Weinberge und kommt zweimal im Monat in Offiziersuniform nach Hause. Er putzt

sonntagmorgens selbst mit unglaublicher Polierkunst seine Stiefel. Seine Frau könnte aus dem niederen Adel stammen und hat noch keine Besucher empfangen, seit ich ihnen gegenüber eingezogen bin. Eine Frau Mitte Dreißig – träumt sie etwa nicht auch kostbare Träume, während sie in dem anderen Zimmer sitzt? Aber warum lädt sie niemanden ein? Ist sie vielleicht der Ansicht, daß die Ehre des Hauses allem übrigen vorzuziehen sei? Wenn die Tochter vor ihrer Tür sitzt, sehe ich drinnen die Frau herumgehen. Sie wartet darauf, daß das Mädchen kommt und ihr einen Kuß gibt. Und das Mädchen geht hinein und gibt ihr einen Kuß.

Ich bin ihnen zweimal auf dem Platz vor der Kirche begegnet. Ich habe sie beide Male angeschaut. Die Frau ist eine stattliche Erscheinung. Das Mädchen war sicher noch nie in der Großstadt, es hat ein wenig unsichere Ansichten darüber, was elegant ist, und kleidet sich wie ein vornehmes Mädchen vom Land.

Beim zweiten Mal sah sie auf meine Schuhe.

2.

Wenn es Abend wird, sitze ich an meinem Fenster und lese ein Buch, doch ich lese das Buch überhaupt nicht. Ich denke an den Berg Ätna auf der anderen Seite der Stadt. Oft fällt mein Blick über die Straße, doch ich tue so, als ob ich nie durch die Balkontür auf der anderen Seite der Straße schaue, sondern ich schaue zum Berg hinüber, denn der Berg wird noch stehen, wenn ich wieder abgereist bin. Und wenn sich auf den Ruinen dieser Stadt eine neue Stadt erhebt, wird der Berg immer noch dastehen.

Und das Mädchen sitzt erwartungsvoll träumend mit seinem Hund vor der Tür und tut nichts, es sieht höchstens einmal auf. Und dann sieht es nicht zu meinem Fenster herüber, sondern zum Dach meines Hauses hinauf, als ob es den Vogel beobachtet, der vermutlich dort auf der Traufe sitzt.

Wir tun so, als ob wir voneinander keine Notiz nehmen. Habe ich mich des Vergehens schuldig gemacht, auf ihre Wange zu sehen, so fällt mir sofort wieder der Berg Ätna ein, und ich richte schnell meine Augen dorthin. Und ist es ihr passiert, daß sich ihr

Blick mit einer Heuschrecke zu meinem Fenster hereinverirrt hat, so fällt ihr sofort der Vogel auf der Dachtraufe ein. Wenn wir uns einmal auf frischer Tat dabei ertappt haben sollten, daß wir voneinander Notiz nahmen, so geschah das aus Versehen.

Aber neulich, als ich gerade am Schreiben war, begann sie plötzlich zu singen. Dadurch wollte sie mir zu verstehen geben, daß sie glaubte, ich sei nicht zu Hause. Dabei wußte sie haargenau, daß ich daheim war, sie hatte gesehen, wie ich die Jacke auszog und mich in die Ecke zu meiner Arbeit setzte. Sie sang und sang, zuerst ein bißchen monoton, allmählich mit immer mehr Gefühl, schließlich mit Leidenschaft. Was für ein schrecklicher Gesang, dachte ich, denn er hielt mich von der Arbeit ab. Zum Schluß trat ich ans Fenster. Im Haus gegenüber standen alle Türen und Fenster offen. Sie ging singend von einem Zimmer ins andere. Sie bildet sich ein, daß sie eine schöne Stimme hat, aber wenn man genauer hinhört, dann klingt ihre Stimme wie eine Kartoffelschälmaschine. Ich zog meine Jacke an und ging auf meinen Balkon hinaus, um ihr zu zeigen, daß ich überhaupt nicht bemerkt hatte, daß sie sang.

Am Abend saß sie mit ihrer Mutter draußen auf dem Balkon und drehte mir den Rücken zu. Sie sprach zwei Stunden lang mit ihrer Mutter, ohne sich umzudrehen, um mir klarzumachen, daß sie keine Notiz von mir nahm. Bisweilen ordnete sie ihr Haar im Nacken und zog ihr Kleid am Rücken und an den Armausschnitten zurecht. Manchmal fiel sie ihrer Mutter um den Hals und küßte sie auf die Augen und hinter die Ohren, alles um mir klarzumachen, daß sie keine Notiz von mir nahm. Ich bin ganz sicher, sie sprechen darüber, daß sie im Herbst nach Rom fahren dürfen.

Am nächsten Morgen tanzte sie für ihre Mutter im Wohnzimmer hin und her, wieder aus demselben Grund. Und an diesem Tag zog sie sich dreimal um und veränderte mehrmals ihre Frisur, sie lief geschäftig im Haus herum und kam immer nur kurz auf ihren Balkon heraus, damit ich nicht auf den Gedanken käme, sie nähme Notiz von mir.

Nachdem sie doch keine Notiz von mir nimmt, kann ich ruhig ein wenig pfeifen, dachte ich, setzte mich in eine Ecke und pfiff, bis ich nicht mehr pfeifen konnte, weil meine Lippen ausgetrocknet

waren. Am Abend setzte sie sich mit einer Gitarre zu ihrer Mutter und begann zu singen. So also ist das, dachte ich – nahm meinen Hut und Spazierstock, löschte das Licht und ging wütend hinaus.

Ich kam gegen Mitternacht nach Hause und hütete mich davor, Licht zu machen, wie ein Dieb. Ich spähte durch mein offenes Fenster hinaus und sah, daß die Balkontür drüben halb offenstand, denn es war ein heißer Tag gewesen. Sonst pflegte sie eine Stunde vor Mitternacht ihren degenerierten Hund zu rufen und die Tür zuzumachen. Jetzt fällt der Schein der Straßenlaterne mitten in ihr Zimmer. Sie schläft. Die Zikaden waren noch immer nicht ganz verstummt, und ich hörte eine Weile am Fenster ihrem unnützen Geschwätz zu, das ohne jede Steigerung ist, bis etwas Zottiges, Hellbraunes aus ihrem Bett hervorkommt und über den Fußboden auf den Balkon herauskriecht, um das Maul aufzusperren. Ich war beleidigt, ging weg vom Fenster und legte mich schlafen.

3.

Doch tags darauf war meine Liebe so heiß, daß ich es mir nicht verkneifen konnte, früh aufzustehen. Als ich gerade meine eine Gesichtshälfte rasiert hatte, hörte ich draußen ein menschliches Wesen gähnen. Ich trat sofort ans Fenster.

Sie ist eben aufgewacht und steht auf der Türschwelle, lehnt sich in ihrem langen Nachthemd an den Türpfosten, reckt die Arme empor und faltet die Hände über dem Kopf, so daß die Ärmel auf die Schultern zurückfallen und die Sonne in den weiten Armausschnitt hinunterscheint. Dann beugte sie sich nieder und strich mit den flachen Händen über ihre mit Seidenstrümpfen bekleideten Beine, von ganz unten an den Fersen so weit hinauf, wie es gerade noch erlaubt ist.

Sie sah nicht einmal in Richtung der anderen Straßenseite und ging nach Beendigung der Vorstellung wieder hinein. Die Tür fiel zu.

Ich begegnete Mutter und Tochter vor der Kirche. Sie kamen gerade aus einem Geschäft. Ich wurde keines Blickes gewürdigt, nicht einmal meine Schuhe.

Ich habe einen Antiquitätenhändler aus Wien kennengelernt, einen jungen Juden im rosa Seidenhemd. Er schleppt für gewöhnlich griechische Krüge mit sich herum und macht gute Geschäfte. Er kam heute zu mir, um mir einen Krug zu zeigen, den er gekauft hatte, und sagte, er werde fünfundvierzig Dollar an ihm verdienen.

Er saß am Fenster und sah mit dem einen Auge schläfrig auf mich, mit dem anderen schielte er vergnügt über die Straße; die eine Hand legte er beschwichtigend auf meinen Arm, mit der anderen gab er Zeichen über die Straße. Er begann damit, Spinoza zu zitieren und endete bei der Psychoanalyse. Ich sah sofort, daß er von meiner Geliebten angetan war und nur auf eine Gelegenheit wartete, mich umbringen und meine Geliebte entführen zu können. Ich fragte, ob er nicht mit mir gehen und unten in der Stadt Tee trinken wollte.

Als wir zum Hauseingang hinunterkommen, steht mein Mädchen noch immer auf dem Balkon. Sie sieht uns an. Und jetzt geschahen plötzlich Dinge, die mir bewiesen, was ich allerdings schon seit langem geahnt hatte, daß nämlich Spitzbuben immer Glück haben. Dieser unchristliche Mensch besaß nämlich die Frechheit, vor meinen eigenen Augen meinem Mädchen dort oben zuzulächeln. Ich machte gute Miene zum bösen Spiel und fragte, ob er nicht glaubte, daß die Kältewelle, von der in den Wiener Zeitungen die Rede war, sich auch hier im Süden bemerkbar machen würde. Doch er rechnete nicht damit und drehte sich um, als wir etwa zehn Schritte durch die enge Straße gegangen waren. Ich schaute mich gleichzeitig um und sah, daß das Mädchen noch immer auf seinem Balkon stand und uns nachblickte. Der Jude nahm die Hand aus der Tasche und winkte ihr zu. Dann lachte er mir ins Gesicht, als wollte er sagen, er könne mit den Frauen dieser Welt nach Belieben verfahren. Was mich jedoch blaß werden ließ, war, daß mein Mädchen ihm auch zuwinkte. Sie ließ sich, mit anderen Worten, mir nichts, dir nichts von ihm verführen. Ja, sieh mal einer an, dachte ich in meiner Wut. Nach all den seligen Träumen auf dem Balkon, dem Gesang, dem Tanz, der

Gitarre, der Mutter und dem Hund, kurz gesagt, nach dem ganzen, altbekannten Zauber, läßt du dich vom ersten besten Juden einfangen.

Wir unterhielten uns über die Kapitulation der Rifkabylen und den Vertrag zwischen den Franzosen und den Spaniern und rauchten Zigarren aus starkem Brasiltabak, den wir beide noch nie probiert hatten. Das unausweichliche Duell wurde nicht erwähnt. Spinoza, dachte ich bei mir. Psychoanalyse! Das hat mir gerade noch gefehlt. Ich bat um Verzeihung und sagte, ich sei in Eile, erhob mich vom Teetisch und verabschiedete mich.

Grüßen Sie votre belle vis-a-vis, sagte der Jude.

Grüßen Sie Ihre Waschfrau, stieß ich fluchend zwischen den Zähnen hervor, als ich draußen auf der Straße stand.

5.

Als ich spät am Abend nach Hause kam, saß sie auf dem Balkon; sie hatte den Hund auf dem Schoß und spielte mit ihm. Ihre Mutter muß schon längst schlafen. Sie tat so, als ob sie mich nicht bemerkte, als ich kam, und sah frech dem Hund in die Augen, um mich glauben zu machen, daß sie sich nicht schämte für das, was sie getan hatte. Sie behauptete, es sei ihr gutes Recht gewesen, sich von dem Juden verführen zu lassen; und mich gehe das überhaupt nichts an. Sie sprach mit lauter Stimme und spielte nervös mit dem Hund, und das Lachen, das sie immer wieder heuchelte, klang unecht; ich merkte sofort, daß sie von Gewissensbissen geplagt worden war.

Doch ich werde ihr nie verzeihen. Und damit sie sieht, wie mir zumute ist, stoße ich gegen die Stühle, daß sie umfallen, und gebe absichtlich einem der Blumentöpfe, die ich hasse, einen Schubs mit dem Ellbogen, und er zerschellt mit einem Lärm, der an ein Eisenbahnunglück erinnert, auf dem Boden. Und als sie herüberschaut, um zu sehen, was hier los ist, gehe ich schnurstracks zum Fenster und schlage von innen die Läden zu, damit sie merkt, daß ich keine Dirnen anschaue. Ich ging wütend zu Bett, konnte aber nicht einschlafen, denn die Luft war heiß und stickig. Doch

ich schwor mir, lieber wollte ich sterben als das Fenster aufmachen, um die nächtliche Kühle hereinzulassen. Auch am folgenden Tag blieb ich unerbittlich. Ich ging wütend vor meinem Fenster hin und her und bemühte mich, um den Mund herum wie ein abgebrühter Mörder auszusehen. Es fiel mir nicht im Traum ein, über die Straße hinüberzuschauen, aber ich merkte dennoch, daß sie auf dem Balkon saß und mir ab und zu verstohlene Blicke zuwarf, betrübt wie ein Kind, das etwas Verbotenes getan hat und darauf wartet, daß ihm vergeben wird.

Am Abend schloß ich den einen Laden vor meinem Fenster ganz, konnte es mir aber nicht versagen, den anderen halb offenstehen zu lassen, wegen der abendlichen Kühle. Ich saß in meiner Ecke und las von der Liebe des jungen Zadig in Babylon, um mich in meinem Glauben an die Unbeständigkeit weiblicher Tugenden zu stärken. Doch im Lauf des Abends begann ich, unruhig zu werden, ich hätte zu gerne gewußt, wie sich der Feind in der Festung gegenüber verhalten hatte. Ob sie zugemacht hatte und schlief? Oder noch immer draußen vor der Tür wachte und um Frieden bat? Oder zusammen mit ihrer Mutter zur Abendandacht bei den Mönchen gegangen war?

Schließlich konnte ich mich nicht mehr beherrschen, ich schlich zum Fenster und spähte hinaus. Es war eine halbe Stunde vor Mitternacht. Im Haus gegenüber war alles ruhig, nirgends brannte Licht, alle Fenster schliefen. Nur ihre Balkontür steht offen, nur sie wacht. Die Straßenlaterne wirft immer noch ihren Schein auf die Hauswand, auf ihren Balkon, in ihr Zimmer. Sie wartet auf dem Balkon auf ihrem Stuhl vorn am Geländer; sie hat die Ellbogen auf die Brüstung gelegt und vergräbt das Gesicht in ihren Armen, eine Frau.

Sie hat sicher lange so gewartet, das verweinte Gesicht in ihren Armen vergraben, vielleicht will sie die ganze Nacht und immer so warten, bis ich ihr verziehen habe. Vielleicht hat sie sich geschworen, erst wieder ein braves Mädchen zu werden, wenn ich mich mit ihr versöhnt habe. Ich konnte nichts dafür, daß mich der Jude verführt hat, ich wollte mich nicht von ihm verführen lassen, aber er winkte auf ganz besondere Art mit der Hand, so daß es passiert war, ehe ich mich's versah. Wenn ich es mir genau über-

lege, kann ich so einen dicken Juden überhaupt nicht ausstehen, und ich muß mich über mich selber wundern, und ich werde ihn nie mehr ansehen, und wenn du willst, dann werde ich meinen Vater, der einen langen Degen hat, bitten, ihm mit seinem langen Degen die Brust zu durchbohren. Denn keiner ist der Meine, außer dir, und keiner soll mir mit der Hand zuwinken, außer dir, warum hast du mir nie mit der Hand zugewinkt? Winke mir jetzt einmal mit der Hand zu, damit ich schlafen gehen kann.

Da zünde ich mir eine Zigarette an und lasse das Streichholz zischen, damit sie mich bemerkt und aufschaut. Und sie schaut auf, als sie das Streichholz zischen hört. Sie hebt das Gesicht langsam von ihren Armen und schaut zu mir über die Straße herüber. Ihre jungen Augen, traurig und dunkel, sind ein Reich im Reich der Nacht, eine heiße sizilianische Sommernacht mitten in der heißen sizilianischen Sommernacht. Sie starren mich an, schwer von der Schuld und dem Leid der Jugend. Ihr glattes Haar fällt offen über die Wangen herab. Ich sehe sie vor mir als eine heilige Erscheinung in der Tiefe, schuldbeladen in ihrer Heiligkeit, wie es die irdischen Heiligen sind, eine Erscheinung, deren Schicksal davon abhängt, ob sie im Himmel verstanden oder mißverstanden wird. Denn die Seelen der Menschen sind Spiegelbilder im Wasser. Ein kleines Mädchen, das mir untreu war und mich mitten in der Nacht um Vergebung bittet, ist im Himmel die keuscheste Nonne.

Zunächst betrachte ich sie durch den Rauch meiner Zigarette so gleichgültig, wie ich kann, dann werfe ich die Zigarette auf die Straße hinunter. Und ich werfe den Panzer der Wut ab. Denn der wahrhaft Große kennt keinen Hochmut. Wir sehen uns zum erstenmal in die Augen. Zwei herrliche Sonnen gehen im Norden und Süden auf, um sich in der Mitte des Himmels zu treffen, und werden zu einer großen Sonne, die die ganze Welt erhellt; und alle Tiefen.

Als die Uhr der Kirche um Mitternacht zwölfmal schlägt, zuckt sie zusammen, als ob der Klöppel in ihrer eigenen Brust wäre. Sie steht auf. Und sie bleibt noch eine Weile in ihrer Balkontür stehen, um mir in die Augen zu sehen. Sie ist nicht mehr die, die sie war, sondern eine andere. Sie braucht nicht mehr zu singen, tanzt nicht

hin und her, wird von nun an nicht mehr ihre Mutter küssen, der Schoßhund hat sich zusammengerollt. Der Duft des Traumes ist verweht und ihr Leben ist Wahrheit geworden. Sie steht mir gegenüber, als die letzte Stunde des Tages vorbei ist. Es ist Nacht in den Weinreben. Die sonnenglänzenden Trauben haben euch vielleicht in der Hitze des Tages in Versuchung gebracht, und die Kühle des Meeres hat den müden Fischer verlockt, aber sie, die Glut der Trauben und die vom Wind bewegte Welle des Meeres, steht heute Nacht hier in ihrer Tür, ruhig wie die Tiefe, und sieht mich an: die eine, wahre Frau.

Sie macht ihre Balkontür nicht mehr zu, sondern geht ruhigen Schrittes in ihr Zimmer und zieht sich im Schein der Straßenlaterne aus. Sie hängt ihr Kleid in den Schrank, stellt ihre Schuhe unter den Spiegel und hat es nicht mehr eilig in dieser Schicksalsnacht. Sie steht nackt im Lichtschein und spiegelt sich, während sie ihre Locken ordnet. Alles, was sie von jetzt an tut, ist richtig. Schließlich hüllt sie sich mit derselben würdevollen Ruhe in ihr Nachthemd und ist verschwunden, wie eine Spiegelung im Kristall der Tiefe.

1925

Der Pfeifer

Vor fünfundzwanzig Jahren, weiter braucht man gar nicht zurückzugehen, war das kulturelle Niveau, das wir erreicht hatten, kaum so, daß man nicht immer noch, selbst in der Gegend von Reykjavik, mit Wundern und übernatürlichen Erscheinungen rechnen konnte. Schon im Alter von neun Jahren half ich auf einem der Höfe im Tal mit und brachte eines Abends im Spätsommer den Abendkaffee auf die weiter weg liegenden Heuwiesen, als ich wunderbare Dinge erlebte, die meiner Ansicht nach der übersinnlichen Erfahrung anderer Menschen zu verschiedenen Zeiten in keiner Weise nachstehen, dieser Erfahrung, die Erklärungsversuche nicht nur unerwünscht, sondern sogar lächerlich und geschmacklos macht. Ehe du dich's versiehst, stehst du auf einer steil abfallenden Schräge und merkst, wie die Welt unter deinen Füßen immer schiefer wird; schon bald krabbelst du wie eine Fliege die senkrechte Wand hinauf; du beschließt, bis drei zu zählen, doch da zeigt dein Kopf schon genau nach unten, und du hast angefangen, an der Unterseite der Decke entlangzuspazieren. So ist die mystische Erfahrung, das Übernatürliche. Wenn die Menschheit sich damit zufriedengegeben hätte, wie sie das früher tat, so hätte sie Tabak und Branntwein nie gebraucht.

Seitdem das geschah, tadle ich keinen, der eine übersinnliche Erfahrung gemacht hat. Und obwohl meine mit Tränen endete, habe ich dennoch oft zurückdenken müssen an diesen Abend im Spätsommer, begierig danach, ihn noch einmal erleben zu dürfen, mit dem heißen Zittern, das dazugehörte, und jenem eigenartigen Herzklopfen, das einem den Atem raubt, wie wenn man in Träumen nicht schwimmen kann und in ein zu tiefes Wasser steigt oder eine unendliche Treppe hinunterläuft.

Ich sehe die wehmütigen Spätsommer der Kindheit wieder vor mir, wenn alles, an das ich seit dem Frühjahr nicht mehr geglaubt hatte, wieder wahr zu werden begann, und das Wasser im dichten Gras und im blütenübersäten Heidekraut, wo ich mit zerschlissenen Schuhen herumwatete, mehr und kälter geworden war als zur Mittsommerzeit, und viele Stunden des Tages völlig still waren, bis ein Rabe, der überhaupt nicht zu allem übrigen paßt, die Stille zerreißt; er krächzt frech und seine schwarzen Flügel glänzen, als er über der Siedlung der Menschen schwebt und das ganze Tal zwischen den Bergen zugleich in seiner Gewalt hat, den Hang auf dieser Seite des Tales, das Moor, den Hügel und das Haus und den Hang auf der gegenüberliegenden Seite des Tales, wie ein leibhaftiges Vorzeichen jener Nacht im Weltall, die immer länger wird, ein Symbol der kommenden Wahrheit über eine lange Nacht und ein Leben in Bedrängnis.

Ich durfte immer ein wenig mit den kleinen Kindern spielen, während die Bäuerin den Kaffee machte: Sie waren drei und vier Jahre alt und trugen rote Kittel; ich freute mich immer sehr darauf, sie zu sehen, wenn ich von der Heuwiese zum Haus geschickt wurde, um den Kaffee zu holen, und wir spielten Ball unter den fünf holzverkleideten Giebeln des Hofes oder bliesen am Rand der Hauswiese auf Grashalmen oder stiegen auf den hohen, bemoosten Hügel oberhalb der Wiese und ließen uns herunterrollen. Dann kam die Bäuerin an die Haustür und legte mir den Mehlsack mit der Kaffeeflasche über die Schulter, und das Spiel war zu Ende.

Es hatte den Tag über immer wieder Regenschauer gegeben, und das unsichere, gleißende Licht des Sonnenscheins zwischen den Schauern hüllte das Land zu dieser Abendstunde ein, es verlieh dem dürren Gras im Moor einen roten Schimmer und den Felsen einen tiefschwarzen Glanz und entfachte eine bläuliche Röte im Heidekraut.

Die Heuwiesen lagen weit drinnen am Berg, ich war für gewöhnlich eine halbe Stunde dorthin unterwegs, manchmal länger. Doch auf halbem Wege zwischen dem Hof und der Wiese, wo die Leute Heu machten, war eine kleine Talsenke mit einem Bach und einer ebenen, grünen Wiese unter einer Böschung, und in der

Mitte der Wiese stand ein kleiner Schafstall. Ich ruhte mich einen Augenblick neben dem Stall aus, wenn ich mit dem Kaffee unterwegs war, und rückte meine Last zurecht. Auch diesmal wollte ich mich ganz kurz in das Gras neben die Stallwand setzen. Da kommt hinter der anderen Seite des Stalls plötzlich ein einsames, weißes Pferd hervor und trottet seelenruhig zum Bach hinunter, schnaubt ein- oder zweimal und fängt an zu grasen. Ich hatte dieses Pferd noch nie zuvor gesehen, weder auf dem Hof noch in der Umgebung, und ich wußte auch, daß auf den Nachbarhöfen niemand ein solches Pferd besaß. Als ich genauer hinsah, bemerkte ich, daß sein eines Auge einen weißen Ring hatte und seine Hufe ein wenig flach waren, wahrscheinlich war es nicht mehr ganz jung. Doch es hatte etwas Geheimnisvolles, Verzaubertes an sich, wie es plötzlich aus seinem Versteck hinter der Wand hervorkam, und es fiel mir sehr schwer, meinen Blick von ihm loszureißen. Mir kam es so vor, als hätte es sich dort vor mir versteckt und vielleicht auf mich gewartet und hätte nach mir ausgespäht und mich kommen sehen, zumindest schien es, als ob es mich kannte, obwohl es gleichgültig, als ob nichts wäre, an mir vorbei hinunter ans Bachufer trottete. Eines war sicher: Um das Maul spielte der seltsame Anflug eines Grinsens, das auch aus den Augen sprach, besonders aus dem mit dem weißen Ring, wie wenn ein Bösewicht vor sich hingrinst. Und irgendwie war ich von Anfang an auf angstvolle, rätselhafte Weise davon überzeugt, daß dieses Pferd zwar einerseits kein Menschenpferd war, andererseits aber mindestens so viel Verstand wie ein Mensch hatte, möglicherweise gar kein Pferd war, sondern vielmehr ein Nöck in Pferdegestalt oder der Geist eines Menschen, oder vielleicht sogar beides. Gewöhnliche Pferde sind stets unruhig, wenn man sie irgendwo in einer unbekannten Umgebung frei herumlaufen läßt, doch dieses Pferd schien sich hier in der Talsenke wohlzufühlen, als ob es seit Urzeiten zu diesem Grashügel um den Stall herum gehört hätte, der Bach sein Bach wäre, die Wiese seine Wiese. Vielleicht ein Elfenpferd, das von mir, einem Jungen, der gar nicht in dieser Gegend zu Hause war, so wenig beeindruckt war, daß es fand, es lohne sich nicht, sich unsichtbar zu machen. Ich versuchte, mir vorzustellen, wie unsere Rosse reagieren würden, wenn sie ein sol-

ches Pferd sähen, ob sie zuerst sein Maul beschnuppern würden oder ob sie gleich ausschlagen und davonstieben würden – doch dann mußte ich plötzlich an etwas anderes denken, ich fühlte, daß ich nicht mehr der einzige Mensch hier auf der Wiese war, schräg hinter mir bewegte sich etwas, und ich sah mich rasch um: Da sitzt tatsächlich ein Mann, nicht mehr als zwei Klafter weit von mir entfernt, bewegungslos wie eine Statue, und schaut ins Blaue.

Schaute er? Sicher wären verschiedene andere Ausdrücke treffender gewesen für den Blick dieses Mannes. Und doch war etwas anderes an ihm vielleicht noch eigenartiger als seine Augen, wenn man sie als Augen bezeichnen wollte, und zunächst noch auffälliger: nämlich sein Hut. Noch nie hatte ich eine Kopfbedeckung gesehen, die auch nur entfernt Ähnlichkeit mit diesem Hut hatte, und überhaupt gab es nur wenige von Menschenhand geschaffene Dinge, die es verdient hatten, in einem Atemzug mit diesem Hut genannt zu werden. Ich habe bis heute keine Hutkrempe gesehen, die auch nur annähernd so breit war wie diese, und ich glaube, es wäre die Überraschung meines Lebens, wenn ich noch einmal so etwas zu sehen bekäme. Zwar habe ich die Krempe nicht ausgemessen, denn ich hatte an anderes zu denken, aber es ist mir noch in lebhafter Erinnerung, wie sie über die Schultern des Mannes bis weit auf den Rücken herunterhing. Auf der einen Seite war die Krempe aufgeschlagen und mit einem Druckknopf an der Kappe befestigt, so daß die Form den Hüten, die Napoleon der Große in der Schlacht zu tragen pflegte, nicht ganz unähnlich war, obwohl dieser hier in vieler Hinsicht gewaltiger aussah. In späteren Jahren habe ich mir bisweilen überlegt, wo auf dieser Welt oder an anderen Orten des Universums die Menschen mit einer solchen Phantasie begabt sind, wie man sie braucht, um solche Hüte machen zu können, oder besser gesagt, einen solchen Hut, denn ich nehme nicht an, daß seit der Erschaffung der Welt mehr als ein solcher Hut angefertigt worden ist. Jeder, der den Mann sah, wurde augenblicklich von der magischen Kraft des Hutes ergriffen, wie von der des Himmels, der sich über uns wölbt und uns von seiner Witterung abhängig macht. Und damit ist es an der Zeit, sich wieder dem Blick zuzuwenden, von dem wir schon gesprochen hatten.

Wie schon gesagt, hatten die Augen des Mannes viel zu wenig Ähnlichkeit mit menschlichen Augen, als daß man von Blick im herkömmlichen Sinne sprechen könnte. Ob er tatsächlich Augen hatte, bekam ich nie heraus. Vor seinen Augenhöhlen hingen zwei ovale Deckel, die zu breit waren, als daß man sie für Brillengläser halten konnte, und zu schwarz, um durchsichtig zu sein, selbst wenn sie aus Glas gewesen wären. Wer versuchte, in diese Augen zu schauen, sah nur das Dunkel, von dem niemand weiß, was es verbirgt, möglicherweise wohnt dort all das Böse, zu dem die Schöpfung fähig ist; vielleicht auch nur der Urtraum des Lebens selbst. Eines ist sicher: Was dem Hut noch fehlte, machten die Augen vollkommen. Und ihr dunkles, kaltes Starren beeindruckte mich so, daß ich ganz steif wurde, plötzlich gepackt von einem solchen Entsetzen, wie ich es bisher nur im Traum gekannt hatte, ohne daß ich mich bewegen oder schreien konnte. Und der Mann lächelte.

Er hatte einen seltsam großen Mund, und dieses riesige Maul mit dem nackten, hellen Zahnfleisch und dicken, kurzen Zähnen, die nicht schlecht, aber abgenutzt waren, hätte gut zu dem Tier gepaßt, von dem die Menschen in ihren Träumen verfolgt werden, hätte es nicht diese besondere menschliche Eigenschaft besessen, die man wohl als Lächeln bezeichnen muß, obwohl sein Lächeln beileibe nicht alltäglich war, sondern die gegensätzlichsten Elemente enthielt. In diesem Lächeln verbarg sich eine gekünstelte, durch und durch verlogene falsche Bescheidenheit, wie wenn man einem Säugling, den man nicht mag, zulächelt, gepaart mit dem herzlosen Spott eines Menschen, der jetzt endlich, nach langen Verfolgungen und harten Kämpfen, seinen Gegner in der Hand hat. Und so lächelte er mich an, während er mich, den Neunjährigen, mit der Dunkelheit seiner Augen umschloß. Mit einer etwas hohen Stimme, die heiß und zugleich spröde war, dabei aber keineswegs grob oder unangenehm, sprach er folgende Worte:

Ich spiele Pfeife.

Und ich konnte kaum atmen vor Herzklopfen, als ich sah, wie er in seine Tasche griff und ein kleines, schwarzes Futteral mit einem dicken, gebogenen Kopf herauszog, das er in der Hand wog,

ohne daß er aufhörte, mich lächelnd anzusehen. Schließlich gelang es mir hervorzustammeln, daß ich weitergehen müßte.

Da griff er in eine andere Tasche und zog eine kleine Schachtel in einem ledernen Etui heraus, die er mir in der anderen Hand hinhielt.

Ich mache Feuerwerk, sagte er lächelnd. Ich bin Pfeifenspieler und Feuerwerksmeister. Was hast du in deinem Sack?

Ehe ich mich traute, eine Antwort zu geben, hatte der Mann begonnen, meinen Sack aufzumachen. Er überstürzte nichts, löste bedächtig die Schnur, mit der der Sack zugebunden war, und nahm die Flasche mit dem Kaffee für die Leute heraus. Ich sah dem, was er tat, regungslos zu. Er nahm den Stöpsel aus der Flasche und ließ sich einen Augenblick lang den Duft des Kaffees in die Nase steigen, dann setzte er die Flasche an den Mund. Und erst als sich seine Lippen um den Flaschenhals geschlossen hatten, hörte er auf zu lächeln. Zunächst hoffte ich, der Mann würde nur einen kleinen Schluck gegen den Durst nehmen und es dabei bewenden lassen. Als er aber gierig weitertrank und sein Adamsapfel unentwegt auf und ab ging, wurde mir angst und bange. Je höher er die Flasche anhob, desto mehr sah ich mein eigenes Ansehen schwinden, das war der Kaffee der Leute, den man mir anvertraut hatte, mir wurde fast schwarz vor den Augen, und ich wurde von diesem schmerzlich lustvollen Entsetzen gepackt, das man empfindet, wenn man im Traum in die Tiefe stürzt. Andererseits hatte ich auch nicht den Mut, den es gebraucht hätte, um den Mann vom Weitertrinken abzuhalten. Und ich hatte auch nicht das richtige Verständnis für diese Heldentat, die bei anderen Menschen fast einem Selbstmord gleichgekommen wäre, nämlich in einem Zug aus einer Flasche den kochendheißen Kaffee für sechs Leute zu trinken. Das einzige, was ich konnte, war, einen Schrei loszulassen und dann mit einer Flut von Tränen zu heulen, und das tat ich, bis er ausgetrunken hatte, und als er sich den letzten Tropfen zu Gemüte geführt hatte, legte er die Flasche mit diesen Worten ins Gras:

Meine Sache ist schön.

Ich trocknete mir mit dem Handrücken die Augen und sagte schluchzend:

Das war der Kaffee für die Leute.

Der Pöbel hat den ganzen Sommer über von gepfefferten Pfauen gelebt. Man braucht ihn nicht zu bedauern.

Da wollte ich aufstehen und zurück zum Hof laufen und erzählen, was vorgefallen war, und frischen Kaffee kochen lassen, doch der Pfeifer legte mir die Hand auf die Schulter, sah mich lächelnd an und bat mich mit seiner heißen, spröden, aber alles andere als unsympathischen Stimme, sitzenzubleiben. Und er begann zu sprechen.

Selbst wenn ich viel klüger gewesen wäre, als ich damals war, hätte ich wohl kaum viel von diesem seltsamen Redeschwall verstanden. Denn einerseits reichte mein Vorstellungsvermögen nicht sehr weit, während dem Wissen dieses Mannes offensichtlich kaum Grenzen gesetzt waren, und andererseits schien er einer der wenigen Menschen zu sein, die in der glücklichen Lage waren, das Weltgeschehen kontrollieren zu können, während ich keine so wichtige Stellung einnahm, und so war ich, gelinde gesagt, überrascht, daß er mit mir über die Hauptstadt sprach, als wäre ich zumindest im Gemeinderat und hätte deshalb besonderes Interesse an der Neuplanung des Straßennetzes, und über die Landesregierung, als hätte ich ein Vierteljahrhundert lang im Parlament gesessen und in irgendeiner Weise mit der Behandlung aller größeren Angelegenheiten zu tun gehabt, vom sogenannten Drahtmelder, den er ablehnte, bis zur Verbesserung der Landungsverhältnisse im Alftafjord, die er unterstützte; er sprach mit mir über die großen Herren, als wäre ich selbst einer von ihnen, oder doch zumindest einer ihrer engsten Vertrauten; und als er auf den Krieg zu sprechen kam, fragte er mich, was ich von der Politik Bonar Laws hielt, da aber meine Antwort auf diese Frage etwas unbestimmt ausfiel, begann er, mir die Lebensgeschichte dieses hervorragenden Mannes in allen Einzelheiten zu erzählen.

Nachdem das aber eine Zeitlang so gegangen war, ohne daß er in der Biographie sehr weit gekommen wäre, wurde in einiger Entfernung mein Name gerufen, Oli, Oli, und ich hörte gleich, daß es der Bauer war. Er wunderte sich zweifellos darüber, daß der Kaffee nicht kam, und wollte schauen, wo ich steckte. Als die Rufe

ertönten, hörte der Mann schnell mit der Lebensgeschichte auf. Doch er hörte nicht auf zu lächeln, auch wenn das Lächeln um ein paar Grad abkühlte.

Kriech in den Sack hinein, sagte der Mann und steckte mich in den Mehlsack, in dem die Kaffeeflasche gewesen war, sagte, ich sollte mich klein machen und band ihn zu.

Oli, Oli, rief der Bauer vom Hang oberhalb der Talsenke herunter.

Guten Tag, antwortete der Fremde weich und ein wenig unnatürlich, und ich konnte mir in meinem Sack gut vorstellen, wie er lächelte.

Guten Abend, sagte der Bauer droben am Hang ein wenig barsch. Wer sind Sie?

Ich bin der Abgesandte einer Gesellschaft, sagte der Fremde, und ich sah ihn vor mir, wie er lächelte. Sie vertritt eine schöne Sache.

Sind Sie Adventist? fragte der Bauer.

Nein, sagte der Fremde. Ich bin Pfeifenspieler und ich mache Feuerwerk.

Ich kann mein Geld nicht für solche Dinge hinauswerfen, sagte der Bauer. Haben Sie vielleicht einen kleinen Jungen mit Kaffee vorbeigehen sehen?

Wenn Sie in meinen Sack schauen wollen, sagte der Mann, da habe ich ein Exemplar der Saga von den Jomswikingern. Und heute nacht wird es auf den höchsten Gipfeln der Esja ein Feuerwerk geben. Und Pfeifenspiel im Tal.

Wir hier auf dem Land haben andere Sorgen während der Erntezeit, antwortete der Bauer und war fort – man hörte ihn nicht mehr.

Nachdem der Bauer sich wieder auf den Weg zur Heuwiese gemacht hatte, ohne Hoffnung auf Kaffee, wie auch immer er sich das Ausbleiben des Kaffeejungen erklären mochte, band der Pfeifer die Schnur auf und ließ meinen Kopf zum Sack heraus, band dann aber wieder die Öffnung des Sackes um meinen Hals, und irgendwie fand ich das ganz selbstverständlich, nach all dem, was vorausgegangen war: Ich hatte meine Pflicht verletzt und mir den Kaffee wegtrinken lassen, und wenn ich jetzt gefunden würde,

hätte ich nichts anderes als eine Tracht Prügel zu erwarten; von nun an war ich ganz von diesem fremden Mann abhängig. Trotzdem fühlte ich mich noch nicht sicher, ich spürte irgendeine heimliche Angst – nicht so sehr davor, daß man mich finden und dem Pfeifer mit Gewalt wegnehmen und verprügeln würde, sondern viel eher deshalb, weil es mir tatsächlich so vorkam, seitdem ich in dem Sack steckte, als hätte ich etwas überaus Wichtiges verloren, sogar ein sehr wichtiger Teil von mir selbst wäre außerhalb des Sackes zurückgeblieben und würde versuchen, mit dem Teil, der im Sack war, Verbindung aufzunehmen, aber vergeblich, denn irgendwelche geheimen Mächte stritten sich um diese beiden Teile und versuchten, sie möglichst weit voneinander wegzuziehen. Und ich war von all dem erschöpft und hilflos und wußte keinen anderen Ausweg, als mich auf Gedeih und Verderb dem fremden Mann auszuliefern.

Kinder vermuten instinktiv, daß alles, wie es in alten Sprichwörtern und dem Märchen vom Rumpelstilzchen heißt, von einem Namen abhängig ist, und wer den Namen eines Menschen weiß, habe Macht über sein Schicksal, und deshalb fragen sie Unbekannte immer nach dem Namen, auch wenn es oft so scheint, als wäre der Name des Unbekannten das, was sie am wenigsten an dem Menschen interessiert. Sobald ein unbekannter Mensch seinen Namen sagt, ist es, als lüfte sich das Geheimnis der fremden Persönlichkeit vor den Augen der kindlichen Intuition: Der Zauber des Unbekannten, der einzig wahre Zauber, ist gebrochen. Und deshalb geschah es, als nur mein Kopf aus dem Sack herausschaute und ich dalag und den Mann anstarrte, daß mir plötzlich die Frage entschlüpfte:

Wie heißt du?

Doch er war selbst Zauberer genug, um das zu verstehen, er lächelte nur vor sich hin, mit einer noch gekünstelteren Mischung aus Mitleid und Rücksichtslosigkeit als je zuvor – und ließ sich das Geheimnis, das einen Namenlosen umgibt, nicht entreißen. Dagegen wurde ich plötzlich vom Strom eines Redeschwalls fortgetragen, wie ich ihn seitdem nicht mehr erlebt habe, wo es schien, als seien alle Ufer weggespült worden, und Tote und Lebendige mitschwammen, Menschen und Götter, Ungeheuer und Fische – ich

sah nicht nur den Seehund Bonar Law wieder vor mir auftauchen, sondern hier begegnete mir auch König Aunn mit dem Gott Vali, eine dänische Literaturgeschichte von P. Hansen und die Geschichte des Mokassins von Gudmundur Hattur, Kalkspat als Exportartikel und die Methoden bei der Heilung von Hufzwang, die unbefleckte Empfängnis im Licht der neuen Theologie und die Geschichte der Sicherheitsnadel von der frühen Bronzezeit bis in die Eisenzeit, nicht zu vergessen den Aufsatz des Pfarrers Hallgrimur Petursson von Saurbaer am Hvalfjord über die Frage »wie man gefallene Mädchen an den Augen erkennen kann« – und so verging der Abend. Die Sonne war schon längst hinter den Bergen verschwunden, und es wurde dunkel.

Allerdings verstehe ich es heute nicht mehr, wenn ich so viele Jahre später darüber nachdenke, daß ich damals an jenem Abend in dem Sack tatsächlich mein ganzes früheres Leben hinter mir gelassen hatte, ohne eine Spur von Trauer oder Seelenqual, bereit, mich ewig als willenloses Treibgut vom Redestrom dieses Fremden mittragen zu lassen; sondern ich frage mich immer wieder: Was hat mich an all dem wunderlichen Gerede über die gegensätzlichsten Themen so sehr fasziniert? War es sein breites Lächeln mit den dunklen Flecken statt der Augen? Oder die Stimme, hoch, zitternd und spröde, aber trotz alledem eigenartig weich und vertrauensvoll, manchmal beinahe süß flüsternd, als ob jedes Ding in gewisser Weise ein liebes Geheimnis zwischen uns beiden wäre. Der feurige Ernst der Erzählung, die sich nur an mich richtete, mußte meine ganze Aufmerksamkeit fesseln, alle meine Fähigkeiten, etwas zu verstehen, mobilisieren. Ich glaube, es gab vor allem einen Grund dafür, daß sogar gute Ratschläge gegen Hufzwang und die Charakterisierung dänischer Schriftsteller meinen Wissensdurst anregten und mein persönliches Urteilsvermögen herausforderten, nämlich die Tatsache, daß er bei dem, was er sagte, nie versuchte, aus dem Wissensstoff eine Fabel zu machen oder einem irgendeine Lebensweisheit aufzudrängen, die einen zu einem besseren Menschen machen sollte; und überhaupt keine andere Weisheit als die, die Anlaß für die Erzählung war. Seine Rede hatte keine tiefere Bedeutung als zum Beispiel eine gewöhnliche Landschaft oder ein gut gemaltes Bild, und verfügte so

gesehen über dieselbe eigenständige Anmut. Seit ich lesen lernte, hatten mich Geschichten geärgert, die eine moralische Lehre enthielten, die einen heimlichen Erziehungsversuch oder andere Propaganda hinter einem vielversprechenden Anfang oder in der Verkleidung des Märchens versteckten. Stets hatte ich einen solchen Mißbrauch des Wortes als Verrat gegen mich empfunden und unwillkürlich aufgehört, weiterzulesen oder zuzuhören, wenn ich merkte, daß eine Geschichte den Zweck verfolgte, mir irgendeine Weisheit einzutrichtern, die ein anderer Mensch für wichtig hielt, eine Tugend, die ein anderer schön fand – statt mir eine Geschichte zu erzählen, was doch das Großartigste ist, was man erzählen kann. Streckenweise verstand ich nur wenig von dem, was der Mann sagte, und bisweilen gar nichts, aber es war dennoch angenehm, sich von dieser eigenartigen, sonnenbeschienenen Redeflut treiben zu lassen, ohne irgendeine Strömung zu spüren, und alle Sorgen eines kleinen Pflegejungen auf einem fremden Hof waren plötzlich verschwunden.

In der Dämmerung erhob er sich schließlich, er trug einen langen, schwarzen Mantel, den er einen Augenblick lang öffnete, als er aufstand, und ich konnte sehen, daß er darunter in eine isländische Fahne gewickelt war. Dann schloß er den Mantel wieder und knöpfte ihn bis zum Hals hinauf zu, ging an den Bach hinunter zu seinem weißen Pferd, das die ganze Zeit über ruhig in der Talsenke gegrast hatte, und dort standen sie beide am Bach, einer hinterhältiger als der andere, und grinsten vor sich hin, der eine pfeifend, mit einem riesenhaften Hut und der isländischen Fahne unter seiner langen Kutte, der andere mit weit auseinanderstehenden Beinen, deren Hufe noch dazuhin alle vier nach außen wiesen, mit dürren Lenden, hängendem Maul und hervorstehenden Schulterknochen, mit dem eingefallenen Widerrist und dem gebeugten Hals einer Kuh ähnlicher als einem Pferd, und menschlichen Verstand im Auge – ganz sicher war das ebensowenig ein Pferd wie ich. Dennoch stieg ersterer auf letzteres und nicht umgekehrt.

Ich lege dich über den Sattelknopf, solange ich aufsitze, sagte der Pfeifer. Aber ich glaube, es ist sicherer, wenn ich deinen Kopf in den Sack hineinstecke, während wir hier durch die Gegend reiten.

Dann stopfte er meinen Kopf wieder in den Sack, band den Sack wieder zu, hob ihn auf das Pferd und ließ mich quer über dem Sattelknopf liegen, während er selbst aufsaß, nahm mich dann vor sich unter seinen Mantel und gab dem Pferd die Sporen. Und wir flogen los.

Nie wieder habe ich einen solchen Ritt erlebt, und nichts, was ihm ähnlich gewesen wäre. Es verstand sich eigentlich von selbst, daß dieser alte Gaul kein gewöhnliches Pferd war. Kaum saßen wir auf seinem Rücken, da hatte er schon jede Verbindung zur Erde aufgegeben. Er sauste über Wasser und Land unbekannten Zielen entgegen. Das Kausalprinzip meines Lebens lag hinter mir wie eine zerbrochene Eierschale. Ich fühlte mich herausgehoben aus dieser ländlichen Gegend, wo ich ein armes Pflegekind war, fühlte mich von allen Fesseln befreit entschweben, in der anspruchslosen Überzeugung, daß nichts besser sein könnte, als es jetzt war, selig, jegliches Verlangen nach selbständiger Einmischung in meine Welt und ihren Gang aufgegeben zu haben. Die Träume, die ich geträumt hatte, soweit ich zurückdenken konnte, schienen in Erfüllung gegangen zu sein. Oder war ich gestorben?

Ich weiß nicht, wie lange wir so mit der Geschwindigkeit des Blitzes durch den Raum sausten, aber schließlich hatten wir wieder festen Boden unter den Füßen, der Pfeifer stieg ab, um den Sattelgurt festzuziehen, und legte mich währenddessen in dem Sack auf die Erde. Da entdeckte ich oben an der Öffnung des Sackes ein winziges Loch, durch das ich hinausspähen und sehen konnte, wo wir angelangt waren. Wir befanden uns in dem Wunderland zwischen Dämmerung und Licht, wo die Schatten lebendig sind. Vor der Stelle, wo ich lag, erhoben sich fünf Giebel eines Schlosses gegen den dunkelblauen, ausländischen Himmel, umspielt von den flatternden Gaukeleien von Schatten und Licht, doch die Fenster sahen dunkel, stumm, kalt und unbeteiligt daraus hervor, und der Eingang führte in ein rabenschwarzes bodenloses Nichts, wo uralte Ungeheuer und Fledermäuse hausten. Irgendwie schien ich diesen Ort zu kennen und schon einmal hiergewesen zu sein, entweder im Traum oder in einer vergessenen früheren Existenz, und doch war dieses stumme Schattenhaus der Abendbläue keinesfalls ein

wirklicher Ort, sondern offensichtlich aus dem Stoff, aus dem die Träume sind. Und dasselbe galt für die kindlichen Elfenwesen in scharlachroten Kittelchen und mit einem goldenen Erdball, die plötzlich wie der Lichtkontrast eines dunklen Bildes vor dem schwarzen, unglückverheißenden Eingang des Schlosses erschienen und bewegungslos, stumm und verwundert zusahen, wie der Pfeifer den Sattelgurt seines Pferdes festzurrte. Und plötzlich erkannte ich sie – es waren die Kinder mit den kleinen Stummelflügeln auf dem Bild, das über dem Kopfende meines Bettes hing, als ich klein war –, nur daß es zweifellos ebensowenig Kinder waren, wie das Schloß ein Schloß war, auch wenn der Pfeifer zu ihnen hinging und sie lächelnd auf den Kopf tätschelte, sondern ich befand mich in einem Gebiet, wo nichts das bedeutet, was es scheint.

Als der Pfeifer eine Weile mit den Kindern gesprochen und sie angelächelt hatte, ohne daß sie darauf mit irgendeinem Lebenszeichen reagierten, als ob sie ein Bild wären, verabschiedete er sich von ihnen und wandte sich wieder mir in meinem Sack zu, legte mich quer über den Sattelknopf, wie schon zuvor, so daß meine Füße auf der einen Seite hinunterhingen, mein Kopf auf der anderen Seite, und stieg dann selbst aufs Pferd.

Jetzt reiten wir geradewegs auf den hohen Gipfel, sagte er.

In dem Augenblick kam mir nichts selbstverständlicher vor, als bei Einbruch der Nacht geradewegs auf den hohen Gipfel zu reiten und dort Pfeife zu spielen und ein Feuerwerk loszulassen.

Wir sausten in rasender Fahrt vorwärts, bis wir zum Berg kamen. Zuerst ging es nur wenig aufwärts, doch dann wurde es immer steiler. Da war es plötzlich, als ob der Zauber des Pferdes seine Macht verlöre und es nur noch schnauben, stöhnen und furzen könnte, obwohl der Pfeifer es mit aller Kraft antrieb, die Zügel anzog und ihm die Fersen in die Seiten schlug. Bisweilen war die Steigung so groß, daß nicht viel gefehlt hätte, und der Reiter wäre mit mir im Arm nach hinten vom Pferd heruntergefallen, und es kam schließlich so weit, daß sich das Pferd weder vorwärts noch rückwärts bewegte, sondern stillstand und auf die Schläge seines Herrn nur noch mit Schwanzwedeln, Kopfschütteln und Schnieben antwortete. Schließlich stieg der Pfeifer ab und sagte:

Wir lassen es hier stehen.

Dann fügte er laut hinzu, was ich schon immer vermutet hatte: Das ist sowieso kein Pferd.

Dann hob er mich, den Sack, auf seinen Rücken und fing an, zu Fuß den Berg zu besteigen. Dabei ächzte und stöhnte er fürchterlich. Wie lange das so ging, weiß ich nicht, denn in dieser neuen Welt folgte die Zeit anderen Gesetzen. Ich könnte mir vorstellen, daß wir fast die ganze Nacht oder noch länger immer weiter den Berg hinaufgegangen sind. Doch endlich blieb der Pfeifer stehen und setzte den Sack ab. Ich spürte unter mir dickes Moos, weich und warm wie ein Bett. Der Pfeifer setzte sich neben mich. Er sagte nichts mehr. Es herrschte lange Zeit Stille, und ich wußte, daß wir uns auf einem hohen Berggipfel befanden, weiter draußen im unendlichen Raum als je zuvor, die Erde war emporgestiegen, der Himmel herabgestiegen, unbeschreibliche Dinge waren zu erwarten. Ich harrte mit klopfendem Herzen auf das, was kommen würde, ohne mich in meinem Sack zu bewegen. Doch da zunächst gar nichts geschah, ließ mein Herzklopfen allmählich nach, bis mein Pulsschlag wieder normal war. Schließlich höre ich, wie der Pfeifer mit den Händen an irgend etwas herummacht, und bald darauf gibt es ein schwaches Zischen. Da gelang es mir, das kleine Loch im Sack wiederzufinden, durch das ich zuvor das Schloß mit den fünf Giebeln und den beiden Kindern gesehen hatte. Was ich sah, waren die hell glänzende Mondsichel an einem dunkelblauen, glasklaren Himmel und zwei herrliche Sterne, die auf mich herablächelten. Und neben mir sitzt der Zauberer und wendet das Gesicht dem Mond und den Sternen zu. Seine Hutkrempe sieht aus wie ein kleiner Himmel unter dem größeren Himmel, er hat eine lange Tabakspfeife im Mund und hält ein brennendes Streichholz daran, um sie anzuzünden. Es knisterte angenehm im Tabak, als er das Streichholz an den Pfeifenkopf hielt und den Rauch einsog; es sprühten ein paar Funken aus dem Tabak, als er ihn anzündete, und mir schien es, als flögen sie zum Firmament hinauf und würden dort zu Sternen. Dann erlosch das Streichholz wieder, doch in der Pfeife des Zauberers glühte es weiter. Und alles war wieder ganz still. Sowohl aus der Pfeife als

auch aus den Mundwinkeln des Zauberers kam bläulich weißer Rauch, während er gedankenverloren hinter seiner schwarzen Brille saß, unter dem großen Hut, und dem Mond ins Gesicht rauchte; die Luft rundum füllte sich mit einem angenehmen Duft, dem süßesten Wohlgeruch, der mir je in die Nase gestiegen war. Nie habe ich eine so wohlige Sicherheit empfunden wie zu dieser nächtlichen Stunde in einer geheimnisvollen Welt, mit dem warmen Moos als Bett, unter diesem glänzenden Sichelmond; und mit diesem Zauberduft; und über mir dieser Mann, der zum Himmel aufragt. In dieser meiner neuen Welt, die ich allerdings nur durch ein Loch im Sack wahrnahm, verspürte ich keinerlei Angst vor dem, was mich erwartete, nie war ich mir so sicher, daß mir nichts mehr Leid zufügen könnte... Und aus diesem seligen Traumzustand glitt ich dann in den noch seligeren Zustand des tiefen Schlafs hinüber.

Als ich wieder aufwachte, kam es mir so vor, als hätte ich außerordentlich lange geschlafen. Mein Sack war naß und ich ebenfalls. Ich fror und hatte Angst. Zuerst glaubte ich, man hätte mich lebendig begraben, denn ich hatte gehört, daß das manchmal vorkäme, und ich fing an zu schreien. Dann begann ich, wild mit den Füßen gegen den Sack zu treten. Und da geschah es, daß die Schnur, mit der er oben zugebunden war, abging. Sofort sprang ich aus dem Sack heraus und stand auf. Es regnete, und ich stand eine Weile heulend und zitternd da.

Der Himmel war ganz bedeckt, man sah keinen einzigen Stern, der Regen war schwer und herbstlich, doch nicht entsprechend kalt, und es war nur so dunkel, daß man die Landschaft noch gut erkennen konnte, es war schließlich auch erst Ende August. Ich bemerkte jetzt, daß ich auf dem Mooshügel oberhalb der Hauswiese bei dem Hof, auf dem ich wohnte, aufgewacht war, wo auch immer ich eingeschlafen sein mochte. Nichts Lebendiges war in meiner Nähe, der Sack hing mir noch immer um die Füße, ich stieg vollends aus ihm heraus und hob ihn auf; die Kaffeeflasche fand ich erst tags darauf in der Talsenke am Bach. Ich sah, daß im Küchenfenster auf dem Hof ein schwaches Licht brannte; ich wickelte den leeren Sack zusammen und lief zum Haus. Es war bald

Schlafenszeit, die Leute waren eben von der Heuwiese zurückgekommen und wollten sich gerade aufmachen, nach mir zu suchen.
Einige glaubten, ich sei davongelaufen. Als ich aber ausgefragt
wurde, antwortete ich fünfundzwanzig Jahre lang nichts, sondern nahm stumm die verdiente Strafe auf mich.

1939

Temudschin kehrt um

Als Temudschin der Nomade gut die Hälfte der Welt mit Feuer
und Schwert erobert hatte, vom Chinesischen Reich im Osten bis
zur Grenze der germanischen Völker im Westen, und auf den Spuren Alexanders seine Zelte an den Ufern des Indus aufschlug, um
darüber nachzudenken, wie man am besten durch den Himalaya
und Tibet ziehen und die Anhänger Buddhas am leichtesten
besiegen könnte, da geschah es eines Tages, daß die Kundschaf-
ter des Großkhans im Gebirge ein Tier aus dem Wald springen
sahen, das einem großen Hirsch ähnlich war, von grüner Farbe,
mit einem Schwanz wie ein Pferd und einem Horn; es stellte sich
den Männern gegenüber auf eine Anhöhe, sah sie mit dunklen,
ruhigen Augen an und sprach folgendes:

Sagt eurem Herrn, es sei jetzt an der Zeit umzukehren.

Temudschin war damals schon in vorgerücktem Alter. Kein
anderer Mensch hatte jemals so viele Städte verbrannt und Länder verwüstet, und keiner hatte größere Pyramiden aus Totenschädeln aufschichten lassen. Er hatte die Angewohnheit, seine
Feinde auszurotten. Wenn es ihm darauf ankam, wie in der Hauptstadt Barmian, wo sein Enkel im Kampf fiel, gab er den Befehl, daß
in der Stadt kein Stein auf dem anderen stehenbleiben und kein
Leben geschont werden sollte, weder Mann, Frau oder Kind noch
Tier oder Vogel. Es hat auf der Welt keinen mächtigeren König und
keinen klügeren Heerführer gegeben als diesen mongolischen
Nomaden, der von den mit Buschwerk bewachsenen Höhen des
Nordens stammte, wo das Wasser in den Flüssen kalt und klar ist
und ihr Rauschen fröhlich wie kleine Glocken.

Als dem Khan von dem Tier und seiner Botschaft berichtet worden war, ließ er den Chinesen Han-Lo zu sich rufen, den weise-

sten seiner Ratgeber, und fragte ihn nach der Bedeutung dieser Erscheinung. Der Ratgeber Han-Lo antwortete darauf folgendermaßen:

Dieses wundersame Tier heißt Kistuan. Es ist den Lebewesen wohlgesonnen und verabscheut das Töten. Es ist erschienen, um dich zu warnen, Herr. Ich nehme an, daß seine Worte dies bedeuten: Du bist ein Mann in vorgerücktem Alter und hast mehr als alle anderen Könige der Welt zusammen vollbracht; jetzt ist es an der Zeit, daß du dich zur Ruhe setzt und in deine Heimat auf den nördlichen, mit Buschwerk bewachsenen Höhen zurückkehrst, wo das Wasser in den Flüssen kalt und klar ist und ihr Rauschen fröhlich wie kleine Glocken.

Da sah der Großkhan seinen Ratgeber scharf an und fragte: Soll ich das so verstehen, daß ich nicht mehr lange zu leben habe und es jetzt an der Zeit sei, umzukehren, damit ich in der Heimat sterbe?

Han-Lo antwortete: Du bist Temudschin, der Großkhan, der Gebieter des Himmels und der Beherrscher der Erde, und dein Name wird ewig leben – wenn die Völker das Leben haben.

Doch Temudschin saß lange nachdenklich da, nicht sehr zufrieden mit der Antwort seines Ratgebers, und fand, daß die Rede des Tieres noch nicht vollständig gedeutet worden sei. Er sah seine Mannesjahre vor sich, wie sie mit der Geschwindigkeit des Blitzes vorbeigeeilt waren. Und er begann wieder zu sprechen:

Han-Lo, sagte er. Ich habe die Gaukler gründlich satt. Aber gibt es bei uns keine wahren Zauberer, die sich auf die Kunst verstehen, für die Menschen seltene Tränke zuzubereiten, solche, die vergessen machen, und andere, die Klugheit und langes Leben verleihen.

Der Ratgeber Han-Lo ging fort, um sich danach zu erkundigen, und kam nach einer Weile wieder und sagte:

Unter den Gefangenen befinden sich auch zwei Zauberer, der eine ist ein Freund Christi, der andere ein Freund Mohammeds, beide scheinen etwas für sich zu haben, und ihre Freunde sagen, sie seien sehr heilig; ich werde sie beide vor dich bringen, wenn du willst.

Der Khan sagte, so sollte es sein.

Da wurde zuerst der Bischof von Tiflis hereingeführt, und der Khan befahl, man solle ihm die Ketten abnehmen, während sie sich unterhielten.

Ein Tier kam aus dem Wald, sagte der Khan, es heißt Kistuan. Das hat folgende Worte gesprochen: Es ist an der Zeit, daß der Khan umkehrt. Wenn das Alter den Khan heimsucht, was kann man dagegen tun?

Da antwortete der Bischof von Tiflis:

Das Tier warnt dich, Kirchenstürmer, wenn du nicht sofort den Weg der Sünde verläßt, dich bekehrst und Reue zeigst, dann wird dir das Augenlicht des allmächtigen Gottes und Christi, seines Sohnes, auf ewig verborgen bleiben.

Da antwortete der Khan: Ihr Sklaven Christi verdient es nicht, daß ihr von einem großen Sieger bezwungen werdet, zu euch würde es besser passen, wenn ihr von Sklaven durchgeprügelt würdet.

Dann wurde ein zweiter Zauberer, der Imam von Herat, vor den Beherrscher der Welt geführt, und der Khan ließ ihm die Ketten abnehmen, während sie sich unterhielten.

Aus den Augen des Imams leuchtete Feuer, denn in seinem Land hatte der Khan große Leichenstapel aufgetürmt. Er sprach folgendes:

Die Worte des Tieres besagen, daß jeder Schritt, den du weitergehst, von Allah verflucht sein wird, bis das Schwert des Propheten die Rache vollzogen hat und die Scheria wieder Gesetz geworden ist.

Der Khan antwortete: Zum Henker mit deinem Propheten. Sein Schwert werde ich, Temudschin der Großkhan, eigenhändig zerbrechen, und über seine Scheria soll das Gesetz des Mongolen herrschen. Und wo das Pferd Mohammeds Hufspuren hinterlassen hat, werde ich morden und zerstören. Nehmt diesen Hund Mohammeds fort und knebelt ihn.

In der Nacht konnte Temudschin nicht schlafen. Gegen Morgen ließ er den Ratgeber, welchen er wegen seines Verstandes und seiner Gelehrsamkeit am meisten schätzte, den Chinesen Han-Lo, zu sich rufen und sagte zu ihm:

Han-Lo, willst du mir wieder von dem Meister Sing-Sing-Ho erzählen?

Und der Ratgeber Han-Lo erzählte seinem Herrn wieder einmal von dem Meister, der sich auf den Zauber des Chinesischen Reiches verstand und sich jetzt schon seit Jahren mit seinen Schülern in einer Höhle in den Bergen von Schan-Tung aufhielt und nicht mit den Abgesandten von Königen sprechen wollte, denn sein Sinn war auf das Eine gerichtet.

Bald hat der Großkhan das hohe Alter erreicht, in dem der Zauber das einzige ist, nach dem man sich noch sehnt, sagte Temudschin. Aber was kann das Eine für seinen Zauberer leisten?

Alles, sagte der Ratgeber. Jeder andere Zauber verblaßt vor dem Einen. Manche haben es die Allmacht genannt.

Kann es einen König um eine Elle größer machen? fragte Temudschin.

Um zwei, sagte der Ratgeber.

Ist es ein Lebenselixier für den König? fragte Temudschin.

Ein Unsterblichkeitstrank, sagte der Ratgeber Han-Lo.

Dann werde ich dich morgen in der Frühe mit vielen Soldaten und Reitern und den von meinen Vertrauten, die sich auf den Umgang mit Philosophen verstehen, losschicken, und ihr sollt mit einhundertfünfzig Kamelen und zweihundert Pferden nach Osten reiten. Bringt dem Meister Sing-Sing-Ho in den Bergen von Schang-Tung meinen Gruß und richtet ihm aus, er solle gleich nach Westen reisen, zu mir, Temudschin, dem Großkhan.

Da flog ein Schatten über das Gesicht des Ratgebers Han-Lo, wie von Angst und Trauer. Er erklärte dem Khan, seinem Herrn, daß der Meister Sing-Sing-Ho schon sehr alt und gebrechlich sei, und daß das Leben eines Greises, der nie seine Heimat verlassen hatte, in Gefahr wäre, wenn man ihn durch die ganze Welt reisen ließe, quer durch das Chinesische Reich, über die Steppen und Hochebenen der Mongolei, die Sandwüsten und Einöden Zentralasiens und die Hochgebirge Westasiens, durch zahllose Reiche, die noch immer nicht ganz unter die Herrschaft des Drachen gezwungen waren, denn so wurde das Zeichen des Khans genannt, bis zu den Ufern des Indus. Selbst wenn alles gut verlief, würde eine solche Reise mindestens je ein Jahr für den Hinweg und den Rückweg dauern. Dazu kam, daß allgemein bekannt war, daß Sing-Sing-Ho es unterlassen hatte, dem Ruf mächtiger Könige,

sowohl aus dem Inland wie aus dem Ausland, Folge zu leisten, darunter dem des Königs des chinesischen Nordreichs und dem des Königs des chinesischen Südreichs.

Da sprach Temudschin: Die Könige des Nordreichs und des Südreichs stehen beide unter der Herrschaft des Drachen und zahlen mir Tribut. Keiner von ihnen ist mächtig genug, um dem Meister Sing-Sing-Ho den Schutz zu gewähren, den man einem solchen Oberpriester gewähren sollte. Und auch wenn er das Licht seiner Augen diesen Königen vorenthält, wird er mich, Temudschin, den Großkhan, besuchen.

Dann rief er seinen chinesischen Schreiber zu sich und diktierte ihm den Brief, den er dem Meister Sing-Sing-Ho schickte.

Der Himmel, ließ er schreiben, der Himmel hat das Chinesische Reich mit Mißfallen betrachtet, weil seine Könige stolz sind und im Luxus schwelgen. Ich komme von den mit Buschwerk bewachsenen Höhen im Norden, bin dort geboren, wo das Wasser in den Flüssen kalt und klar ist und ihr Rauschen fröhlich wie kleine Glocken. Ich bin erhaben über Leidenschaften und kenne keine unmäßigen Bedürfnisse. Luxus ist mir zuwider, und ich bemühe mich maßzuhalten. Ich besitze nur einen Mantel und esse zu jeder Mahlzeit nur eine Speise. Ich esse die gleiche Nahrung und kleide mich in die gleichen Lumpen wie meine armen Nomaden. Ich betrachte die Völker als meine Kinder und habe Wohlgefallen an klugen Männern, als ob sie meine Brüder wären. Wir haben in entscheidenden Dingen immer dieselbe Meinung und sind einander in Liebe und Achtung verbunden. Auf Kriegszügen reite ich immer an der Spitze, und beim Kampf wird man mich nie hinter meinen Truppen gesehen haben. Innerhalb von sieben Jahren habe ich eine große Aufgabe bewältigen können, die darin bestanden hat, die Welt zu einem Reich zu vereinigen. Mir scheint, daß man seit den Tagen der Hunnenkönige in grauer Vorzeit kein so ausgedehntes Reich mehr gesehen hat. Doch eine große Aufgabe bringt große Verantwortung mit sich. Wir fertigen Boote und Ruder an, um Flüssse zu überqueren. Genauso rufen wir Weise und Helfer zu uns, um das Reich zusammenzuhalten. Doch es ist schwierig, weise Männer zu finden, die mit einem mächtigen König ein Reich regieren können; besonders schwer ist es mir

gefallen, Ratgeber zu finden, die die wichtigsten Stellungen beklei-
den können: die dritte und die neunte. Doch es ist notwendig zu
wissen, wie man sein Leben verlängert, damit die Ratschläge weiser Männer nicht umsonst gegeben werden. Deshalb freute sich
mein Herz, als ich zum erstenmal von dem Mann hörte, der dem
mächtigsten König der Welt helfen könnte. Du bist gelehrter in
der Staatskunst und kennst die Gesetze besser als jeder andere
Mann. Deine Heiligkeit ist sprichwörtlich bei den Völkern der
Welt. Du lebst nach den strengen Lebensregeln der alten Weisen
und bist bis zum Grund des Wissens vorgedrungen. Du besitzt die
unaussprechlichen Fähigkeiten weltberühmter Männer. Und du
kennst die Zusammensetzung jenes Lebenselixiers, das nur die
Weisen des Chinesischen Reiches entdeckt haben und das sie das
Eine nennen. Und obwohl du dich nun schon fast zu lange in
Höhlen aufgehalten und dein Gesicht von der Welt abgewandt
hast, sind die Augen der Könige auf dich gerichtet; die Völker küssen den Saum der Kleider deiner Schüler. Ich wußte, daß du dich
nach dem Krieg in China immer noch in Schan-Tung aufgehalten
hast, und ich dachte immer an dich. Doch neue Kriege trugen
mich wieder fort von dir. Was soll ich tun? Jetzt liegen zwischen
uns sturmgepeitschte Gebirge, Steppen und Wüsten, die keinen
Horizont zu haben scheinen, und wichtige Aufgaben hindern
mich daran, dich aufzusuchen. Ich kann nur von meinem Thron
herabsteigen, um neben dir zu stehen. Ich habe gefastet und meinen Körper gewaschen. Ich schicke jetzt meinen Ratgeber, deinen
Landsmann Han-Lo, zu dir in die östliche Welt, und er wird dir
jeweils das Reittier oder Fahrzeug verschaffen, das du haben
willst und das an jedem Ort am geeignetsten scheint, Kamele,
Pferde, Ochsen, Wagen, Sklaven, Schlitten und Boote, damit du
dich nicht zu fürchten brauchst vor den Zehntausenden von Mei-
len, die zwischen uns liegen. Ich flehe dich unter Tränen an, deine
heiligen Füße zu mir her zu bewegen. Laß dich nicht von den
Sandwüsten abhalten; obwohl sie endlos scheinen, sind sie es
nicht. Erbarme dich der Völker, wie es um sie steht, und blicke mit
Wohlwollen auf mich, ich werde dein Diener sein. Sprich nur ein
Wort zu mir, und ich werde glücklich sein. In diesem Brief habe
ich dir ganz kurz meine Gedanken mitgeteilt, und ich hoffe, daß

du verstehst, worauf es mir ankommt. Ich vertraue deshalb darauf, daß du, der du das Geheimnis des großen Einen kennst, es als deine Pflicht ansehen wirst, das zu tun, was richtig ist.

Aber in der Nacht, ehe die Gesandten abreisen sollten und schon alles bereit war, konnte Temudschin wieder nicht schlafen, und kurz vor Tagesanbruch weckte er den Diener in seinem Zelt und befahl ihm, den Ratgeber Han-Lo zu rufen.

Han-Lo, sagte der Khan mit trockener Stimme im ersten Schimmer der Morgendämmerung. Ich habe gehört, daß es in der Stadt Kinsai in der Nähe von Schan-Tung die schönsten Huren im Reich des Großkhans gibt. Nimm noch einmal fünfzig Kamele und fünfzig Pferde und bring mir ein Dutzend von ihnen mit.

Han-Lo machte sich in aller Frühe mit seiner Karawane auf den Weg.

Gut anderthalb Jahre später kam ein Eilbote zum Großkhan und brachte ihm einen Brief folgenden Inhalts:

Sing-Sing-Ho, aus Ja-O-En stammend und dem Einen ergeben, hat vor kurzem einen allerhöchsten Befehl aus der Ferne empfangen. Ich muß meine Unwissenheit auf allen Gebieten der Gelehrsamkeit bekennen, und es ist mir auch nicht gelungen, das Eine zu durchschauen. Und obwohl mein Ruhm in viele Königreiche gedrungen ist, so zeichne ich mich vor keinem aus und weiß nicht, was Heiligkeit ist. Zuvor hatte ich schon wiederholt Einladungen vom König des Südens und vom König des Nordens und von anderen Königen erhalten, bin aber keiner von ihnen gefolgt. Das Ersuchen des Drachenthrons hatte mich bisher noch nie erreicht, doch in bin bereit, dem Ruf zu folgen. Die Völker des Chinesischen Reiches haben genauso wie die Barbarenvölker die Herrschaft des Großkhans anerkannt. Als ich das Dokument erhielt, spielte ich zwar mit dem Gedanken, weiter hinauf in die Berge auszuweichen oder auf die Inseln hinaus zu fliehen, doch als ich mehr darüber nachdachte, beschloß ich, mich weder durch Frost oder Regen, Wirbelwinde oder Sandstürme davon abhalten zu lassen, vor den Beherrscher der Welt zu treten.

In Büchern heißt es, daß Han-Lo die Kamele zurückließ und zweihundert Wagen für seine Begleitung verlangte, als er auf dem

Weg nach Osten über die Grenze des Chinesischen Reiches gekommen war. Die Leute fragten überall, wo er vorbeikam:

Wer bist du, Sohn einer chinesischen Mutter, der du in Notzeiten mit zweihundert Wagen durch dieses Land fährst, nachdem dein Volk im Krieg besiegt und zu barfüßigen Bettlern im eigenen Land gemacht wurde?

Er sagte: Ich bin Han-Lo, Beamter am Hof des Drachen und Ratgeber des Großkhans.

Sie sagten: Welchen Titel verdient unser Landsmann, wenn er im Dienste des Drachen steht, der unsere Dörfer verwüstet, unsere Städte zerstört, unsere Menschen ermordet und das Chinesische Reich unterjocht hat?

Da antwortete Han-Lo:

Das Chinesische Reich hat tausend Könige, zweitausend Kaiser und dreitausend Tyrannen gehabt. Aber nur der kann das Chinesische Reich besiegen, der seine Geheimnisse versteht.

Die Abreise Sing-Sing-Hos verzögerte sich um ein Jahr; der Meister mußte viele Dinge verschiedenster Art ordnen, bevor er sich auf die Reise machte, denn seine Autorität war maßgebend für alle Freunde und Schüler des Einen in ganz China, sowohl im Norden wie im Süden des Reiches. Und keiner wußte, ob der hinfällige Greis, der noch nie zuvor eine Reise unternommen hatte, wieder von dieser Fahrt ans Ende der Welt zurückkehren würde. Während dieser Zeit verbrannte Temudschin die weltberühmten Städte Zentralasiens, Buchara, die Heimat der Musterweberei und der Buchkunst mit seiner unersetzlichen Bibliothek von über zwölftausend Bänden, und verwüstete Samarkand, wo die glänzendsten Paläste und schönsten Gärten Asiens waren. Eine Zeitlang sah es so aus, als ob sich der Meister und der Großkhan auf den Ruinen von Samarkand treffen würden, und der Ratgeber Han-Lo erteilte den Befehl, daß man dorthin reisen sollte.

In der Schrift, die einer der Schüler des Meisters über diese Reise verfaßt hat, heißt es, daß die Karawane sich erst wenige Tagereisen westlich von Schan-Tung befand, als sie an dem Ort, an dem sie übernachten wollte, auf eine lustige Gesellschaft traf, die aus der Hauptstadt gekommen war, zwölf junge Mädchen mit Flöten aus den Frauenhäusern von Kinsai, die von Kastraten, Die-

nerinnen und mongolischen Soldaten begleitet wurden. Der hochbetagte Weise bat darum, sich früh an einem ruhigen Ort schlafen legen zu dürfen. Doch wie wunderten sich seine Schüler und ernsten Begleiter, als sie am Morgen in ihre Wagen gestiegen waren, daß der Klang der Flöte und die vielsagenden Blicke sie nicht mehr verlassen wollten: Die lustige Gesellschaft vom Abend zuvor schloß sich ihnen an. Als aber diese ungleichen Weggefährten den größten Teil des Tages gemeinsam weitergefahren waren, ließ der Meister Sing-Sing-Ho den Anführer der Karawane, den Ratgeber Han-Lo, zu sich rufen und sagte folgendes:

Wer bin ich, daß sich mir und meinen ruhigen Begleitern eine solche Reisegesellschaft anschließt?

Da antwortete der Ratgeber Han-Lo:

Sie haben den gleichen Weg wie wir.

Da sprach der Meister Sing-Sing-Ho:

Ich bin zwar nur ein Barbar aus den Bergen, aber dennoch bitte ich den Ratgeber des Großkhans, darüber nachzudenken, ob es richtig ist, mich zusammen mit einer Gruppe von Dirnen reisen zu lassen.

Da befahl der Ratgeber Han-Lo, daß die Freudenmädchen mit ihren Wächtern anhalten und drei Tage warten sollten, und in Zukunft sollte immer ein Abstand von drei Tagereisen zwischen den ungleichen Teilen der Karawane eingehalten werden.

An der Westgrenze des Chinesischen Reiches, heißt es in dem Buch, wo die leeren Steppen der Mongolei beginnen, die sich endlos nach Westen ausbreiten, begrüßten ein paar traurige, wettergegerbte Grenzwächter die Reisenden. Einer von ihnen konnte sich beim Anblick des gebrechlichen Meisters Sing-Sing-Ho nicht enthalten zu sagen:

Wer ist dieser grauhaarige Weise, der müde vom Alter noch eine solche Reise unternimmt, mit schwacher Stimme, zitternden Händen und krummem Rücken?

Und der Ratgeber Han-Lo antwortete:

Das ist der, der die Geheimnisse des Chinesischen Reiches versteht.

Und der arme Greis sah die Steppen der Mongolei, die sich vor ihm ausdehnten, so weit das Auge reichte, und wenn er

sich umschaute, sah er, wie hinter ihm die schneebedeckten Berge seines Heimatlandes immer blauer wurden und verschwanden.

Monatelang zog die Karawane weiter über dürre Steppen und welliges Bergland, oder über Hochebenen und Sandwüsten, und nur selten hatte sie ihren Schlafplatz in einer freundlichen Oase oder in einem grünen Tal. Und eines Tages kam es schließlich so weit, als der Meister und seine Begleitung lange von einem Sturm in der Wüste aufgehalten worden waren und der Zelteingang vom Sand zugeweht wurde, daß die zweite Hälfte der Karawane des Großkhans die erste Hälfte einholte: Die jungen Sängerinnen mit ihren Flöten waren gekommen. Von da an trennten sich die beiden Hälften der einen Karawane nicht mehr. Als der Sturm nachließ, brach man wieder auf. Der Meister beklagte sich nicht mehr, und die Karawane, die den Freund des Einen sowie die zwölf Huren des Chinesischen Reiches transportierte, setzte ihren Weg durch die Wüsten der Welt fort.

Han-Lo hatte eine Zeitlang damit gerechnet, daß sich der Meister und der Großkhan in Samarkand treffen könnten, doch als man dort anlangte, waren die leuchtenden Paläste nur noch Ruinen und die weltberühmten Gärten von Samarkand nackte Erde. Der Großkhan aber war auf und davon mit den unbesiegbaren Heerscharen des Drachen; er war auf der anderen Seite der Berge Afghanistans, wo er den König Dschelal, seinen Feind, verfolgte und dessen Länder eroberte.

Dem Meister Sing-Sing-Ho wurde das, was von einem Palast übriggeblieben war, zur Verfügung gestellt, damit er sich von den Strapazen der Reise durch die Sandstürme der Wüste und die eisigen Schneegestöber des Hochgebirges erholen konnte. Es zwitscherte kein Vogel in Samarkand, und keine Blume blühte in den Gärten, die noch vor kurzem die schönsten auf der Welt gewesen waren. Im Land ringsum herrschte Hungersnot, und am Morgen lagen draußen vor der Tür des Meisters die Leichen verhungerter Frauen und Kinder, die sich in der nächtlichen Kälte an die Mauer gelehnt hatten, um zu sterben, und in der Nacht sah man draußen am Horizont rote Flammen, wo Räuber ihre Feuer entfachten. Nach einer Ruhepause von einigen Monaten machte sich

der Meister wieder auf die Reise, und sie halten nicht eher an, bis sie zum Heerlager des Großkhans kommen.

Als der gebückte Weise mit seiner faltigen Pergamenthaut unter dem silbernen Haar in das Zelt des Khans geführt wurde, stand Temudschin von dem teppichgeschmückten Hochsitz seiner Behausung auf, ging seinem Gast entgegen, umarmte ihn und sprach:

Heiliger Mann, der du von weit her gekommen bist! Kennst du den Zaubertrank der Unsterblichkeit?

Der Gast mit seinen fremdländischen Greisenaugen sah den Beherrscher der Welt an, lächelte und sprach:

Wer nicht stark ist, wird lange leben.

Ein mächtiger Sieger hat die Welt unter ein Gesetz gezwungen, sagte der Großkhan. Doch wo ist der Zaubertrank, der diesem König, der im Krieg unverwundbar war, im Frieden ein langes Leben schenkt?

Wer sich bei dem Einen aufhält, geht nicht unter, sprach der Meister Sing-Sing-Ho.

Man hat mir schon viel von diesem Mittel erzählt, sagte der Großkhan, aber ich habe nur wenig davon verstanden. Jetzt frage ich dich, der du Macht über solchen Zauber hast: Wie ist das Mittel beschaffen?

Das Eine strömt weg und entfernt sich. Und aus der Ferne nähert es sich wieder. Es sorgt für alles, will aber nicht Herrscher genannt werden. Alles, was lebt, beruht auf ihm. Alle Dinge sind ihm untertan.

Hast du es dabei? fragte der Khan. Oder kannst du mir den Ort nennen, wo ich es kaufen kann?

Es ist auf der linken Seite, sagte der Meister. Doch es ist auch auf der rechten Seite.

Mit was hat es denn Ähnlichkeit, dieses Mittel, das den Besieger der Welt im Frieden ebenso mächtig macht, wie er im Krieg unbesiegbar war?

Es ist wie Wasser, sagte der Meister.

Der Khan wurde sehr nachdenklich, zupfte lange an seinem Bart und sah den Meister von unten herauf an, als fürchtete er plötzlich, er habe sich in der Person geirrt.

Wie Wasser, wiederholte der Khan schließlich zweifelnd – hell an der Oberfläche und dunkel in der Tiefe?

Der Meister antwortete: Das Eine ist oben nicht hell und unten auch nicht dunkel. Aber es strebt nach den Orten, die tief liegen.

Der König strebt nach den Orten, die hoch liegen, sagte Temudschin und sah auf, und aus seinen Augen leuchtete Feuer. Ist dann das Eine Königen feind?

Das Eine ist niemandem feind. Du nennst es Zaubertrank der Unsterblichkeit. Aber es ist noch mehr. Es ist die Form des Ungeschaffenen. Es ist die Offenbarung des Verborgenen. Es ist das Geheimnis des Offensichtlichen.

Ist seine Wirkung dann ähnlich der des Getränks Kumis, das aus vergorener Pferdemilch gemacht wird? fragte der Khan.

Ein neugeborenes Kalb, das eben die Zitze gefunden hat, ist wie ein Freund des Einen, sagte der Meister.

Das Tier Kistuan hat mir befohlen, nicht mit einem Heer gegen die Inder zu ziehen, sondern in meine Heimat zurückzukehren. Soll man einem solchen Tier Glauben schenken?

Die Wege der Allmacht führen heim.

Sind denn meine Truppen nicht stark genug, um Indien zu besiegen?

Der Meister antwortete: Wer seiner Stärke vertraut, wird nicht siegen. Das Weiche besiegt das Harte, und das Starke unterliegt dem Schwachen. In der Nabe des Rades kommen dreißig Speichen zusammen, doch wenn das Loch für die Achse nicht wäre, stünde das Rad still. Die Frau besiegt den Mann, indem sie nachgibt. Es ist der Weg des Einen, nicht zu kämpfen, aber dennoch Macht über alles zu haben. Es ruft nicht, aber dennoch kommen alle Menschen dorthin. Wenn der König dies beachten könnte, würden ihm alle Dinge Gefolgschaft leisten wollen. Auch Indien.

Als ich meinen ersten Feind tötete, geschah das, um mein Leben zu retten, sagte der Khan. Jetzt habe ich bald alle meine Feinde vernichtet. Wenn das Eine siegreicher ist als Könige, wird es dann nicht mich, den Großkhan, vernichten wollen, wie ich Könige vernichtet habe?

Das Eine kennt keinen Krieg und wird niemanden vernichten.

Es ist behutsam und ohne Anstrengung tätig. Einige haben es den Mutterschoß genannt.

Hätte ich keine Kriege geführt, sprach da der Khan und richtete sich in seinem Stuhl auf, wäre die Hand des Ostens nie in die Hand des Westens gelegt worden. Ich habe unzählige schwache Fäden zerrissen, um sie wieder mit einem Seil zusammenzubinden. Zuvor hatte die Welt kein gemeinsames Gesetz, sondern es gab viele Reiche und viele Völker auf der Welt. Der Weg zwischen Osten und Westen war von den Zolleinnehmern kleiner Könige oder den Räuberbanden der Steppe versperrt. Jetzt kann ein siebenjähriges Kind mit einem Goldstück in seiner ausgestreckten Hand in Frieden vom Land der Morgenröte bis zu den Ländern, wo die Sonne sinkt, gehen. Wird nicht die Welt, die ich unter das Gesetz des Mongolen gezwungen habe, ewig auf dem Fundament stehen, das ich gelegt habe? Werden nicht zukünftige Zeiten mich den Schöpfer der Welt nennen? Habe ich nicht die Wege der Welt für Boote und Wagen passierbar gemacht, so daß jetzt das Gold und das Silber der westlichen Länder für die Gewürze und die Seide der östlichen Länder getauscht werden? Und wird nicht auf Veranlassung des Nomaden, der von den mit Buschwerk bewachsenen Höhen kommt und nicht lesen kann, die Schrift des Ostens in die Schrift des Westens übersetzt?

Ein Weltreich ist wie ein kleiner Fisch im Kochtopf, sagte der Meister. Der Koch sieht weg, und schon hat sich der Fisch von den Gräten gelöst.

Das Gesetz des Mongolen wird zum Frieden und Wohl über dem Leben aller Menschen stehen, sagte der Khan. Und die grausamen Heerscharen des Drachen werden nie wegsehen. Hätte nicht jeder abhängige König und jeder Volksstamm, der sich gegen das Gesetz des Mongolen stellt, sein Leben verwirkt?

Da antwortete der Meister Sing-Sing-Ho:

Ein kluger Mann hat gesagt: Ich will mich ruhig verhalten, dann werden die Menschen von selbst den rechten Weg finden. Eine unfähige Regierung ist ein großer Segen für das Volk. Und wer sich auf den Stuhl des Henkers setzt, gleicht einem Ungeschickten, der mit der Axt des Zimmermeisters schlägt: Es läßt sich nur selten vermeiden, daß er sich verletzt.

Temudschin fragt: Werden dann zukünftige Zeiten nicht die ganze Welt als ein glückliches Reich sehen, das das Heer des Drachen seinen Erlöser nennt und das Gesetz des Mongolen sein Gesetz?

Ein glückliches Reich ist klein und von wenigen Menschen bewohnt, sagte der Meister Sing-Sing-Ho. Selbst wenn es Waffen hätte, würde es sie nie zur Hand nehmen. Und die Leute würden das Land nicht verlassen wollen, auch wenn sie Boote und Wagen hätten. Ihnen würde die Nahrung ohne Gewürze schmecken und einfache Kleidung schön erscheinen. Sie hätten daheim eine Ruhestätte, und die Kinder wären zufrieden mit den Sitten ihrer Eltern. Statt zu schreiben, würden sie wieder anfangen, Schnüre zu flechten. Und obwohl sich das Nachbarland vor ihnen ausbreitet und man dort Hunde bellen und Hähne krähen hört, würden die Leute alt werden und sterben, ohne sich dorthin zu sehnen.

Der Khan fand die Lehre schwierig, aber doch viel besser als die merkwürdigen Verwünschungen der Christen und Mohammedaner, die wegen ihrer Übellaunigkeit nicht würdig waren, von einem großen Sieger beherrscht zu werden, und er gab den Befehl, daß man im Heerlager den Meister Sing-Sing-Ho so behandeln sollte, als wäre es der ehelich geborene Bruder des Großkhans, und ihm so viel von dem Getränk Kumis bringen, wie er wollte. Der Meister sollte schon nach wenigen Tagen wieder zu ihm kommen, um ihm noch genauer von dem Einen zu berichten. Doch zu dieser Zeit erhielt der Khan Kundschaft davon, daß die Bergbewohner in Afghanistan Truppen zusammenzogen und einen Aufstand vorbereiteten, und der Khan mußte sich sofort auf einen Kriegszug begeben, um gegen diese Leute zu kämpfen, so daß die weiteren Unterredungen zwischen dem Meister und dem Großkhan aufgeschoben werden mußten. Als der Khan dann diese Leute zum Gehorsam gezwungen und unterjocht hatte und ein Heer zu ihrer Bewachung eingesetzt war, da geschah es eines Tages, als er auf die Jagd ritt, daß er vom Rücken seines Pferdes fiel und sich verletzte und nach diesem Sturz einige Zeit ernstlich krank darniederlag. Der Meister Sing-Sing-Ho besuchte ihn und riet dem Freund der Unsterblichkeit mit milden Worten, sein

Leben nicht leichtsinnig aufs Spiel zu setzen, wenn ihm das Wohlergehen seiner Kinder, der Völker, am Herzen liege.

Der Khan sagte, daß es einem alten Jäger, der auf dem Pferderücken und mit Pfeil und Bogen geboren wurde, sehr schwerfallen würde, der Freude zu entsagen, die darin besteht, einem jungen Tier des Waldes nachzureiten und es zu schießen.

Wirst du noch weiterhin den Worten eines armen Barbaren aus dem Osten lauschen wollen, oder willst du ihn wieder nach Hause schicken zu seinen Bergen?

Jetzt wollen wir zuerst hören, wie fröhliche Mädchen auf ihren Instrumenten spielen, dann werde ich schnell von dieser Krankheit genesen. Es läßt sich jedoch nicht länger verheimlichen, daß ich kein Interesse mehr daran habe, Indien zu erobern; die Aufgabe habe ich meinen Söhnen zugedacht, damit auch sie etwas zu tun haben. Es mag sein, daß das Tier Kistuan recht hatte, als es sagte, es sei an der Zeit, daß der Großkhan umkehre und in seine Heimat zu den mit Buschwerk bewachsenen Höhen des Nordens ziehe, wo das Wasser in den Flüssen kalt und klar ist, denn schließlich wird kein Sieger jemals ruhmreicher in seine Heimat zurückgekehrt sein. Auf dieser Reise werden wir noch einige Zeit den gleichen Weg haben und uns noch weiter ausführlich unterhalten über jenen Zauber, der über der Weisheit steht, und den seltenen Trank, der wie Wasser ist, aber doch kein Wasser, und der dem König Unsterblichkeit verleiht.

Als der Khan wieder gesund war, gab er den Befehl, daß jetzt der Siegeszug in die Heimat beginnen sollte, auf den sich das Heer jahrelang gefreut hatte: Es stand die Freude bevor, die nur der lang gelagerte Kumis des Vaterlandes bereiten kann. Auf ihrem Siegeszug schlugen sie einige Aufstände nieder und eroberten ein paar kleinere Länder, die bisher vernachlässigt worden waren. Doch obwohl das keine große Arbeit war, wurde der Khan dadurch daran gehindert, in Ruhe den Erzählungen des Meisters Sing-Sing-Ho von dem einen Zaubertrank zuzuhören. Zeitaufwendig und besonders schwierig im Umgang war der König der Tanguten, der früher schon einmal unter das Gesetz des Mongolen gezwungen worden war, jetzt aber am Khan Verrat beging und ein Heer gegen ihn aufbot. Die Tanguten waren kriegerische, grausame

Männer, und die Truppen des Khans mußten zahlreiche Kämpfe gegen sie ausfechten, und wieder wurde Temudschin davon abgehalten, sich vom Zauber des Einen erzählen zu lassen, doch der Meister Sing-Sing-Ho hatte immer noch den gleichen Weg wie die Truppen. Temudschin ritt bei dem Siegeszug stets auf einem rotbraunen Pferd, und dann geschieht es, daß ein Wildpferd wiehernd über die Steppe dem Khan in den Weg läuft und sein Pferd scheu macht. Der Khan fällt herunter; das war ein harter Sturz.

In der Nacht lag er schwerkrank in seinem Zelt und wollte keine Freudenmädchen um sich haben; seine alte Ehefrau Dschesui, die ihn immer auf seinen Kriegszügen begleitet hatte, saß an seinem Bett. Im Morgengrauen sprach sie mit den Anführern des Heeres und sagte, sie sollten ihre Entscheidungen ohne den Khan treffen. Sie beschlossen, den Hauptangriff gegen die Tanguten aufzuschieben. Als dem Großkhan von dieser Entscheidung berichtet wurde, ballte er in seinem Bett die Fäuste und sagte, solange er lebe, werde kein Angriff aufgeschoben, und die Tanguten sollten sich nicht einbilden können, daß er, Temudschin der Großkhan, der die Perser, Araber, Türken, Russen, Chinesen und eine Vielzahl anderer Völker der Erde unterworfen hatte, Angst habe vor dem Halunken, der sich König der Tanguten nannte: Er befahl, man solle gleich angreifen, den König töten, sein ganzes Heer wie Vieh niedermetzeln, junge Männer zu Sklaven machen und die Mädchen zu den Siegern ins Bett legen, und so wurde es gemacht. Nachdem diese Arbeit erledigt war, setzte das Heer des Drachen seinen Siegeszug mit dem kranken Khan fort.

Eines Abends im Lager, als die Dämmerung über die Steppe sank und der Khan nicht mehr lange zu leben hatte, ging der Meister Sing-Sing-Ho an sein Bett, küßte ihn und sprach:

Sing-Sing-Ho, der älteste und ärmste aller Barbaren aus den Bergen, kam von weit her zum König Temudschin, um ihm von dem Einen zu berichten, und hat dich jetzt eine Zeitlang begleitet. Doch bald trennen sich die Wege des Beherrschers der Welt und des ärmsten Barbaren aus den Bergen. Hast du mir noch etwas zu sagen, ehe wir auseinandergehen?

Nein, sagte Temudschin. Doch das schönste Juwel, das du im Reich des Großkhans kennst, soll dir gehören.

Ich brauche keine Juwelen, sagte der Meister Sing-Sing-Ho. Doch eines würde ich mir gerne vom Beherrscher der Welt erbitten: Im Chinesischen Reich sind die Freunde des Einen die ärmsten der Menschen, und wenn man Steuern von ihnen verlangt, ist es zweifelhaft, ob sie sich in Zukunft noch ein Hemd leisten können. Jetzt würde ich dich gerne bitten, ehe wir auseinandergehen, daß du vor Zeugen erklärst und eine Urkunde darüber ausfertigen läßt, daß die armen Freunde des Einen, die über alle deine chinesischen Provinzen verstreut sind, davon befreit werden, dem Beherrscher der Erde oder irgendeinem anderen König Steuern zu zahlen, solange die Verwandten des Drachen die Welt regieren.

Wenige Tage später starb Temudschin. Er hatte gehofft, es werde ihm vergönnt sein, in der Heimat zu sterben, doch dieser Wunsch ging nicht in Erfüllung, vielmehr starb er auf dem Weg nach Hause.

Der letzte Befehl des Großkhans war der, daß sein Leichnam in die Heimat gebracht werden sollte, und jedes Geschöpf, das sie unterwegs trafen, sollte sein Leben verlieren, damit die Nachricht von seinem Tod nicht vor den Siegern eintreffen würde. Dann zogen die Heerscharen des Drachen, der Leichenzug des Großkhans, weiter über die Steppe. Zwei der Söhne des Khans, Ogudi und Tuli, übernahmen die Führung des Heeres. Der Befehl des Khans wurde streng befolgt, und kein Lebewesen wurde unterwegs geschont, weder Mensch noch Tier noch Vogel. Auf dem Siegeszug verfaßte der Dichter Nachtwind dieses Gedicht über den verstorbenen Großkhan:

> Fluggeier, Zieher der Kreise,
> Aasfresser, Feuergott der Völker,
> Fischadler in den Vorhallen der Winde,
> Herrscher der Menschen, o König der Welt:
> vom Huf erdrosseltes Fohlen, gestrauchelt,
> kurzatmiger Ackergaul, gefallen,
> – heim ziehen weinende Krieger
> einen runzligen Balg.

Kurz darauf trennten sich die Wege des Gefolges des Meisters Sing-Sing-Ho und der Truppen des Großkhans. Sing-Sing-Ho zog geradeaus weiter nach Osten, zu den Bergen von Schan-Tung. In seinem Beutel hatte er die Anordnung des Großkhans, daß alle Priester und Schüler des Einen und alle Institutionen, die den Namen des Einen trugen, im ganzen Chinesischen Reich unantastbar und von Steuern befreit sein sollten. Der Staub des Großkhans wurde in seiner Heimat zur Ruhe gebettet, in den hügeligen Buschwäldern des Nordens, wo das Wasser in den Flüssen kalt und klar ist und ihr Rauschen fröhlich wie kleine Glocken.

1941

Nachwort

Der vorliegende Band enthält die Erzählungen Halldór Laxness'
aus den Jahren 1919 bis 1933. Einige der Texte waren zunächst in
Zeitungen und Zeitschriften veröffentlicht worden, ehe sie gesam-
melt in Buchform publiziert wurden. Eine erste Sammlung mit
dem isländischen Titel *Nokkrar sögur* (»Einige Erzählungen«) erschien 1923; eine zweite Sammlung erhielt den Titel *Fótatak manna*
(»Menschenschritte«) und wurde 1933 herausgegeben. Eine dritte
Sammlung mit dem Titel *Sjö töframenn* (»Sieben Zauberer«, Steidl
Taschenbuch 232) wurde 1942 publiziert. Als diese drei Samm-
lungen 1954 zu einem umfangreichen Band vereinigt wurden, gab
der Autor diesem den Titel *Thaettir* (»Erzählungen«).
    Die deutsche Übersetzung in der Halldór-Laxness-Werkaus-
gabe gibt diese Erzählungen zum ersten Mal vollständig und in
der vom Autor gewählten Reihenfolge in einer anderen Sprache
wieder.
    Die zentralen Themen, die Halldór Laxness in seinen großen
Romanen behandelt, sind auch in diesen Erzählungen zumindest
ansatzweise vorhanden. Wir finden die Anklage sozialer Ungerechtigkeit ebenso wie die Suche nach religiöser Wahrheit, den
Gegensatz zwischen Stadt und Land genauso wie den Konflikt
zwischen der traditionellen bäuerlichen Kultur Islands und der
modernen Großstadtkultur des Auslands, das Streben des Künst-
lers nach dem Absoluten in der Kunst genauso wie die Abhän-
gigkeit des Menschen von den Wanderungen des Herings und
anderen unbeeinflußbaren Vorgängen in der Natur.
    Unter dem Aspekt der durchgängigen Thematik betrachtet,
bilden die Erzählungen einen wichtigen Teil des Laxnessschen

Gesamtwerks, auch wenn die literarische Ausformung der Themen, vor allem in den frühesten Texten, die der Autor als Siebzehn- und Achtzehnjähriger verfaßte, nicht immer mit der in den großen epischen Werken vergleichbar ist.

Halldór Laxness war sich dessen sehr wohl bewußt, als er 1946 ein Vorwort für eine Neuausgabe der Sammlung *Nokkrar sögur* (»Einige Erzählungen«) verfaßte. Er schrieb damals:

»Ich habe mich nicht dem Wunsch meines Verlegers widersetzen wollen, der die Erzählungen nachdrucken möchte, obwohl ich mir darüber im klaren bin, daß sie eher als psychologische Dokumente denn als Literatur zu werten sind. Wenn ich sie jetzt lese, wundere ich mich, mit wie wenig ich meinen Weg begonnen habe. Wahrscheinlich gab es kaum einen Jungen meines Alters im Land, der das nicht genauso gut oder besser hätte schreiben können. Wenn ich an meine Arbeitsmethode zu dieser Zeit zurückdenke, wundere ich mich jedoch vor allem darüber, daß das Ergebnis nicht noch schlechter ausfiel. Damals hatte man keine Ahnung von literarischen Arbeitsmethoden. In Unkenntnis der Dinge, die zum Abfassen eines Literaturwerks nötig sind, schrieb man eine ganze Erzählung in der Zeit, die man heute oft braucht, um einen einzigen Satz zu produzieren. Man setzte sich am Abend hin, und wenn es Zeit war, schlafen zu gehen, war eine ganze Erzählung fertig, die dem Verfasser so gut wie vollkommen zu sein schien, so daß es eigentlich Zeitverschwendung war, eine Reinschrift anzufertigen, auch wenn das wegen des Druckers unumgänglich war: Er konnte wohl kaum die Hieroglyphen deuten, die man sich zum Beweis der eigenen Originalität angewöhnt hatte. Eines der Dinge, die man damals noch nicht gelernt hatte, war die Kunst des Ausstreichens. Das meiste von dem, was man schrieb, war in Wirklichkeit eine Art von ›unwillkürlicher Schrift‹, und es war immer vom Glück und vom Zufall abhängig, ob irgendwo die Spur eines Gedankens zu erkennen war.«

Trotz dieser deutlichen Kritik an der unbekümmerten Arbeitsweise seiner Jugendjahre hat Halldór Laxness die frühen Erzählungen nie als Jugendsünden verschweigen wollen, sondern er hat sich stets zu diesen Texten bekannt und sie als ernstzunehmenden Teil seines Gesamtwerks betrachtet. Das läßt sich unter anderem

daran erkennen, daß er sie 1954 in die Gesamtausgabe seiner bis dahin erschienenen Erzählungen aufnahm.

In Island wurde der Sammelband *Thaettir* immer wieder unverändert nachgedruckt; der Text dieser Ausgabe von 1954 war Vorlage für die Übersetzung der Erzählungen ins Deutsche. Wie bei allen Neuübersetzungen für die Halldór-Laxness-Werkausgabe war das oberste Gebot die größtmögliche Nähe zum Originaltext. Auch und gerade beim Übersetzen der frühen Erzählungen sollte nicht unnötig geglättet werden, sondern erkennbar bleiben, daß die Texte aus einer Zeit stammen, in der Halldór Laxness noch auf der Suche nach seinem eigenen Stil war.

Wenn hier darauf hingewiesen wurde, daß sich an den Erzählungen des vorliegenden Bandes die Entwicklung Halldór Laxness' vom jugendlichen Debütanten zum reifen Schriftsteller ablesen läßt, so soll das nicht heißen, daß man diese Erzählungen nicht auch einfach als das lesen kann, was sie zunächst einmal und vor allem sind, nämlich unterhaltsame, genau beobachtete und gut formulierte Geschichten. Was Halldór Laxness aus der Wirklichkeit gegriffen und mit viel Fabulierfreude und großem Verständnis für alles Menschliche stilisiert und zu Papier gebracht hat, gibt eine äußerst lohnende, äußerst vergnügliche Lektüre ab.

Hubert Seelow

Halldór Laxness (1902–1998) erhielt 1955 als bislang einziger isländischer Schriftsteller den Nobelpreis für Literatur. Seine Romane und Erzählungen erscheinen in deutscher Sprache in der von Hubert Seelow betreuten Werkausgabe bei Steidl.

STEIDL